Martha Grimes

Inspektor Jury sucht den Kennington-Smaragd

Roman

Aus dem Amerikanischen
von Uta Goridis

Rowohlt

241.–250. Tausend September 1995

Überarbeitete Übersetzung
Veröffentlicht im Rowohlt Taschenbuch Verlag GmbH,
Reinbek bei Hamburg, Februar 1994
Copyright © 1988 by Rowohlt Verlag GmbH,
Reinbek bei Hamburg
Die amerikanische Originalausgabe erschien 1983
unter dem Titel «The Anodyne Necklace»
bei Little, Brown & Company, Boston/Toronto
«The Anodyne Necklace»
Copyright © 1983 by Martha Grimes
Umschlagbild Bruce Meek
Umschlaggestaltung Peter Wippermann
Gesamtherstellung Clausen & Bosse, Leck
Printed in Germany
1290-ISBN 3 499 12161 1

Zu diesem Buch

«Martha Grimes wurde oft mit Dorothy L. Sayers und anderen Klassikern verglichen. Aber nunmehr steht allein ihr Name obenan für Liebhaber von kniffeligen Kriminalromanen als Sittenkomödien.» («St. Louis Post-Dispatch»)

«Martha Grimes hat bei ihren gerissenen Enthüllungen einen wachen Blick für die komischen Seiten des Lebens – eine unwiderstehliche Mischung für alle, die britisch-unterkühlte Kriminalromane lieben.» («The Washington Post»)

«Eine helle Freude.» («Kirkus Review»)

Martha Grimes, geboren in Pittsburgh / USA, studierte Englisch an der University of Maryland und lehrt heute Creative Writing und Literatur am Montgomery College in Takoma Park / Maryland. Mehrere ausgedehnte Reisen nach England.

Von Martha Grimes erschienen außerdem: «Inspektor Jury küßt die Muse» (rororo 12176), «Inspektor Jury bricht das Eis» (rororo 12257), «Inspektor Jury besucht alte Damen» (rororo 12601), «Inspektor Jury geht übers Moor» (rororo 13478), «Inspektor Jury lichtet den Nebel» (rororo 13580), «Inspektor Jury spielt Katz und Maus» (rororo 13650), «Inspektor Jury schläft außer Haus» (rororo 5947), «Inspektor Jury spielt Domino» (rororo 5948), «Inspektor Jury besucht alte Damen» (Wunderlich 1990), «Inspektor Jury geht übers Moor» (Wunderlich 1991), «Inspektor Jury lichtet den Nebel» (Wunderlich 1992), «Inspektor Jury spielt Katz und Maus» (Wunderlich 1993) und «Inspektor Jury gerät unter Verdacht» (Wunderlich 1995).

FÜR COLLEEN UND JACK

ERSTER TEIL

LONDON
UND
LITTLEBOURNE

I

IN DER LONDONER UNDERGROUND tat sich nicht viel um diese Zeit – zwischen Mittagspause und Büroschluß –, als Katie O'Briens Violine die letzten klagenden Töne eines Nocturne von Chopin durch den gekachelten Korridor schweben ließ.

Äußerst selten schwebte in den Gängen der Wembley-Knotts-Station etwas anderes durch die Luft als ein Wind, in dem man den Ruß schmecken konnte. Katie zupfte an den Saiten und überlegte sich, was sie als nächstes spielen sollte. Niedergeschlagen inspizierte sie den offenen Geigenkasten: Paganini hatte ihr keine einzige Zehn-Pence-Münze eingebracht, Beethoven auch nicht. Überhaupt war zu den paar Münzen, die sie selbst hineingelegt hatte, nur eine einzige hinzugekommen, ein Fünf-Pence-Stück von einem verwahrlosten, neunjährigen Jungen, der aussah, als hätte er sich besser Milch dafür gekauft. Doch er hatte Katie zwei ganze Minuten lang seine uneingeschränkte Aufmerksamkeit geschenkt und dabei rhythmisch den Kopf hin und her gewiegt, als wäre ein kleiner Dirigent darin eingesperrt. Ohne zu lächeln hatte er dann seine Münze hingelegt und war weitergegangen, bis er schließlich vom Labyrinth der graubraunen Gänge verschluckt wurde. In der letzten Viertelstunde war der Junge ihr einziger Zuhörer gewesen. Charing Cross, King's Cross oder Piccadilly hätten bestimmt mehr eingebracht, wären aber auch viel gefährlicher gewesen. In diesen Bahnhöfen wimmelte es gewöhnlich nur so von Bullen. Sie schienen nichts Besseres zu tun zu haben, als den Straßenmusikanten das Leben schwerzumachen – den Gitarre- und Akkordeonspielern, die ständig zahlreicher wurden, mit ihren offenen Kästen, ihren Balladen und ihren Liedern.

Ein Fünf-Pence-Stück. Wenn das so weiterging, würde sie nie genügend zusammenkriegen, nicht einmal für einen neuen Lippenstift, geschweige denn für das rosarote Satinhemd, auf das sie scharf war. Allein für die Jeans und die Bluse, die sie trug, hatte sie sechs Monate lang immer wieder hier aufspielen müssen.

Sie mußte bald zusammenpacken, denn sie wollte sich noch umziehen, bevor sie den Zug nach Highbury nahm. Das Kleid lag sorgfältig gefaltet in ihrer großen Schultertasche, die außerdem noch den neuesten Heartwind-Liebesroman und einen Cadbury-Schokoladenriegel enthielt. Auch eine Zeitung, den *Telegraph,* hatte sie gekauft, jedoch nur, um die Jeans und das azaleenfarbene T-Shirt damit zu bedecken, falls ihre Mutter in die Tasche schaute. Katie O'Brien zupfte an den Saiten ihrer Violine und seufzte.

In dem hohlen Tunnel hallten die Töne von den Wänden wider. In der Ferne war das Rumpeln eines Zugs zu hören, und ein weiterer Windstoß blies ihr die Haare ins Gesicht und Ruß in die Augen; er wirbelte die Papierfetzen zu ihren Füßen auf, als würde jemand am andern Ende die ganze Luft ansaugen. Ohne auf ihre neue Bluse zu achten, lehnte sie sich gegen die Wand und fragte sich, was sie als nächstes spielen sollte, ob es sich überhaupt lohnte, weiterzumachen. An der gegenüberliegenden Wand hing ein *Evita*-Plakat. Die ganze Wand war über und über beklebt mit Werbung für Filme, Ausstellungen und Reiseziele. Evita trug ein trägerloses Kleid, die Arme hatte sie in einer Art Siegerpose erhoben. Vor ihr war ein Wald von Mikrofonen aufgebaut. Die schimmernden Lippen verunzierte ein Schnurrbart, auf die Corsage waren zwei spitze Brustwarzen aufgemalt, und in den hocherhobenen Händen hielt sie Hammer und Sichel.

Katie fragte sich, wie jemand die Zeit und Gelegenheit gefunden hatte, das Plakat so zu verschmieren, und sagte sich dann, daß so was überhaupt kein Problem war, zumindest nicht um diese Zeit in Wembley Knotts. Außer dem kleinen Jungen mit dem Fünf-Pence-Stück war kein Mensch vorbeigekommen.

Sie hörte Schritte in der Ferne und schob sich die Violine unters Kinn. Als die Schritte in dem zugigen Tunnel näherkamen, fing sie an zu spielen; sie hoffte, «Don't Cry for Me, Argentina» würde erfolgreicher sein als das Nocturne. Sie schloß die Augen, als wäre sie ganz in die Musik versunken. Einen Augenblick später sah sie, wie die Füße vor dem Gitter unter dem Plakat stehenblieben, und schmückte die Melodie in Erwartung des *Ping* der Münzen im Geigenkasten mit ein paar Schnörkeln. Den Blick hielt sie jedoch gesenkt, als würde das Geld sie überhaupt nicht interessieren.

Deshalb traf es sie auch völlig überraschend.

Der brutale Schlag auf den Hinterkopf ließ sie in die Knie gehen, und der schmutzige, ockerfarbene Fußboden des Tunnels sauste auf sie zu. Sie hörte noch, wie die Schritte sich entfernten, dann versank sie in dem Dunkel wie in einem Haufen Sand, tiefer und tiefer. Bevor sie völlig unter ihm begraben wurde, blieb ihr noch ein Augenblick Zeit, sich wie zum Spaß die Frage zu stellen, ob Evita vielleicht aus ihrem Plakat herabgestiegen sei, mit den Armen, die Hammer und Sichel hielten, ausgeholt habe, und dann zurück nach Argentinien enteilt sei.

Don't cry for me –

SEINEN NEUESTEN FUND IM MAUL, trottete der zottige, kleine Hund über den Rasen der Grünanlage. Er überquerte die Hauptstraße und lief das Trottoir entlang, wo er vor jedem Hauseingang stehenblieb; da aber keiner als Versteck für diesen besonderen Fund in Frage kam, setzte er seine Suche fort.

Der kleine Hund gehörte niemandem, aber überall kannte man ihn. Meistens sah man ihn unter der Rosenhecke der beiden Craigie-Schwestern herumbuddeln oder im Wald von Horndean Mäuse oder Elfen jagen. Als der kleine Hund die hagere Gestalt aus dem Süßwarenladen herauskommen sah, blieb er stehen, legte den Kopf zur Seite, als frage er sich, ob die Person etwas tauge, und rannte dann ausgelassen auf sie zu. Er hatte Miss Augusta Craigie erkannt, deren Rosenbüsche er neulich ruiniert hatte. Augusta Craigie versuchte, ihn zu verscheuchen. Sie konnte den Hund nicht ausstehen.

Der Hund faßte das Herumwedeln und -fuchteln jedoch als Aufforderung zum Spielen auf. Er bellte und ließ den Knochen vor Miss Craigies Füße fallen. Sie wollte ihn schon wegkicken, aber plötzlich hielt die Spitze ihres Gesundheitsschuhs mitten in der Bewegung inne. Sie schaute sich den Knochen genauer an und kam zu dem Schluß, daß es sich nicht um einen Knochen, sondern um einen Finger handelte.

Nach dem Anruf aus dem Dorf war die Hertfielder Polizei innerhalb von zehn Minuten zur Stelle. Aber sie konnten machen, was sie wollten – ihm rohes Fleisch geben, ihn am Kopf kraulen und was sonst noch alles –, der kleine Hund führte sie nicht zu der dazugehörigen Leiche.

SUPERINTENDENT RICHARD JURY stopfte gerade ein zweites Paar Socken in einen Seesack – seine Reisevorbereitung für ein Wochenende bei seinem Freund Melrose Plant in Northamptonshire –, als das Telefon klingelte.

Er starrte auf den Apparat. Kein normaler Mensch würde

ihn an einem Samstagmorgen um Viertel nach sieben anrufen, es sei denn, um ihm etwas mitzuteilen, was er bestimmt nicht hören wollte. Er ließ es viermal klingeln, fest entschlossen, nicht ranzugehen, aber dann wurde er, wie die meisten Leute, doch schwach – ein nicht beantworteter Anruf war für ihn inzwischen zur entscheidenden Botschaft aus dem All geworden – und nahm den Hörer ab. «Jury am Apparat.»

«Su-per-in-ten-dent Jury.» Die Stimme zitterte. Es war auch keineswegs die Stimme Gottes, obwohl der Mann vom Scotland Yard, dem sie gehörte, das glatt behauptet hätte.

Mit sehr viel Gusto bereitete Chief Superintendent Racer Jury auf die Hiobsbotschaft vor. «Nanu, junger Mann, immer noch in der Stadt? Ich frage mich, was London die Ehre verschafft.»

«Mein Koffer ist gepackt», sagte Jury, ohne sich provozieren zu lassen.

Die verbindliche Stimme wurde scharf. «Den Jagdrock können Sie wieder auspacken, Jury. Sie werden nicht nach Northants fahren.»

Racer, der sich selbst wie ein Landadliger fühlte, nahm selbstverständlich an, daß jemand mit einem Adelstitel und einem Gut von der Größe von Ardry End auch Fuchsjagden veranstaltete.

«Ich verstehe nicht ganz», sagte Jury, der sehr wohl verstanden hatte. Das Telefon war in der Küche, Jury lehnte an der offenen Tür des Kühlschranks und blickte in das nicht sehr einladende Innere. Ein Hühnerschlegel und ein halber Liter Milch.

«Ganz einfach, Jury – Sie fahren nach Hertfield und nicht nach Northants; in einen Ort namens…»

Während Racer sich vom Telefon abwandte, um sich am anderen Ende der Leitung gedämpft mit jemandem zu besprechen, nahm Jury den Hühnerschlegel heraus und fragte sich, ob die Rolle des armen, einsamen und möglicherweise auch noch hungernden Polizisten wirklich seinem Image entsprach; er kam zu dem Schluß, daß dem nicht so war, und warf die Kühlschranktür zu. Mit dem Teller in der Hand und dem Hörer am Ohr ging er ins Wohnzimmer und wartete darauf, daß Racer zur Sache kam.

«Littlebourne», ließ sich die unwirsche Stimme vernehmen, und als Jury nicht sofort reagierte, rief sie: «Jury!»

«Sir!»

Eine Pause. «Das meinen Sie wohl ironisch, Jury?»

«Sir?»

«Hören Sie auf mit Ihrem Sir, junger Mann. Als Sie noch Inspektor waren, haben Sie mich auch nie mit Sir angeredet, warum dann zum Teufel jetzt? Ich habe keine Zeit für Ihren abartigen, und wenn ich das noch hinzufügen darf, *unprofessionellen* Sinn für Humor.» Papiere raschelten. «Littlebourne. Haben Sie verstanden? So heißt das Kaff, in das Sie sich begeben. Ist ungefähr fünf Kilometer von Hertfield entfernt, wo Leute mit dem nötigen Kleingeld ihre Antiquitäten kaufen. Von Islington fährt jede halbe Stunde ein Zug –»

Jury unterbrach ihn. «Ich bin nicht an der Reihe. Es gibt einen Dienstplan, wissen Sie das?»

Der Draht schien in seinem Ohr zu knistern, als Racer zischte: «Dienstplan. Natürlich weiß ich, daß es einen Dienstplan gibt. Das Ei will mal wieder klüger sein als die Henne. Perkins liegt im Krankenhaus, und Jenkins hütet mit irgendeiner von den Schlitzaugen eingeschleppten Grippe das Bett. Der Polizei von Hertfield fehlt es an Leuten, und es sieht so aus, als ob dieser Mord, der ihnen da beschert wurde, besonders unangenehm wäre. Die Sache ist – sie können die Leiche nicht finden.»

Eine unauffindbare Leiche? Jury blickte auf den Hühnerschlegel, der erstarrt in einer Fettlache lag. «Woher wollen Sie dann wissen, ob jemand ermordet wurde? Wird denn jemand vermißt oder was?»

«Warten Sie, ich werd's Ihnen gleich erzählen.» Weiteres Geraschel. «Eine Frau, eine gewisse Craigie, führte ihren

Hund spazieren. Nein, Moment mal, es war gar nicht ihr Hund…»

Jury schloß die Augen. Racer würde sich nicht mit den Tatsachen begnügen; er würde wie immer eine ganze Chronik daraus machen. Der Chief Superintendent hielt sich nämlich für einen Erzähler von bardischem Format.

«… diese Frau tritt also aus einem Laden und versucht, den Köter zu verjagen; er läßt einen Knochen fallen, nur –»

Eine dramatische Pause. Jury wartete und inspizierte den Hühnerschlegel, nichts Gutes ahnend. *Nur war es kein Knochen.* Ja, das würde gleich kommen.

«… war es kein Knochen», sagte Racer genüßlich. «Es war ein Finger. Machen Sie sich also auf die Socken, Jury. Und nehmen Sie Wiggins mit.»

«Sergeant Wiggins ist in Manchester. Er besucht seine Familie.»

«Er verseucht ganz Manchester mit der Beulenpest, das tut er. Keine Angst, ich werde ihn schon ausgraben, was bei Wiggins ganz wörtlich zu nehmen ist. Tut mir ja leid, daß Sie Ihr Wochenende verschieben müssen. Keine Fuchsjagden, kein Halali. Das Leben eines Polizisten ist eben eine arge Pein.»

‹Klick› machte das Telefon im Scotland Yard.

Jury zog sein Adreßbuch heraus und meldete ein Gespräch nach Ardry End an. Er stützte den Kopf in die Hände und wartete. Ein Finger.

ARDRY END WAR EIN HERRENHAUS aus zartrosafarbenem Stein, Sitz der Earls von Caverness (als es noch Earls von Caverness gab), das wie auf einem alten Gobelin ganz versteckt in einem septemberlich goldenen und rostroten Laubwald lag.

Aber an einem so grauen und nebligen Septembermorgen wie diesem, an dem die Regenschlieren über den Feldern von Northamptonshire hingen, wirkte der Gobelin eher verblichen. Es war so dunkel, daß hinter den kleinen Fensterquadraten eines Raums im Erdgeschoß bereits das Licht brannte.

Ein vom Regen durchnäßter Spaziergänger hätte bestimmt sehnsüchtig durch die Fenster dieses im östlichen Flügel gelegenen Raums geblickt, eines Raums, der so elegant wie behaglich wirkte – Queen-Anne-Sofas, aufgeschüttelte Kissen, Kristallüster und bequeme Sitzecken, Orientteppiche und warme Kamine.

Die beiden Personen, die sich darin aufhielten – ein gutaussehender Mann Anfang Vierzig und eine untersetzte, dickliche Frau Ende Sechzig –, hätte man für Mutter und Sohn, eine ältere Dame mit ihrem jungen Schützling oder eine glückliche Gastgeberin mit ihrem zufriedenen Gast halten können. In Frage kamen alle sentimentalen Verbindungen, die wir Leuten andichten, die sich in der Wärme und im Schein des Kaminfeuers befinden, während wir, die armen, durchnäßten Spaziergänger, neidisch durch die blinkenden Scheiben sehen.

Man hätte das Bild, das die beiden neben dem lodernden Feuer sitzenden Personen zusammen mit dem alten, tapsigen Hund zu ihren Füßen abgaben, für ein Bild des Friedens und der Harmonie halten können.

Man hätte glauben können, daß es ein Ort war, an dem auf solche Dinge wie Freundschaft, Vertrautheit und Gespräche Wert gelegt wurde.

Und man hätte sich getäuscht.

«Du wirst allmählich zum Alkoholiker, Melrose. Das ist bereits dein zweiter Sherry», sagte Lady Agatha Ardry.

«Wenn nur die Anzahl eine Rolle spielt, dann wirst du allmählich zum Cremetörtchen. Das ist dein drittes», sagte Melrose Plant, der letzte aus dem Geschlecht der Earls von Caverness. Und vertiefte sich wieder in seine Straßenkarte.

Sie warf ihm einen grollenden Blick zu, während sie das geriffelte Papier von dem Törtchen schälte. «Was machst du da?»

«Ich schaue mir eine Straßenkarte an.»

«Wieso?»

«Weil da Straßen drauf sind.» Melrose stöpselte die Karaffe zu und nippte an dem Sherry in dem Waterford-Kristallglas.

«Sehr komisch, Plant.»

«Ganz schlicht und einfach die Wahrheit, liebe Tante.» Melrose hatte Hertfield entdeckt, aber wo war dieses Littlebourne?

«Du weißt ganz genau, was ich meine. Du willst doch nicht wegfahren? Ich an deiner Stelle würde nicht immer nach London fahren. Du solltest mal lieber hierbleiben und nach dem Rechten sehen. Wenn es aber unumgänglich ist, komme ich natürlich mit. Ich habe eine Menge Besorgungen zu erledigen; ich würde auch mal gerne bei Fortnum reinschauen und Kuchen kaufen.»

Melrose versuchte erst gar nicht, ihr zu widersprechen, da sie ihn schneller als einen fliegenden Teppich nach London und wieder zurück gehetzt hätte. Er konnte sich also wieder seiner Karte widmen. Er gähnte. «Bei Fortnum gibt's keine Cremetörtchen, Agatha.»

«Natürlich gibt es da welche.»

«Nun, wir werden es wohl nie erfahren.»

Mißtrauisch beäugte Lady Ardry ihren Neffen, als enthielte seine Bemerkung eine Bedeutung, die sie wie eine Goldfüllung aus einem Zahn herausbrechen mußte.

Gold war übrigens auch etwas, womit sie sich beschäftigte. Sie hatte gerade Plants neueste Anschaffung, ein kleines, goldenes Figürchen, begutachtet. Sie nahm es noch einmal in die Hand, drehte und wendete es und meinte: «Das muß dich eine Menge gekostet haben, Melrose.»

«Willst du den Kassenzettel sehen?» Er rückte die Brille

auf seiner Nase zurecht und schaute sie über den Rand seines Sherryglases hinweg an.

«Wie geschmacklos, Melrose. Es ist mir völlig gleichgültig, wieviel du für deine Sachen ausgibst.»

Er sah, daß sie ihre riesige Handtasche geöffnet hatte und darin herumwühlte; sie kramte alle möglichen undefinierbaren Gegenstände hervor und stellte sie auf den Tisch. Machte sie Platz für die Goldfigur? Melrose stattete ihr ab und zu einen Besuch in ihrem Häuschen in der Plague Alley ab; zum einen war das als höfliche Geste gedacht, zum andern wollte er sein Eigentum wiedersehen. Wie sie es schaffte, reihenweise Möbelstücke aus Ardry End herauszubefördern, ohne daß er es merkte, war ihm ein Rätsel, das er nie gelöst hatte. Einmal kam er gerade mit dem Fahrrad die Einfahrt hinauf und entdeckte einen Möbelwagen vor der Tür. Nun ja, Ardry End war riesig, und es kümmerte ihn eigentlich auch nicht, solange sie die Porträts in der Ahnengalerie und die Enten im Teich ließ. Dann erspähte er etwas, was sie gerade aus ihrer Tasche auf den Tisch befördert hatte.

«Gehört das nicht mir?» fragte er.

Eine leichte Röte überzog ihr Gesicht. «Dir? Dir? Mein lieber Plant, was soll denn ich mit deinem Visitenkartenetui anfangen?»

«Weiß ich auch nicht. Deswegen frage ich ja.»

«Ich frage mich, was du mir da unterstellen willst.»

«Ich unterstelle gar nichts. Ich stelle nur fest, daß du mein Visitenkartenetui eingesteckt hast.»

Einen Augenblick lang dachte sie angestrengt nach. «Erinnerst du dich nicht?»

«An was?»

«Deine liebe Mutter, Lady Marjorie –»

«Ich erinnere mich an meine Mutter. Ja. Dieses Etui hat ihr gehört.» Melrose klappte sein goldenes Zigarettenetui auf und zündete sich eine Zigarette an. «Willst du mir weismachen, daß meine Mutter es dir geschenkt hat?»

Statt seine Frage zu beantworten, begann sie in Erinnerungen zu schwelgen. «Deine liebe Mutter, die Gräfin von Caverness –»

«Wenn man dich über die Mitglieder meiner Familie reden hört, könnte man glauben, ich sei nicht imstande, sie auseinanderzuhalten. Ich weiß, daß meine Mutter die Gräfin von Caverness war. Ich weiß auch, daß mein Vater der siebte Earl von Caverness und dein seliger Mann der Honourable Robert Ardry –»

«Laß die Späße, mein lieber Plant.»

«Darf ich fortfahren – bitte. Robert Ardry war mein Onkel. Und ich bin zur allgemeinen Bestürzung nicht mehr der achte Earl. So, das wär's. Astreine Geschichte, alles paletti.»

«Drück dich bitte gewählter aus. Deine liebe Mutter –»

«Lieb in der Tat. Und konnte fluchen wie ein Fischweib.»

«Kein Respekt für deine Familie. So warst du schon immer.»

«Aber du bist doch da, liebste Tante.»

Sie versuchte Zeit zu gewinnen, indem sie den Faltenwurf eines an diesem Tag völlig unpassenden, grellbunt bedruckten Chiffontuchs ordnete und Ruthven, Melroses Butler, hereinrief.

«Du hast dich herausgeputzt, als wolltest du zum Rennen gehen, Agatha. Warum?» Melrose schaute sie sich genauer an. «Und woher hast du diese Amethystbrosche? Sie sieht auch wie die meiner Mutter aus.»

Ruthven erschien, und sie verlangte mehr Törtchen. Sie würde ihr zweites Frühstück bis zum Mittagessen ausdehnen, wenn er nicht aufpaßte, Melrose kannte das schon.

Ruthven sandte ihr einen Blick zu, der einem vergifteten Pfeil glich, und entschwebte.

Sie nutzte diese Unterbrechung, um ihn von dem Thema der Amethystbrosche abzulenken. «Mir ist aufgefallen, daß Lady Jane Hay-Hurt letzten Sonntag besonderes Interesse für dich gezeigt hat.»

Lady Jane war eine achtundfünfzig Jahre alte Jungfer mit vorstehenden Zähnen und fliehendem Kinn, und Agatha hielt es deshalb wohl für ungefährlich, die Dame mit Melrose in Verbindung zu bringen.

«Lady Jane interessiert mich nicht. Aber ich werde schon noch jemanden finden, keine Angst. Die Ardry-Plants haben sich schon immer viel Zeit mit dem Heiraten gelassen.»

Da blieb ihr die Luft weg, wie er es vorhergesehen hatte. «Heiraten! Wer spricht denn vom *Heiraten!* Du bist doch eingefleischter Junggeselle, Melrose. Mit dreiundvierzig –»

«Zweiundvierzig.» Er hatte Littlebourne auf der Karte entdeckt und versuchte, die beste Route dorthin ausfindig zu machen.

«Du hast jedenfalls deine festen Gewohnheiten, und ich kann mir nicht vorstellen, daß es eine Frau gibt, die deine Marotten ertragen kann!» Triumphierend streckte sie die Arme aus und machte eine Bewegung, die den ganzen Salon umfaßte, als hätten schon Dutzende von heiratsfähigen jungen Frauen auf den Sesseln, Sofas und Couchen gesessen, sich aber unglücklicherweise wieder verflüchtigt.

So wird es sein, dachte er. Sie war irgendwie zu der Überzeugung gelangt, daß Melrose nur auf sein Ende wartete, um ihr, seiner einzigen noch lebenden Verwandten, Ardry End vermachen zu können, Ardry End mit seinen Feldern, Wäldern und Gärten, seinem Kristall und seinen Visitenkartenetuis, seinen Prunkschränken und seinen Amethysten. Dabei war sie nicht einmal seine Blutsverwandte. Und keine Engländerin. Agatha war eine verpflanzte Amerikanerin, doch ohne das Einfühlungsvermögen eines Henry James.

Unter seinem Morgenmantel trug Melrose Reisekleidung. Eigentlich hatte er um neun Uhr fahren wollen, aber dann hatte er ziemlich viel Zeit damit verloren, sie hinzuhalten oder vielmehr von der Fährte abzubringen. Wenn ihr zu Ohren käme, daß er sich mit Superintendent Jury treffen wollte, würde sie sich im Kofferraum seines Rolls-Royce verstecken.

Er stand schon seit einer Ewigkeit in der Garage herum. Melrose hatte ihn als Requisit für eine Maskerade eingeplant, über die er sich jedoch noch keine weiteren Gedanken gemacht hatte. Man konnte nie wissen, wozu ein Rolls-Royce gut war. Er lächelte.

«Was hat dieses Grinsen zu bedeuten?»

«Nichts.» Er faltete die Karte zusammen. Sie hielt sich für eine Expertin in Sachen Mord. Seit Jury – Inspektor Jury damals – in Long Piddleton aufgetaucht war, hatte Agatha nur noch über ihren «nächsten Fall» gesprochen. Um sie von ihm fernzuhalten, mußte man so gerissen sein wie ein Crippen oder ein Neil Cream...

«Warum siehst du mich so an, Plant?» Während sie sich ein weiteres Törtchen in den Mund schob, sah er im Schein des Feuers ihren Ring aufblitzen.

Wo hatte sie diesen Mondstein her?

2

LITTLE BURNTENHAM war ein ganz gewöhnliches Dorf, ungefähr sechzig Kilometer von London entfernt, dem bis vor kurzem niemand sonderliche Beachtung geschenkt hatte. Vor ungefähr einem Jahr jedoch hatten die Londoner Little Burntenham und seine für sie äußerst günstige Lage entdeckt – und inzwischen hielten sogar Schnellzüge dort. Der Boom auf dem Immobilienmarkt ließ nicht auf sich warten, und selbst halbverfallene Häuser, die die Dorfbewohner nicht geschenkt haben wollten, wurden aufgekauft. Dicke Bündel von Scheinen waren von Hand zu Hand gegangen – aus denen der Narren, die sich die Grundstücke aufschwatzen ließen, in die der raffgierigen Makler. Eine weitere Veränderung, die die älteren Dorfbewohner besonders ärgerte, war die neue Schreibweise des Namens, die eingeführt worden war, damit die Touristen das Dorf einfacher finden konnten. Da Little Burntenham sowieso ausgesprochen wurde wie Littlebourne, hatte man beschlossen, es auch so zu schreiben. Man konnte sich also nicht mehr auf Kosten der Fremden amüsieren, die nach dem Ort fragten.

Littlebourne, das in einer hübschen, weiten Landschaft lag und auf einer Seite an den Wald von Horndean grenzte, war zwar ganz nett, aber keineswegs etwas Besonderes, da konnten seine neuen Bewohner noch so viel in Fachwerk, neue Strohdächer und pastellfarbene Tünche investieren. Im Ort gab es eine einzige Straße, die Hauptstraße, die sich ungefähr auf halber Strecke teilte und eine unregelmäßige Fläche sehr gepflegten Rasens, die Littlebourner Grünanlage, einschloß.

An der Hauptstraße lagen gerade so viele Geschäfte, daß die Littlebourner nicht in den sechs Kilometer entfernten Marktflecken Hertfield mußten, es sei denn, sie wollten in den zahlreichen Antiquitätenläden dort herumstöbern.

An der Hauptstraße waren auch die vier Ps von Littlebourne angesiedelt, wie sie ein paar Witzbolde genannt hatten: der Pastor, die Post, der Pub und die Polizei. Es gab noch ein fünftes P, auf das die Dorfbewohner jedoch gern verzichtet hätten: Littlebournes ‹Prinz›.

Das fünfte P – Sir Miles Bodenheim – machte gerade einem der anderen Ps die Hölle heiß. Er befand sich in dem Laden, der auch als Postamt diente, und schikanierte die Postmeisterin. Bevor Sir Miles Bodenheim beschlossen hatte, das britische Postsystem auf Trab zu bringen, hatte nur ein einziger Kunde darauf gewartet, bedient zu werden. Jetzt waren es zwölf, die neben den Brotregalen Schlange standen.

«Mrs. Pennystevens, ich bin überzeugt, daß Sie sehr viel schneller wären im Verkauf Ihrer Briefmarken, wenn Sie die zu einem Halfpence getrennt von den andern aufbewahrten. Sie sollten System in die Sache bringen. Ich stehe schon seit zehn Minuten hier und warte darauf, einen Brief aufgeben zu können.»

Mrs. Pennystevens, die fünfzehn Jahre lang einen gichtgeplagten Gatten gepflegt hatte, war praktisch gegen alles gefeit. Sie unterließ es sogar, ihn darauf hinzuweisen, daß allein schon ihr Wortwechsel zehn Minuten gedauert hatte; Sir Miles hatte sich mit ihr über das Gewicht eines Briefes gestritten und behauptet, sie habe zuviel berechnet. Schließlich hatte sie ihn selbst an die Waage lassen müssen.

Weiter hinten im Schatten der Brotregale hörte man jemanden murmeln: … «einfach bescheuert.»

Sir Miles drehte sich um und lächelte selbstzufrieden, offensichtlich erfreut, daß es noch jemanden gab, der Mrs. Pennystevens' Arbeitsweise bemängelte. Er wandte sich ihr wieder zu: «Ich glaube immer noch, daß Ihre Waage nicht richtig funktioniert. Aber da läßt sich ja wohl nichts machen. Die Regierung hat nun mal *Sie* mit diesem Posten betraut. Offen gestanden, Mrs. Pennystevens, ich an Ihrer Stelle würde mir eine neue Brille zulegen. Gestern haben Sie mir bei einem halben Laib Brot zwei Pence zuwenig herausgegeben.»

Die Leute in der Schlange fingen an, unruhig mit den Füßen zu scharren, und die Frau hinter Sir Miles stöhnte, sie habe es schrecklich eilig.

«Richtig», sagte Sir Miles, «bitte beeilen Sie sich, Mrs. Pennystevens. Niemand kann es sich leisten, den ganzen Tag hier zu vertrödeln.»

Mrs. Pennystevens' Augen waren hart wie Stahl, als sie ihm das Wechselgeld hinschob; er zählte es genau nach, und wie immer nannte er jede Münze, die er in die Hand nahm, bei ihrem Namen. Man hätte meinen können, die Währung des britischen Königreichs oder das Dezimalsystem seien ihm nicht vertraut, so verdutzt blickte er drein. Endlich steckte er das Geld in die Tasche, bedachte die Postmeisterin mit einem kurzen Nicken und nickte erneut, als er an der Schlange vorbeiging, so als würden die Leute nicht anstehen, um Milch und Brot zu kaufen, sondern um von Sir Miles Bodenheim, dem Besitzer von Rookswood, empfangen zu werden. Dann nahm er huldvoll von allen Abschied.

Nachdem er die schwierige Aufgabe vollbracht hatte, seinen Brief aufzugeben, setzte Sir Miles seinen Bummel über die Hauptstraße fort. Er erwog, das Taschentuch zurückzugeben, das er in einem winzigen Textilladen neben dem Süßwarengeschäft erstanden hatte, weil, wie sich später herausstellte, daran bereits ein Stich aufgegangen war. Fünfzig Pence, und das Empire war nach all den Jahren immer noch nicht in der Lage, anständig genähte Säume zu liefern. Das Taschentuch hatte nur einen einzigen Fleck, einen ganz winzigen, der von der Schokolade herrührte, die er gegessen hatte, aber das dürfte wohl nichts ausmachen. Nur hatte er heute Wichtigeres zu tun. Er brannte darauf, die Tankstelle ein paar Häuser weiter aufzusuchen; der Besitzer, Mr. Bister, hatte ihm gestern beim Tanken falsch herausgegeben.

So also sah ein Tag im Leben von Sir Miles Bodenheim aus. Die Polizeiwache hatte er sich für den Schluß aufgehoben; auf ihr wollte er den Rest des Vormittags verbringen, um von Peter Gere, dem Dorfpolizisten, zu erfahren, warum die Polizei von Hertfield in dieser Angelegenheit, die Littlebourne über seine nähere Umgebung hinaus bekannt gemacht hatte, nicht zügiger ermittelte.

MAN HÄTTE SIR MILES für den bestgehaßten Bewohner des Dorfes halten können. Aber dem war nicht so. Seine Frau Sylvia rangierte weit vor ihm. Fünf Minuten nachdem ihr Mann die Poststelle verlassen hatte, war sie am Telefon und stritt sich mit der armen, unwissenden Pennystevens.

«Ich möchte einfach nur wissen, wieviel ein Paket kostet, Mrs. Pennystevens. Das dürfte doch nicht so schwierig zu beantworten sein. Es soll heute nachmittag abgehen... Aber ich hab Ihnen doch gesagt, wieviel es wiegt – Sie brauchen nur nachzuschauen.» Sylvia Bodenheims Hand klapperte mit der Gartenschere, mit der sie gerade ihre Blumen geschnitten hatte – schnippschnapp, als wären es die Köpfe der Dorfbewohner. «Nein, ich werde auf keinen Fall Ruth mit einer Pfundnote losschicken. Auf die Dienstboten ist heutzutage kein Verlaß mehr. Ich verstehe nicht, warum Sie mir nicht den genauen Betrag nennen können... Meine Waage ist ziemlich genau, glauben Sie mir... Ja, nach Edinburgh.» Die Schere klickte, und im Takt dazu klopfte sie mit dem Fuß auf den Boden. «Fünfzig Pence? Sind Sie *sicher,* daß das ermäßigt ist?» Sylvia preßte die Lippen zu einem grimmigen Strich zusammen. «So sicher wie es unter diesen Umständen möglich ist – das ist keine sehr befriedigende Antwort. Hoffentlich muß Ruth nicht noch einmal zurückkommen, weil Sie sich verrechnet haben.» Ohne sich zu verabschieden, legte sie den Hörer auf und rief nach Ruth.

Die andern beiden Kandidaten, die man in Littlebourne lieber tot als lebendig gesehen hätte, waren die Sprößlinge der Bodenheims, Derek und Julia. Allerdings kamen sie erst weit nach ihren Eltern, vor allem deswegen, weil sie weniger in Erscheinung traten. Derek kam nur ganz selten aus Cambridge vorbei, und Julia (deren Pferd besser zum Studium geeignet gewesen wäre als sie) war ebenfalls kaum zu sehen. Sie verbrachte ihre Zeit damit, in London die Geschäfte abzuklappern oder mit der einen oder anderen Clique aus der Gegend auf die Jagd zu gehen. Die Dorfbewohner sahen sie immer nur hoch zu Roß, in Reitjacke oder schwarzem Melton und eine Hand in die Hüfte gestemmt.

Wenn die vier Bodenheims einmal zusammensein mußten (an Weihnachten beispielsweise), taten sie nichts weiter, als über ihre Nachbarn herzuziehen und auf ihre unantastbaren Rechte als Feudalherren zu pochen – kurz, sich aufzuspielen.

DIE NOCH UNVOLLENDETEN *Littlebourner Morde* dienten Polly Praed dazu, sich in der sanften Kunst des Mordens zu vervollkommnen. Wenn ihre Geschichten auseinanderzufallen drohten, spielte Polly, eine mäßig erfolgreiche Autorin von Kriminalromanen, am Beispiel der Bodenheims, die entweder einzeln oder gemeinsam ins Jenseits befördert wurden, die verschiedenen Möglichkeiten durch. Am besten gefiel ihr der Schluß, bei dem das ganze Dorf zusammenströmte, um die hochwohlgeborene Familie zu töten. Im Augenblick ging sie die Hauptstraße entlang und dachte über das geeignete Mordinstrument nach. Ein Dolch, der von Hand zu Hand ging, schied aus – es hatte ihn schon gegeben. Als sie an der Tankstelle vorbeikam, erwog sie allerlei tödliche Gifte und lächelte abwesend Mr. Bister zu, der seine ölverschmierte Mütze lüpfte. Das fürchterliche Klischee der mit Arsen präparierten Teetasse fiel ihr ein, und sie blieb stehen.

Ungefähr zehn Meter von ihr entfernt stiegen zwei Männer aus einem Auto, das sie vor dem winzigen Gebäude, in dem Littlebournes Ein-Mann-Revier untergebracht war, abgestellt hatten. Der eine war ziemlich schlank und unauffällig, obwohl sie das nur schwer beurteilen konnte, da er sich gerade die Nase putzte. Aber der andere, der *andere* ließ sie erahnen, was es bedeutete, vom Donner gerührt zu sein. Er war groß und vielleicht auch nicht *wirklich* gutaussehend… aber wie hätte man ihn sonst bezeichnen sollen? Als er den Arm ausstreckte, um etwas vom Rücksitz zu holen – eine Tasche? Bedeutete das, daß er *bleiben* würde? –, fuhr ihm der Wind durchs Haar. Er strich es zurück, wandte sich mit dem andern zusammen um und ging den Weg zum Revier hoch.

Polly starrte ins Leere und fühlte sich leicht seekrank.

Es war kurz vor zehn. Sie schaute häufig im Revier vorbei, um mit Peter Gere zu plaudern; sie waren gute Freunde, manchmal gingen sie sogar über die Straße in den «Bold Blue Boy», um etwas zu essen oder einen Drink einzunehmen. Was hinderte sie also daran, einfach hinaufzugehen und sich überrascht zu zeigen: Oh. Entschuldigung, Peter, ich wußte nicht –

Die Hände in den Taschen ihrer Strickjacke vergraben, ließ sie ihre Gedanken um die Szene kreisen, die sich da drinnen abspielen würde: das Erstaunen des Fremden darüber, daß sie *die* Polly Praed war (ein Name, der selbst bei ihrem Verleger keine großen Emotionen hervorrief), seine Bewunderung für ihren Scharfsinn (von den Kritikern immer nur im Zusammenhang mit der Handlung ihrer Geschichten erwähnt) und ihr Aussehen (über das sich selten jemand äußerte). Völlig absorbiert von dem fiktiven Schlagabtausch auf dem Polizeirevier, hatte sie ganz vergessen, daß sie sich immer noch draußen auf dem Trottoir befand, als sie die zornig erhobenen Stimmen hörte.

Sie drehte sich nach der Tankstelle um, wo Miles Bodenheim mit seinem Offiziersstöckchen in der Luft herumfuchtelte und Mr. Bisters Gesicht die Farbe des kleinen, roten Minis angenommen hatte, an dem er gerade arbeitete. Sir Miles machte mit seinem Stöckchen eine abschließende Bewegung und ging geradewegs auf sie zu. Sie flüchtete auf die andere Straßenseite und verschwand im «Magic Muffin», der glücklicherweise gerade offen war. Es handelte sich dabei um eine Teestube, die Miss Celia Pettigrew gehörte, einer in sehr bescheidenen Verhältnissen lebenden Dame von Stand, die ihre Öffnungszeiten völlig willkürlich festzulegen schien. Man konnte nie von einer Woche auf die nächste schließen: Es war, als richtete Miss Pettigrew sich nach einem anderen Kalender als dem Gregorianischen und nach einer anderen Zeit als der von Greenwich.

Polly sah Sir Miles die andere Straßenseite entlanggehen, bis er schließlich auf der Höhe der Polizeiwache angelangt war.

Sie hätte sich totärgern können.

Aus der Wache kamen Peter Gere und die beiden Fremden; sie steuerten geradewegs auf Miles Bodenheim zu. Bei dem Gedanken, daß Miles (der Blausäure in seinem Frühstücksei verdient hätte) und nicht sie in den Genuß dieser kurzen Begegnung kommen sollte, hätte sie am liebsten laut aufgeschrien. Sie beobachtete, wie Peter Gere und die andern um Sir Miles herum- und dann weitergingen – eine großartige Leistung, denn es war einfacher, eine Napfschnecke von einem Fels zu reißen, als Sir Miles loszuwerden. Die drei überquerten die Straße und die Littlebourner Grünanlage und verschwanden aus ihrem Blickfeld. Sie drückte mit ihrem Gesicht beinahe die Scheibe ein.

«Wem starren Sie denn so nach, Kind?» Die durchdringende Stimme von Celia Pettigrew ließ Polly zurückfahren; ihr Hals verfärbte sich zartrosa, während sie an einem der dunklen Klapptische Platz nahm. Das blau-weiß karierte Tischtuch war aus dem gleichen Stoff wie die Vorhänge. «Kann ich eine Tasse Tee haben, Miss Pettigrew?» fragte Polly gezwungen. «Und ein Muffin?»

«Dafür sind wir da», sagte Miss Pettigrew und huschte in den hinteren Teil ihrer Teestube, zu der Tür mit dem Vorhang.

Um nicht noch einmal in Versuchung zu geraten, hatte Polly sich mit dem Rücken zum Fenster gesetzt; als sie jedoch die Türklingel hörte, schlug ihr das Herz bis zum Hals. Hatte er vielleicht eine andere Richtung eingeschlagen, als er über die Grünanlage ging? Hatte er vielleicht –?

Nein. Es war nur Sir Miles, der gekommen war, um Miss Pettigrew an den Rand eines Nervenzusammenbruchs zu treiben. Obwohl Miles Bodenheim der Rang des ersten Opfers in den *Littlebourner Morden* nur von seiner Frau streitig gemacht wurde, war Polly in diesem Augenblick beinahe froh, ihn zu sehen.

Daß jemand darüber nicht froh sein könnte, kam Miles nie in den Sinn. Wortlos ließ er Hut und Stock auf den Tisch fallen und nahm Platz. «Habe Sie reingehen sehen und gedacht, ich könnte Ihnen ja etwas Gesellschaft leisten.» Er ließ seinen massigen Körper auf den Stuhl fallen und bellte: «Sie haben Kundschaft, Miss Pettigrew!»

Polly schloß die Augen, als sie hinter dem Vorhang das scheppernde Geräusch von Geschirr hörte. «Schusselig», murmelte Sir Miles. Und zu Polly gewandt: «Sagen Sie, Miss Praed, schreiben Sie denn wieder an einem neuen Krimi? Ist ja schon eine Weile her, daß Sie mit einem rauskamen, aber die Kritiken haben Sie wohl etwas verunsichert. Sie müssen das anders sehen. Auf diese Idioten kommt es doch gar nicht an. Wie sich ein Buch verkauft, das zählt, stimmt's? Aber es lief ja wohl auch etwas schleppend, nicht? Sylvia sagte, daß in der Buchhandlung in Hertfield kein einziges Exemplar verkauft worden sei. Nun ja...» Er strich sich das Haar glatt. An seinem Revers klebte etwas trockenes Eigelb; da sie es nicht zum erstenmal dort sah, fragte sich Polly, ob es immer dasselbe oder frisches war. «Wir werden Ihr Buch auf unsere Geschenkliste für Weihnachten setzen. Für die Haushälterin und die Köchin. Sylvia meinte zwar, daß die beiden sowieso schon zuviel Schund lesen – Filmzeitschriften und solchen Quatsch. Wo bleibt denn dieses hirnlose Geschöpf?» Er drehte sich ungeduldig auf seinem Stuhl um, als Miss Pettigrew kreidebleich hinter dem Vorhang hervorgetaumelt kam.

«Ja, Sir Miles?» preßte sie zwischen den Lippen hervor. «Sie hätten nicht so zu brüllen brauchen. Mir einen solchen Schreck einzujagen!»

«Sie sollten was für Ihre Nerven tun. Bringen Sie mir doch einfach eine zweite Tasse. Die Kanne reicht für uns beide. Was ist denn das?» Er stupste mit dem Finger gegen die Muffins auf dem Teller, den sie Polly hingestellt hatte.

«Karottenmuffins.»

«Allmächtiger! Bringen Sie mir mal ein Brötchen.»

«Ich hab keine Brötchen, Sir Miles.»

Er stieß einen lauten Seufzer aus. «Dann den Sardellentoast.»

«Sie wissen doch, den gibt's nur nachmittags.»

Umständlich zog Sir Miles eine dicke Taschenuhr aus seiner Westentasche und klappte sie auf, um ihr zu beweisen, daß sein Zeitmesser sehr viel zuverlässiger war als der ihre. Allerdings war es doch erst zehn. Also begnügte er sich damit, zu bemerken: «So viele Gäste haben Sie nun auch wieder nicht, daß Sie sich solche Haarspaltereien erlauben können, oder?»

Als Polly bemerkte, wie die schmale Gestalt der armen Miss Pettigrew zu zittern begann, schaltete sie sich ein:

«Wenn es nicht zuviel Arbeit macht, Miss Pettigrew, hätte ich auch gern einen. Ihr Sardellentoast ist wirklich ausgezeichnet; die Leute schwärmen davon.»

Während Miss Pettigrew etwas besänftigt nach hinten ging, sagte Sir Miles: «‹Ausgezeichnet?› Was ist denn daran so ausgezeichnet? Kommt doch nur aus der Büchse. Diese beschränkte Person braucht das Zeug nur aus der Büchse zu löffeln und auf eine Scheibe Brot zu legen. Aber es ist immerhin besser als diese Muffins –» Er stocherte wieder auf dem Teller herum. «Wie schafft sie es nur, daß ihre Muffins so mausgrau aussehen?» Er summte vor sich hin, während sie schweigend auf den Toast warteten.

Polly war drauf und dran, ihren Vorsatz, Sir Miles niemals eine Frage zu stellen, zu vergessen, als Miss Pettigrew mit dem Tablett an den Tisch kam. «Zu dumm, wirklich, daß Sie gleich zwei Bestellungen auf einmal am Hals hatten», meinte er forsch-fröhlich. «Und daß Miss Praeds Muffins in der Zwischenzeit kalt geworden sind.»

Mit steinerner Miene verschwand Miss Pettigrew hinter ihrem Vorhang.

Den Mund voller Toast, bemerkte Sir Miles: «Das ganze Dorf scheint kopfzustehen. Erst diese gehässigen Briefe…» Er lächelte boshaft. «Das waren doch nicht etwa Sie? Fällt irgendwie in Ihr Fach.»

«Anonyme Briefe und Kriminalromane sind doch wohl nicht dasselbe.»

Er zuckte die Achseln. «Na ja, Sie haben ja auch einen gekriegt, es ist also ziemlich unwahrscheinlich, daß Sie es waren. Obwohl Sie damit vielleicht nur den Verdacht von sich lenken wollten. Toast?» Großzügig hielt er ihr den Teller unter die Nase. «Daß Mainwaring und Riddley einen kriegten, wundert mich ja nicht. Die beiden hängen ständig bei dieser Wey herum. Das ist auch so eine. Jetzt werden wir bald alles in den Zeitungen nachlesen können, und die Polizei wird überall nach dieser Leiche suchen –»

Das war die Gelegenheit, auf die sie gewartet hatte. Beiläufig fragte sie: «Wer war denn das, ich meine die beiden, die mit Peter Gere zusammen waren?» Sir Miles studierte die angeknabberten Enden seines Toasts. «Polizei», sagte er nur.

Das war typisch Miles. Ständig redete er einem die Ohren voll, wenn man aber etwas von ihm wissen wollte, dann bekam man rein gar nichts aus ihm heraus.

«Von wo?»

Darauf gab er keine Antwort, sondern meinte statt dessen: «Ist auch höchste Zeit, daß sie jemanden schicken, der diese Sache in Ordnung bringt. Wenn wir uns darauf verlassen müßten, daß Peter Gere uns beschützt, lägen wir schon längst tot in unsern Betten. Ich war drauf und dran, ihm das zu sagen.»

Gott sei Dank bimmelte die Glocke über der Tür, und sie brauchte ihm nicht die Muffins in den Hals zu stopfen.

Der Neuankömmling war Emily Louise Perk, eine Zehnjährige, bei der nichts darauf hinwies, daß sie in den letzten zwei Jahren gewachsen war. Ihr zartgliedriger Körper und das dreieckige Gesicht, die bekümmerten, braunen Augen, die strähnigen blonden Haare, die bei ihrem spitzen Kinn endeten, das schäbige Reitjäckchen und die Jeans – all das vermittelte den Eindruck eines bedauernswerten kleinen Geschöpfs.

Emily Louise Perk war aber alles andere als bedauernswert. Ihr verwahrlostes Äußeres war keineswegs auf pflichtvergessene Eltern oder ärmliche Verhältnisse zurückzuführen. Wenn ihre Haare ungekämmt aussahen und sie immer dasselbe trug, so lag das nur daran, daß Emily Louise lange vor ihrer Mutter, ja lange vor allen übrigen Dorfbewohnern und selbst dem lieben Gott auf den Beinen war und ihren Interessen nachging; ihr Pony Shandy stand dabei an erster Stelle. Shandy war seltsamerweise im Stall von Rookswood, dem Gut der Bodenheims, untergebracht. Dafür, daß sie sich um die Pferde der Bodenheims kümmerte, durfte sie ihr eigenes Pony dort unterstellen. Da keiner zwischen Hertfield und Horndean sich besser mit Pferden auskannte als Emily Louise, redete ihr auch niemand drein. Daß selbst Sylvia Bodenheim sie in Ruhe ließ, war eine Meisterleistung für sich, ein Beweis für Emilys bemerkenswerte Fähigkeit, von den Erwachsenen zu kriegen, was sie wollte, oder sie mit totaler Nichtachtung zu strafen. Sie durfte sich frei in den Ställen bewegen und auch zum Tee in die Küche kommen, wo ihr die Köchin der Bodenheims, die Emily Louise ins Herz geschlossen hatte, alle möglichen Leckerbissen zuschob. Im Gegensatz zu den anderen Kindern aus dem Dorf, die von den Bodenheims eher wie streunende Hunde behandelt wurden, hatte sie sozusagen eine Existenzberechtigung.

Und sie machte ausgiebig Gebrauch davon; sie war immer auf dem laufenden, nichts entging ihr. Trotzdem war sie kein Klatschmaul; sie wußte einfach nur Bescheid. Ihre ein Meter zwanzig hohe Gestalt war wie eine Antenne, die Nachrichten empfing.

Hocherfreut rief Polly ihren Namen und zog ihr einen Stuhl heran. Wenn jemand etwas wußte, dann Emily.

Als Emily sich setzte, sagte Miles: «Solltest du nicht bei uns oben sein und dich um Julias Pferd kümmern?» Seine stahlgrauen Brauen zogen sich zusammen.

Doch niemand brachte so tiefe Furchen zustande wie Emily Louise. Man hatte bei ihr immer den Eindruck, als sei sie ganz woanders mit ihren Gedanken. «Heute ist Samstag. Samstags striegle ich nie die Pferde.» Sie inspizierte den Teller mit den Muffins und seufzte: «Schon wieder Karotten. Ich hätte Lust auf ein warmes Eierbrötchen.» Sie legte die Hände an den Hinterkopf und musterte Polly.

Polly rief Miss Pettigrew, die, als sie Emily sah, sofort einen Teller mit Eierbrötchen und frischen Tee brachte. Auch Miss Pettigrew war Miss Perks Charme erlegen. Sie saßen des öfteren bei Tee und Kuchen zusammen und unterhielten sich.

«Danke», sagte Emily, die wußte, was sich gehörte. «Polente im Dorf, ich meine, ein Neuer.»

«Weiß ich», zischte Sir Miles. «Ich bin dem Burschen schon begegnet.» Er klopfte sich den Staub von den Knien seiner Hose und schlürfte seinen Tee.

«Von Scotland Yard.»

Scotland Yard. Polly schnappte nach Luft. Sie räusperte sich. «Und was macht er hier? Ich meine, bleibt er länger?»

Da er anscheinend keine weiteren Auskünfte geben konnte, überging Sir Miles ihre Frage mit einer Bemerkung über die Unfähigkeit der Polizei im allgemeinen. «Sie machen ein großes Trara, aber keiner scheint seine Pflichten zu kennen.»

Emily verschlang ihr Brötchen. «Er findet die Leiche bestimmt. Er übernachtet im ‹Bold Blue Boy›. Da haben sie auch ihre Sachen gelassen. Er ist Superintendent.»

«Hast du denn, äh, zufällig auch seinen Namen erfahren?» fragte Polly.

Damit konnte Emily jedoch nicht dienen. Statt dessen leerte sie ihre Teetasse und schob sie zu Polly hinüber. «Sagen Sie mir bitte die Zukunft voraus.»

Polly wechselte nur ungern das Thema, aber vielleicht konnte sie darauf zurückkommen, wenn sie in den Teeblättern las.

Sir Miles stieß einen tiefen Seufzer aus, als hätte man ihn auf seinem Stuhl festgebunden und gezwungen, sich diesen Unsinn anzuhören.

Polly hielt die Tasse etwas schräg und betrachtete das nichtssagende Muster, das die kleinen schwarzen Teeblätter bildeten. Außer einem Umriß, der sie an einen zerfledderten Vogel erinnerte, sah sie nichts. «Ich sehe einen Mann. Einen Fremden.»

«Wie sieht er denn aus?» Emilys Kinn ruhte auf ihren geballten Fäusten, ihre Stirnfalte verstärkte sich.

«Groß, gutaussehend, ungefähr vierzig –»

«Was, so alt?»

«… kastanienbraunes Haar und, äh, braune Augen.»

«Grau.»

«Grau?»

«Quatsch», steuerte Miles bei.

«Weiter!» sagte Emily.

Polly blickte auf den Vogel ohne Schwingen und meinte: «Irgendeine Gefahr, ein ungelöstes Rätsel.» Polly zuckte die Achseln. Gewöhnlich war ihre Phantasie lebhafter, aber heute kam sie einfach nicht in Fahrt.

«Er hat ein nettes Lächeln und eine angenehme Stimme», vervollständigte Emily das Bild. Dann stand sie auf, leicht O-beinig und mit einwärts gedrehten Zehen. Sie hatte ein Stück Schnur entdeckt, das sie nachdenklich um ihren Finger wickelte. «Verdient so 'n Polizist viel Geld?»

«Quatsch. Ist arm wie eine Kirchenmaus», sagte Sir Miles und hoffte, ihr damit einen Dämpfer zu versetzen.

Offensichtlich war ihm das gelungen. «Ich kann nur jemanden mit viel Geld heiraten. Ich brauch es für die Pferde. Ich werd mal ganz viele Pferde haben.» Sie drehte sich um und ging zur Tür hinaus.

Superintendent Richard Jury hielt sich erst knapp eine Stunde in Littlebourne auf, und schon hatte er zwei Frauenherzen zum Schmelzen gebracht.

Obwohl Emily Louise Perks Schmelzpunkt etwas höher lag als der von Polly Praed.

3

NICHT DIE POLIZEI FAND DIE LEICHE, zu der der Finger einmal gehört hatte, sondern Miss Ernestine Craigie, die Schwester Augustas. Wie gewöhnlich war sie in Gummistiefeln, Anorak und mit einem Feldstecher um den Hals in den Wald von Horndean gezogen. Ernestine war nicht nur die Vorsitzende, sondern das Herz, die Seele und der starke Arm der Königlichen Gesellschaft der Vogelfreunde von Hertfield.

Der Wald von Horndean war ein ziemlich düsteres, mit Eichen, Eschen und Adlerfarnen bewachsenes Gebiet, dessen endlos wirkende Sümpfe und Moore sich zwischen Littlebourne und der sehr viel größeren Stadt Horndean erstreckten, ein Paradies für alle möglichen Vogelarten. Der Wald selbst war nicht gerade hübsch und auch nicht sehr einladend, denn selbst im Hochsommer wirkte er irgendwie winterlich trostlos mit seinem graubraunen Buschwerk und dem Laub, das nie jenen leuchtenden, herbstlichen Goldton aufwies. Außer im Dreck herumzustapfen, wie Miss Craigie das zu tun pflegte, gab es an diesem gottverlassenen, sumpfigen Ort nichts zu tun. Nichts, als Vögel zu beobachten und Morde zu begehen.

Polizeihunde hatten die Stelle, an der der kleine Hund herumgewühlt hatte – die Rosenbüsche der Geschwister Craigie –, gründlich abgeschnuppert. Die Schwestern konnten von Glück sagen, daß die Leiche nicht darunter begraben worden war, sonst hätten sie einiges über sich ergehen lassen müssen.

Es war schon so schlimm genug. Auf die eine oder andere Weise wurde diese Leiche immer wieder im Zusammenhang mit den Craigies erwähnt. Sie war zwar nicht unter Augustas Rosenbüschen, dafür aber von Ernestine gefunden worden: Sie lag halb in dem schlammigen Wasser eines Bachs, der durch den Wald von Horndean floß.

Als Superintendent Jury und Sergeant Gere am Fundort erschienen, fanden sie einen dichten Knäuel von Polizei und Hunden vor, die anscheinend alle einen guten Platz ergattern wollten. Einer der Männer kam auf sie zu.

«Tag, Peter.» Er streckte Jury die Hand hin. «Sie sind von Scotland Yard, stimmt's?» Jury nickte. «Ich bin Carstairs.» Kriminalinspektor Carstairs hatte eine stark gebogene Nase und etwas von einem Raubvogel an sich. «Kommen Sie. Wir haben sie vor einer halben Stunde gefunden. Das heißt, eine Frau aus dem Dorf hat sie gefunden – einer von unsern Leuten hat sie nach Hause gebracht. Muß zugeben, sie hat sich prima gehalten. Aber ein Schock war es doch für sie. Wenn Sie mit ihr sprechen wollen, sie ist dort. Oder…»

«Nein. Ist schon gut. Ist das der Arzt da drüben?»

«Ja. Kommen Sie mit.»

Der Amtsarzt war eine Frau; sie war gerade dabei, die vorläufige Untersuchung der Leiche abzuschließen, und diktierte ihre Befunde über die Schulter einem Assistenten, der auf einer schematischen Zeichnung eines menschlichen Körpers seine Eintragungen machte.

«… an dieser Hand kleben Haare; packen Sie sie ein. An der andern nichts, aber ich würde sie trotzdem mitnehmen.»

Der Grund, warum an ihr nichts klebte, war wohl ganz einfach der, daß sämtliche Finger fehlten.

Lässig warf die Ärztin sie wieder auf den Baumstumpf und wies ihren Assistenten an: «Bitte jeden Finger einzeln eintüten.»

Jury machte einen Schritt nach vorn, wurde aber von ihrem

Assistenten wieder zurückgepfiffen. «Bitte nicht auf den Finger da treten, Sir.»

Er blickte auf den Boden und zog schnell den Fuß zurück. Erst jetzt bemerkte er die beiden abgetrennten Finger. Einer war von dem Baumstumpf gerollt. Das Opfer, eine jüngere Frau, Ende Zwanzig oder Anfang Dreißig, lag mit der einen Wange im seichten, schlammigen Wasser des Bachs. Das Wasser hatte durch das Blut eine rostigbraune Farbe angenommen. Abgesehen von der Hand schien die Leiche keine weiteren Verstümmelungen aufzuweisen; das bläulich angelaufene Gesicht verriet Jury, daß sie erwürgt worden war.

Die Ärztin erhob sich, klopfte sich das Laub und die kleinen Zweige von den Knien und nannte ihren Befund: «Nach erster Untersuchung seit ungefähr sechsunddreißig Stunden tot. Also am Donnerstagabend so zwischen acht Uhr und Mitternacht.»

Die Polizeiambulanz war von der Horndean-Hertfield Road abgebogen und versuchte, auf dem Fußweg an den Tatort heranzukommen. Ein paar Meter vor der Leiche mußte sie anhalten. Zwei Männer brachten eine Bahre und ein Gummituch.

«Was ist mit der Hand, Doc?» fragte Jury die Ärztin.

Sie schob die Unterlippe vor und blickte auf die Plastiktüte, die sie ihrem Assistenten gegeben hatte. «Eine Axt anscheinend. Nur ein Hieb. Da drüben liegt sie.» Sie zeigte auf eine kleine Doppelaxt im Gras.

«Haben Sie eine Ahnung, warum der Mörder sich die Mühe machte, ihr die Finger abzuhacken?»

Sie schüttelte den Kopf und ließ ihre Tasche zuschnappen. Eine Frau, die nicht viel Worte machte. Sie trug ein strenges schwarzes Kostüm, dem eine helle Hemdbluse wohl eine etwas freundlichere Note verleihen sollte. Unter dem Kragen kam jedoch eine schmale, schwarze Krawatte zum Vorschein.

«Wegen der Fingerabdrücke kann er's nicht gemacht haben», sagte Carstairs, «sonst hätte er von beiden Händen die

Finger abgehackt. Und, äh, die Finger mitgenommen. Die Axt gehört Miss Craigie, hat mir Gere erzählt. Das ist die Frau, die die Leiche gefunden hat. Sie benutzt sie, um sich einen Weg durch das Gebüsch zu bahnen, um die Zweige und so weiter durchzuhauen... damit sie die Vögel beobachten kann. Vögel sind Miss Craigies große Leidenschaft.» Inspektor Carstairs zog an seinem Ohrläppchen, als wäre es ihm peinlich, ein so banales Detail erwähnen zu müssen.

«Hätte es auch eine Frau tun können?» fragte Jury die Ärztin.

Jedes ihrer Worte war ein Tropfen Säure: «‹Hätte es auch eine Frau tun können?› Ja, Superintendent. Sie werden feststellen, wir bringen alles mögliche fertig – wir ziehen uns an, ziehen uns aus, fahren Fahrrad, bringen Leute um die Ecke.»

Ein Punkt für die Emanzen, dachte er. «Entschuldigung.» Sie ging, und Jury und Carstairs starrten auf die Leiche hinunter. Der schwarze Mantel war schmierig von Algen, und in den Haaren hatten sich Zweige und Blätter verfangen.

Sergeant Wiggins und Peter Gere entfernten sich von den Polizisten aus Hertfield, die das Gelände absuchten, und kamen auf sie zugestapft.

Wiggins betrachtete die verstümmelte Hand, während die Frau in das Gummituch gehüllt wurde. «Was meinen Sie – warum hat er ihr die Finger abgeschnitten?»

Jury schüttelte den Kopf. «Jedenfalls nicht, um ihr auf Wiedersehen zu sagen.»

SIE SASSEN WIEDER IN DEM EINEN DIENSTRAUM der Polizeiwache an der Hauptstraße und wärmten sich die Hände an Bechern mit heißem Tee und Kaffee.

«Die Leiche ist noch nicht identifiziert», sagte Carstairs.

«Die Etiketten der Kleider stammen von Swan und Edgar und Marks und Sparks. Man kann schon am Stoff erkennen, daß sie nichts Teures bei Liberty einkaufte. Ich würde auf Verkäuferin tippen. Reichlich mit Schmuck behangen. Wir haben nur eine Sache gefunden, die uns vielleicht weiterhilft.» Carstairs zog einen kleinen Umschlag aus der Tasche und schüttete den Inhalt auf den Tisch. «Mein Sergeant hat mir das gegeben, kurz bevor wir hierher zurückkamen. Eine Tagesrückfahrkarte nach London. Sie steckte im Futter des Mantels; anscheinend ist sie durch ein Loch in der Tasche gerutscht.»

Jury schaute nach dem Datum – 4. September, vorgestern also. «Demnach war sie keine Einheimische.»

«Nein, anscheinend nicht.» Irgendwie schien Carstairs das Thema nicht ganz fallenlassen zu wollen; er fügte noch hinzu: «Trotzdem sollten wir diese Möglichkeit nicht völlig ausschließen.»

«Aber selbst wenn», sagte Wiggins, die Tasse unter der Nase und den Dampf inhalierend, «ist sie doch wohl kaum im Dunkeln auf diesem Weg spazierengegangen? Im Wald? So wie sie angezogen war?»

Carstairs warf Wiggins einen Blick zu, als wäre er ein Haufen ungewaschener Socken, konnte aber nicht umhin, ihm recht zu geben. «Diese Miss Craigie, die Frau, die sie gefunden hat, meinte, sie müsse in der Mordnacht auf einer Nachtwanderung an der Stelle vorbeigekommen sein.»

«Um welche Zeit?» fragte Peter Gere.

«Sie ist sich nicht ganz sicher. Um neun oder halb zehn, vielleicht auch zehn. Auf jeden Fall nach Sonnenuntergang.»

«Was hat denn *sie* um diese Zeit im Wald verloren?» fragte Wiggins und reichte Gere seine Tasse zum Nachschenken.

Peter Gere antwortete: «Eulen. Miss Craigie ist Vorsitzende der hiesigen Gesellschaft der Vogelfreunde. Verbringt sehr viel Zeit im Wald von Horndean. Ein wahres Vogelparadies, sagt sie – hübsch feucht und morastig.»

«Klingt nicht sehr lustig», sagte Wiggins und zog seine Jacke fester um sich. Der Nachtspeicherofen des kleinen Dienstraums heizte für Wiggins völlig unzureichend. «Also haben wir schon mal eine Person, die sich zum Zeitpunkt des Mordes da draußen aufgehalten hat», sagte er zu Jury.

Gere lachte. «Na ja, ich muß zugeben, kräftig genug ist sie – aber, Moment mal, Sie denken doch wohl nicht, daß es einer aus dem Dorf gewesen ist?» Mit bekümmertem Stirnrunzeln stopfte er seine Pfeife.

«Vielleicht nicht, aber Sie hatten hier ja auch ein paar Sachen laufen, Peter. Wie steht's damit?» Carstairs griff in seine Tasche und warf einen braunen Packen auf den Tisch. «Schauen Sie sich das an, Superintendent.» Er hatte ein geheimnisvolles Lächeln aufgesetzt, als könne er es nicht erwarten, daß Scotland Yard einen Blick darauf warf.

Es war ein gewöhnlicher brauner Umschlag, der in Hertfield abgestempelt und an die Littlebourner Poststelle geschickt worden war. Jury öffnete ihn und entnahm ihm ein Bündel Briefe, das von einem kleinen Gummiring zusammengehalten wurde. Er ging die Umschläge durch und sagte: *«Buntstift?»*

«Interessant, nicht? Viel schwieriger für die Experten als Tinte oder Schreibmaschine. Die Fachleute konnten noch keinerlei Hinweise geben.»

Jury öffnete den ersten und las ihn: Er war mit grünem Buntstift geschrieben und an eine Miss Polly Praed, Sunnybank Cottage, adressiert. «Miss Praed scheint die tollsten Sachen anzustellen, ohne daß sie aus dem Haus geht. Drogen, Gin.» Er legte ihn beiseite und nahm sich den nächsten, einen orangefarbenen, an eine gewisse Ramona Wey. «Ziemlich kurz, was?»

«Und ziemlich harmlos, abgesehen von denen an Augusta Craigie und Dr. Riddley. Mit Buntstiften schreibt es sich auch nicht gut.»

Augusta Craigies Brief war in Lila geschrieben. «Mrs.

Craigie ist keine Kostverächterin. Bis jetzt wurden drei Männer in nacktem bis halbnacktem Zustand bei ihr zu Hause gesichtet.»

Peter Gere grinste. «Wenn Sie Augusta kennen würden – sie ist Ernestines Schwester –, wüßten Sie, wie unwahrscheinlich das ist. Ich würde sagen, sie war eher stolz auf ihren Brief. Wir haben uns schon gefragt, ob nicht sie die Briefschreiberin war, nur damit sie sich selbst einen schicken konnte.»

«So was ist ziemlich selten», sagte Jury. «Und irgendwie auch keine Erklärung für die andern Briefe. Die Verfasser anonymer Briefe verschaffen sich damit gewöhnlich ein Gefühl von Macht. Wie Voyeure oder anonyme Anrufer haben sie das Gefühl, das Leben anderer zu beherrschen.» Jury öffnete den nächsten. «Wie ich sehe, haben Sie auch einen gekriegt, Peter.»

Gere errötete und kratzte sich mit seinem Pfeifenstiel am Nacken. «Einen ziemlich langweiligen. In Grau. Ist wohl die passende Farbe für mein Privatleben. ‹Zotenreißer› – ganz schön altmodisches Wort, bezieht sich auf damals, als ich bei den Londoner Verkehrsbetrieben arbeitete.»

In gespielter Entrüstung schnalzte Carstairs mit der Zunge: «Der an Riddley ist besonders hübsch. In Blau. Riddley, das ist unser Medizinmann, ein junger Kerl, sehr gutaussehend.» Carstairs zog ihn aus dem Stoß.

Jury las die detaillierte Beschreibung der Dinge, die Doktor Riddley mit einer gewissen Ramona Wey trieb. «Ist sie denn so sexy?»

«Attraktiv», sagte Peter, «aber ein Eisberg. Sie hat einen Antiquitätenladen in Hertfield.»

Auf den Umschlägen standen keine Adressen, sondern nur Namen. Sie waren alle zusammen in einen einzigen braunen Umschlag gestopft und an die Poststelle geschickt worden.

«Wer hat sie in Empfang genommen?»

«Mrs. Pennystevens. Es kam ihr natürlich ziemlich komisch vor, aber sie gab den Leuten ihre Briefe, wenn sie in den

Laden kamen, um Brot oder Briefmarken zu kaufen. Sie sagte, sie habe gedacht, es seien Einladungen oder so etwas.»

«Nette Party», meinte Wiggins, der beim Lesen ein bißchen rot wurde.

«Gewöhnliche Buntstifte, wie man sie in jedem Papiergeschäft oder in jedem Haushalt mit Kindern findet.»

«Mit und ohne Kinder.» Peter Gere öffnete die seitliche Schublade seines Schreibtischs, holte ein paar Buntstiftstummel und Malbücher hervor und legte sie auf den Tisch. «Sind nicht meine. Sie gehören einem kleinen Mädchen aus dem Dorf. Sie malt gern aus. Emily heißt sie. Wo sie hinkommt, läßt sie diese Dinger liegen. Die hier habe ich auf der Fensterbank gefunden.»

Jury schüttelte den Kopf, während er den Brief an Augusta Craigie noch einmal durchlas. «Diese Briefe klingen nicht echt.»

Carstairs schaute ihn fragend an. «Wie meinen Sie das?»

«Ich meine, daß es sich um ein Täuschungsmanöver handelt.» Er warf den Brief auf den Tisch. «Es scheint eher ein Spiel zu sein. Sie klingen nicht einmal ernst.»

«Aber die Leute hier, die nehmen sie ziemlich ernst, das können Sie mir glauben», sagte Peter.

Carstairs blickte auf seine Uhr und stellte seine Tasse mit dem kalten Kaffee ab. «Hören Sie, ich muß nach Hertfield aufs Revier zurück. Wenn ich Ihnen irgendwie behilflich sein kann, lassen Sie es mich bitte wissen, Superintendent. Wir können sofort eine mobile Abteilung hierher verlegen, wenn Sie wollen. Ich dachte nur, da Hertfield in der Nähe ist –»

«Ist schon gut so. Lassen Sie Ihre Männer nur bitte weiter den Wald durchsuchen.»

Carstairs nickte, legte zum Scherz zwei Finger an die Mütze und sagte: «Vielen Dank für den Kaffee, Peter. Sie machen ihn anscheinend immer noch aus Eisenspänen.» Er grinste und war verschwunden.

Der Packen Briefe lag auf dem Tisch. Jury breitete sie auf der Tischplatte aus. «Anonyme Briefe in allen Regenbogenfarben. Und die Leiche eines Mädchens. Besteht Ihrer Meinung nach ein Zusammenhang zwischen dem da und ihr?»

«Kann ich mir nicht vorstellen», sagte Peter Gere. «Auf den Gedanken bin ich noch gar nicht gekommen. Denken Sie an Erpressung?»

«Nein. Das wäre keine sehr erfolgversprechende Methode, oder? Erst die Sünden publik machen und dann kassieren wollen?»

Wiggins' Kopf erschien über dem Kragen seines Mantels, in dem er, ewig fröstelnd, über die Sache nachgedacht haben mußte. «Wissen Sie, dieser Fahrschein in ihrem Mantel ist für mich kein Beweis, daß sie aus London kam. Jemand kann ihn da reingesteckt haben, damit wir glauben, sie wäre aus London.»

Gere berührte den braunen Umschlag. «Die hier wurden Dienstag vor einer Woche in Hertfield abgeschickt. Aber das beweist auch nichts. Was Sie da sagen, ist natürlich durchaus möglich.»

Wiggins untermauerte seine Theorie. «Ist doch komisch, daß der Mörder alles verschwinden ließ, was eine Identifikation ermöglicht hätte, aber nicht in die Taschen geschaut hat.»

«Die Fahrkarte steckte aber im Futter. Offensichtlich ist sie durchgerutscht», sagte Jury.

Wiggins dachte einen Augenblick nach. «Es könnte ja sein, daß es nicht ihr Mantel war.»

«Wie kommen Sie denn darauf?»

«Na ja, aufgetakelt wie sie war, in diesem grünen Kleid und schaufelweise Augen-Make-up –» Wiggins' Ton war mißbilligend – «und dem ganzen Schmuck. Der schwarze Tuchmantel paßte irgendwie überhaupt nicht dazu.»

Wiggins und Gere woben weiter an ihrer tollen Tuchmanteltheorie. Jury ließ sie machen; er war überzeugt, daß die Fahrkarte genau das bedeutete, was sie zu bedeuten schien:

daß die Frau aus London gekommen war und vorgehabt hatte, am selben Tag wieder zurückzufahren.

Jury hatte eine hohe Meinung von den Polizisten in der Provinz; ihre Unbestechlichkeit war schon legendär. Auch wenn ihre Feinde unter den Großstadtkollegen sie als einen Haufen blöder Hinterwäldler bezeichneten: Jurys Meinung nach war das nur der Neid auf ihren Ruf. Er hatte sich immer noch nicht von dem Schock erholt, den ihm die Prozesse gegen ein paar seiner Kollegen und die Gefängnisstrafen vor ungefähr zehn Jahren versetzt hatten. Er war zwar nicht gerade blauäugig, aber doch irgendwie romantisch veranlagt. An gewisse Dinge glaubte er einfach: an England, die Queen, den Fußballtoto. Wenn er Peter Gere, den Dorfpolizisten, betrachtete, empfand er echten Respekt. Es war nicht gerade einfach, auf fremdem Terrain zu operieren.

Trotzdem – ein hübsches Nest, dachte Jury, als er sich auf seinem Stuhl zurücklehnte und auf die Grünanlage blickte. Nicht einmal die Polizei, die in das Dorf eingefallen war, hatte es aus seinem goldenen Septemberschlaf geweckt. Die Hauptstraße schien mit dem grauenvollen Verbrechen, das im Wald verübt worden war, nichts zu tun zu haben; es war, als hätte jemand einen Stein durch ein sonniges Fenster geworfen. Aus dem einzigen Gasthof des Dorfes, dem «Bold Blue Boy», kam ein alter Mann herausgestolpert und schlurfte über die Grünanlage. Etwas weiter oben ging eine Frau mit einem Einkaufskorb über dem Arm in den Süßwarenladen. Nur die kleine Gruppe aus drei Dorfbewohnern, die anscheinend in der Mitte der Grünanlage aufeinandergestoßen waren, bezeugte, daß etwas im Gange war, denn es wurde eifrig gestikuliert und immer wieder auf die Polizeiwache gedeutet.

Nein, nicht drei, sondern vier Personen. Ein kleines Mädchen war aus der Gruppe herausgetreten und starrte auf die Polizeiwache oder auf den Wagen der Kriminalpolizei oder auch auf beides.

Jury hörte Wiggins und Gere nur mit halbem Ohr zu. Er

war überzeugt, daß die Ermordete keine Einheimische war – man sah ihr London schon von weitem an. Auf der Oxford Street und der Regent Street liefen Dutzende solcher Mädchen herum. Warum die Sache komplizierter machen?

Während Jury beobachtete, wie die Kleine mit dem blonden Strubbelkopf eine Art seitlichen Tanzschritt ausführte, sagte er zu den beiden Stimmen hinter sich: «Vielleicht war's so. Aber wo ist dann ihr eigener Mantel?»

Über den Verbleib des ursprünglichen Mantels schienen sie sich jedoch keine Gedanken gemacht zu haben. Keiner antwortete ihm.

Die Sonne, die durch die Jalousien fiel, malte zitronengelbe Streifen auf den Boden. Jury schaute wieder auf die Grünanlage hinaus. Die Gruppe hatte sich verkleinert; übriggeblieben waren der ältere Mann und das kleine Mädchen. Er löste sich von ihr und steuerte zielsicher auf die Polizeiwache zu. Das kleine Mädchen folgte ihm, aber immer in einem gewissen Abstand. Er hatte auffallend weite Kniebundhosen an; sie trug eine Reitjacke mit zu kurzen Ärmeln.

«Sir, können wir nicht in den Gasthof rübergehen?» fragte Wiggins leidend. «Im Wald war es furchtbar feucht.»

«Sicher. Aber wer kommt denn da den Weg hoch, Peter?»

Ein Schwarm Drosseln, die bisher mit einer Brotrinde beschäftigt gewesen waren, flatterten über dem Kopf des älteren Mannes, als wollten sie ihr Nest dort bauen. Jury beobachtete, wie er mit seinem Stock nach ihnen schlug. Bevor er wie eine steife Septemberbrise in den Raum gefegt kam, tauchten sein Gesicht und Brustkorb in der Glastür auf, einem Wasserspeier zum Verwechseln ähnlich.

«Peter! Das ist doch wohl die Höhe! Ich höre, im Wald von Horndean ist eine Leiche gefunden worden!» Sein Tonfall verriet, daß der Ortspolizist für diesen Unfug möglichst rasch eine Erklärung zu liefern habe, da er sich sonst gezwungen sähe, ihn zur Rechenschaft zu ziehen.

Jury erkannte in Sir Miles Bodenheim (von Gere betont lustlos vorgestellt) jenen Typ des Landadligen, der mit seiner Zeit nichts anderes anzufangen weiß, als sich in den Mittelpunkt des Geschehens zu rücken. «Sind Sie im Besitz von Informationen, die Ihnen wichtig erscheinen, Sir Miles?»

«Ich weiß überhaupt nichts. Ich verstehe nur nicht, wieso die Polizei es für notwendig hält, über meine Südwiese zu trampeln. Die tun ganz so, als gehörte sie ihnen.»

«Ihr Gut liegt in der Nähe des Waldes von Horndean?» fragte Jury.

«Ja, das tut es. Genauer gesagt, es grenzt daran. Rookswood ist ziemlich weitläufig.»

«Haben Sie vorgestern nacht vielleicht etwas Ungewöhnliches gesehen oder gehört?»

Miles Bodenheim lächelte süffisant. «Nur Miss Wey in Dr. Riddleys Praxis. Etwas spät für einen Arzttermin, finden Sie nicht?»

Wiggins hatte seinen Block hervorgeholt. «Um wieviel Uhr war das, Sir?»

Sir Miles' Augenbrauen gingen in die Höhe. «Um wieviel Uhr? Woher soll denn ich das wissen? Ich führe nicht Buch über die Angelegenheiten meiner Nachbarn.»

«Ungefähr?» sagte Wiggins und putzte sich die Nase mit seinem überdimensionalen Taschentuch.

Sir Miles stotterte: «Oh, ich weiß nicht, so gegen sechs, nehme ich an.»

«Ich dachte mehr an Vorgänge im Wald, Sir Miles», sagte Jury.

«Fehlanzeige», zischte er. «Ich treibe mich nicht nachts im Wald herum, um Nachtigallen aufzulauern, Superintendent. Ich verstehe auch nicht, warum Scotland Yard sich hierher bemühen mußte», fügte er der Form halber noch hinzu; anscheinend hatte er seine Meinung über die Polizei von Hertfield geändert. «Aber ich kümmere mich wohl besser um meine eigenen Angelegenheiten», fügte er hinzu.

Das wäre bestimmt das erste Mal, dachte Jury. «Ist der Wald denn eine Art Treffpunkt?»

«Nicht daß ich wüßte. Wir gehen da nur hin, um Vögel zu beobachten. Ich bin Sekretär und Kassenverwalter der Königlichen Gesellschaft der Vogelfreunde.»

«Ich möchte wahrscheinlich später noch mit Ihnen sprechen, Sir Miles. Wenn Sie etwas Zeit für mich erübrigen können.»

Wie zu erwarten, gefiel Miles Bodenheim diese demütige Anfrage von seiten der Polizei ungemein. «Ja, werde ich. Es scheint sich ja», fuhr er fort, «um ein besonders brutales Verbrechen zu handeln. Wie ich höre, wurde ihr der Arm abgehackt. Ich komme gerade von den Craigies. Ernestine steht immer noch unter Beruhigungsmitteln. Was für ein Schock! Ich hab mich mit Augusta beim Tee unterhalten, und sie hat mir alles erzählt. Entsetzlich, ihr einfach so den Arm –» Er brachte einen knackenden Laut hervor und schlug sich mit dem Stock auf den Arm. «Unverständlich, wie man so was tun kann.» Erwartungsvoll blickte er zu Jury hin, der sich jedoch nicht äußerte. «Aber na ja, sie war fremd hier.» Womit er wohl ausdrücken wollte, daß Fremde es sich selbst zuzuschreiben hatten, wenn sie ihre Arme einbüßten. «Hoffentlich seid ihr Burschen von Scotland Yard etwas schneller als die hiesige Polizei. Dafür bezahlen wir euch schließlich.» Sir Miles monologisierte weiter. «Ist doch komisch. Was konnte einer da draußen zu suchen haben? Außer uns Vogelfreunden hat im Wald von Horndean niemand etwas zu schaffen. Sylvia, meine Frau, sagt das auch.» Er erwärmte sich für sein Thema, und nun stand nicht mehr der Mord im Mittelpunkt, sondern das widerrechtliche Betreten seines Grundstücks. «Es gibt nur den einen öffentlichen Fußweg, und der ist völlig zugewachsen, weil niemand da langgeht. Es gibt auch keinen Grund, diesen Weg nach Horndean zu nehmen. Es ist ein ziemlich langer Fußmarsch; Sylvia sagt, sie ist beinahe im Schlamm versunken, als sie mit ihren Vogelfreunden da herumwanderte; man soll besser nicht so weit reingehen. Sylvia steckte schon einen halben Meter tief drin, sie sagt –»

Wie Jury an Geres Gesicht ablesen konnte, hätte Sylvia auch völlig darin versinken können, ohne daß ihr jemand eine Träne nachgeweint hätte. Er unterbrach Miles: «Sie meinen also, für Pärchen oder Picknicks ist der Wald nicht der geeignete Ort?»

Miles schnappte nach Luft. «Pärchen? Das will ich nicht hoffen!» In Littlebourne waren Pärchen anscheinend so unbekannt wie die Maul- und Klauenseuche. Sein Blick fiel wieder auf die Briefe, die Gere erfolglos mit dem Arm zu verdecken versuchte. «Dieses Dorf ist das reinste Tollhaus. Ein Verrückter, der sich frei unter Unschuldigen bewegt. Ein *paar* Unschuldigen, besser gesagt.» Er grinste. «Kein Rauch ohne Feuer. Sie bleiben noch, nehme ich an, Superintendent?»

«Ja, ich hab mir ein Zimmer im ‹Blue Boy› genommen.»

Sir Miles' grauer Schnurrbart zuckte. «Oh, doch nicht im ‹Blue Boy›. Die Heizung funktioniert nicht richtig; Mary O'Brien kocht zwar ganz gut, das schon, aber ich kann Frauen in der Gastronomie nicht gutheißen. Sie etwa? Ich weiß, Frauen sind heutzutage überall, aber Mary O'Brien... Sie haben bestimmt gehört, was ihrer Tochter zugestoßen ist? Ich hab's beinahe vergessen bei dem ganzen Trubel. Die Polizei ist in dieser Sache auch noch nicht weitergekommen, was, Peter? Zwei Wochen ist das nun schon her. Na schön, Superintendent, ich würde ganz gerne noch etwas bleiben und mit Ihnen plaudern, aber ich muß leider weiter.» Er klopfte mit seinem Stock dreimal auf den Boden, als wolle er irgendwelche Geister beschwören. «Wir stehen Ihnen zur Verfügung», bot er Jury an. «Zögern Sie nicht, uns in Rookswood aufzusuchen, wann immer Sie Hilfe benötigen.» Nachdem er sich die Befriedigung verschafft hatte, bei der Polizei nach dem Rechten gesehen zu haben, riß Miles Bodenheim die Tür auf und segelte hinaus, während sich hinter ihm die heiße Luft mit der kalten vermischte.

«Was ist denn mit dem Mädchen passiert?» fragte Jury und ließ den Packen Briefe in die Tasche seines Regenmantels gleiten.

«Katie O'Brien. Das ist die Tochter der Wirtin vom ‹Blue Boy›. Sie ist zweimal im Monat nach London gefahren, um Geigenstunden zu nehmen. Anscheinend hat sie auch in der Underground gefiedelt, um sich ein Taschengeld zu verdienen.»

«So 'n Blödsinn», sagte Sergeant Wiggins.

«Tja, und dann hat ihr jemand den Schädel eingeschlagen. Es soll ein wahres Wunder sein, daß sie noch lebt, aber ich weiß nicht, ob sie so besser dran ist. Sie liegt im Fulham Road Hospital im Koma. Schon seit beinahe zwei Wochen, und es sieht nicht gerade gut aus.»

Als sie aufstanden, um sich zu verabschieden, fragte Jury: «Wo ist das passiert?»

«Im East End. In der Wembley-Knotts-Station. Ihr Musiklehrer wohnt da irgendwo in der Nähe.»

Wiggins steckte sich ein Hustenbonbon in den Mund und reichte die Schachtel herum. «Keine Gegend, in der sich ein junges Mädchen herumtreiben sollte.»

4

Sollte sie, sollte sie nicht, sollte sie doch?

Emily Louise Perk stand immer noch auf der Grünanlage, O-beinig wie immer. Emily war sozusagen stets zu Pferd. Sie hatte die Tür der Polizeiwache im Auge, aus der eben Miles Bodenheim getreten war; er war dann aber sofort abgebogen. Ihre Gedanken kreisten um Scotland Yard.

In Pollys Büchern tauchte etwas auf, was Mordkabinett hieß, und Emily Louise fragte sich, wie so was wohl aussah. Wahrscheinlich befanden sich in ihm die Wachsfiguren von Mördern. Und Handschellen, Äxte, Blut. Sie hatte einen Horror vor Blut und hatte sich die detaillierten Beschreibungen der Leiche, die im Wald von Horndean gefunden worden war, kaum anhören können. Emily haßte es, nur an Blut zu denken. Das war auch einer der Gründe, weshalb sie eine so gute Reiterin war; sie wußte nämlich, daß sie herunterfallen und sich blutende Wunden holen konnte, wenn sie ihre Kunst nicht beherrschte. Ihre Mutter hatte einmal versucht, mit ihr über Blut und Blutungen zu reden, aber Emily hatte sich so geekelt, daß sie aus dem Zimmer gerannt war. In Pollys Büchern hatte sie die Beschreibungen von blutüberströmten Körpern immer übersprungen. In einem war von einem abgeschlagenen Kopf die Rede. Und nun war das auch noch hier passiert. Eine abgeschlagene Hand. Miss Craigie hatte gesagt, die Finger... Nein, sie wollte nicht daran denken.

Sie hatte es auch nicht über sich gebracht, Katie im Krankenhaus zu besuchen. Schaudernd dachte sie an die Gerüche, an das Blut, auf das man überall stieß: die Operationstische, die Messer der Chirurgen, die Blutflecken, Kittel und Uniformen. Und sie wollte ihre Freundin Katie nicht wie eine Tote auf einem Tisch liegen sehen.

Die Falte auf ihrer Stirn wurde noch tiefer. Eine so tiefe Furche war selbst für Emily ungewöhnlich. Wenn sie nur rausbekäme, was die Polizei wußte, vielleicht konnte sie dann auch entscheiden, ob das, was *sie* wußte, von Bedeutung war.

Die Tür der Polizeiwache ging wieder auf, und *er* kam heraus. Sie würde vorsichtig zu Werke gehen müssen. Leute von Scotland Yard schafften es, jeden auszuquetschen. Sie konnten selbst ihr Pony Shandy zum Reden bringen, wenn sie mußten. Und die Bäume, wenn sie es darauf anlegten.

Und Emily war im Besitz eines Geheimnisses. Das Problem war nur, daß es eigentlich nicht *ihr* Geheimnis war. Es war vielmehr Katie O'Briens Geheimnis.

SOLLTE SIE, SOLLTE SIE NICHT, sollte sie doch.

Polly Praed schob die Walze ihrer Schreibmaschine so heftig zurück, daß sie beinahe die ganze Maschine mitnahm.

Sie versuchte, sich zu einem Entschluß durchzuringen.

Ihr Häuschen stand direkt neben dem keltischen Kreuz, dort wo die Hauptstraße in die Hertfield Road mündete und mit ihr ein Y bildete. Von dem Fenster des winzigen Wohnzimmers, in dem sie ihre Bücher schrieb, hatte man einen guten Blick auf die Hauptstraße: Sie konnte über die Grünanlage bis zur Polizeiwache rechts davon und zum «Blue Boy» links davon sehen.

Gewöhnlich nahm sie das Treiben auf der Straße gar nicht wahr. Ihre Augen registrierten zwar das Kommen und Gehen, aber ihre Gedanken waren bei ihrer Geschichte. Das war die Regel. Heute schien es jedoch umgekehrt zu sein.

Mit etwas Zyankali in der Partybowle hatte sie gerade Julia Bodenheim ins Jenseits befördert. Ihre Finger bewegten sich wie von selbst, wenn es darum ging, einen der Bodenheims aus der Welt zu schaffen. Es entging ihr also kein Detail von dem, was sich im Umkreis der Polizeiwache abspielte. Während ihre Finger Julia vergifteten, verfolgten ihre Augen, wie der Mann von Scotland Yard mit Peter Gere den Rasen überquerte.

Polly fragte sich, was Emily dort zu suchen hatte: Emily tat das, was Polly am liebsten getan hätte. Es war zwar schon nach zwei, aber doch nicht zu spät, um noch etwas zu essen. Bestimmt waren sie zum Mittagessen gegangen. Nichts hinderte sie daran, das auch zu tun. Sollte sie, sollte sie nicht, sollte sie doch.

Ihre Finger ruhten auf einer mit Arsen gewürzten Aubergine, während sie sich ihren ersten Schachzug überlegte:

«Scotland Yard? Oh! Ich wußte gar nicht, daß die Polizei von Hertfield sich Verstärkung geholt hat.»

Ziemlich langweilig. Wie war es mit: «Ich kann mir vorstellen, daß Sie Krimis, in denen von Scotland Yard die Rede ist, gleich wieder aus der Hand legen, Superintendent?»

Albern. Sollte sie ihn vielleicht fragen, wie sie im dritten Kapitel vorgehen sollte? Das wäre so plump, daß sie bestimmt keine Chancen mehr bei ihm hätte. Erwartete sie von ihm, daß er seine Ermittlungen einstellte, um ihr eine Nachhilfestunde in Kriminologie zu geben?

Frustriert ließ sie sich auf ihren Stuhl zurückfallen und drückte fast ihre Katze Barney platt. Sie hatte sich dieses Plätzchen ausgesucht, weil es am sonnigsten war.

Abgehackte Finger. Polly stützte den Kopf auf die Hände und dachte nach, fand aber keine Erklärung. Sie beugte sich wieder vor, verschränkte die Arme auf ihrer Schreibmaschine, legte das Kinn darauf und starrte aus dem Fenster. Sie sah, wie das Tor zum Garten des «Bold Blue Boy» auf- und zuging. Auf und zu, auf und zu… und darauf saß Emily

Louise, die alles noch viel genauer verfolgte als sie. Als zehn-jährige Göre konnte man sich so auffällig benehmen, wie man wollte.

Das ist einfach lächerlich, sagte sie sich, stand auf und strich ihr Twinset glatt. Sie würde einfach über die Grünanlage zum Gasthof gehen.

Nein, doch nicht.

5

WER IST DENN DIE KLEINE mit dem sorgenvollen Blick?» fragte Jury, der aus dem offenen Fenster des «Bold Blue Boy» schaute. Sie saß auf dem hin- und herschwingenden Tor.

«Emily Louise Perk», antwortete Peter Gere, ein Käsebrot mit Gurkenscheibchen in der Hand. «Sie hängt immer herum. Ihre Mutter arbeitet in Hertfield, ihr Vater ist tot. Vielen Dank, Mary.»

Die Frau, die ihnen das Bier hinstellte, hatte einen vagen, ausdruckslosen Blick, als schaue sie sie durch eine regennasse Scheibe an. Sie war mittleren Alters, dunkelhaarig und bestimmt einmal sehr hübsch gewesen – vielleicht noch vor zwei Wochen, bevor diese Sache mit ihrer Tochter passierte. Sie sagte nur, sie sollten es sich schmecken lassen, und entfernte sich wieder.

Peter, der Jury von Katie O'Briens Unfall erzählt hatte, fuhr fort: «Mary konnte sich nicht erklären, wieso sie nicht die Sachen trug, die sie angehabt hatte, als sie von zu Hause wegging. Mary bestand auf Kleidern und Röcken. Katie muß sich also irgendwo umgezogen haben, denn sie hatte Jeans und ein pinkfarbenes T-Shirt an. In ihrer Einkaufstasche war auch ein Päckchen Zigaretten. Und einer von diesen Schmökern, die Mädchen in ihrem Alter verschlingen, ein Heartwind-Roman, soviel ich mich erinnere. Ihre Mutter war jedenfalls strikt dagegen, daß sie Zigaretten rauchte oder solche Schmöker las –»

«Die sind ziemlich harmlos», sagte Sergeant Wiggins, der jetzt, wo er sein Essen vor sich hatte, schon sehr viel gesünder aussah. «Es gibt Schlimmeres –» Als er Jurys fragenden Blick bemerkte, meinte er: «Na ja, Sie erinnern sich doch bestimmt an Rosalind van Renseleer. Ich hab ein paar von ihren Romanen gelesen...» Er verstummte und widmete sich wieder seinem belegten Brot.

«Ihre Mutter ist wohl ziemlich streng, was?» Gere nickte.

«Und was ist mit diesem Musiklehrer? Sagten Sie nicht, er habe sie an der Station abholen und auch wieder zur Station zurückbringen sollen?»

Gere zuckte die Achseln. «Weiß ich nicht. Das Morddezernat beschäftigt sich mit diesem Fall. Sie können sich von Carstairs einen Bericht geben lassen. Ist bestimmt nicht die erste, die in London überfallen wurde.» Gere lächelte matt. «Ein schwerer Schlag für Mary. Arme Frau. Aber die Jugend heutzutage –»

«Was für Jeans?» fragte Jury.

Erstaunt blickte Peter hoch. «Was für welche? Blue Jeans. Sehen doch alle gleich aus.»

«Überhaupt nicht. Die meisten Mädchen stehen heute auf Designer-Jeans, darunter machen sie es nicht. Welche Marke?»

Peter runzelte die Stirn. «Hmmm, das weiß ich nicht. Warum ist das denn so wichtig?»

«Ich frage mich nur, wie lange sie in der Underground spielen mußte, um sich welche kaufen zu können.»

«Jordache-Jeans», sagte Mary O'Brien und drehte am Zipfel ihrer Schürze, als wäre es der Hals des Mannes, der ihre Tochter überfallen hatte. «Und ein rosaviolettes T-Shirt. Ihr Kleid lag in der Tasche.»

«Jungen? Wie stand's damit? Hatte sie einen Freund?»

Mary O'Brien schüttelte den Kopf. «Sie ist erst sechzehn. Ich hab ihr gesagt, das hätte Zeit.»

Jury äußerte sich nicht dazu. «Der Musiklehrer – wie heißt der?»

«Macenery.» Sie schaute zu, wie Wiggins sich den Namen notierte. «Cyril Macenery. Er wohnt in der Drumm Street, nicht weit von der Station. Das erste Mal bin ich zusammen mit Katie zu ihm hingegangen. Er behauptet, er hat sie an die Bahn gebracht. Angeblich hatte er auch keine Ahnung, daß sie dort spielte.»

«Nehmen Sie ihm das nicht ab?»

«Ich weiß nicht, was ich glauben soll. Es überrascht mich, daß Sie sich überhaupt dafür interessieren. Außer Ihnen tut das keiner. Nach diesen Briefen und jetzt nach diesem Mord im Wald von Horndean…» Mit dem Handrücken strich sie sich das dunkle Haar aus der Stirn.

«Natürlich interessiert mich das, Mrs. O'Brien. Eine schreckliche Geschichte.» Sie schenkte ihm ein winziges, kaum wahrnehmbares Lächeln, ein Lächeln wie ein Blatt, das an einem Stein im Wasser hängengeblieben ist. Es verflüchtigte sich sofort wieder. «Wie heißt ihr Arzt?»

«Dr. Riddley. Der Arzt aus dem Dorf. Sie können nichts tun als warten. Ich besuche sie im Krankenhaus und spreche mit ihr. Es ist schwer, mit jemandem zu sprechen, der einen nicht hört. Ich habe auch den Kassettenrecorder und ein paar von ihren Lieblingskassetten hingebracht. Katie war außergewöhnlich musikalisch», sagte Mary O'Brien, und in ihrer Stimme schwang noch etwas von dem Stolz mit, den sie empfunden haben mußte. «Hier konnte ihr keiner mehr was beibringen. Sie war schon bei allen gewesen. Nur dieser Macenery war gut genug und außerdem auch nicht so teuer. Viel Geld habe ich nicht, aber sie brauchte einfach einen wirklich guten Lehrer. Katie hat getan, was sie konnte. Ihre Musik bedeutete ihr alles. Sie hat verschiedene Jobs gehabt, vor allem hat sie geputzt – für Miss Pettigrew, die Mainwarings, Peter, Dr. Riddley und andere. Manchmal hat sie auch in Rookswood nach den Pferden geschaut oder im ‹Magic Muffin› ausgeholfen, im Sommer, wenn viel los war, hat sie dort bedient… Wenn er nicht der beste Lehrer gewesen wäre, den wir uns leisten konnten, glauben Sie, ich hätte sie in so eine Gegend von London fahren lassen?»

Sie würde gleich zusammenbrechen, wenn er nicht eingriff. Ihre Stimme nahm diesen immer schriller werdenden, hysterischen Ton an. «Die Londoner Polizei wird sich darum kümmern, Mrs. O'Brien.»

«Ich kann Ihnen ja mal Ihre Zimmer zeigen.» Sie führte ihn eine dunkle Treppe mit alten Stichen von Vögeln und bukolischen Landschaften hinauf. «Sie sagen, man kann nie wissen, auf was Leute im Koma reagieren. Ich spreche mit ihr und spiele ihre Kassetten. Sie würden nie erraten, was ihr Lieblingslied war: ‹Rosen aus der Picardie›! Katie war so altmodisch.»

Jury fragte sich, wie sie das mit den Jordache-Jeans und dem pinkfarbenen T-Shirt in Einklang brachte.

JURYS INTERESSE FÜR DIE KLEINE BLONDE WUCHS. Anscheinend war es ihr auf dem Tor langweilig geworden – während seiner Unterhaltung mit Mary O'Brien war sie jedenfalls verschwunden.

Nachdem er Wiggins beauftragt hatte, die Postmeisterin und die Mainwarings zu befragen, machte Jury sich auf den Weg zu den Craigies. Jury und Emily traten gleichzeitig – ja beinahe schon verblüffend gleichzeitig – auf die Straße, er aus dem «Bold Blue Boy», sie aus dem Süßwarenladen ein paar Häuser weiter.

Jury beobachtete einen Augenblick, wie sie in die Luft starrte und ihn auf unübersehbare Weise ignorierte. Das letzte Mal, daß ihn jemand so auffällig ignoriert hatte, war in der Camden Passage gewesen, als er Jimmy Pink, den Taschendieb, der dort seiner Arbeit nachging, festnahm. Sie beugte den Kopf über eine weiße Papiertüte und überlegte anscheinend, welches Bonbon sie sich zuerst in den Mund schieben sollte. Immer noch durch ihn hindurchstarrend, obwohl er die einzige Person auf dem Trottoir war und außerdem von beträchtlicher Körpergröße, begann sie auf einem Bein herumzuhüpfen, dann machte sie einen Satz nach vorne, wobei sie die Beine, einem unsichtbaren Muster im Pflaster folgend, auseinanderspreizte. Sie wirbelte herum und wiederholte das Ganze rückwärts, die weiße Bonbontüte fest an sich pressend. Ihr ungekämmtes, strähniges Haar hatte an den Seiten ihres Kopfs zwei Bäusche gebildet, die beim Hüpfen auf- und abgingen.

Er überquerte die Hauptstraße, stieg in sein Auto und umkurvte damit das eine Ende der Grünanlage, um dann auf der andern Seite am «Blue Boy» vorbeizufahren. Bei dem keltischen Kreuz blickte er in den Rückspiegel. Sie stand völlig regungslos da, stopfte sich den Inhalt ihrer Tüte in den Mund und starrte dem Wagen der Kriminalpolizei nach.

6

AUGUSTA CRAIGIE – ODER DIE FRAU in dem wild wuchernden Garten, von der Jury annahm, sie sei Augusta – schien gerade mit einem Beet Primeln beschäftigt zu sein, als er das Gartentor aufklinkte. Bis auf das kleine Fleckchen, auf dem sie gerade arbeitete, war der Garten ein einziger Dschungel. Sie fuhr mit einer kleinen Harke um die winzigen Windmühlen und Wasserfälle, die Enten, die ihre Jungen in die Schlacht führten, die gepunkteten Frösche auf den Gipsbänkchen herum. Sogar ein kleines Riesenrad war vorhanden. Es war wie auf einem Rummelplatz für Liliputaner.

«Miss Craigie?» Sie drehte sich nach ihm um, und ihre Lippen formten ein kleines O. «Ich bin Superintendent Jury von Scotland Yard. Kriminalpolizei.» Er zeigte ihr seinen Ausweis.

Sofort rollte sie den Kragen hoch und die Ärmel herunter, als wolle sie den letzten Zentimeter unbedeckter Haut verhüllen, ein schwieriges Unterfangen, denn Miss Craigie war von den Haaren bis zu den Baumwollstrümpfen bereits ganz in Grau gehüllt. Mit ihren flinken, kleinen Augen und ihrer spitzen Nase erinnerte sie Jury an eine Feldmaus.

«Sie wollen bestimmt mit meiner Schwester sprechen. Ich glaube nicht, daß sie dazu in der Lage ist… ich meine, nach alldem, was sie hinter sich hat. Sie können sich vorstellen, was für ein Schock das war!»

«Ja, natürlich. Aber vielleicht könnten *wir* uns unterhalten?» Wenn er erst einmal im Haus war, würde er schon fertig werden mit den Schocks, die sie erlitten hatten.

«Wir? Oh. Ja, ich denke schon…» Verunsichert blickte sie auf ihre Gipsdekorationen, da aber von den Enten und den Fröschen kein Zuspruch zu erwarten war, streckte sie die Waffen, wickelte ihre Strickjacke noch fester um ihren schmalen Körper und führte ihn zu einer kleinen Tür. Das Strohdach war dringend reparaturbedürftig. Von den schweren, dunklen Balken um die Fenster und die Tür war schon längst der Maschendraht abgefallen, der verhindern sollte, daß Vögel dort ihre Nester bauten.

Eine langhaarige Katze mit dem gemeinen, verdrießlichen Gesichtsausdruck eines Schurken tauchte hinter einem Busch auf und folgte ihnen auf den Fersen. Drei weitere – Jury glaubte etwas Graues und Orangefarbenes gesehen zu haben – huschten wie Schatten um die Ecke des Hauses.

Der Eindruck, den der Garten vermittelte, wurde im Innern des Hauses noch verstärkt. Die Ausschmückung ihres Heims lag den beiden Schwestern offensichtlich mehr am Herzen als der Haushalt. Von dem vorderen Zimmer gelangte man durch einen niedrigen Bogen in einen zweiten Raum – ein Studierzimmer oder eine Art Wohnzimmer. Vor dem Fenster stand ein breiter, mit Papierrollen, Schreibwerkzeugen und Zeichengeräten übersäter Schreibtisch. Über alldem thronten zwei Sperlingspapageien in einem Korbkäfig.

Auch sonst gab es überall Vögel, nur daß diese entweder ausgestopft waren, unter Glas standen oder als Porzellanfiguren den Kaminsims und die Regale zierten. Augusta Craigie hatte in einem ausladenden, kretonnebezogenen Sessel Platz genommen; sie sagte: «Ernestine ist Ornithologin. Deswegen haben wir hier so viele Vögel herumstehen. Die Sperlingspapageien gehören mir. Süß, nicht wahr? Ernestine hat schon etliche Artikel über Vögel geschrieben. Ich kümmere mich um den Haushalt.» Sie breitete entschuldigend die Hände aus, als wären sie dieser Aufgabe nicht richtig gewachsen.

Jury war sich nicht sicher, ob die drei Katzen, die sich vor ihm aufgebaut hatten und ihn anstarrten – die Pfoten ordentlich nebeneinandergestellt und gelegentlich mit den Schwänzen zuckend –, dieselben Tiere waren, die er draußen gesehen hatte, oder andere, dem Dunkel des Hauses entsprungene Geschöpfe. Sogar am hellichten Tag brauchte man elektrisches Licht, und die große Stehlampe neben Miss Craigies Sessel brannte auch. Der mit Fransen besetzte Schirm verbreitete ein trübes Licht. Die Katze mit dem gemeinen Gesichtsausdruck sprang auf ihren Schoß und versetzte ihr einen mörderischen Hieb mit der Pfote, den Miss Craigie überhaupt nicht wahrzunehmen schien.

«Ernestine ist die Vorsitzende der Vogelfreunde von Hertfield. Gewöhnlich ist sie schon vor fünf mit ihrem Feldstecher unterwegs... Sie sehen, es ist also ganz *normal*, daß sie auf... auf diese arme Frau gestoßen ist.»

Augusta gehörte offenbar zu den Leuten, die für alles eine Erklärung parat haben müssen, und Jury ließ sie reden. Sie deutete jedoch sein Schweigen als Schuldzuweisung und schmückte eilig das Ganze noch weiter aus. «Sie war gerade dabei, eine dieser kleinen Karten für die Vogelbeobachter zu zeichnen. Wir benutzen sie, wenn wir gemeinsam losziehen; gewöhnlich in kleinen Gruppen, wenn es etwas Besonderes gibt – wie zum Beispiel das Tüpfelsumpfhuhn...» Ein bitterer Ton schlich sich ein, als sie sagte: «Wissen Sie, für mich war das genauso schlimm – wirklich genauso schlimm!» Sogar in dem trüben Licht sah Jury die Röte, die ihr Gesicht überzogen hatte: Sie war damit herausgeplatzt, als hätte Ernestine sich nun lange genug im Rampenlicht gesuhlt. «Zu sehen, wie dieser Hund auf mich zukam mit diesem – *Ding* im Maul.» Augusta sank in ihren Sessel zurück, fuhr dann aber plötzlich wieder hoch und beförderte dabei die Katze auf den Boden, die daraufhin die Sperlingspapageien zu belauern begann. «Ich versteh das alles nicht, Inspektor. Offensichtlich sind wir die Sündenböcke. Als hätten die Polizisten – Sie – *uns* im

Verdacht. Vor Ihnen war schon dieser andere Inspektor aus Hertfield da und hat uns mit Fragen bombardiert... Wirklich, es ist einfach ungerecht.»

Jury überging seine Degradierung und sagte: «Ich hoffe, Sie verstehen, wie wichtig es für uns ist, alle, die mit der Entdeckung der Leiche zu tun hatten, zu befragen. Wir wollen Sie keineswegs belästigen. Wenn Sie und Ihre Schwester nicht gewesen wären, würde sie vielleicht immer noch da draußen im Wald liegen.» Jury lächelte.

Die plötzliche Verwandlung vom Opfer zur Heldin veranlaßte Augusta, sich über das Haar und anschließend über den Rock zu streichen. Sie konnte es sich nun auch erlauben, ihrer Neugier freien Lauf zu lassen. «Wer war sie denn? Wissen Sie das?» Jury schüttelte den Kopf. «Von uns hat sie keiner gekannt. Vielleicht kam sie aus Horndean oder Hertfield. Ich hab gerade eben mit Miles Bodenheim – Sir Miles – gesprochen, und wir waren uns einig, daß der Mörder höchstwahrscheinlich ein Psychopath ist, aus London vielleicht –» (Auf Urlaub, fragte sich Jury.) «Man denkt sofort an Jack the Ripper.» Der kleine Schauer, der sie durchlief, schien eher ein Schauer der Lust als des Entsetzens zu sein. «Erinnern Sie sich, wie er seine Opfer verstümmelt hat?»

«Nein, so würde ich den Fall hier nicht sehen.»

Augusta ließ sich jedoch nicht beirren. Wie ein Spürhund war sie auf die blutigen Details aus und beschrieb den Fund der Leiche, wie ihre Schwester ihn ihr geschildert hatte. Diese schien sich erhoben zu haben; Gepolter, knarrende Dielen und Schritte auf der Treppe kündigten ihr Erscheinen an.

«Das muß Ernestine sein. Ich kann mir nicht vorstellen, warum sie schon aufgestanden ist. Das reinste Wunder, daß sie nicht ohnmächtig wurde – Ernestine! Du solltest im Bett bleiben, wirklich!»

Falls die Person, die den Durchgang blockierte, Ernestine war, stand nicht zu befürchten, daß irgend etwas sie umwerfen würde. Eine gedrungene, vierschrötige, energische Person. Jeden Einwand gegen den Kurs, den sie eingeschlagen hatte, räumte sie zweifellos mit Hilfe des Schwarzdornstocks in ihrer Hand aus dem Weg. Selbst die Katzen stoben auseinander. Über ihrem stattlichen Busen trug sie eine fest zugeknöpfte Segeltuchjacke, und die gestrickte Mütze hatte sie sich so energisch über die Ohren gezogen, daß nur ein graues Haarbüschel und eine Andeutung von Augenbrauen zu sehen waren.

«*Raus,* natürlich», lautete die schnippische Antwort auf die schüchterne Frage ihrer Schwester, wo sie denn hinwolle. «Ein bißchen Ruhe, mehr war nicht nötig. Ich muß mir nur noch die Gummistiefel anziehen –»

«Aber du kannst doch unmöglich in den Wald von Horndean zurück. Der Herr hier ist von Scotland Yard und möchte dir Fragen stellen.»

«Warum sollte ich nicht zurückgehen? Das Tüpfelsumpfhuhn wartet nicht ewig. Ich nehme doch an, die Polizei hat inzwischen alles hübsch sauber aufgeräumt, nicht wahr, Inspektor?»

«Wir haben die Leiche weggebracht, Ma'am. Trotzdem können Sie noch nicht wieder in diesen Teil des Waldes.»

«Und warum nicht, bitte? Die Tüpfelsumpfhühner sind beinahe ausgestorben, Sir. Sie sind, wenn überhaupt, nur an dieser Stelle zu sehen. Sie mögen Feuchtigkeit, wissen Sie.» Sie ging zu der Bank neben der Tür, wo ihre Gummistiefel warteten, stramm wie Soldaten. Ließ sie sich nur mit Gewalt aufhalten?

«Das Tüpfel –, was ist denn das?»

Sie blieb stehen, wandte sich um. «Das große Tüpfelsumpfhuhn. Sie wollen doch nicht behaupten, Sie hätten noch nie davon gehört?»

«Nein, noch nie. Ist es denn so selten?»

«Selten? *Selten?*» Sie kam wieder ein paar Schritte zurück. «In den letzten drei Jahren wurde es nur dreimal gesichtet. Einmal auf den Orkneys, einmal auf den Hebriden und einmal in Torquay. Es ist offensichtlich etwas von seinem Kurs abgekommen.»

«Und Sie haben es im Wald von Horndean gesichtet?»

«Ja, ich denke doch.» Sie knöpfte ihre Jacke wieder auf.

«Ich hab einen Freund, der einmal einen Spix Ara gesehen hat», sagte Jury und bot ihr eine Zigarette an, nach der sie geistesabwesend griff.

Ihre Augenbrauen gingen in die Höhe und verschwanden völlig unter der heruntergezogenen Strickmütze. «Das ist unmöglich! Spix Aras wurden nur in Brasilien gesichtet. Irgendwo im Nordwesten von Bahia. Das ist ein äußerst seltener Vogel.» Sie ließ sich in den andern kretonnebezogenen Sessel sinken, als müsse sie sich von diesem Schock erholen.

Jury schüttelte den Kopf. «Vielleicht hat er sich verirrt.»

Sie betrachtete ihn mit äußerstem Mißtrauen und meinte: «Ich kann nicht glauben, daß diese Person einen gesehen hat. Ich bin Ornithologin, und ich halte mich auf dem laufenden. Von einem Spix Ara habe ich nichts berichten gehört.» Ihre Augen verengten sich, als sie an der Zigarette zog, die sie zwischen Daumen und Zeigefinger festhielt. «Beschreiben Sie ihn.» Als nehme sie einen Mordverdächtigen in die Zange.

«Na, blau, nach der Aussage meines Freundes. Auf dem Rücken und den Flügeln etwas dunkler. Und, hmm, ungefähr sechzig Zentimeter groß.»

In der kurzen, verblüfften Pause, die daraufhin erfolgte, starrte Ernestine auf ihre Schwester. Jury dachte schon, sie würde Augusta für diese haarsträubende Spix-Ara-Geschichte verantwortlich machen. Aber sie sagte nur: «Augusta, hock hier nicht rum wie ein Huhn auf der Stange. Wir könnten eine Kleinigkeit vertragen. Wie wär's mit ein paar belegten Broten?» Und dem ergebenen Rücken ihrer Schwester rief sie noch nach: «Im Kühlschrank ist gehacktes Hühnerfleisch!» Dann machte sie es sich wieder in ihrem Sessel bequem, um mit Jury zu fachsimpeln. «Der Spix Ara ist…»

Jury gab ihr genau drei Minuten, dann fand er es an der

Zeit, sie von den Vögeln auf die Vogelbeobachter zu bringen. «Wie oft trifft sich Ihre Gruppe?»

«Einmal im Monat, am dritten Montag.»

«Und wer gehört dazu?»

«Die Bodenheims – Miles und Sylvia. Mainwaring und seine Frau, wenn sie zu Hause ist.» Ernestine grinste.

«Heißt das, daß sie häufig nicht zu Hause ist?»

«Da kriselt es, wenn Sie *mich* fragen.»

Augusta kam mit einer Platte belegter Brote zurück, die wie eingesäumt aussahen, so akkurat waren sie geschnitten. Jury lehnte dankend ab, ließ sich aber eine Tasse Kaffee einschenken.

«Sagen Sie, Miss Craigie, Sie müssen sich doch Gedanken über dieses Mädchen gemacht haben – wer sie war oder zumindest, was sie in dem Wald verloren hatte?»

Ohne sich darum zu kümmern, daß sie den Mund voller Hühnerfleisch hatte, meinte Ernestine: «Wahrscheinlich nichts. Muß wohl eine Verkäuferin gewesen sein.»

«Was veranlaßt Sie, das anzunehmen?»

«Ich weiß nicht. Sie sah eben so aus. Etwas nuttig mit diesen ganzen Armreifen und Ohrringen. ‹Geschmückt wie ein Pfingstochse›, pflegte unsere Mutter zu sagen. Stammte wohl von Woolworth, der ganze Kram.»

«Sie haben sie sich ja genau angeschaut.»

«Ich sah die Leiche zuerst hierdurch.» Sie hob ihren Feldstecher hoch. «Aber ich war mir nicht sicher, was es war, und bin zu der Stelle rübergegangen. So lange hab ich sie mir auch nicht angeschaut – das können Sie sich wohl denken –, wer aber wie ich ein scharfes Auge für Details hat, braucht da nicht viel Zeit. Ich bin dann sofort zur nächsten Telefonzelle gegangen und habe die Polizei informiert.»

Da die Antworten nur so aus ihr heraussprudelten, zögerte Jury etwas mit seiner nächsten Frage. «Die, äh, die Verstümmelungen wurden ihr mit einer kleinen Axt zugefügt, die neben dem Baumstumpf gefunden wurde. Es soll sich dabei um

Ihre Axt handeln, Miss Craigie. Wieso hatten Sie sie da liegen?»

Eine Axt am Tatort brachte Miss Craigie noch lange nicht aus der Fassung. «Ich bahne mir damit den Weg, was sonst. Ich hacke Zweige ab und so weiter, um etwas sehen zu können.»

«Wissen Sie, ob sonst noch jemand diese Axt benutzt hat?»

«Ich denke schon. Sie liegt immer rum. Nicht gerade *dort* – die Vogelbeobachter benutzen sie hin und wieder, man hätte sie also überall in der Nähe finden können.»

Jury wechselte das Thema. «Sagen Sie, haben Sie Katie O'Brien gekannt?»

Einen Augenblick lang schien sie seine Frage nicht zu verstehen. «Oh, die kleine O'Brien. Die hab ich ganz vergessen. Wurde sie nicht vor zwei Wochen zusammengeschlagen? Na ja, wenn ihre Mutter sie einfach so in London rumlaufen läßt, dann wundert mich das ja nicht.»

Wie Jury vermutete, verteidigte Augusta Katie wahrscheinlich nur, um ihrer Schwester widersprechen zu können. «Ein nettes Ding, diese Katie. Sie hat für einige Leute in Littlebourne geputzt. Und sie war sehr gründlich; ich hab sie auch ab und zu geholt. Richtig geschuftet hat sie; zuverlässig war sie auch und gut erzogen, nicht so wie diese andern Gören, die mit ihr zur Schule gingen.»

Ernestine machte eine wegwerfende Handbewegung. «Ja, ja, immer nett, die Kleine, aber stille Wasser... Was hab ich gesagt, wetten, daß sie bei der erstbesten Gelegenheit mit einem Jungen abhaut!»

«Vielleicht», meinte Augusta, «wollte sich dieses Mädchen auf Stonington vorstellen.»

«Auf Stonington?» wiederholte Jury.

«Ja, bei den Kenningtons. Ich hab gehört, Lady Kennington suchte jemanden, der für sie tippt. Stonington liegt auf der andern Seite des Waldes, an der Horndean Road. Ich erinnere mich genau, daß Mrs. Pennystevens mir erzählt hat, sie – ich meine Lady Kennington – hätte eine Bewerberin, die sich in ein, zwei Tagen vorstellen wollte. Vielleicht war sie das, die Frau im Wald.»

«Aber ist es nicht ziemlich unwahrscheinlich, daß ein Ortsfremder durch den Wald von Horndean geht?»

Augusta strahlte ihn an: «Aber Inspektor, vielleicht wurde sie dorthin *geschleppt*. Sie verstehen – nachdem sie irgendwo anders umgebracht worden war. Oder *hingerichtet*. Wirklich, es sieht doch ganz nach einem *Ritual*mord aus. Haben Sie daran schon gedacht?»

Jury mußte zugeben, daß ihm dieser Gedanke noch nicht gekommen war.

«Das ist doch Quatsch, Augusta. Du hast zu viele Krimis von Polly gelesen. Das ist unsere Märchentante, eine Kriminalautorin», erklärte sie Jury. «Sie ist gar nicht so schlecht. Ich hab auch schon versucht, sie für unsern Verein anzuwerben –»

Jury ging der Name Kennington im Kopf herum. Wo hatte er ihn nur schon gehört? Er konnte sich nicht erinnern, daß Carstairs oder Peter Gere ihn erwähnt hatten. «Haben Sie ein Telefon?» fragte er die Craigies.

«Natürlich», sagte Ernestine. «Ich muß wegen der Gesellschaft ständig rumtelefonieren. Ja, natürlich können Sie es benutzen», erwiderte sie auf Jurys Frage. «Es steht dahinten in meinem Arbeitszimmer. Passen Sie auf, daß Sie mir nicht die Karten durcheinanderbringen!» rief sie Jury nach.

«Stonington?» wiederholte Inspektor Carstairs einigermaßen überrascht. «Nein, niemand hat die Frau im Zusammenhang mit Stonington erwähnt. Der Busfahrer sagt, er erinnert sich an eine Frau, auf die diese Beschreibung zutrifft; sie sei in Littlebourne aus dem Bus von Hertfield nach Horndean ausgestiegen. Es war der letzte Bus nach Horndean; er kam fünf nach acht in Littlebourne an. Da war's schon ziemlich dunkel.»

«Kennington – ich muß den Namen schon mal gehört haben –»

«Vor ungefähr einem Jahr war er in allen Zeitungen. Lord Kennington hatte eine Schmucksammlung, darunter auch ein Smaragdcollier mit einem sehr seltenen und wertvollen Stein. Sein Sekretär, ein Bursche namens Tree, ist damit abgehauen. Ich meine, mit dem Collier. Manchmal scheint es ja noch so was wie Gerechtigkeit zu geben – ein paar Tage darauf wurde dieser Tree nämlich von einem Auto überfahren. Soviel uns bekannt ist, fehlt von dem Collier noch jede Spur.» Carstairs schien sich vom Telefon abgewandt zu haben, um sich mit jemandem zu besprechen, dann sprach er wieder in die Muschel. «Ich werde sofort nachprüfen lassen, was es mit Stonington auf sich hat. Jetzt lebt nur noch Lady Kennington dort, ihr Mann ist gestorben.»

Jury bedankte sich und legte auf.

Als er zurückkam, stritten die Schwestern sich wegen der Briefe. Augusta schien auf Miss Praed als Verfasserin zu tippen.

«Die gute alte Polly?» sagte Ernestine. «Um Himmels willen! Sie würde so was nie tun. Sie ist völlig mit ihren eigenen Geschichten beschäftigt, sie braucht ihre Phantasie nicht auf diese Weise auszutoben.»

«Aber sie hat zumindest Phantasie», versetzte Augusta.

Ernestine packte die Katze mit dem gemeinen Gesichtsausdruck, die über die Brotreste hergefallen war, und setzte sie auf den Boden. «Für diesen Brief an dich, altes Haus, brauchte einer schon Phantasie, das mußt du zugeben», wieherte Ernestine und klopfte mit ihrem Schwarzdornstock auf den Boden. «Augusta ist so unschuldig wie ein neugeborenes Lamm.»

Jury bezweifelte das, als er Augustas Miene sah. Ernestine, die anscheinend immer den Löwenanteil abbekam von dem, was im Leben der beiden passierte, schien den Blick mörderischer Wut aus ihren Augen überhaupt nicht zu bemerken. Und als die Katze, die es aufgegeben hatte, etwas von dem Hühnerfleisch zu ergattern, sich wieder an die Sperlingspapageien ranmachte, dachte Jury darüber nach, wie sonderbar es doch war, daß die eine Schwester sich Katzen und Vögel hielt, während die andere Ornithologin war.

«Auf wen tippen denn Sie?» fragte er Ernestine.

Sie stützte das Kinn auf die über dem Stock gefalteten Hände und dachte nach. «Ich tippe auf Derek Bodenheim.» Sie übersah den schockierten Blick ihrer Schwester. «Ein Spatzenhirn, dieser Derek. Als Kind gehörte er zu denen, die Insekten die Flügel ausreißen. Es könnte aber auch die gute alte Sylvia gewesen sein, wenn ich mir's recht überlege.»

«Du beschuldigst einen deiner Vogelfreunde?» sagte Augusta.

«Unsinn. Wenn einer sich für Vögel interessiert, bedeutet das noch lange nicht, daß er nicht auch mit dem Beil auf seine alte Mutter losgehen kann!»

«Nein, da haben Sie recht», sagte Jury und steckte seinen Block in die Tasche. «Vielen Dank, daß Sie mir so viel Zeit geopfert haben. Vielleicht muß ich mich später noch einmal mit Ihnen unterhalten. Und bitte, Miss Craigie, keine Ausflüge in den Wald von Horndean.» Aber nein, aber nein, lautete ihre Antwort. Jury wußte freilich, daß sie losziehen würde, sobald er außer Sichtweite war.

Als Jury ihnen an der Tür noch seine Visitenkarte gab, sagte Augusta: «Ich hoffe doch, daß wegen dieser schrecklichen Geschichte nicht unser Kirchenfest verschoben werden muß. Es soll morgen stattfinden, und ich habe mein Zelt und mein Kostüm schon fix und fertig.»

Ernestine höhnte: «Sie will als Wahrsagerin auftreten, als Madame Zostra. So etwas Albernes! Wenn die Kirche Geld braucht, warum lassen sie dann nicht einfach den Klingelbeutel durchgehen?» Sie studierte Jurys Visitenkarte. «Haben Sie nicht gesagt, Sie seien Inspektor? Hier steht aber Superintendent. Was ist der Unterschied? Untersteht Ihnen denn der ganze Haufen, oder was?»

Jury lächelte, während er in den blauen Himmel starrte. «Der Unterschied ist nicht so groß. Sie können es sich ungefähr so vorstellen: Nicht jeder Polizeibeamte ist Superintendent, und nicht jeder Vogel ist ein Tüpfelsumpfhuhn.»

WÄHREND ER DIE KURZE STRECKE zur Hauptstraße von Littlebourne zurückfuhr, versuchte Jury sich zu vergegenwärtigen, was ihm an ihren Geschichten so merkwürdig vorgekommen war. Der Wald, die Leiche, die Vögel...?

Das Detail, auf das es ankam, lag irgendwo begraben, ein Stein auf dem Grund eines Sees. Auf dem halben Kilometer bis zu dem keltischen Kreuz erwog er die Möglichkeit, ob die Frau vielleicht zum Gut der Kenningtons unterwegs gewesen war. Während Jury in Gedanken die Liste mit den Personen durchging, die er sehen wollte – Peter Gere, den Arzt Dr. Riddley, diese Praed, die Bodenheims –, drang das hurtige Klappern von Pferdehufen in sein Bewußtsein. Als er in den Rückspiegel blickte, sah er ein braunes Pony, auf dem das kleine Mädchen mit den blonden Haaren saß.

Einer der findigsten Köpfe Littlebournes hatte sich offenbar an seine Fersen geheftet.

«DIE SACHE IST VOR UNGEFÄHR einem Jahr passiert», sagte Peter Gere, die Füße auf dem Schreibtisch des Dienstzimmers. «Trevor Tree – der Sekretär von Lord Kennington –

hatte mich gegen Mitternacht angerufen und gesagt, bei ihnen sei eingebrochen worden. Kennington bewahrte seine Sammlung in einem Kasten mit einem Glasdeckel in seinem Studierzimmer auf, von dem man durch eine Flügeltür auf den Hof gelangte. Von den Fenstern auf der andern Seite blickte man auf den Kiesweg der Auffahrt. Ich erwähne das, weil wir uns nicht vorstellen konnten, was Tree mit seiner Beute hätte machen können, außer sie einem Komplizen zuzuwerfen, jemandem, der irgendwo draußen wartete. Für alles andere hätte die Zeit nicht gereicht. Er hätte sie allenfalls noch in eine Rosenvase stecken können. Wir durchsuchten alle Anwesenden, stellten das ganze Haus auf den Kopf und suchten auch das Grundstück ab.» Peter Gere zuckte die Achseln. «Außerdem haben sich die Leute alle gegenseitig im Auge behalten, als der Alarm losging –»

«War der Kasten mit einer Alarmanlage versehen?»

Gere nickte. «Das Haus auch. Außer Lord und Lady Kennington lebten dort nur noch eine alte Köchin, eine Haushälterin, die inzwischen nicht mehr bei ihnen ist, ein Gärtner und Tree. Kennington hatte auch vorher schon ab und zu was vermißt – irgendwelche alten Schmuckstücke – Broschen, ägyptisch aussehendes Zeug, einen Schlangenring, einen in Gold gefaßten Diamanten, einen Lapislazuli –, die er bei Ramona Wey gekauft hatte. Sie hat einen Laden in Hertfield. So besonders wertvoll sind sie aber nicht gewesen; Kennington dachte, er hätte sie vielleicht selbst verlegt, bis dann diese andere Sache passierte.»

«Ganz raffiniert, dieser Tree – er hat den Deckel zerschlagen, den Smaragd irgendwie verschwinden lassen und dann die Polizei benachrichtigt», fuhr Peter Gere fort. «Mehr als zwei Minuten hat Lord Kennington bestimmt nicht benötigt, um seinen Morgenmantel anzuziehen und in sein Studierzimmer hinunterzugehen. Und da telefonierte auch schon Tree mit der Polizei. Kennington hat ihn eigentlich erst später verdächtigt, am nächsten Morgen, als er verschwunden war. Er hätte einen noch viel größeren Vorsprung gehabt, wenn die Köchin nicht gewesen wäre; sie konnte nicht schlafen und sah ihn um sechs Uhr früh die Auffahrt hinuntergehen. Aber selbst *da* dachte sie noch, er hätte seine Gründe. Tree war ein aalglatter Bursche. Ein Charmeur, clever, kultiviert, sehr überzeugend. Ich bin ihm ein- oder zweimal im ‹Bold Blue Boy› begegnet. Sie kennen den Typ…

Na, dann begriff auch Kennington, was los war. In seiner Londoner Wohnung wurde Tree bereits von unseren Leuten erwartet. Er hatte das Collier aber nicht bei sich. Und in der Wohnung war es auch nicht. Sie haben ihn mitgenommen, konnten ihm aber nichts nachweisen. Die Londoner Polizei hat ihn noch ein paar Tage lang beschattet. Und nun die Ironie: Tree wird von irgendeinem blöden Teenager in der Marylebone Road über den Haufen gefahren. Und keiner hat diesen Smaragd wiedergesehen. Er ist ungefähr eine viertel Million Pfund wert.»

«Kühn, soviel Geld einem Komplizen anzuvertrauen. Sie vermuten doch, daß Tree das Collier einem andern zugesteckt hat – warum sollte dieser andere es nicht wieder abgestoßen haben?»

Gere kratzte sich im Nacken. «Ich hab eigentlich nie angenommen, daß er einen Kumpel hatte. Nicht er. Gerade weil er keinem über den Weg traute. Kennington muß wirklich blind gewesen sein, *ihm* zu trauen.»

Jury lächelte. «Hinterher ist man immer klüger.»

«Ja, da haben Sie recht. Ich mochte ihn nicht, überhaupt nicht. Ein unverschämter Kerl. Kennington fand anscheinend, er kenne sich mit Schmuck aus, und ließ ihn all diese Sachen kaufen. Er zeigte die Stücke, die er von Ramona Wey erworben hatte, im Gasthof herum und brüstete sich damit, wie günstig er sie bekommen hätte. Um die Wahrheit zu sagen – ich hab mich gefragt, ob die beiden nicht unter einer Decke steckten. Wie Topf und Deckel, diese beiden.»

«Sie halten wohl nicht viel von ihr?»

«Oh, sie ist schon in Ordnung. Aber warum interessiert Sie das überhaupt?»

«Weiß ich auch nicht», sagte Jury. «Littlebourne scheint von mehr Unheil heimgesucht zu werden, als es verdient hat.»

«ALTES KLATSCHMAUL!» SAGTE NATHAN RIDDLEY und zog sich den Knoten seiner Krawatte wie den einer Schlinge vom Hals. Sie hatten über Augusta Craigie gesprochen. «Polly sollte ihr eine Verleumdungsklage anhängen. Zum Teufel mit ihr.»

Wütend ließ Dr. Riddley seinen Drehstuhl kreisen, und bei jeder Drehung schien er wütender zu werden, zumindest hatte Jury diesen Eindruck.

«Meiner Meinung nach», fuhr Riddley fort, «brauchen Sie nicht länger nach dem Verfasser dieser blöden Briefe zu suchen. Ich weiß, Sie werden mir entgegenhalten, daß sie selbst einen bekommen hat.» Riddley zuckte die Achseln. «Sie hat eben einen an die eigene Adresse geschickt. Um den Verdacht von sich abzulenken etc. *Ihrer* war ja beinahe schon schmeichelhaft: ‹Durch einen Spalt im Vorhang hab ich Sie splitternackt rumspazieren sehen. Raten Sie mal, was ich am liebsten getan hätte?› Kichern – mehr nicht – würden die meisten von uns, wenn sie Augusta splitternackt sähen.» Der Drehstuhl quietschte, als er sich vorbeugte, um sich noch eine Zigarette zu nehmen. Er zündete sie an und lehnte sich wieder zurück, um sich auf dem Stuhl hin und her zu drehen. Außer dem Aluminiumtisch, auf dem er seine Patienten untersuchte, waren alle Einrichtungsgegenstände seiner Praxis aus altem, pockennarbigem Holz.

«Woher wissen Sie denn, was in ihrem Brief steht, Dr. Riddley?»

«Sie hat ihn doch überall herumgezeigt, Mann. Sie betrachtete das als ihre Bürgerpflicht.» Sie schwiegen, während Riddley rauchte und mit seinem Feuerzeug spielte. Der Aschenbecher quoll schon über. Seine Finger waren vom Nikotin verfärbt. Ein sehr nervöser junger Mann. Jury schätzte ihn auf Mitte Dreißig. Er fragte sich, ob ein Arzt selbst in einem so winzigen Dorf wie Littlebourne dauernd unter Stress stand. Kein Wunder, dachte Jury, daß sich die Frauen in Ärzte verlieben. Riddleys Chancen im Rennen schienen ziemlich groß zu sein: ungebunden, gutaussehend und wahrscheinlich auch Macho genug, um zu faszinieren. All das machte wohl sogar seine irische Abstammung wett – diese blauen Augen, dieses kupferfarbene Haar.

In die anhaltende Stille hinein klopfte Riddley die Asche von seiner Zigarette und sagte: «Superintendent, Ihr unbarmherziges Verhör zwingt mich zu einem Geständnis.»

Jury lächelte. «Sie gestehen was?»

«Alles. Alles, was Sie wollen. Sie haben mir genau zwei Fragen gestellt, seit Sie dieses Haus betreten haben. Nein, mit der letzten sind es drei. Sie haben mich einfach quasseln lassen. Habe ich mich selbst überführt? Natürlich haben Sie auch den Brief über mich und Ramona Wey gelesen. Ganz in Blau. Der Verfasser hat nicht gerade viel Phantasie bewiesen, er hat Ramona nämlich auch mit Mainwaring in Verbindung gebracht. Als würde jemand einfach auf gut Glück seine Pfeile werfen, um zu sehen, welche ins Schwarze treffen und welche nicht.»

«Haben Sie denn ein Verhältnis mit ihr?»

«Oh, jetzt geht's schon wieder los. Fragen, nichts als Fragen. Mein Verhältnis zu ihr ist das eines Arztes zu einer Patientin, Punkt. Aber Mainwaring –» Nathan Riddleys blaue Augen wandten sich ab.

«Mainwaring?»

Riddley zuckte die Achseln. «Den Tratsch lassen Sie sich besser von den Craigies und den Bodenheims erzählen.»

Jury wechselte das Thema. «Wie geht es Katie O'Brien?»

Die Frage bewirkte, daß der Stuhl zum Stillstand kam. «Katie? Mein Gott, das hab ich beinahe vergessen... Sie haben bestimmt gehört, daß sie in einer Londoner Underground-Station zusammengeschlagen wurde.» Jury nickte. «Sie liegt im Koma. Schon seit zwei Wochen geht das so, und je länger es dauert, desto schlechter werden die Aussichten. Wer immer das war, er muß es ernst gemeint haben. Er hat ihr einen fürchterlichen Schlag auf den Schädel versetzt. Die Folge davon war eine Hirnstammverletzung, wie man das manchmal bei Autounfällen sieht. Außer in Romanen gibt es da selten ein wunderbares Erwachen. Es ist wirklich schlimm.»

«In welchem Krankenhaus liegt sie?»

«Im Royal Marsden. In der Fulham Road.» Als Riddleys Hand zum Aschenbecher vorschnellte, schimmerten die hellen, rotgoldenen Haare an seinem Handgelenk in der Sonne. «Mary ist am Boden zerstört. Ich mache mir wirklich Sorgen um sie.»

Seine Anteilnahme scheint über die eines Arztes hinauszugehen, fand Jury. Er hätte Riddley nie mit Mary O'Brien in Verbindung gebracht. Vielleicht war er älter, als er aussah. Aber wahrscheinlich war Mary O'Brien jünger, als sie in dieser schlimmen Phase ihres Lebens wirkte.

7

«Am besten lasse ich sie sich gegenseitig umbringen. So räume ich sie am schnellsten aus dem Weg.»

Diesen Plan teilte Polly Praed ihrer Katze Barney mit, die wie ein Briefbeschwerer auf dem Manuskript lag.

Die Motive für diese Morde interessierten Polly nicht besonders – nur die Methode beschäftigte sie. *Tap, tap, tap* klapperten die Tasten ihrer Schreibmaschine und beschworen das Bild von Julia Bodenheim herauf, mit einer Sticknadel in der Hand, die gerade in Curare getaucht worden war.

«Oh, paß auf, Mami», sagte ihre Tochter Angela, während sie in einer Modezeitschrift blätterte. «Du weißt, du trägst keinen Fingerhut.»

Natürlich trug Mami keinen Fingerhut. Polly lächelte. Angela hatte nämlich alle Fingerhüte gut versteckt.

Angela tat nur so, als würde sie lesen. In Wirklichkeit beobachtete sie, wie die flinken Finger ihrer Mutter geschickt einen zartrosa Faden am Rand des Stickrahmens entlangführten. «Oh, Mami! Siehst du, jetzt hast du dich doch in den Finger gestochen!»

Polly schob die Brille hoch und lehnte sich zurück. Muttermord? Würde das bei den Lesern ankommen? Oder war es zu abstoßend? Schließlich hatte schon Sophokles –

An der Tür war ein ominöses Klopfen zu vernehmen.

Sie fuhr zusammen und schob sich, verärgert über die Störung, die Brille auf die Nase. Warum mußte gerade jetzt, wo Mami Sylvia sich ihrem qualvollen Ende näherte (ihre Kehle umklammernd? Wild um sich schlagend?), jemand an die Tür klopfen? Mit dem Vorsatz, mehr über die Wirkungsweise von Giften in Erfahrung zu bringen, ging sie zum Fenster, um hinauszuschauen –

Allmächtiger! Er!

Panikartig drehte sie sich um und ließ die Augen im Zimmer umherschweifen, als könnte sie da ein Goldpaillettenkleid finden – ein Goldpaillettenkleid statt ihres langweiligen Twinsets! Warum hatte sie heute morgen auch nicht ihr Blaues angezogen... und ihr Haar, einfach fürchterlich... kein Lippenstift... Jesus Maria! Schon wieder klopfte es!

«So – foart, so – foart...» versuchte sie zu flöten, aber ihre Stimme tat nicht mit. Sie rannte ins Bad, um sich zu kämmen.

Vor sich hin summend wartete Jury auf Polly Praeds Treppe und genoß den Ausblick auf die Grünanlage. Wann würde Melrose Plant wohl eintreffen? Es wunderte Jury, daß er noch nicht aufgetaucht war, da er ihn schon in aller Frühe angerufen hatte. Wahrscheinlich hatte sich Lady Ardry an ihn gekettet, und Plant suchte noch nach einem Schweißbrenner... Gleichzeitig hielt Jury Ausschau nach dem Mädchen mit den blonden Haaren. Er war überzeugt, daß sie irgendwo auf der Lauer lag. Hmm. Da, in der Türöffnung auf der anderen Seite der Grünanlage. Diese Teestube, die sich «Muffin» soundso nannte –

Die Tür von Sunnybank Cottage öffnete sich.

Die Frau sah aus, als röche sie nach frischer Farbe; schuld daran war ihr Make-up, das den Eindruck erweckte, sie wolle gleich mit Dreharbeiten beginnen. Aber trotz der dicken Schicht Mascara und des völlig unpassenden, grüngolden glitzernden Lidschattens konnte er erkennen, daß die Augen darunter einfach umwerfend waren. Vielleicht hatten ihn die Dreharbeiten an Elizabeth Taylor denken lassen. Das Gesicht mochte ansonsten nichtssagend sein, aber bei solchen Augen fiel es einem schwer, auf etwas anderes zu achten. Doch Jury zwang sich dazu; schließlich war das sein Job. Die Augen gehörten einer eher zierlichen, etwa fünfunddreißigjährigen Frau in einem Twinset aus graubrauner Wolle und mit einer Fülle hübscher, dunkler Locken, die anscheinend nicht zu bändigen waren.

«Miss Praed? Ich bin Superintendent Jury. Scotland Yard. Kriminalpolizei.» Er zückte seinen Ausweis.

Sie schien so überrascht, daß sie ihre lässig verführerische Haltung – die eine Hand gegen den Türrahmen gestemmt, die andere auf der Hüfte ruhend – beinahe aufgab. Sie sagte jedoch nichts.

«Könnte ich Sie kurz sprechen?»

Ihr Arm führte eine zögernde Bewegung aus, wohl um ihn ins Haus zu bitten. Sie räusperte sich, als wolle sie etwas sagen, brachte aber keinen Ton heraus. Jury zog seinen Mantel aus und legte ihn auf ein Sofa. Er sah sich in ihrem Arbeitszimmer um, oder wie immer sie es bezeichnete. Vor dem kleinen Fenster mit dem Blick auf die Grünanlage stand ein ziemlich mitgenommener Schreibtisch, der mehr oder weniger den ganzen Raum einnahm; ein genauso mitgenommen aussehender roter Kater leckte sich die Vorderpfoten. Um den Hals trug er ein rotes Tuch, eine Siegesfahne vielleicht, als Zeichen des harterkämpften Siegs über weniger glückliche Katzen. «Hübsches Tier», sagte Jury; ein Versuch, ihr die Befangenheit zu nehmen.

«Das ist Barney», platzte sie heraus wie eine steckengebliebene Schauspielerin, der man ihr Stichwort zugeflüstert hat.

«Barney sieht aus, als könne er gut auf sich selbst aufpassen.»

«Oh, im Grunde ist er ein ziemlicher Hasenfuß.»

Barney schien diesen Kommentar nicht einfach so hinnehmen zu wollen. Er hörte auf, sich zu putzen, und setzte sich unnahbar und majestätisch in Positur, stellte die Pfoten nebeneinander und legte den Schwanz darum wie den Saum einer Staatsrobe. Er funkelte die beiden an.

Als die Katze keinen Gesprächsstoff mehr hergab, fragte

Jury: «Kann ich mich einen Augenblick setzen? Es wird nicht lange dauern.»

«O ja.» Wie in Trance drehte sie sich um und hielt nach Stühlen Ausschau, als hätten die Möbelpacker gerade ihre Wohnung leergeräumt.

«Da drüben steht einer», informierte Jury sie. Neben dem Stuhl stand ein Beistelltischchen mit einem Imbiß aus Käse und Crackern. «Habe ich Sie gerade beim Tee gestört? Tut mir leid.»

Sie schüttelte den Kopf, daß ihre Locken hüpften, und setzte sich, wobei sie auf einen anderen Stuhl deutete. Sie bot ihm sogar von dem Käse und den Crackern an, doch Jury lehnte ab.

«Wie lange leben Sie schon in Littlebourne, Miss Praed?» Es würde schwierig werden, dieses Gespräch mit ihr, das sah er bereits. Manche Leute ließen sich von der Polizei offenbar völlig verunsichern.

Sie beugte den Kopf über einen Cracker und ein Stück Käse, das sie sich von dem Teller genommen hatte. Wie schaffte sie es nur, ein Stückchen Käse wie einen kleinen Tierkadaver aussehen zu lassen?

«Ah, schon sehr lange. Ah, ich glaube, seit zehn oder fünfzehn Jahren...» Sie stellte umständliche Berechnungen an, wie lange sie nun schon in dem Dorf lebte, und kam schließlich zu dem Ergebnis, daß es zwölfeinhalb Jahre sein mußten, ein Ergebnis, das Jury zur genaueren Prüfung unterbreitet wurde.

«Ich habe gehört, Sie sind Schriftstellerin – Kriminalromane. Anscheinend ist mir noch keiner unter die Finger gekommen.»

Auf dieses Geständnis reagierte sie wie elektrisiert: «Hoffentlich nicht. Ich meine, sie würden Ihnen bestimmt nicht gefallen. Sie würden sie nur schrecklich finden. Sicher können die meisten Kriminalbeamten Krimis nicht ausstehen, vor allem nicht solche, wie ich sie schreibe, mit einem Inspektor vom Scotland Yard als Helden. Keinerlei Ähnlichkeit mit lebenden Personen –» Nach diesem Wortschwall widmete sie sich wieder ihrem Cracker und dem Stück Käse.

«Das ist auch besser so. Schließlich ist der Alltag eines Polizisten ziemlich langweilig.» Jury lächelte, ein Lächeln, das einmal eine Siebenjährige dazu bewegt hatte, ihm ihre restlichen Smarties aufzudrängen. Polly veranlaßte es leider, nach einer häßlichen Hornbrille zu greifen, die sie sich auch prompt vor die Augen schob.

«Ich habe Sie sicher beim Schreiben unterbrochen. Das tut mir leid.»

«Es braucht Ihnen aber nicht leid zu tun», beeilte sie sich, ihm zu versichern. «Ich habe nur die verschiedenen Möglichkeiten durchgespielt, wie man jemand ins Jenseits befördert.»

«Durchgespielt?»

«Na ja, so wie man Tonleitern übt. Meine Versuchskaninchen sind die Bodenheims. Der Titel: *Die Littlebourner Morde.*»

«Welches Familienmitglied haben Sie sich denn erkoren?»

«Die ganze Familie. Ich hab sie alle schon mehrmals um die Ecke gebracht. Mit Revolvern, Messern, vorgetäuschten Autounfällen, bei denen das Auto über die Klippen geht. Im Augenblick experimentiere ich mit Gift. Curare ist gar nicht so schlecht. Käse?» Sie schob ihm die Platte hinüber. Er schüttelte den Kopf, während sie einen weiteren Krümel Käse auf einen Cracker setzte. Dann fragte sie beiläufig: «Wie war doch wieder Ihr Name?»

«Jury. Von Scotland Yard.»

«Ach ja, wirklich? Kriminalbeamter also?»

Er hatte angenommen, das sei schon längst geklärt. «Richtig. Sie haben sicher von der Frau gehört, die heute morgen im Wald von Horndean gefunden wurde?»

Sie nickte. «Wie brutal!»

«Wir versuchen herauszufinden, wer sie war.»

«Bestimmt eine Fremde. Von den Leuten, mit denen ich gesprochen habe, hat sie keiner je gesehen. Das heißt, nach dem, was die Craigies erzählt haben.»

«Finden Sie es nicht seltsam, daß eine Ortsfremde im Wald von Horndean spazierengeht?»

Mord und Verstümmelung, das war ihr Spezialgebiet – sie entspannte sich und legte sogar ihren Cracker auf den Teller zurück. «Vielleicht wurde sie ganz woanders umgebracht und anschließend in den Wald geschleppt.» Sie schob sich die Brille hoch und sah ihn ganz geschäftsmäßig an.

«Das glauben wir nicht.»

«Wohin wollte sie denn? Niemand geht dort spazieren, außer den Vogelfreunden.»

«Vielleicht sollten wir eine Kriminalautorin in unser Team aufnehmen? Zigarette?»

Würdevoll nahm sie die Zigarette und das Kompliment entgegen; sie lehnte sich zurück, lächelte und schlug die Beine übereinander. Hübsches Lächeln, hübsche Beine, registrierte er. «Hab ich mich auch gefragt. Die ganze Zeit schon.»

«Erzählen Sie mir, was Sie denken.»

«Also gut: zuerst mal die Finger.» Sie hielt die eigene Hand hoch und spreizte die Finger. «Warum hackt man jemandem die Finger ab? Wegen der Fingerabdrücke kann es nicht gewesen sein.»

«Manche halten es für die Tat eines Geistesgestörten.»

«Nein. Nein.» Die dunklen Löckchen gerieten in Bewegung. «Wenn jemand die Absicht hat, sein Opfer zu zerstükkeln, dann begnügt er sich nicht mit fünf mickrigen Fingern.»

Ihre Betrachtungsweise war erfrischend nüchtern. «Stimmt.»

«Ein Täuschungsmanöver vielleicht.»

«Gut möglich.»

«Damit die Leute denken, er sei ein Geistesgestörter. Es könnte natürlich auch ein Racheakt sein. Symbolische Verstümmelung wie bei der Mafia in Amerika. Als abschreckendes Beispiel für die andern.» Sie lehnte sich zurück und schloß die Augen, um sich das Bild zu vergegenwärtigen. «Der Wald von Horndean. Am frühen Morgen. Nein, es war Abend, oder? Nebelschwaden; weicher, sumpfiger Boden; die Füße sinken beim Gehen ein. Sumpfvögel. Er wartet – oder sie. Ich könnte mir vorstellen, daß es eine Frau war, warum, weiß ich auch nicht. Das Opfer bleibt stehen, lauscht auf ein Geräusch. Es ist aber nur die Eule. Nebel hüllt die Frau ein. Die Mörderin nähert sich von hinten und –» Polly Praed riß die Arme hoch und ließ die imaginäre Mordwaffe heruntersausen: Der Schlag wäre tödlich gewesen, wenn sie wirklich eine Axt in der Hand gehalten hätte. Jury und Barney fuhren zusammen. «Oh, tut mir leid. Wenn ich richtig in Fahrt komme…» Sie seufzte, zog an ihrer Zigarette und wippte mit dem Fuß. «Ich frage mich, ob diese Sache mit den Briefen zusammenhängt –» Sie verstummte plötzlich und schaute ihn an, als hätte sie sich am liebsten in die Zunge gebissen. «Sie haben, äh, Sie haben sie nicht gelesen…?»

«Doch. Ziemlich albern. Meiner Meinung nach von jemandem, der den Leuten wahllos irgendwelche Sachen anhängt.»

Das schien sie zu beruhigen. «Na ja, ich hätte gut darauf verzichten können. Ein Erpressungsversuch, was denken Sie?» Gere hatte auch diese Vermutung geäußert. Jury schüttelte den Kopf. «Angenommen, jemand hat herausgefunden, daß Sie etwas auf dem Gewissen haben. Er droht, es publik zu machen.» Sie lehnte sich zu Jury hinüber, so gefesselt von dem neuen Stoff, daß sie ihre Befangenheit vergaß. «In so einem Fall läßt man am besten einen ganzen Schwung Briefe los, in denen man den Leuten alles mögliche unterschiebt. Und wenn derjenige, der es auf einen abgesehen hat, dann mit *seiner* Enthüllung auftritt, wird ihm niemand glauben.» Sie hatte sich die Brille auf dem Kopf hochgeschoben, und die amethystfarbenen Augen leuchteten. «Gar nicht so dumm, so ein Plan.»

Er mußte zugeben, daß ihm ihre Augen mehr imponierten als der Plan. «Hmm, ich verstehe.»

Sie betrachtete ihre Nägel. «Sie sind wohl zu mir gekommen, weil Sie denken, ich hätte sie geschrieben. Wahrscheinlich denken das auch noch einige andere Leute. Da Schreiben nun mal mein Beruf ist.»

«So phantasieloses Zeug würden Sie nicht schreiben.»

Das verwirrte sie. Sie fragte noch einmal: «Wie war noch Ihr Name?»

«Jury. Außerdem, wenn Sie es gewesen wären, dann hätte jeder Bodenheim bestimmt mehrere bekommen.» Er lächelte. «Glauben Sie, einer von ihnen hat sie geschrieben?»

«Ich glaube kaum, daß die überhaupt schreiben können.»

«Wo haben Sie sich vorgestern abend aufgehalten, Miss Praed?»

«Oh, jetzt geht's los. Ich kann natürlich mit keinem Alibi aufwarten. Ich saß hier an meiner Schreibmaschine und habe getippt.» Sie blickte weg.

«Haben Sie Katie O'Brien gekannt?»

«Katie? Warum fragen Sie?»

«Littlebourne scheint unter keinem glücklichen Stern zu stehen, was?»

«Meinen Sie etwa, sie hatte etwas mit diesen Briefen zu tun?»

Jury zuckte die Achseln. «Ist eigentlich kaum anzunehmen, denn sie sind einen Tag nach dem Überfall auf sie abgestempelt worden.»

«Ich gebe zu, sie sind ziemlich pubertär, und Katie wurde von Mary furchtbar gegängelt. Ich meine, unterdrückt. Aber anonyme Briefe, nein, dazu war sie einfach zu anständig. Ich meine, *ist* – wir reden schon so, als ob sie tot wäre. Es ist schrecklich. Wenn Sie mehr über sie erfahren wollen, sollten Sie mit Emily Louise Perk sprechen. Der Altersunterschied zwischen den beiden ist zwar ziemlich groß, sie waren aber trotzdem immer zusammen, nach der Schule oder Samstag nachmittags. Wahrscheinlich, weil sie beide solche Pferdenarren sind. Obwohl Katie sich natürlich nicht mit Emily messen kann, was das betrifft. Niemand kann das. Sie kümmert sich auch um die Gäule der Bodenheims. Emily weiß über alles Bescheid. Aber man kriegt nicht so einfach was aus ihr heraus – nur, wenn man sich auf irgendeinen Tauschhandel einläßt.»

«Tauschhandel?»

«Hmm. Wenn Sie was wissen wollen, müssen Sie ihr was spendieren. Sie haben mich heute morgen zwei Eierbrötchen gekostet.»

«Ich?»

«Sie wußte schon, wer Sie waren, noch bevor Sie aus dem Wagen gestiegen sind.»

Dann hätte sie ihn also wirklich nicht zweimal nach seinem Namen zu fragen brauchen. «Ich weiß es zu schätzen, daß ich Ihnen zwei Eierbrötchen wert gewesen bin.»

Errötend senkte sie den Blick auf die Käseplatte. «Und eine Tasse Tee», sagte sie matt.

8

«ÜBER JEDEN VERDACHT ERHABEN, SIR!» antwortete Sir
Miles, als Jury ihn nach den Briefen fragte, und das verknif-
fene Lächeln, das Sir Miles' bescheidene Einschätzung der
Bodenheimschen Familie begleitete, erfüllte einen doppelten
Zweck: Scotland Yard konnte es entweder für bare Münze
nehmen oder als einen Beweis für Miles Bodenheims Fähigkeit, über sich selbst zu scherzen. So oder so waren die Bodenheims allen in Littlebourne überlegen.

Jury brauchte nur den Fuß über die Schwelle ihres Salons
zu setzen, und schon wußte er, warum Polly Praed die *Littlebourner Morde* schrieb. Drei Köpfe – Miles', Sylvias und der
ihrer Tochter – hatten sich nach ihm umgedreht, als würde
ihnen ein ganz besonderes Spektakel geboten; der vierte bewegte sich jedoch kaum. Er war viel zu sehr damit beschäftigt,
eine gelangweilte Miene zur Schau zu tragen. Derek Bodenheim hing in seinem Sessel und drehte ein Glas mit irgendeiner Flüssigkeit in der Hand; sein Gesichtsausdruck hatte
etwas Herausforderndes, als wartete er nur darauf, sich mit
Jury anzulegen.

Nachdem er Jury einen Fingerhut voll Sherry angeboten
hatte, ließ Miles Bodenheim sich sofort wieder nieder und
wandte sich seinem Tee zu. Er trug ein lohfarbenes Jackett
und ein schwarzes Ascottuch mit kleinen, weißen Punkten, in
dessen Falten sein Frühstücksei trocknete. Als Jury den
Sherry ablehnte, schien Sylvia Bodenheim sich verpflichtet zu
fühlen, ihm eine Tasse Tee anzubieten. Aber ihre Hand tat
sich so schwer, an die Teekanne zu kommen, und ihre Stimme

klang so matt, daß Jury sich nicht einmal die Mühe machte, dankend abzulehnen.

«Wer war sie, haben Sie das inzwischen rausgefunden?» fragte Derek und versank noch tiefer in seinen Sessel. Was immer er vom Aussehen seines Vaters ererbt hatte, bei ihm war es völlig verwässert; seine Züge wirkten so weich und formbar, daß man den Eindruck hatte, man könne auf seinem Gesicht mit dem Daumen einen Abdruck hinterlassen.

«Das versuchen wir gerade. Hier im Dorf scheint sie niemand gesehen zu haben.»

«Außer Daddy und dem dämlichen Vogelverein geht keiner in diesem Wald spazieren», sagte Julia. Sie hob den Kopf, als wäre er die hübscheste Sache, die Jury in Littlebourne zu Gesicht bekommen würde. Seit seiner Ankunft war sie pausenlos mit ihrem Gesicht und ihren Posen beschäftigt gewesen. Sie hatte ihm rätselhafte Blicke zugeworfen und ihre lange Mähne geschüttelt, als säße sie einem Modefotografen gegenüber.

«Dämlich? Nichts ist dämlich an den königlichen Vogelfreunden. Du solltest auch beitreten, meine Liebe», sagte ihr Vater.

Julias Augäpfel rollten nach oben, und sie versuchte, eine noch verführerischere Pose auf dem blauen Velourssofa einzunehmen, das sie bestimmt nur seiner Farbe wegen gewählt hatte; das Blau paßte nämlich genau zu ihrem Hemd und ihren Augen.

Sylvia setzte ihre Teetasse ab und griff nach ihrem Strickzeug. Ihre dünnen Hände flogen hin und her, während sie bemerkte: «Diese Frau hatte absolut nichts dort verloren. Nichts.» Ergo (schien sie zu folgern) gab es sie überhaupt nicht.

«Jemand äußerte die Vermutung, sie sei vielleicht auf dem Weg nach Stonington gewesen.»

Sylvia bedachte Jury mit einem Lächeln so dünn wie die Gurkenscheiben auf den Sandwiches. «Was um Himmels willen hatte sie denn *dort* verloren? Und auch noch durch den Wald. Das Ganze ist absurd. Ich wette, sie war *nicht* auf dem Weg zu Lady Kennington. Ich selbst war vor drei Tagen dort, um sie zu fragen, ob sie etwas für unser Kirchenfest tun könne. Wie immer hatte ich kein Glück. Die Frau ist eine richtige Einsiedlerin. Während ihr Mann, Lord Kennington, ganz angenehm war... Sie haben bestimmt von dem Juwelenraub vor ungefähr einem Jahr gehört?»

«Ja. Der Verdacht scheint auf den Sekretär gefallen zu sein.»

Sylvia rümpfte die Nase. «Hat mich nicht gewundert. Ein unangenehmer Bursche, das. Du hast ihn doch kennengelernt, Derek?» Sie wandte sich zu ihrem Sohn um, der nicht reagierte. «Ja, die Polizei nahm an, daß er es war, obwohl sie ihm nichts nachweisen konnten, weil der Smaragd nie gefunden wurde. Er war ungeheuer wertvoll. Ägyptisch, glaube ich. Einer der alten Steine.» Das klang, als befänden sich sämtliche neuen im Besitz der Bodenheims.

«Ein cleverer Typ», sagte Derek, entschlossen, den Rest der Familie zu schockieren. «Hab ich schon immer gedacht. Der Stein ist nie wieder aufgetaucht. Und er selbst ist tot. Ein Smaragd im Wert von einer viertel Million ist verschwunden, und der Bursche, der das Versteck kannte, wird von einem Auto überfahren. Was für eine Ironie.»

«Clever?» sagte Sylvia. «Ich fand ihn ziemlich gewöhnlich.»

«Sind Sie ihm begegnet?»

Sylvia verzog das Gesicht. «Lord Kennington gab einmal eine kleine Party, um seine Sammlung vorzuführen. Er schien sich auf Ägypten spezialisiert zu haben. *Sie* ist sicher nicht das, was man unter einer Gastgeberin versteht.»

«Wie kam es, daß Tree für Lord Kennington arbeitete?»

«Soviel ich weiß, war er bei Christie's angestellt gewesen. Wir haben immer Sotheby's vorgezogen. Da ist man viel kulanter.» Jury lächelte nur und blickte auf die Drucke, den

Lackparavent, die Stuckreliefs. Es war ihnen offensichtlich gelungen, auch ohne die beiden berühmten Auktionshäuser jeder Eleganz den Garaus zu machen. Sie nahm ihre Erzählung wieder auf, dazu ein paar fallengelassene Maschen. «Ich weiß überhaupt nicht, wie die Witwe dieses Haus eigentlich führt. Als ich dort war, war weit und breit niemand zu sehen, so daß ich schließlich an die Fensterscheiben klopfte und den Kopf durch die Flügeltür steckte, als auf mein Klopfen hin keiner kam. Endlich ist sie dann aufgetaucht. Eine ziemlich unscheinbare Person. Wir bekommen sie kaum zu Gesicht, weil sie ihre Einkäufe in Horndean erledigt. Ich erzählte ihr von unserm Fest und bat sie, den Wühltisch zu übernehmen. Aber die Frau hat einfach kein Gemeinschaftsgefühl.»

Derek gähnte. «Warum sollte sie auch, wo sie doch gar nicht in Littlebourne wohnt.»

«So weit weg wohnt sie auch wieder nicht», sagte Sylvia und heftete ihren klammen Blick wieder auf Jury. Ihre Augen hatten die Farbe jener Pilze, vor denen man beim Sammeln immer zurückschreckt. «Und stellen Sie sich vor, sie hat doch tatsächlich ihre Geldbörse gezückt und mir eine Zwanzigpfundnote in die Hand gedrückt! Als wäre ich auf Betteltour. Die schreckliche Person hatte dann auch noch die Nerven zu sagen, mehr als zwanzig Pfund würde der Wühltisch sowieso nicht einbringen, warum also den ganzen Kram aufbauen, wenn es auch so ginge und wir auf den Tisch verzichten könnten. Stellt euch das vor, meine Lieben!» Sylvia breitete die Arme aus, jeden, sogar «ihren lieben Inspektor» einschließend, «wo wir doch *immer* einen Wühltisch hatten!»

Lady Kenningtons Argumente kamen Jury sehr vernünftig vor, und er versuchte, das Gespräch wieder auf den Mord zu bringen. Sylvia war jedoch schneller als er.

«Und dabei habe ich schon alle Hände voll zu tun – außerdem bin ich ja noch Vorsitzende des Frauenvereins. Den Kauf- und Tauschtisch habe ich bereits übernommen, und jetzt soll ich mich noch um den Wühltisch kümmern.» Unterstützung heischend blickte sie ihren Gatten an, aber Miles war damit beschäftigt, die Eierreste von seinem Ascottuch zu kratzen, und schien überhaupt nicht zugehört zu haben.

Derek sagte: «Ist doch mehr oder weniger dasselbe. Das läßt sich doch alles in einen Topf werfen.»

«Nein, es sind ganz verschiedene Dinge, Derek. Vergiß bitte nicht, daß du das Ringwerfen beaufsichtigen mußt.»

«Um Himmels willen, nicht schon wieder!»

«Julia kümmert sich um die Kutschfahrten.»

«Nicht ich. Emily macht das. Ich hab keine Lust, einen Haufen plärrender Kinder rumzukutschieren.»

«Ich meinte doch nur, daß du sie *beaufsichtigen* sollst, mein Liebes. Polly Praed führt das Imbißzelt –»

«Zum Glück nicht diese Pennystevens. Die hat mich letztes Jahr um zehn Pence beschissen. Und was tut der alte Finsbury?» fuhr Miles fort. «Schließlich ist es *seine* Kirche. Er könnte doch auch ein bißchen mit anpacken, statt nur rumzustehen und den Heiligen zu spielen.»

«Ich hoffe nur, Ramona Wey kriegt diesmal keinen Stand», sagte Julia. «Ich finde es nicht richtig, daß die Antiquitätenhändler aus Hertfield auf unserm Fest auch noch Geschäfte machen.»

«Aber das ist nicht der einzige Grund, warum du dagegen bist, was, Schwesterlein?» sagte ihr Bruder und verschränkte die Arme hinter dem Kopf. «Es ist wegen Riddley, stimmt's? Du willst nicht –»

«Halt die Klappe!» schrie Julia.

«Kinder, Kinder», sagte Sylvia beschwichtigend. Jury fragte sich, ob sie sie gleich zum Spielen hinausschicken würde. Zum Glück hatte er keine Kinder. Es brauchte ihm aber nur ein richtiges über den Weg zu laufen, dann tat es ihm wieder einmal leid.

«Was diese Briefe betrifft, Superintendent», sagte Sylvia und klapperte mit ihren Nadeln, «so kann ich mir gut vorstellen, warum Ramona Wey einen erhalten hat. Sie nennt sich

‹Designerin› und hat einen aufgemotzten kleinen Laden an der Row, dabei ist sie nichts weiter als eine aufgedonnerte, kleine Sekretärin aus London. Es heißt, sie und Freddie Mainwaring hätten ein Verhältnis, aber ich hoffe doch, er hat soviel Verstand und –»

«Ich finde sie gar nicht so übel», sagte Derek. Sein schwammiges Gesicht verzog sich zu einem spöttischen Grinsen.

«Ich war immer in der Lage, solche Dinge unvoreingenommen zu betrachten», sagte Sir Miles, das Gesicht zur Decke erhoben, als wolle er den Segen des Himmels empfangen. «Und ich würde euch empfehlen, meinem Beispiel zu folgen. Ich billige auch nicht, was diese Person treibt, nein, das nicht, aber zumindest ist sie diskret, so diskret, daß sie ihre Vorhänge zuzieht. Mrs. Pennystevens sagte mir, als ich sie danach fragte, daß diese Wey irgendwo ein Postfach haben muß; sie erhält nämlich nie Post. Ich finde es erstaunlich genug, daß wir welche bekommen, so langsam, wie sie hier sind. Aber wir müssen wohl gute Miene zum bösen Spiel machen.» Er lächelte milde und öffnete den Mund, um fortzufahren.

Aber Jury hinderte ihn daran mit einem noch milderen Lächeln, das außerdem die Autorität des hochrangigen Londoner Polizeibeamten ausstrahlte. «Wo waren Sie alle am Donnerstag abend? Das heißt, vorgestern?»

Sie blickten einander an und dann auf Jury, als wäre er ein ungezogenes Kind, das sich in Dinge mischt, die es nichts angehen. Nachdem er einen Augenblick lang Verwirrung geheuchelt hatte, schien Derek sich über die Frage immens zu amüsieren.

«Der Super denkt anscheinend, daß einer von uns die Hände im Spiel hatte! Also, was mich betrifft – lassen Sie mich überlegen –, ich war im ‹White Heart› in Hertfield. Und dafür lassen sich bestimmt auch ein paar Zeugen auftreiben, obwohl wir alle stockbesoffen –»

«Derek! Ich muß doch bitten! Der Superintendent denkt bestimmt nichts dergleichen. Ich war bei einer Zusammenkunft des Frauenverbands. Wir treffen uns an jedem ersten Donnerstag des Monats um halb neun. Ich war etwas spät dran, weil ich noch mal zurückmußte, um meine Unterlagen zu holen.»

Der Bus des Opfers war um 20.05 Uhr angekommen. Was hat die Gute aufgehalten, dachte Jury und grinste. Sylvia wußte entweder nicht, welcher Zeitraum für die Tat in Frage kam, oder war einfach die Unschuld in Person. «Allein?»

«Ja, natürlich. Ich habe den Führerschein, Superintendent.» Das gehörte wohl zu den Leistungen ihres Lebens – neben Stricken und Kindergroßziehen.

Als Sir Miles Jurys offenes Notizbuch sah, war er wieder versucht, eine Rede vom Stapel zu lassen. Man konnte schließlich nie wissen, in welcher Gestalt einem der buchführende Engel begegnete. «Ich habe wie immer am Donnerstagabend einen kleinen Ausflug in den ‹Bold Blue Boy› gemacht. Meiner Meinung nach kann es nicht schaden, wenn man sich ab und zu unter die Einheimischen mischt und ein Gläschen mit ihnen trinkt. Man muß mit dem Volk in Berührung bleiben. Sie können dort nachfragen. Jeder wird Ihnen bestätigen, daß ich da war. Haha, ein Alibi, mit dem Sie zufrieden sein können, Superintendent.»

«Der Pub schließt um elf, nicht?»

Sir Miles zwinkerte. «Nun ja, diese Dorfgaststätten, Sie wissen schon, die nehmen's nicht so genau. Elf oder Viertel nach. Das soll nicht heißen, daß Mary O'Brien nach der Polizeistunde noch aufhat –» Ein ziemlich überflüssiger Kommentar, da er Mary O'Brien eben genau das unterstellt hatte. «Und natürlich, seit dem Unfall der Kleinen –»

Julia sah anscheinend eine Möglichkeit, Derek eins auszuwischen, und sagte: «Ärgerlich, was, Derek? Kein Rumfummeln mehr in den Ställen.» Sie lachte unangenehm.

Derek wurde puterrot. «Ach, halt's Maul.» Seine weichen Züge verhärteten sich.

«Sprechen Sie von Katie O'Brien?» fragte Jury. Abgesehen

von Miles, dessen Augen einen Punkt irgendwo im Raum fixierten und der wohl seine nächste Rede entwarf oder verwarf, starrten ihn alle an. Sie wirkten peinlich berührt, selbst Julia, die das Gespräch auf dieses Thema gebracht hatte.

«Sie, Miss Bodenheim, haben mir noch nicht erzählt, wo Sie Ihren Donnerstagabend verbracht haben.»

«In den Ställen, arbeiten.» Derek kicherte kindisch, was ziemlich abstoßend klang aus dem Mund eines vierundzwanzig- oder fünfundzwanzigjährigen Mannes. «Daß ich nicht lache. Du und arbeiten.»

«Und ob ich gearbeitet habe.»

«Zurück zu der kleinen O'Brien. Haben Sie sie gut gekannt?»

«Nein. Sie hat manchmal meine Stute bewegt.»

«Ich dachte, diese andere Kleine, Emily Perk, kümmere sich um die Pferde auf Rookswood.»

«Tut sie auch. Nur ist meine Stute für Emily zu groß, deshalb haben wir Katie dafür angestellt.»

«Sie liegt im Krankenhaus», sagte Sylvia und schnitt einen Wollfaden ab. «Wirklich ein Jammer, aber warum muß das Mädchen sich auch in London rumtreiben... Und nicht nur das –» Sylvia funkelte Jury an, denn für die Straßen von London war schließlich *er* verantwortlich –, «sie wurde auch noch in einer Underground-Station überfallen. Sie spielte da für Geld, mein Gott –»

Sir Miles blickte auf die Kirchturmspitze, die seine Finger bildeten, und säuselte: «Wirklich, meine Liebe, wir sollten nicht zu hart ins Gericht gehen mit der Kleinen. Schließlich ist sie in einem Gasthof aufgewachsen und hat nicht die Privilegien genossen, die unsere...»

Jury hörte sich seinen Sermon an. Die Engel im Himmel waren sicher beeindruckt.

Es war kurz nach drei, als Jury im «Bold Blue Boy» auftauchte und Sergeant Wiggins vor einem Teller Suppe antraf.

«Ochsenschwanz», sagte Wiggins. «Hat mir Mrs. O'Brien zukommen lassen. Sie ist eben zum Einkaufen nach Hertfield gefahren. Es gibt bestimmt noch –»

Wiggins schien sich wie zu Hause zu fühlen. «Nein, danke», sagte Jury.

«Sie essen nicht richtig. Zum Lunch haben Sie auch nichts gegessen. Wenn ich mir wie Sie immer nur im Gehen was in den Mund stopfen würde, hätte ich überhaupt keine Widerstandskraft. Sie schmeckt sehr gut, diese Suppe.»

«Und was gab's sonst, abgesehen von der Suppe?»

Ungerührt schnitt Wiggins sein Brötchen in vier gleiche Teile und bestrich sie mit Butter. «Mainwaring hat die Ermordete nicht gekannt und konnte sich auch nicht vorstellen, was sie in dem Wald verloren hatte –»

«Keiner kann das. Weiter.»

«Er hat einen Job in London, in der City, bei einer Versicherung. Und nebenbei betreibt er ein Immobiliengeschäft in Littlebourne.»

«Er fährt also an bestimmten Tagen in die Stadt?»

«Ja, richtig.»

«Haben Sie ihm die Fotos von der Ermordeten gezeigt?»

«Ja. Er sagte, er habe sie noch nie gesehen. Und er meinte, er sei am Donnerstagabend mit dieser Wey zusammengewesen, was sie auch bestätigt hat. Wollen Sie, daß er sich die Leiche anschaut?»

«Warum er und nicht die andern? Was ist mit Mrs. Pennystevens? Haben Sie da was erfahren?»

Wiggins schüttelte den Kopf. «Es war so, wie Carstairs sagte. Sie kriegte den Packen Briefe und dachte, jemand hätte sich einen Scherz erlaubt. Die andern, Mainwaring und diese Wey, dachten das übrigens auch.»

«Warum, ist wohl klar. In den Briefen steht nämlich, daß sie ein Verhältnis haben. Was meinen Sie, haben sie eines?»

Für Wiggins, der seinen Suppenteller zur Seite geschoben hatte und sich seine Medizin verabreichte, war das ein Problem, das zwei Hustenpastillen erforderte. Jedenfalls klebten zwei zusammen, und er schob sich beide in den Mund. «Schwer zu sagen. Sie sieht schon sehr gut aus, das muß man ihr lassen.»

«Wie hat sie reagiert?»

«Wie alle andern. Wußte von nichts und konnte sich auch nicht vorstellen, was die Frau in dem Wald tat und so weiter. Carstairs war auch schon dagewesen.»

«Hat Carstairs angerufen?»

«Nein, warum?»

«Augusta Craigie meint, die Frau sei vielleicht auf dem Weg nach Stonington gewesen, dem Gut der Kenningtons, etwas außerhalb von Littlebourne.» Jury blickte zur Decke. «Wissen Sie, welches Zimmer ihrer Tochter gehört?» Er wußte, daß Wiggins sich in allen Räumen umgeschaut hatte, um sich die bequemste Matratze zu besorgen.

Wiggins nickte. «Das erste rechts. Viele Volants und Stofftiere.»

«Ich schau's mir mal an.»

Es war ein hübsches Zimmer mit einer schrägen Decke und knarrenden, unebenen Dielen, weißgestrichenen Möbeln und, wie Wiggins schon bemerkt hatte, einer gerüschten Bettdecke und gerüschten Kissen. Es ging auf die Grünanlage hinaus; die Flügel der kleinen Fenster oberhalb der Sitzbank waren nach außen geöffnet und behinderten die Kletterrosen, die sich auf der einen Seite des Hauses hochrankten. Jury schaute sich die Bücher auf dem Regal neben der Sitzbank an: unberührte Bände von Klassikern wie *Middlemarch*, dazwischen und dahinter abgegriffene Liebesromane. Nicht sehr raffiniert, dachte Jury, ihre Mutter hätte sie beim Saubermachen bestimmt sofort entdeckt. Aber vielleicht war die Ordnung, die hier herrschte, Katie O'Briens Werk. Jury öffnete den Schrank und sah fein säuberlich aufgehängte Kleider. Er schaute sich die Etiketten an und bemerkte, daß zwei von Laura Ashley stammten, also ziemlich teuer gewesen sein mußten. Ihre Mutter hätte viele Biere zapfen müssen, um sie zu bezahlen.

Auf einem kleinen Schreibtisch lag ein Album, das Jury in die Hand nahm und durchblätterte. Schnappschüsse von Katie O'Brien und ihrer Familie. Ein Foto behielt er. Es zeigte ein blasses, junges Mädchen mit einem herzförmigen Gesicht, das nicht lächelte. Das dichte, schwarze Haar war aus dem Gesicht gekämmt und wahrscheinlich zu einem Knoten oder einem Zopf zusammengefaßt. Die Frisur war so altmodisch wie das Kleid, das sie trug – ein einfaches, gemustertes Baumwollkleid mit einem kleinen Spitzenkragen. Sah das kleine, hübsche Gesicht nur deshalb so kummervoll drein, weil das Haar zu schwer und der Kragen zu eng war? Jury steckte das Foto ein und klappte das Album zu.

«CORA BINNS», sagte INSPEKTOR CARSTAIRS. «Kurz nachdem Sie angerufen hatten, wurde sie identifiziert. Nicht von Lady Kennington – wir überprüfen das gerade –, sondern von einer Mrs. Beavers. Das ist die Hauswirtin dieser Cora Binns. Sie war wohl etwas beunruhigt, als Cora am Donnerstag nicht zurückkam. Cora Binns hatte Mrs. Beavers gesagt, daß sie in Hertfield jemanden besuchen wolle und wahrscheinlich gegen elf Uhr wieder zurück sei. Cora wohnte über den Beavers', und die Hauswirtin behält ihre Mieter anscheinend im Auge. Als Cora auch am Freitag nicht zurückkam, war ihr das wohl nicht geheuer. Vielleicht war sie aber auch nur neugierig. Sie gab eine Vermißtenanzeige auf, und eben hat mich das Morddezernat angerufen. Es scheint sich um dieselbe Person zu handeln. Aussehen, Kleidung, alles paßt. Ich dachte, Sie würden vielleicht sofort mit ihr sprechen wollen. Die Adresse –» Die Stimme wurde leiser, als Carstairs sich vom Telefon wegdrehte, um dann zu verkünden: «Catchcoach Street 22.»

«Welcher Stadtteil ist das?» fragte Jury, während er sich die Adresse notierte.

«Ich glaube, die Gegend um Forest Gate, einen Augenblick bitte… Ja, ich hab's. Also.» Einen Augenblick lang herrschte Stille. «Wembley Knotts. Ein Zufall, was? Da wurde doch auch die kleine O'Brien überfallen. Komisch.»

Als Jury den Hörer zurücklegte, hatte Sergeant Wiggins Katie O'Briens Foto in die Hand genommen und betrachtete es.

«Hübsches Ding.»

«Ja. Hinterlassen Sie Mrs. O'Brien einen Zettel, schreiben Sie, daß wir heute abend erst später zurückkommen. Und sie soll Mr. Plant sagen, ich könne mir nicht erklären, warum er noch nicht hier sei.»

Überrascht blickte Wiggins hoch. «Wohin fahren wir denn?»

«Nach London.»

9

HÄTTE IHN NICHT SYLVIA BODENHEIMS behandschuhte Hand aufgehalten, die mit der Gartenschere auf sein Revers deutete, wäre Melrose Plant schon längst im «Bold Blue Boy» aufgetaucht. «Das ist *kein* öffentliches Grundstück, junger Mann. Sie befinden sich auf Privatgelände.»

Da er zweiundvierzig war, wußte Melrose den «jungen Mann» zu schätzen. Auf das übrige erwiderte er: «Das weiß ich nicht. Der Weg ist jedenfalls öffentlich.» Mit seinem silberbeschlagenen Spazierstock deutete Melrose auf den Weg, den er gekommen war. «Da drüben steht ein Schild.»

Ungeduldig schüttelte sie den Kopf. Unter dem chartreusefarbenen Strohhut wirkte ihr Teint noch fahler – grüngelb und wabernd, wie unter Wasser. «Auf dem Schild kann stehen, was will, der Weg verläuft durch unser Grundstück.»

«Dann hätten Sie sich eben kein Haus auf einem Stückchen Land mit einem öffentlichen Weg kaufen sollen», grinste er.

Sylvia Bodenheim wich zwei Schritte zurück, als hätte er ihr einen Schlag versetzt. Augenscheinlich war «ein Haus auf einem Stückchen Land» keine sehr glückliche Formulierung. «Rookswood ist nicht einfach ein Haus!»

Melrose blickte nach links auf die eindrucksvolle, wenn auch etwas hochstaplerische Fassade mit den beiden kurzen Säulen, auf denen aus Stein gehauene Vögel saßen. «Oh? Ist es denn eine Schule oder ein Sanatorium oder so etwas?»

«Wohl kaum! Das Gut gehört Sir Miles Bodenheim. Der Stammsitz der Familie. Ich bin Lady Bodenheim. Und wer sind Sie?»

«Melrose Plant», antwortete er mit einer leichten Verbeugung. «Ich komme eben aus einem Ort namens Horndean – ich war mir nicht sicher, ob ich mich noch auf dem Weg nach Littlebourne befand. Mein Auto steht dahinten –» Sein Kopf wies auf eine Stelle irgendwo hinter ihm. «Deshalb wollte ich erst mal fragen.»

Sie blinzelte in die angezeigte Richtung, um festzustellen, ob auch der Wagen auf ihrem Grundstück stand, dann fing sie wieder an, mit ihrer Gartenschere zu klappern. «Gehen Sie nur immer geradeaus, und sie stoßen am keltischen Kreuz auf die Grünanlage. Und wenn Sie zurückkommen, gehen Sie bitte um unser Grundstück herum, nicht quer durch.»

Zum Teufel mit ihr. Er war fest entschlossen, den öffentlichen Fußweg so oft wie möglich zu benutzen. «Vielleicht können Sie mir noch sagen, wie ich zum ‹Bold Blue Boy›, dem Dorfgasthof, komme?»

Sie wandte den Kopf in die Richtung seines Wegs und schaute ihn nicht an, als sie sagte: «Da entlang.»

Melrose entfernte ein Blütenblatt von seinem Jackett. «Ich habe gehört, daß hier etwas Schreckliches passiert ist. Da werden die Immobilienpreise leiden, was?»

Sie funkelte ihn an. «Littlebourne hat nichts damit zu tun. Irgendein Ortsfremder –» Mit leicht gerötetem Gesicht wich sie zurück.

Er fragte sich, ob sie gleich mit klappernder Schere davonrennen würde. Ihre Flucht wurde jedoch vereitelt durch das Auftauchen einer schimmernden Fuchsstute, die über den weiten Rasen auf sie zugetrabt kam. Auf ihr saß eine junge Frau, die Melrose auf den ersten Blick sehr attraktiv fand – und die es auch war, wenn man derlei an Merkmalen wie ausgeprägten Backenknochen, mandelförmigen Augen und einem wohlgeformten Mund messen mag.

Aber dann sagte sich Melrose, daß sie nicht ansprechender als die übrigen Frauen war, die er in den vierzig Jahren seines Lebens gesehen hatte. Der Schwung der Backenknochen kam gegen den harten, gereizten Ausdruck ihres Gesichts nicht an. Unter der jungen Haut konnte er die scharfen Züge der älteren Frau erkennen, die ihre Mutter sein mußte. Die Stiefel der jungen Dame glänzten wie lackiert; ihre Reitjacke war aus einem grell karierten Stoff, den jeder Schotte verschmäht hätte.

«Wer ist das, Mami?»

«Niemand», sagte ihre Mutter und rückte ihren Rosen wieder zu Leibe.

«Stimmt nicht ganz», sagte Melrose, der sich noch einmal mit einer leichten Verbeugung vorstellte. «Und ich habe das Vernügen mit –?»

Der sanfte, gebieterische Ton mußte ihr imponiert haben, da er nur eine Nuance weniger bestimmt war als der ihre; sie lächelte frostig. «Sind Sie gerade hier angekommen oder was?»

Eine neugierige Familie. «Richtig. Ich kenne niemanden hier. Aber das wird sich doch sicher bald ändern.» Er warf ihr ein Lächeln zu, das ihn, so hoffte er, als Herzensbrecher zu erkennen gab.

Miss Bodenheim saß von ihrem Pferd ab und begab sich im wörtlichen wie im übertragenen Sinn auf sein Niveau. «Was haben Sie denn hier vor?» Ihre Finger spielten mit den Zügeln ihres Pferdes. Das Pferd blickte kummervoll in die Runde, und für Melrose bestand kein Zweifel, daß es mehr Verstand besaß als die Frauen zusammen.

«Ich wollte mir eine Immobilie anschauen.» Er hielt das für einen guten Vorwand, um ein wenig herumschnüffeln zu können, ohne sich als Superintendent Jurys Freund zu erkennen zu geben.

Die ältere der beiden Bodenheim-Damen kam mit ihrer Schere zu ihm herüber und gab gleich ihren Senf dazu. «Da handelt es sich wahrscheinlich um dieses baufällige, kleine Haus neben dem ‹Bold Blue Boy›. Sie werden ganz schön enttäuscht sein, glauben Sie mir. Sie sollten sich das gut überlegen; es ist schon seit einem Jahr auf dem Markt, obwohl inzwischen Hinz und Kunz nach Littlebourne kommt, um ein Haus zu ergattern. Das Dach ist undicht; es ist halb verrottet, und der Garten ist einfach eine Schande. Die Familie, die zuletzt dort wohnte –» Sie erschauerte. «Sie werden selbst sehen, in welchem Zustand es ist. Das Dach müssen Sie auf jeden Fall neu decken lassen; offen gestanden – ich an Ihrer Stelle würde Ziegel nehmen. Im Stroh nisten sich doch nur Vögel ein, und die Versicherung kostet auch mehr. Schauen Sie sich das Dach der beiden Craigie-Schwestern an. Ich rate Ihnen wirklich davon ab. Aber wenn Sie glauben, Sie *müßten* Stroh haben, dann gibt es hier nur einen, der das kann – Hemmings. Ich kann Ihnen seine Nummer geben. Er ist zwar meiner Meinung nach viel zu teuer, aber zumindest versteht er sein Handwerk, was sich von Lewisjohn nicht behaupten läßt. Sie wollten doch nicht etwa Lewisjohn nehmen? Schlagen Sie sich das mal aus dem Kopf; ein Dieb ist das! Nein, wirklich, Hemmings ist der einzige, auf den Verlaß ist. Aber Sie sollten Ziegel nehmen. Sie werden sich über Ihr Strohdach nur ärgern.» Mit gerümpfter Nase arbeitete sie sich etwas weiter vor und überließ es ihrer Tochter, die Dachfrage mit Melrose zu regeln.

«Ach, Willow Cottage», sagte Julia. «Es liegt auf der andern Seite der Grünanlage, da, wo der ‹Blue Boy› ist.» Sie wies mit ihrer Reitpeitsche über die Hecke. «Da ist wirklich viel zu tun. Aber offen gestanden, für die Arbeiten würde ich niemanden von hier nehmen.»

Er betrachtete die lackierten Nägel der Hand, in der sie die Peitsche hielt, und zweifelte an ihrer Kompetenz.

Melrose hatte sich endgültig gegen Willow Cottage entschieden. «Das ist wohl nicht das, was ich suche.» Er blickte zur Horndean Road hinüber; dort hatte er etwas gesehen, was ihm schon eher zusagen würde. Die Steinmauer, die auf beiden Seiten der Straße verlief, war gut einen Kilometer lang. Das Haus selbst konnte man von der Straße aus nicht sehen, aber er nahm an, daß es wesentlich größer und imposanter war als Rookswood. An dem hohen, schmiedeeisernen Tor war ein diskretes Namensschild aus Bronze angebracht, und daneben hing ein ebenso diskretes Schild – «Zu verkaufen».

«Stonington – das wollte ich mir anschauen.» Melrose schnipste gelangweilt ein vertrocknetes Blatt von seinem Mantel.

Sogar das Pferd schüttelte seine Mähne, als er das verkündete. Auch Lady Bodenheim schien sich in Hörweite aufgehalten zu haben; ein aufgeregtes Durcheinander weiblicher Stimmen ließ sich vernehmen.

«Stonington!... Oh, das ist doch absurd... Völlig ungeeignet für Ihre Zwecke... Ich kann mir nicht vorstellen... Es ist viel zu groß für einen Junggesellen... Sie sind doch Junggeselle?»

«Meiner Meinung nach ist es genau das Richtige», fuhr Melrose dazwischen. «Es ist zwar nicht ganz so groß, wie ich's gewohnt bin. Und Tante Agatha wird wahrscheinlich ihre Volieren und Zierhaine vermissen. Und die Schwäne. Die Quartiere für das Personal sind wohl auch etwas klein. Und ob die Ställe für die Meute reichen. Und...» Er seufzte unglücklich. «Meine Schwester, ach ja, Madeleine braucht einen Flügel für sich. Sie ist etwas eigen, Sie verstehen.» Das konnte alles bedeuten, von Schwangerschaft bis schlichter Verrücktheit. «Aber mein Architekt wird das schon hinkriegen – man kann schließlich nicht alles haben.» An dieser Stelle gelang es ihm, charmant zu lächeln und bedauernd die Achseln zu zukken. «Ist aber doch ein ganz nettes altes Häuschen, nicht wahr?»

Ihre Mienen ließen erkennen, daß Stonington um einiges netter war als Rookswood. Wie magisch angezogen folgten die Blicke der beiden Bodenheim-Damen dem von Melrose, der auf die Horndean Road gerichtet war, an der irgendwo in blauer Ferne Stonington, das Traumschloß, lag. Als sie sich wieder umwandten, sah Julia Melrose mit ganz andern Augen an – die Situation mußte offensichtlich neu eingeschätzt werden. Aber Melrose ließ sie erst gar nicht zu Wort kommen. Vergnügt rief er: «Und wer kommt denn da?»

Miles Bodenheim stapfte über den Rasen. Vielleicht hatte er sie von dem oberen Fenster aus gesehen und seine Neugierde nicht länger bezähmen können, oder er hatte Wind davon bekommen, daß die erste Familie von Littlebourne demnächst auf den zweiten Platz abrutschen könnte, und eilte herbei, um dies zu verhindern.

«Sylvia! Julia!»

Statt zurückzurufen, sagte Sylvia zu Melrose: «Nein, ich kann nicht glauben, daß das Ihr Ernst ist. Das kann einfach nicht sein. Lady Kennington hat das Anwesen völlig verwahrlosen lassen. Sie wissen bestimmt, daß er gestorben ist – ich meine Lord Kennington. Meiner Meinung nach paßten sie überhaupt nicht zusammen. Sie ist äußerst ungesellig. Ich nehme an, es hält sie nichts mehr hier. Aber wenn Stonington schon verkauft werden soll, dann besser an irgendeine Gesellschaft. Oder man könnte es in ein Heim umwandeln. Es würde Ihnen bestimmt nicht gefallen, dort zu leben.» Sie wandte sich ab, und die Art und Weise, wie sie eine braune Knospe vom Stengel knipste, erinnerte ihn an ein Kind, das eine Katze kneift.

«Plant. Melrose Plant», sagte er zu dem Neuankömmling.

«Mr. Plant trägt sich mit dem Gedanken, Stonington zu erwerben, Miles, aber wir haben ihm erklärt, daß er da einen großen Fehler machen würde.»

«Stonington! Großer Gott, Mann. Sie würden sich wundern. So groß und so kalt wie eine Scheune. Nein, das wäre bestimmt nicht nach Ihrem Geschmack. Erst kürzlich ist dort jemand gestorben, Lord Kennington, der Eigentümer. Wer zieht schon gern in ein Haus, in dem jemand gestorben ist.»

«Irgendwo muß man sterben», erwiderte Melrose; er fragte sich, ob Jury im Gasthof war und wie viele Mitglieder

dieser Familie wohl noch wie Pusteblumensamen auf ihn zu-
geschwebt kommen würden.

«Ich habe ihm gesagt, er soll sich das aus dem Kopf schlagen», sagte Sylvia abschließend. Ihr großer Hut wippte, während sie sich langsam an der Hecke entlangbewegte; ihre Züge
wirkten nun noch verkniffener und ihr Teint noch grünlicher.

«Mr. Plant geht auf die Jagd», sagte Julia. «Sie haben Ihre
Meute erwähnt. Und Sie haben von Ställen gesprochen.»

Melrose kickte eine Knospe aus dem Weg. Sie landete auf
dem Schuh des Bodenheimschen Familienoberhaupts. Vor-
sicht war geboten; er hatte keine Ahnung von der Jagd, ein
fürchterlicher Sport seiner Meinung nach. «Ja, ich gehe gelegentlich auf die Jagd. Aber nur in Irland. Mit den *Black and
Tans*.» Er fragte sich im nachhinein, ob das Jagdhunde waren
oder eine eingegangene Splittergruppe der IRA.

«Wann wollen Sie denn einziehen?» fragte Julia.

«Ist wohl noch ein bißchen verfrüht, darüber zu reden.
Wenn Sie mich jetzt entschuldigen wollen? Nett, Sie kennengelernt zu haben.» Melrose tippte mit dem Stock gegen seine
Mütze und ging pfeifend auf dem öffentlichen Weg weiter. Er
hoffte nur, daß es in Littlebourne – von Jury einmal abgesehen – auch liebenswürdigere Leute gab als diese hier.

ALS LIEBENSWÜRDIG HÄTTE ER DIE NÄCHSTE PERSON, der
er begegnete, jedoch auch nicht bezeichnet. Sie stand mitten
auf dem Grünstreifen und beobachtete, wie er ihn überquerte. Tiefe Furchen durchzogen ihre Stirn, und Melrose
fühlte sich etwas unbehaglich bei dem Gedanken, einem so
winzigen Gesicht zu solchen Kummerfalten Anlaß gegeben
zu haben.

Es beunruhigte ihn so, daß er sich auf der anderen Seite

nach ihr umschaute. Ein Fehler, den schon Lots Frau begangen hatte. *Sie* hatte sich nämlich auch umgedreht und starrte *ihm* nach – ein kleines Mädchen, das mit einwärts gedrehten Füßen dastand; ihr blondes Haar hing in Strähnen um das spitze Gesicht. Auch ihre Reitjacke hatte schon bessere Tage gesehen.

Als er die Hauptstraße entlangging, folgte sie ihm; er spürte es eher, als daß er es sah. Die Bewohner von Littlebourne wußten wohl nichts mit ihrer Zeit anzufangen, wenn seine Gegenwart im Dorf solches Aufsehen erregen konnte.

Um vier Uhr nachmittags war es im «Bold Blue Boy» gähnend leer. Obwohl Pubs um diese Zeit noch nicht öffnen durften, stand die Tür zur Bar auf. Er ging hinein und fand einen langen, niedrigen Raum mit einem riesigen Kamin vor, in dem jedoch kein Feuer brannte. Rechts von diesem Raum gab es noch einen weiteren, dessen Tür so niedrig war, daß man ihn nur gebückt betreten konnte. Er war klein und gemütlich, voll mit blitzendem Kupfergeschirr, und in dem etwas kleineren Kamin loderte ein Feuer; auf den bequemen Fenstersitzen lagen geblümte und schon leicht verblichene Chintzkissen.

Melrose setzte sich an einen der Tische, um auf den Wirt zu warten, der ihm bestimmt sagen konnte, wo Jury sich aufhielt. Er hatte immer ein Buch bei sich – gewöhnlich einen Rimbaud-Band, aber in der letzten Zeit waren Krimis an die Stelle der französischen Dichter getreten –, und auch jetzt zog er einen Krimi hervor. Bevor er jedoch anfing zu lesen, schob er den geblümten Vorhang vor dem kleinen Fenster zurück und blickte auf die Grünanlage. Er sah niemanden außer einem alten, gichtgeplagten Rentner auf dem Weg zur Poststelle.

Als er sein Buch aufschlagen wollte, hörte er ein schmatzendes Geräusch, von dem er Gänsehaut bekam. Er drehte sich um. Das kleine Mädchen stand in dem niedrigen Durchgang, sog die Wangen ein, stülpte die Lippen nach außen und machte diese kleinen Schmatzlaute.

«Mary ist einkaufen gegangen», sagte sie.

«Mary?»

«Mary O'Brien. Der gehört der ‹Blue Boy›.»

«Aha», sagte Melrose und nahm sich seine Lektüre vor. «Dann muß ich eben warten.» Er fragte sich, warum die Kleine nicht wegging.

Sie zeigte nicht die geringste Absicht, im Gegenteil, sie war gerade hinter die Bar gegangen. Da die Bar so hoch und sie so klein war, konnte er sie dort eher hören als sehen. Kurz darauf tauchte jedoch ihr heller Haarschopf über dem Tresen auf. Wahrscheinlich hatte sie sich einen Barhocker geholt, auf dem sie knien konnte.

«Möchten Sie was? Es gibt Bass und Bitter und Abbot.» Sie berührte die emaillierten Griffe der Zapfhähne.

War er hier in Littlebourne auf ein Überbleibsel aus dem Zeitalter Dickens' gestoßen, in dem Kinder Schuhe putzten, Schornsteine fegten und Alkohol ausschenkten? «Das ist wohl kaum die richtige Arbeit für dich», sagte er so salbungsvoll, daß es selbst ihm auffiel.

«Ich mach das immer.»

Er seufzte und schüttelte den Kopf. «Na schön, dann gib mir mal einen trockenen Cockburns.»

Sie drehte sich zu den Flaschen um und maß den Sherry ab. «75 Pence, bitte», sagte sie und stellte das Glas vor ihn hin.

«Fünfundsiebzig? Du lieber Himmel. In Littlebourne ist wohl die Inflation ausgebrochen!»

«Wollen Sie was zum Knabbern?»

«Nein, danke.» Er legte eine Pfundnote auf den Tisch. Sie stand da, zog die Wangen ein und gab wieder diesen Schmatzlaut von sich.

«Hör auf damit. Das verdirbt die Kieferstellung, und dein Biß leidet darunter. Außerdem fallen dir die Zähne aus», fügte er der Vollständigkeit halber hinzu.

«Tun sie auch so.» Sie schob die Oberlippe hoch und entblößte zwei Zahnlücken.

«Was hab ich gesagt!»

«Wollen Sie wirklich keine Chips? Die da sind ganz prima.»

«Ich mag keine Chips. Aber wenn –» Melrose suchte in seinen Taschen nach Kleingeld.

Sie kletterte auf einen Barhocker und nahm eine Packung Chips von einem runden Ständer. Sie riß sie auf und verschlang sie mit gerunzelter Stirn. «Möchten Sie was davon?» Anscheinend wollte sie sich von ihrer großzügigen Seite zeigen.

«Nein. Gibt es in diesem Dorf auch eine Polizeiwache?»

«Wenn Sie über die Grünanlage gehen.» Sie hatte es sich auf dem Fenstersitz bequem gemacht. «Sind Sie von der Polizei?»

«Nein, natürlich nicht.»

«Hier ist einer von Scotland Yard.» Obwohl es ihm widerstrebte, eine so winzige Person auszufragen, hakte Melrose nach: «Weißt du zufällig auch, wo er sich aufhält?»

Melrose fand die Art und Weise, wie sie mit ihren Hacken gegen die Bank trommelte, ziemlich unerträglich. «Wieder in London. Er mußte zurück. Wahrscheinlich ist er wegen dem Mord nach Littlebourne gekommen.»

Über den Rand seiner Brille sah Melrose, wie sie auf seine Reaktion lauerte. «Mord? Was ist denn passiert?»

Sie hatte ihre Chips gegessen und faltete die fettige Tüte in kleine Quadrate. «Weiß ich nicht. Möchten Sie noch eine Tüte?»

«Ich wollte nie eine. Was hat es mit diesem Mord auf sich?»

Sie zuckte die Achseln, und ihre Hacken trommelten noch schneller gegen das Holz.

«Na, *wer* ist denn ermordet worden?» Austern mit einem Streichholz zu öffnen ist einfacher, dachte er, als er ihr betont gleichgültiges Gesicht sah.

Sie hatte aus der Chipspackung einen Papierflieger gemacht, den sie durch den Raum sandte. «Mami möchte nicht, daß ich darüber spreche.»

Er war überzeugt, daß sie sich das gerade eben ausgedacht hatte. Melrose ließ fünfzig Pence auf den Tisch fallen und sagte: «Dann doch noch eine Tüte Chips.»

Sie schnellte hoch, sauste zur Bar und kam mit einer neuen Packung zurück. «Ganz schön gruslig, dieser Mord.»

«Morde sind immer gruslig. Was war an diesem denn so besonders gruslig?»

Sie hielt ihre kleine, durchscheinende Hand hoch; in dem staubigen Licht des späten Nachmittags schimmerten die Nägel wie Opale. «Die Finger wurden ihr abgehackt.»

Melrose mußte ihr recht geben. Das war tatsächlich gruslig.

«Keiner weiß, wieso sie in dem Wald war. Es war keine Frau aus dem Dorf; sie denken, sie ist vielleicht aus London hierhergekommen. Die Leute hier gehen nicht im Wald spazieren, nur die Vogelbeobachter sind so doof. Manchmal reite *ich* mit Shandy da durch. Mögen Sie Pferde?»

«Nein. Na, doch. Oh, ich weiß nicht. Wahrscheinlich.»

«Sollten Sie aber. Pferde sind viel besser als Menschen.» Sie musterte ihn von oben bis unten, als kenne sie mindestens einen, der sich mit Pferden nicht messen konnte.

«Diesen Kriminalbeamten von Scotland Yard, hast du den gesehen?»

«Nein.» Sie war beinahe völlig unter den Tisch gerutscht, so daß er nur noch den gelben Haarschopf und den Arm mit dem Flieger aus der zweiten Chipspackung sehen konnte. «Ich hab Durst; muß von dem Salz kommen.»

«Was möchtest du denn, ein Guinness?»

«Zitronenlimonade.»

Erneut wechselte Geld in ihre Hände. Mit ein paar seitlichen Schritten tänzelte sie zur Bar und hinter den Tresen und klapperte mit Flaschen und Gläsern.

«Vielleicht hab ich ihn doch gesehen», sagte sie, als sie zum Tisch zurückgetänzelt kam. «Ich glaube, sie übernachten hier. Er und der andere Kriminalbeamte.» Sorgfältig füllte sie ihr Glas mit Zitronenlimonade. Sie hätten ganze Tage hier verbringen können, mit Chips, Cockburn's Very Dry und Zitronenlimonade, ohne daß es bemerkt worden wäre. Er blickte aus dem unterteilten Fenster und sah die verwelkten Blütenblätter der Rosen vorbeiwirbeln. Sonst rührte sich nichts.

«Vielleicht kriegt er auch raus, wer diese Briefe geschrieben hat.» Sie hatte den Sitz der Bank hochgeklappt und wühlte in dem Kasten.

«Was für Briefe?»

«Gemeine Briefe», ließ sich ihre Stimme aus dem Innern des Kastens vernehmen.

Das ließ Melrose aufhorchen. Jury hatte ihm keine Einzelheiten erzählt. «Großer Gott, in euerm Dorf ist ja einiges los.»

Als sie sich mit einem Malbuch und einer Schachtel Buntstifte an den Tisch setzte, sagte sie: «Ich hab meine Mami gefragt, was da drinstand, aber sie hat gesagt, ich soll nicht darüber sprechen.» Sie saugte mit ihrem Strohhalm die letzten Tropfen Zitronenlimonade aus und machte dabei gurgelnde Geräusche auf dem Boden ihres Glases. «Sie waren alle in Farbe.» Sie schlug eine Seite mit einer Waldidylle auf und fing an, eines der Rehe blau auszumalen.

«Hast du gesagt, daß diese, hmm, diese gemeinen Briefe in *Farbe* geschrieben waren?» Sie nickte. «Wirklich komisch, das.» Sie nickte wieder und machte sich mit ihrem blauen Buntstift an das nächste Reh. Irritierend, wie sie sich einfach über alle Konventionen wegsetzte. «Und sonst weißt du nichts darüber?»

«Worüber?»

«Über die *Briefe*.» Sie schüttelte den Kopf. Als sie mit den beiden Rehen fertig war, nahm sie einen roten Stift und zog einen dicken, krummen Strich, der quer über den Waldboden verlief. Sie betrachtete ihr Werk und hob es hoch, damit Melrose es begutachten konnte. «Sieht das aus wie ein Bach?»

«Nein. Ein Bach ist nicht rot.»

«Es könnte ein Bach voller Blut sein, oder?»

«Blut? Ein gräßlicher Gedanke.» Sie starrte auf das Blatt, ihr spitzes Kinn zwischen den Fäusten. «Wie kommst du denn auf so was?»

«Sie haben gesagt, das Wasser sei ganz rot gewesen an der Stelle, wo sie sie gefunden haben. Haben Sie Geheimnisse?»

In den Furchen auf ihrer Stirn hätte man Bohnen pflanzen können, so tief waren sie. «Geheimnisse? Ah, ja doch, ich glaube schon.» War das die richtige Antwort?

Sie musterte ihn streng. «Würden Sie die jemandem erzählen?»

Großer Gott, ein moralisches Dilemma. Er mußte auf der Hut sein. Er versuchte Zeit zu gewinnen, zündete sich eine Zigarette an, starrte auf die glühende Spitze und sagte: «Das hängt wohl ganz davon ab.» Sie hatte sich wieder in ihren Sitz rutschen lassen, und nur ihre Augen blickten ihn über den Tischrand hinweg an. Er hatte keine Ahnung, von was es eigentlich abhing. «Wenn ich durch mein Schweigen Schaden anrichtete, dann würde ich reden.»

Die Furchen wurden tiefer. Die falsche Antwort also. Sie stand unvermittelt auf und warf das Buch und die Buntstifte in den Kasten der Bank. «Ich muß jetzt gehen. Aber ich kann Ihnen das Dorf zeigen, wenn Sie wollen.»

Damit hatte sich die Sache mit dem Geheimnis wohl erledigt. Er erinnerte sich an den angeblichen Grund seines Kommens. «Gibt's denn hier auch einen Makler?»

«Ist das jemand, der Häuser verkauft? Ja, gibt es, aber ein Haus kaufen ist doch doof.»

«Das denkst du. Ich hab vor, mir eines zu kaufen.»

Daß Melrose ihr erhalten bleiben würde, schien sie nicht besonders zu interessieren. «Da ist Mr. Mainwaring. Ich kann Ihnen zeigen, wo er sein Büro hat. An der Hauptstraße gleich neben dem Süßwarenladen. Es gibt verschiedene Läden dort. Die Post ist auch in einem, aber der ist langweilig. Einer heißt ‹Ginger Nut›. Sie verkaufen Klamotten. Im ‹Magic Muffin› ist es ganz nett. Und dann gibt's noch ‹Conckles›, den Süßwarenladen.»

Als sie mit ihm durch die Bar ging, sagte er: «Kann man bei Mrs. O'Brien auch essen?»

«Ja. Sie hat heute was für den Sergeant gekocht. Ochsenschwanzsuppe.»

«Du bist ja wirklich auf dem laufenden.»

«Sie wollen heute nacht zurückkommen, hat Mary gesagt. Sie sind bestimmt sein Freund?»

Melrose blieb bei der Tür stehen und starrte sie an. Fiel sie denn auf keine List herein? «Das eigentlich nicht, ich hab nur gehört, daß er –»

Sie tanzte jedoch schon mit ihren seitlichen Schritten das Trottoir entlang. Er kam an dem unmöglichen Willow Cottage vorbei, das wirklich nur ein Haufen weißgetünchter Steine mit einem Gitter verblühter Rosen davor war. Sie war schon drei Türen weiter, als Melrose ihr nachbrüllte: «Vergiß nicht, daß wir zu dem Makler wollen!»

Es war jedoch schon zu spät; sie war bereits durch die Tür des Ladens mit dem Erkerfenster getanzt; das Schild besagte: CONCKLES – SÜSS- UND TABAKWAREN.

«Du irrst dich», sagte Melrose auf der Schwelle zu «Conckles», «wenn du glaubst, du könntest mich weiter erpressen.»

Sie irrte sich jedoch nicht.

FREDDIE MAINWARING HATTE ES SICH in seinem ledernen Drehsessel bequem gemacht und schien es als einen gelungenen Witz zu betrachten, daß gerade er etwas mit Immobilien zu tun haben sollte. Sein Verhalten änderte sich jedoch, als Melrose erwähnte, was er ins Auge gefaßt hatte.

«Stonington?» Der Drehsessel kam abrupt zum Stillstand,

und Mainwaring blätterte einen Stapel Karteikarten durch. «Sie wird wahrscheinlich noch etwas runtergehen; sie braucht das Geld.»

Diese Bemerkung kam Melrose sehr unprofessionell vor. Er fragte sich, wessen Seite der Mann vertrat. Mainwaring machte ihn nervös; er hatte ein gepflegtes, ansprechendes Äußeres und so einschmeichelnde Umgangsformen, daß er bei den Frauen bestimmt immer Hahn im Korb war. Das Foto auf dem Schreibtisch zeigte wohl seine Ehefrau; sie sah aus wie mit Karamelmasse überzogen: Make-up, hochgetürmte und mit Haarspray fixierte Locken. Kinderfotos waren nicht zu sehen.

«Das Gut gehörte Lord Kennington. Er ist vor ein paar Monaten gestorben, und seine Witwe lebt nur noch mit ein oder zwei Dienstboten dort. Zweihundertfünfundzwanzig will sie haben.»

Melroses wegwerfende Handbewegung besagte, daß Geld keine Rolle spielte. «Ich brauche ziemlich viel Platz.» Während Mainwaring über Salons, Empfangsräume, Parkett, Küchen und Badezimmer, Koppeln und Nebengebäude, Grenzen und Mauern sprach, zerbrach Melrose sich den Kopf, wie er das Gespräch auf den Mord bringen könne. «Ja, das klingt ganz gut. Ich möchte nämlich etwas näher bei London wohnen, Northants ist wirklich zu abgelegen. Geschäftliche Angelegenheiten...» Er wußte nicht, was er zu diesem Thema noch sagen sollte. Der letzte Handel, den er abgeschlossen hatte, lag ein paar Jahre zurück – er hatte damals seinen Jaguar gegen einen Bentley eingetauscht. Melrose erinnerte sich, daß er seinen Rolls in der Nähe des Bodenheimschen Besitzes geparkt hatte.

«Ich könnte Lady Kennington sofort anrufen und mit ihr einen Termin vereinbaren.» Mainwaring streckte den Arm nach dem Telefon aus. «Wann möchten Sie es anschauen?»

Melrose war schon drauf und dran gewesen, *jetzt* zu sagen, dann erinnerte er sich jedoch, daß er nicht das geringste Interesse hatte, etwas zu kaufen – und daß er, wenn er nicht aufpaßte, sowohl Stonington als auch Willow Cottage am Hals hätte. «Lassen Sie mich überlegen. Heute muß ich noch einiges erledigen. Morgen ist Sonntag, und ... nein, morgen geht's auch nicht. Wie wär's mit Montag?»

«Montags fahre ich nach London ... Ich weiß nicht, ob das so günstig ist.»

«Machen Sie sich keine Sorgen. Dienstag ist ausgezeichnet.» Bis dahin würde Jury alles erledigt haben. «Das Dorf ist wirklich sehr hübsch.»

«Es erfreut sich zumindest größer Beliebtheit. Nahe an London und trotzdem noch sehr ländlich, so etwas ist natürlich begehrt.»

Melrose hatte sich auf einen längeren Vortrag gefaßt gemacht und war überrascht, als Mainwaring es dabei beließ und sich nicht weiter über Littlebournes ländliche Reize ausließ. «Also ein Ort, wo nie etwas geschieht.»

«Das würde ich nicht sagen.» Mainwaring lehnte sich grinsend zurück. «Wie kommt es, daß Sie in der Viertelstunde, die Sie hier sind, noch nichts von der Frau gehört haben, die hier im Wald gefunden wurde? Ermordet.»

«Allmächtiger! Deshalb dieser Polizeiwagen auf der Straße von ... wie heißt die nächste Stadt?»

«Horndean. Im Wald von Horndean wurde sie gefunden. Wir nennen ihn zumindest so. Der größere Teil gehört zu Littlebourne. Ich frage mich, ob sie uns zufällt oder denen.»

Eine sarkastische Weise, über einen Mord zu sprechen, dachte Melrose.

«Erstaunlich, daß Emily Louise Ihnen das noch nicht erzählt hat.»

«Emily Louise?»

«Die Kleine, die mit Ihnen hierhergekommen ist. Emily Perk.» Mainwaring schien ihn etwas mißtrauischer zu betrachten. Melrose hoffte, er würde sich nicht als zu scharfsinnig entpuppen. Nach einer halben Stunde mit Emily Perk hatte er sein Selbstvertrauen verloren.

«Ja, sie hat irgend etwas dahergeplappert, aber ich habe nicht richtig zugehört. Muß ja eine Plage für ihre Mami, ich meine, für ihre Mutter sein.»

«Hört und sieht alles. Und ist auch überall dabei.» Ein Schatten flog über Mainwarings Gesicht, als wäre Emily zur falschen Zeit und am falschen Ort aufgetaucht.

Melrose wollte gerade wieder auf den Mord zu sprechen kommen, als die Tür aufgestoßen wurde und zwei Frauen hereinkamen. Die eine war hager und mausfarben; die andere groß, stämmig, grauhaarig und offenbar die Wortführerin.

«Ah! Da sind Sie ja, Freddie... Oh, Sie sind gerade beschäftigt.» Es folgte eine vage, nicht sehr aufrichtig klingende Entschuldigung. «Ich möchte Ihnen nur das hier geben und mich vergewissern, ob Sie am Montag in einer Woche mitkommen.» Sie zog ein Blatt aus dem Papierstoß auf ihrem Arm und legte es auf Mainwarings Schreibtisch. Eine politische Aktivistin? fragte sich Melrose. «Betsy soll auch kommen, falls sie bis dahin wieder zurück ist. Keine Ausreden bitte! Sie und Miles bilden ein Team; ich möchte immer zwei losschicken, auf diese Weise können wir den Wald gründlich inspizieren.» Nein, nicht politisch, aber doch sehr aktiv. Melrose blickte auf das Blatt Papier und sah die bunten Linien einer Lageskizze. «Wir treffen uns bei Spoke Rock und gehen dann jeweils zu zweit los. Ziehen Sie Ihre Gummistiefel an oder besser noch Ihre Anglerstiefel; Sie wissen ja, wie sumpfig es dort um diese Jahreszeit ist, und der Bach ist durch den Regen bestimmt noch etwas angestiegen. Das Tüpfelsumpfhuhn ist äußerst scheu und vorsichtig, ich hab's aber so geplant, daß wir überall hinkommen, wenn die Teams zusammenbleiben und die vorgesehenen Routen einhalten.» In ihrem Ton lag eine deutliche Warnung, als seien ihre Pläne schon einmal auf Grund mangelnder Sorgfalt durcheinandergekommen. «Sie und Miles folgen der gelben Route. Sie führt von Spoke Rock zu Windy Hill hinüber und um das Moor herum. Schauen Sie, hier.» Sie stieß mit einem gedrungenen

Finger auf das Blatt. «Wir treffen uns um fünf, und ich möchte, daß alle da sind, und zwar pünktlich.» Melrose befürchtete, daß sie fünf Uhr morgens meinte, denn um die Cocktailzeit machte wohl niemand auf ein Tüpfelsumpfhuhn Jagd. Die Frau war von einer Robustheit, die ihm auf die Nerven ging, und ihre Stimme dröhnte aus Lungen, die unerschöpflich zu sein schienen. Ihrer Begleiterin konnte man diesen Vorwurf nicht machen – schüchtern und ergeben bog sie ihren Gürtelzipfel um, als wolle sie sich eine Schlinge daraus drehen. Der Blick der Hageren schweifte im Zimmer umher, blieb an Melrose hängen und wandte sich wie ertappt wieder ab.

«Sind Sie denn sicher, Ernestine, daß die Polizei den Wald nicht absperren läßt?»

«Bah. In ein paar Tagen sind die wieder verschwunden. Sie können sich ja nicht ewig da rumtreiben.»

«Sie können sich so lange rumtreiben, wie es ihnen paßt», sagte Mainwaring; es hörte sich nicht gerade glücklich an.

«Machen Sie kein Theater, Freddie. Das Tüpfelsumpfhuhn wird nicht ewig auf uns warten, Mord hin, Mord her. Also Punkt fünf. Es wird ein sensationeller Morgen, wenn wir uns *alle* an die Routen halten.» Sie wedelte Melrose mit ihren Plänen vor dem Gesicht herum. «Man trifft nicht alle Tage auf ein Tüpfelsumpfhuhn.» Es klang, als kämpften sie und der Vogel um die Weltmeisterschaft im Boxen – Weltergewicht.

«Kann man wohl sagen», meinte Melrose; er nahm die Brille ab und rieb sie mit seinem Taschentuch blank. «Ich hab auch nur einmal in meinem Leben eines gesehen.» Verblüfftes Schweigen. Dann sagte sie: «Das kann gar nicht sein. Es wurde in den letzten zehn Jahren nur dreimal gesichtet: auf den Orkneys, den Hebriden und in Torquay. Wo, meinen Sie, hätten Sie es gesehen? Und sind Sie sicher, daß es ein Tüpfelsumpfhuhn war?»

Er hätte sich noch so sehr anstrengen können, es wäre ihm nicht viel zu dem Vogel eingefallen. «In Salcombe.»

«In Salcombe! Das ist unmöglich!» Torquay war schon außergewöhnlich genug. Und nun auch noch in Salcombe! Der Vogel hatte wohl den Verstand verloren.

«Na ja, weit entfernt ist das ja nicht, das müssen Sie zugeben.»

Mainwaring versuchte zu vermitteln, indem er sie einander vorstellte. Mr. Plant wurde mit Ernestine und Augusta Craigie bekannt gemacht.

Sie waren also Schwestern? Seltsam. Aber es gab wohl doch eine Ähnlichkeit zwischen ihnen, die Spuren eines Stempels, den die Eltern auf ihren Gesichtern hinterlassen hatten. Er neigte höflich den Kopf, während er sich erhob, um Ernestines Hand zu ergreifen, die wie auf Knopfdruck hervorgeschnellt kam. Sie bewegte Melroses Hand auf und ab wie einen Pumpenschwengel.

«Bleiben Sie länger? Sind Sie auf Besuch hier? Sie müssen mitkommen. Sie können die grüne Route übernehmen.» Sie blickte auf ihren Plan. «Wunderbar. Sie können sich Sylvia und Augusta anschließen. Da haben Sie Glück – die beiden sind nämlich richtige Profis.»

Sylvia Bodenheim um fünf Uhr morgens – womit hatte er das verdient?

«Ernestine, Mr. Plant will sich in Littlebourne nur Häuser anschauen. Er ist bestimmt schon wieder abgereist, wenn wir uns treffen.»

«Ich danke Ihnen trotzdem für die Einladung. Was für ein Fernglas benutzen Sie eigentlich?» Es baumelte an einem Riemen über ihrem Busen. Er glaubte bemerkt zu haben, daß es ein besonders gutes war. In seinem Leben hatte es einmal eine unglückliche Phase gegeben, in der er einen Sommer lang die Rennen von Newmarket besuchte. Damals hatte er eine ganze Reihe von Ferngläsern ausprobiert.

«Dieses hier? Das ist ein Zeissglas.» Sie gab Melrose eine Kopie ihres Plans und sagte: «Da, nehmen Sie, falls Sie doch noch hier sind. Viel zu erklären gibt es da nicht. Auf Wiedersehen, Freddie!» Mit Papiergewedel verabschiedete sie sich.

«Vögel scheinen hier ja eine große Rolle zu spielen, wenn sie sogar einen Mord in den Hintergrund drängen.»

Mainwaring lächelte. «Ernestines Begeisterung reicht für uns alle. Sie kennt jeden Quadratzentimeter Wald. Kein Wunder, daß sie die Leiche gefunden hat. Sie ist ständig dort.»

«Sie hat die Leiche gefunden?» Melrose drehte sich nach der Tür um, die sie gerade hinter sich geschlossen hatte. «Dann hat sie sich aber schnell von dem Schock erholt.»

Durch das Fenster sah er eine dunkelhaarige Frau vorbeigehen, die Mainwaring zuwinkte und etwas zögerte, als frage sie sich, ob sie eintreten sollte oder nicht; sie wandte sich jedoch wieder ab, um eingehend den Baum vor der Tür zu betrachten.

«Ich muß weiter», sagte Melrose.

«Sie rufen mich zurück?»

«Aber sicher. Stonington scheint genau das richtige zu sein.»

Als er aus der Tür ging, dachte er schon gar nicht mehr an Stonington. Er dachte vielmehr an diese Craigie. Seltsam, daß jemand mit einer solchen Vorliebe für den Wald keine Bedenken hatte, für alle Welt sichtbar mit diesem Feldstecher um den Hals herumzulaufen.

D IE DUNKELHAARIGE F RAU BETRACHTETE noch immer den Obstbaum.

«Ich mag keine gestutzten Bäume. Und Sie?» fragte Melrose.

«Hm? Oh –» Ihre Überraschung war offensichtlich geheuchelt. «Ich dachte gerade, er scheint eine Krankheit zu haben.»

«Sieht doch ganz gesund aus. Wohnen Sie hier?» Es war

wohl kaum anzunehmen, daß ein Ortsfremder sich die Mühe machen würde, die Rinden der Bäume zu untersuchen.

«Ja, da drüben.» Sie zeigte über die Grünanlage. Dann klappte sie ein Notizbuch auf und schrieb sich offenbar etwas zu dem Baum auf. In Littlebourne schien es von Naturfreunden nur so zu wimmeln.

«Sind Sie Blau, Rot, Grün oder Gelb?» fragte er, seiner Meinung nach eine sehr geschickte Eröffnung.

Daraufhin wurde ihr Gesicht tiefrot, und sie schnappte nach Luft, eine Reaktion, die er nicht erwartet hatte. Als sie das Gleichgewicht wiedergefunden hatte, sagte sie: «Soll das heißen, daß Augusta nun schon mit Wildfremden darüber redet? Sie muß wirklich übergeschnappt sein.»

Melrose war verwirrt. «Augusta? Nein, die andere Miss Craigie.»

«Ernestine? Aber sie hat doch gar keinen gekriegt.»

«Sie hat was nicht gekriegt?»

«Einen *Brief*! Sprachen Sie denn nicht über die Briefe?»

Melrose erinnerte sich: Die kleine Perk hatte etwas von anonymen Briefen gesagt, die mit Buntstiften geschrieben worden waren. «Um Himmels willen, nein. Ich meinte diesen Plan für die Vogelbeobachter.» Melrose hielt ihn ihr wie einen Ausweis unter die Nase.

«Ach so!» Sie setzte zu einem Lächeln an, und er benutzte die Gelegenheit, sie zum Tee einzuladen. Er hoffte nur, daß die Bodenheims nicht in der Zwischenzeit seinen Rolls auseinandernahmen.

Als sie sich im «Magic Muffin» an einem wackligen Tisch mit Blick auf die Hauptstraße niedergelassen hatten, stellten sie sich einander vor. Polly Praed fragte: «Was taten Sie denn in Freddies Büro? Wollen Sie hier ein Haus kaufen?»

«Ich, hm, ich interessiere mich für Stonington.»

«Das kann doch nicht Ihr Ernst sein! Das Gut der Kenningtons? Er ist vor kurzem gestorben, wissen Sie.»

Der Tod schien in Littlebourne ziemlich selten in Erscheinung zu treten, sonst wären die Leute nicht so überrascht, wenn einer von ihnen dran glauben mußte. Melrose sah eine ziemlich große, dünne Frau an ihren Tisch treten. Polly Praed bestellte Tee und fragte, was für Muffins es heute gebe.

«Auberginenmuffins.»

«Mit Auberginen?» Polly sah etwas zweifelnd drein. «Ich habe noch nie von Auberginenmuffins gehört.» Als die Frau wieder gegangen war, schob Polly sich die Brille ins Haar und sagte zu Melrose: «Ob sie wohl gelb sind, so ein fürchterlich kitschiges Gelb?»

«Wahrscheinlich.» Zugleich stellte er fest, daß ihre Augen diese Farbe nicht aufwiesen: Sie waren kornblumenblau oder violett, je nachdem wie sie den Kopf hielt und das Licht einfiel.

«Will Ernestine Craigie denn mit ihrem verrückten Verein wirklich im Wald von Horndean herumwandern – nach dem, was geschehen ist? Sie haben doch bestimmt schon von dem Mord gehört?»

«Miss Craigie ist entschlossen, das Tüpfelsumpfhuhn zu sichten. Ich glaube, dafür würde sie auch über Berge von Leichen steigen.»

Muffins und Tee wurden vor ihnen auf den Tisch gestellt. Sie sahen aus wie ganz gewöhnliche Muffins, Muffins von einer frischen, gesunden Farbe.

Polly bestrich sich eine Hälfte mit Butter und sagte: «Sogar Scotland Yard hat sich hierherbemüht.» Sie hielt nachdenklich und stumm ihr Muffin in der Hand. Krümel rieselten auf ihren Pullover. Melrose hatte den Eindruck, daß sie innerlich ganz woanders war. Schließlich schien sie zurückzukehren und biß in das Gebäck.

«Sie haben also auch einen von diesen Briefen bekommen?»

Sie nickte. «Einen grünen. Fragen Sie mich bitte nicht, was drinsteht.»

«Wie käme ich dazu. Hat die Polizei eine Ahnung, wer sie geschrieben haben könnte?» Sie schüttelte den Kopf. «Gab's denn viele von der Sorte?»

«Ein halbes Dutzend. Sie kamen alle auf einmal.» Polly erzählte von dem Packen, den Mrs. Pennystevens erhalten hatte.

«Seltsam. Irgendwie nicht zu vereinbaren mit den Motiven, die man einem Verfasser anonymer Briefe unterstellt.»

«Wie meinen Sie das?» fragte sie stirnrunzelnd.

«Stellen Sie sich vor, Sie hätten dieses Laster. Sie möchten die Leute in die Zange nehmen. Deshalb versuchen Sie, das Ganze möglichst in die Länge zu ziehen. Versetzen Sie sich mal in die alte Augusta Craigie, der jedesmal, wenn sie ihre Post holen geht oder wenn die Post unter ihrer Tür durchgeschoben wird oder was weiß ich, der kalte Schweiß ausbricht. Ständig fragt sie sich: ‹Wann bin ich dran?› Der Verfasser kann die Leute ewig so zappeln lassen. Verstehen Sie? Wer würde also schon den ganzen Packen auf einmal losschicken? Die geheimen Qualen, die man in der Vorstellung genießt, würden völlig wegfallen.»

«Sie kennen sich auf diesem Gebiet ja gut aus. Sie haben sie doch nicht etwa geschrieben, oder?»

Melrose überging diese Bemerkung. «So wie diese Person vorgegangen ist, weiß jeder, wer alles einen Brief bekommen hat, und die Polizei wurde sofort eingeschaltet. Sobald der erste Schock vorbei ist, macht sich bestimmt keiner mehr Gedanken darüber. Und dann noch mit Buntstiften! Wer nimmt das schon ernst. Komisch. Glauben Sie, die Briefe haben mit dem Mord zu tun?»

«Das hab ich mich auch schon gefragt. Ich schreibe Kriminalromane –»

«Ach, tatsächlich?»

«Ja. So toll ist das aber gar nicht. Reine Routine, glauben Sie mir. Es ist nur ziemlich frustrierend, daß mir zu diesem Fall nichts einfällt. Dieser Superintendent von Scotland Yard muß mich für ziemlich dumm halten.» Bekümmert blickte sie auf ihre Muffinhälfte. «Die Sache ist – man kann eine rege Phantasie haben, aber für die Realität nicht taugen. Wie ich zum Beispiel. Ich habe sogar Schwierigkeiten, mich auch nur mit jemandem zu unterhalten, wie Sie bestimmt schon bemerkt haben.»

«Ich habe nichts dergleichen bemerkt.»

«Müssen Sie aber. In Gesellschaft bin ich ein absoluter Versager. Ich gehe deshalb auch nicht zu Parties, weil ich da doch nur stocksteif in der Ecke herumstehe und mir krampfhaft überlege, was ich sagen soll.» Kauend beschrieb sie sämtliche Lebenslagen, in denen sie versagte. Dann tat sie alles mit einem Achselzucken ab und fragte: «Darf ich mir den letzten Muffin nehmen?»

«Ja, nehmen Sie nur. Ich finde das, was Sie eben gesagt haben, völlig absurd. Es klang, als würden Sie eine andere Person beschreiben. Ich meine, Sie haben doch pausenlos geredet, seit wir hier sitzen.»

«Ach, Sie.» Sie winkte ab.

War das ein Kompliment? Oder wollte sie damit sagen, daß sie von derselben Sorte seien – beide Versager?

Sie schob Teller und Tasse zur Seite und beugte sich zu ihm vor. «Hören Sie, ich weiß, daß Sie nicht nach Littlebourne gekommen sind, um Stonington zu kaufen. Sie müßten ja steinreich sein. Obwohl ich nichts dagegen hätte, wenn Sie es kauften. Die Bodenheims wären am Boden zerstört, wenn jemand sie hier überflügelte. Es gibt nur noch eine Sache, die schlimmer für sie wäre – wenn jemand von Adel dort einzöge.» Hoffnungsvoll blickte Polly ihn an. «Sie sind doch nicht vielleicht adlig?»

Melrose starrte auf seine Tasse. «Na ja…»

«Oh, Sie sind es! Sagen Sie, daß Sie es sind!» Ihr Gesicht war ganz nahe an seines herangekommen, so gespannt war sie. Kein unangenehmes Gefühl.

«Ich bin nicht adlig.» Das Gesicht wich wieder zurück, und

er hatte beinahe das Gefühl, sie verraten zu haben. «Aber ich war es mal», fügte er strahlend hinzu.

«Sie *waren* es? Was soll das heißen?»

«Der Earl von Caverness. Und zwölfter Viscount Ardry und so weiter. Aber jetzt bin ich nur noch Melrose Plant.»

Wer er jetzt war, schien sie nicht weiter zu interessieren. Doch über den Verlust seiner Titel staunte sie mit offenem Mund. «Wie konnte Ihnen denn das passieren?»

«Oh, ich habe darauf verzichtet.»

«Warum?» Wütend starrte sie ihn an; offensichtlich fand sie es unverzeihlich, daß er eine Sache, die so nützlich hätte sein können, einfach fallengelassen hatte. Dann wurde ihre Miene wieder etwas freundlicher. «Ah, ich verstehe. Sie hatten Spielschulden oder sonst etwas auf dem Gewissen und wollten den Namen der Familie nicht beflecken.» Ihre Augen glitzerten, sie hatte sich eine Geschichte für ihn ausgedacht. Gleich würde sie ihn in eine Ritterrüstung stecken.

«Es ist leider nicht so romantisch.» Er fragte sich, warum er das Bedürfnis verspürte, sich ihr gegenüber zu rechtfertigen. Sie verwirrte ihn, und er wußte nicht warum – veilchenblaue Augen hin, veilchenblaue Augen her. Ihre übrige Erscheinung war keineswegs überwältigend; dieser unvorteilhafte Braunton ihres Twinsets, diese wirren Locken, diese ausladende Brille und dieser Bleistift, der irgendwo steckte – all das machte sie nicht gerade attraktiver. «Ich wollte sie einfach nicht mehr», sagte er matt.

Sie zuckte die Achseln. «Na ja, auch ohne Titel wird Julia Bodenheim sich Ihnen hoch zu Roß von allen Seiten zeigen. Am besten, Sie bringen sich in Sicherheit. Sie sind *die* Partie.»

Geschmeichelt sagte er: «Oh, freut mich, daß Sie das denken.»

«Ich hab nicht gesagt, daß *ich* das denke», sagte sie kauend.

«Ich bin gekommen», sagte Sir Miles Bodenheim zu Melrose Plant, «um Sie zum Cocktail nach Rookswood einzuladen.»

Er sagte das in jenem Ton, den der Erzengel Gabriel wohl bei der Verkündigung gebraucht hatte. Man hatte offenbar dankbar stammelnd anzunehmen. Und Sir Miles hatte anscheinend auch schon eine Erklärung parat, als dies nicht sogleich geschah. «Sie sollten nicht denken, daß Sie nicht annehmen können, nur weil Sie hier fremd sind. Es stimmt schon, daß wir eine gewisse Auslese treffen, aber unser kleiner Kreis wird Sie bestimmt nicht enttäuschen. Wir werden *alle* dasein.» Bei dieser wundervollen Enthüllung schwang er seinen Spazierstock über die Schulter und versetzte den Tiffany-Imitationen des «Bold Blue Boy» einen kräftigen Stoß. «Auch Derek ist zu Hause. Derek, unsern Sohn, haben Sie noch nicht kennengelernt. Er studiert Geschichte. Außer uns werden die beiden Craigie-Schwestern kommen. Ich bin ihnen gerade auf dem Weg hierhin begegnet. Ernestine ist richtig darauf erpicht, Sie bei unserer nächsten Wanderung dabeizuhaben – den Plan hat sie Ihnen ja schon gegeben. Sie sehen, eine wunderbare Gelegenheit, sich kennenzulernen. Wir müssen auch noch ein paar Details im Zusammenhang mit dem Kirchenfest besprechen. Es findet morgen statt: Also keine Widerrede. Kommen Sie.» Sir Miles kratzte an den Eiresten auf seinem Ascottuch und fügte noch hinzu: «Ich weiß, Sie haben gerade mit Miss Praed Ihren Tee eingenommen; aber da Sie im ‹Magic Muffin› bestimmt nichts Anständiges zu essen bekommen haben, sind ein paar Kanapees genau das richtige für Sie. Wo sind Sie denn Miss Praed begegnet?» Sir Miles schien etwas pikiert darüber zu sein, daß dieser Fremde sich schon über die Grenzen hinausbewegte, die er ihm gesteckt hatte. «Die Frau schreibt miserable Krimis, aber wenn man sich für so etwas interessiert…» Er zuckte die Achseln, als wolle er diese Möglichkeit von vornherein ausschließen. «Ernestine wird Sie bestimmt sehr interessant unterhalten. Sie ist –»

«Ich wünschte, ich wäre clever genug, um Krimis zu schreiben.»

«Clever? Ich kann nichts Cleveres daran entdecken. Jemand wird um die Ecke gebracht, und alle geraten aus dem Häuschen und versuchen herauszufinden, wer's war – ist das eine besondere Intelligenzleistung? Meiner Meinung nach reine Zeitverschwendung. Und wie Sie sehen, verläuft in Wirklichkeit alles ganz anders. Einem Inspektor, der so gerissen und auf Zack ist wie der in den Büchern von Miss Praed, werden Sie in diesem Fall hier wohl kaum begegnen. Haha, mit Sicherheit nicht.»

«Sie haben ihre Bücher also gelesen», sagte Melrose lächelnd.

Sir Miles hatte es aufgegeben, das Eigelb zu entfernen, und starrte über Melroses Kopf hinweg ins Leere. «Oh, ich habe mal in eines hineingeschaut, das wir unserer Köchin zu Weihnachten schenken wollten. Aber es würde mich wirklich wundern, wenn die Leute, die sie uns da geschickt haben, etwas herausfinden. Dieser Carstairs scheint ziemlich schwer von Begriff zu sein, während der Bursche von Scotland Yard sich ja mächtig ins Zeug legt, das muß man ihm lassen. Aber kommen Sie, alter Freund, kommen Sie.» Sir Miles bedeutete Melrose, sich zu erheben. «Es ist schon nach fünf, wir können uns gleich zusammen auf den Weg machen.»

Melrose seufzte innerlich, dachte aber, daß er sich vielleicht doch besser nach Rookswood mitschleifen lassen sollte, wenn er Wert auf weitere Bekanntschaften legte. Und Mrs. O'Brien hatte gesagt, Jury werde erst in ein paar Stunden zurück sein; das Abendessen würde also auch sehr spät serviert werden. «Und womit wird Miss Craigie uns unterhalten?» fragte er, als sie den «Bold Blue Boy» verließen.

«Mit Mausergewohnheiten und Flugmustern des Tüpfelsumpfhuhns.»

«Wie reizvoll», sagte Melrose.

«Die Mausergewohnheiten des Tüpfelsumpfhuhns entsprechen ganz und gar nicht dem, was man erwarten würde…» informierte Ernestine Craigie sie mit monotoner Stimme.

Erstaunlich, dachte Melrose, ein Glas mit lauwarmem Whisky in der Hand. Eigentlich hatte er überhaupt nichts von dem Tüpfelsumpfhuhn erwartet, nicht einmal, daß es sich mauserte.

Es war ein Lichtbildervortrag.

Gab es Schlimmeres, abgesehen vielleicht von herumgereichten Ferien- oder Babyfotos? Derek Bodenheim war ungefähr vor einer Stunde hereingeplatzt, hatte sich einen sehr großen Whisky eingeschenkt, das ‹Hallo›, das er Melrose zukommen ließ, so gelangweilt wie nur möglich hervorgestoßen und sich dann wieder zurückgezogen, die Flasche in der Hand: all dies entgegen den Versicherungen seines Vaters auf dem Weg vom «Bold Blue Boy» nach Rockswood, daß Melrose von seinem Sohn nur die beste Unterhaltung zu erwarten hätte.

Augusta Craigie hatte einen Stuhl in Armeslänge von dem Getränketisch entdeckt und schien mit der Sherrykaraffe vollkommen glücklich zu sein, was außer Melrose niemand bemerkt hatte.

Ein Dienstmädchen, eine schmächtige Person mit olivfarbener Haut und lautlosen, sparsamen Bewegungen, reichte eine Platte mit Kanapees herum, die wie Pappe schmeckten.

Die einzige Abwechslung stellten Julia Bodenheims Versuche dar, Melrose in etwas anderes als ein Gespräch zu verwickeln – sie schlug abwechselnd ein schimmerndes Bein über das andere und lehnte ihren seidig glänzenden Busen mal gegen ein Glas, mal gegen einen Aschenbecher oder die Platte mit den Kanapees.

So sehr er sich auch bemühte, es gelang Melrose nicht, das Gespräch auf den Mord zu bringen. Von Sylvias Erklärung, daß so nahe an ihrem Grundstück eigentlich gar kein Mord hätte passieren dürfen, bis zu Augustas schauerndem Schweigen und dem kurzen Exkurs von Sir Miles über die Unfähigkeit und Penetranz der Polizei – sie pickten nur wie ein Schwarm Blaumeisen an dem Thema herum, um dann schnell wieder davonzuflattern. Selbst Ernestine – in ihrem grauen Kostüm so handfest und solide wie ein Bierhumpen – schien sich gegen das Thema zu sträuben.

Die Pläne für das Kirchenfest wurden jedoch um so leidenschaftlicher diskutiert – Melrose konnte sich die Festzelte, Wurfbuden und Kutschfahrten bereits lebhaft vorstellen. Das Karussell war angekommen, und auch die Stände waren schon zum größten Teil aufgebaut.

Konnte Emily Perk wirklich mit der Aufgabe des Kutschers betraut werden (hatte Miles gefragt), würde sie die Kinder auch nicht zu früh wieder absetzen? *Du weißt doch, meine Liebe, sie ist eigentlich strikt dagegen, daß Leute sich von Pferden ziehen lassen. Ja, Daddy, sie ist aber die einzige, die das machen kann und will,* hatte Julia geantwortet und dabei in *Country Life* geblättert; kurz darauf flog die Zeitung in die Ecke, wahrscheinlich, weil sie sich nicht darin entdeckt hatte. Danach waren Sylvia Bodenheims Stricknadeln wie zwei Rapiere hin und her geschossen, als sie von Lady Kenningtons Weigerung berichtete, den Wühltisch zu übernehmen.

Wenn man sie alle so sprechen hörte, hätte man denken können, daß es entweder überhaupt keinen Mord gegeben hatte oder daß sie schon so daran gewöhnt waren, im Wald von Horndean Leichen ohne Finger zu finden, daß es auf eine mehr wirklich nicht mehr ankam.

Oder aber, eine dritte Möglichkeit: Jemand hatte hier ein sehr schlechtes Gewissen.

Der Lichtbildervortrag ging weiter: Auf der Leinwand erschien ein Muster bunter Linien, die von Westen nach Osten oder von Norden nach Süden verliefen oder irgendwelche Kurven beschrieben. Die Tüpfelsumpfhühner schienen wahre Flugorgien zu feiern – von den Äußeren Hebriden waren sie über Manchester bis nach Torquay gezogen. Melrose war gerade dabei, einzunicken, als Miss Craigies Markierungsstift eine horizontal verlaufende rote Linie zog, anscheinend eine der beliebtesten Flugrouten des Tüpfelsumpfhuhns. Er kniff die Augen zusammen und versuchte herauszufinden, an was diese Linie ihn erinnerte. An Emilys blutroten Bach vielleicht? Oder lediglich an eine Reklame der British Air …

Er gähnte und fragte sich, wann Jury zurück sein würde. So lange brauchte man nicht von London nach Littlebourne. Er stellte sich vor, das Große Tüpfelsumpfhuhn hielte irgendwo einen Lichtbildervortrag und erklärte einem Saal voll eingesperrter, gelangweilter Tüpfelsumpfhühner das englische Autobahnnetz: *Das ist Ihre Flugroute. Wie Sie sehen, endet die rote Linie in einem Kleeblatt. Das ist die Ausfahrt nach Doncaster …*

ZWEITER TEIL

MAGIER
UND
KRIEGSHELDEN

10

Es lag auf der Hand, wie die Catchcoach Street zu ihrem
Namen gekommen war: eine dolchförmig verlaufende Sack-
gasse, die mit den eleganten Cul-de-Sacs von Belgravia oder
Mayfair nichts gemeinsam hatte. Die schmalen, herunterge-
kommenen Häuser standen dicht nebeneinander und drängten sich an dem klingenförmigen Ende noch enger zusammen. Es roch nach Fisch und brackigem Themsewasser.

Die Nummer zweiundzwanzig unterschied sich von den
übrigen Häusern nur durch eine etwas gepflegtere Fassade
und einen saubereren Hof. Von Nell Beavers, der Eigentüme-
rin dieser Straße in dem Slum (sie hatte sich damit gebrüstet,
daß ihr dieses und die beiden Häuser links und rechts davon
gehörten), hatten sie Näheres über Cora Binns erfahren. Sie
war am Donnerstag abend gegen sechs aus dem Haus gegangen und hatte noch gesagt, sie hoffe, der Berufsverkehr sei
vorbei, wenn sie zur Highbury-Station käme.

«Es war gegen sechs. Ich spioniere den Leuten nicht nach.»
Jury wollte dafür nicht die Hand ins Feuer legen. Sie schien
ganz der Typ zu sein, der in den Mülltonnen nachsieht, wie
viele Flaschen drinliegen. Cora Binns hatte die Wohnung
über ihr, und Jury war überzeugt, daß ihre Wirtin auf jedes
Knarren in den Dielen achtete.

«Etwas spät für ein Vorstellungsgespräch, oder?» fragte
Wiggins.

Nell Beavers zuckte die Achseln. «Was weiß ich! Ich
nehme an, sie wollte keinen Arbeitstag opfern. Sie sagte jedenfalls, sie wolle nach Hertfield fahren», fuhr Nell Beavers

fort, in ihrem Stuhl schaukelnd und stolz auf ihre Selbstbeherrschung. Sie gehörte nicht zu der Sorte, die gleich zusammenbricht, wenn es ernst wird: Sie wußten das, weil sie es ihnen bereits dreimal versichert hatte. «Sie hat gesagt, ihre Agentur – Cora war Aushilfssekretärin – habe angerufen, weil in Hertfield jemand eine Stenotypistin suchte. Sie brauchen nur diese Agentur zu fragen. Sie heißt ‹The Smart Girls Secretarial Service›. Ich würde an Ihrer Stelle gleich mal hingehen.»

Jury dankte ihr. Seine Landsleute fühlten sich des öfteren bemüßigt, ihm gute Ratschläge zu erteilen. «Sie haben Inspektor Carstairs erzählt, daß sie am selben Abend zurückkommen wollte.»

«Richtig, das hat Cora gesagt. Am nächsten Tag hat ihre Agentur angerufen und mich gefragt, ob ich wisse, wo sie sei. Sie sei nie bei den Leuten aufgetaucht, bei denen sie sich hätte vorstellen sollen. Richtig frech ist diese Frau geworden. Ich sagte nur, daß ich meinen Mietern nicht nachspionieren würde, ich wäre schließlich nicht ihre Mutter.» Nell Beavers schmatzte mit trockenen Lippen. «Als Cora aber auch am Freitag abend nicht zurückkam, sagte ich mir, Nell, jetzt rufst du mal besser die Polizei an. Beavers – mein verstorbener Mann, Gott hab ihn selig – sagte immer, Probleme lösen sich nicht von selbst.»

«Sie haben genau das Richtige getan, Mrs. Beavers.» Sie verzog jedoch keine Miene; auch dieses, wie sie wußte, wohlverdiente Lob konnte ihr kein Lächeln abringen. Sie schaukelte nur etwas schneller und sagte: «Ich an Ihrer Stelle würde mal mit den Cripps reden.» Sie wies mit dem Daumen nach rechts. «Gleich die nächste Tür. Warum Cora sich gerade mit ihnen angefreundet hat, ist mir ein Rätsel. Man hat in diesem Land als Hausbesitzer keine Rechte mehr, es ist eine Schande. Die Mieter können machen, was sie wollen. Seit Jahren versuche ich, sie rauszukriegen. Man weiß nie, was dieser Ash im Schilde führt.» Sittsam faltete sie die Hände im beschürzten

Schoß. «Ich hab's hier nicht zum erstenmal mit der Polizei zu tun. Die kommt immer wieder wegen Ash Cripps. Beavers hat auch gesagt, daß mit dem perversen Kerl was nicht stimmt.» Sie schlug ihre alte blaue Strickjacke auseinander und schloß sie schnell wieder, während Jury und Wiggins sie entgeistert anstarrten. «Sie haben kapiert? Er hat schon alle Parks und öffentlichen Toiletten im East End unsicher gemacht, und die im West End kennt er sicher auch.»

«Wo ist Cora eingestiegen?»

«Wo wir alle einsteigen: in Wembley Knotts. Cora hat sich immer über die Underground beklagt. Ein Skandal, wie teuer sie geworden ist. Von Wembley Knotts bis King's Cross kostet es inzwischen achtzig Pence. Aber immer wird gebaut, stimmt's? Na ja, die Polizei braucht ja nicht damit zu fahren.» Das schien sie ihnen besonders übelzunehmen: In diesem Staat war nicht nur für die Mieter gesorgt, sondern auch für die Polizei – nicht einmal die U-Bahn mußten sie benutzen.

VOR DER NUMMER VIERUNDZWANZIG hielten sich ein paar schmuddelige Kinder an den Händen und tanzten um einen ramponierten Kinderwagen herum. Keines trug einen Mantel, obwohl es ein ziemlich kühler Septemberabend war, und eines hatte sogar nur ein Hemdchen an.

Bei ihrem Ringelreihen um den Kinderwagen sangen sie zwar die Melodie von «Ringel, Ringel, Reihen», den Text hatten sie jedoch durch einen etwas handfesteren ersetzt, zum größten Teil durch irgendwelche wüsten Beschimpfungen, die dem unschuldigen Geschöpf in dem Wagen galten.

«Ist eure Mutter zu Hause?» fragte Jury, nachdem er sich vergewissert hatte, daß das Baby nicht erstickt war oder auf eine andere Art den Tod gefunden hatte. Es lag schlafend auf dem Bauch, die winzigen Hände zu Fäusten geballt, während die runden Wangen wie kleine Flammen glühten, denen selbst der Ruß der Catchcoach Street nichts anhaben konnte.

Die Kinder ersetzten ihr «Fickdich, Fickdich» durch «Mam's zu Hause, Mam's zu Hause», ohne ihren Singsang und ihr Ringelreihen zu unterbrechen. Sie kicherten nur vor Begeisterung darüber, daß sie, ohne eine Sekunde aufzuhören, auch noch Auskünfte geben konnten. Auf diese Weise ging es weiter, nur daß sie jetzt, von ihrem Erfolg angespornt, noch höher hüpften mit ihren nackten Füßen und kurzen Haaren und daß der Text inzwischen «Macht Brei, Brei, Brei, Brei» lautete. Diese neue Auskunft über «Mams» Aktivitäten führte zu weiterem Gelächter und Gekicher und auch dazu, daß die Tür aufging.

«Nu reicht's aber – ziehst du dir wohl deine Hose an! Und was ist mit Ihnen?» Die Frage war an Jury und Wiggins gerichtet.

Ein Hund mit einem Kopf wie eine Ratte sah endlich eine Möglichkeit zu entwischen und quetschte sich durch den Türspalt. Durch diese Öffnung sah Jury eine Gesichts- und Körperhälfte; die andere, befürchtete er, würde auch nicht vorteilhafter aussehen als das fettige Haar, das metallische Auge und der hängende Busen, die er bereits sah. Als die Frau die Tür vollends öffnete, füllte ihre massige Gestalt den ganzen Rahmen aus. Sie steckte in einer Kittelschürze, deren Knöpfe abzuspringen drohten.

«Polizei», sagte Jury und zeigte seinen Ausweis.

«Kommen Sie wegen Ashley? Na ja, wundert mich nicht. Kommen Sie rein.» Bevor er den Irrtum berichtigen konnte, brüllte sie den Kindern zu, ins Haus zu kommen und ihren Brei zu essen.

«Haben Sie denn die Polizei erwartet?» fragte Wiggins.

«Wer soll's schon sonst sein. Mit euern Regenmänteln und blauen Anzügen könnt ihr ja wohl kaum die beiden Ronnies sein. Nur immer reinspaziert.» Verärgert über soviel Begriffsstutzigkeit winkte sie ihn durch die Tür. «So, was hat Ashley wieder ausgefressen? Hat er sich wieder den Damen gezeigt? Laßt das!» rief sie der Gnomenschar zu, die über den Kinderwagen kletterte. «Euer Essen ist fertig.»

Zwei von ihnen hatten sich zu dem Baby in den Wagen gelegt, während die andern wie wild daran rüttelten. Als das Wort Essen fiel, rannten sie den Kinderwagen – und auch Wiggins – beinahe über den Haufen.

«Gebt endlich Ruhe, und Joey, du ziehst dir sofort deine Hose an!» Sie versetzte dem blanken Hinterteil des Kleinen einen Klaps, während er zwischen Wiggins' und Jurys Beinen durchrannte.

«Da hinten rein», sagte sie gebieterisch wie eine Fremdenführerin.

«Da hinten» befand sich die schmutzigste Küche, die Jury je gesehen hatte. Jeder Quadratzentimeter war bedeckt mit verkrusteten Tellern, dreckigem Geschirr und pockennarbigen Töpfen. Vom Herd hingen lange Fettzapfen. Gebannt starrte Wiggins auf eine Bratpfanne mit einem fingerdicken Belag von erstarrtem Fett.

«Mrs. Beavers von nebenan meinte, Sie könnten uns vielleicht weiterhelfen, Mrs. Cripps.»

«Was, die Beavers is nicht in der Kneipe und kippt sich ihr zehntes Bier runter, ihren Nachmittagssherry, wie sie's nennt?» Sie machte eine Handbewegung, als wolle sie Ordnung schaffen, und beugte sich dann über das Gas, um sich einen Zigarettenstummel anzuzünden. An dem wackligen Küchentisch stießen die Kinder wilde Drohungen und Verwünschungen aus; gleichzeitig hämmerten sie mit ihrem Besteck auf dem Tisch herum. Ohne sich darum zu kümmern, ließ die Frau den Kartoffelbrei in die Schüsseln plumpsen. Die Kinder grapschten nach dem Ketchup, um es über ihren Brei zu kippen. Wiggins stand neben dem Tisch, fasziniert von der rotweißen Mischung.

Von ihrer Zigarette fiel etwas graue Asche in die Pfanne, während sie bemerkte: «Na, ich hab's ihm ja gesagt. Zeigt ewig sein kleines Ding, dasses auch alle sehen…»

Sie schien Übung im Umgang mit der Polizei zu haben, ja sogar zu einer gewissen Gelassenheit darin gefunden zu haben. Lächelnd schüttelte Jury den Kopf, als sie ihm von dem Kartoffelbrei anbot. Wiggins wich einen Schritt zurück.

Sie hörte auf, vor sich hin zu brabbeln, und meinte: «Direkt vor meiner Nase hat er's getrieben» – sie wies nach hinten auf die dunkleren Regionen der Wohnung –, «aber mit mir kann er das nich machen. Ich hab auch meinen Stolz. Ich bin einfach aufs Arbeitsamt gegangen. Eine Scheißarbeit für knapp sechzig Eier die Woche. Und dafür, daß ich auf ihrer Couch pennen darf, nimmt mir die Screeborough-Bande allein schon vierzig ab; zwanzig gehn fürs Frühstück drauf. Ich sag's Ihnen!» Sie ging um den Tisch und ließ einen weiteren Klacks Brei in die Schüsseln fallen. «So, das war's. Maul halten. Und Hände weg von Sookeys Schüssel.» Sie versetzte einer Hand, die mit dem Löffel auf Eroberungen ausging, einen kräftigen Klaps. Dann blickte sie in die Runde verschmierter Gesichter und fragte: «Wo ist denn Friendly?»

«Drüben auf dem Schulhof. Hat gesagt, er will Fiona was zeigen.» Wieder fingen sie zu kichern an, und Sookey nutzte die Gelegenheit, um blitzschnell seinen Löffel in Joeys Kartoffelbrei zu tauchen.

«Ich werd ihm auch was zeigen, darauf könnt ihr euch verlassen. Ganz wie der Alte, dieser Kerl.»

Wiggins betrachtete die verschossene, vollgekritzelte Tapete – die langen Gladiolenstengel waren zu einem Peniswald umgestaltet worden – und zog sich mit seinem Notizbuch in den Flur zurück.

«Mrs. Beavers sagte, Sie seien mit Cora Binns befreundet gewesen, Mrs. Cripps.»

«Cora? Ja, ja, ich kenn Cora. Warum fragen Sie? Hat Ashley sich wieder an Cora rangemacht?»

«Ich will von dem Ribena, Mam», brüllte Sookey.

«Sei still. Is doch keines da.»

«Ah, Scheiße.»

«Cora Binns wurde ermordet», sagte Jury.

«*Was?* – Was sagten Sie da, ermordet?» Jurys Miene bewies ihr, daß es kein Witz war. «Also, ich hätte nie…» Die Zigarette zitterte in ihrem Mundwinkel. Der Rest ging in Geschrei und dem ohrenbetäubenden Lärm von klapperndem Geschirr unter. Falls die Crippsche Brut es überhaupt gehört hatte, so schien sie sich doch weitaus mehr für ihre eigenen Angelegenheiten zu interessieren; sie schubsten und drängten sich bereits wieder vom Tisch. Eines der Kinder – das Mädchen mit dem verschmiertesten Gesicht und den klebrigsten Händen – blieb im Gang stehen und musterte Sergeant Wiggins.

«Passiert ist es», fuhr Jury fort, «in einem Dorf nicht weit von London, Littlebourne. Cora wollte sich anscheinend um eine Stelle bewerben. Haben Sie eine Ahnung, ob jemand sie aus dem Weg räumen wollte? Vielleicht der Freund? Eifersucht ist ein ziemlich häufiges Motiv.» Sie hatte keine Ahnung. Jury zog das Foto von Katie O'Brien aus der Tasche. «Haben Sie dieses Mädchen schon einmal gesehen, Mrs. Cripps?»

Sie wischte sich die Hände an ihrer Kittelschürze ab – vielleicht aus Achtung vor der Toten –, bevor sie den Schnappschuß nahm. «Hübsche Kleine. Nein, is mir nich übern Weg gelaufen. Was hat sie denn mit Cora zu tun?»

«Vielleicht nichts. Aber sie ist vor zwei Wochen in der U-Bahn-Station Wembley Knotts überfallen worden. Und sie kommt aus Littlebourne, wo der Mord verübt wurde. Wissen Sie, wo die Drumm Street ist, Mrs. Cripps?»

«Sicher. Gleich zwei Straßen weiter.»

«Die Kleine auf dem Foto hat in der Drumm Street bei einem gewissen Cyril Macenery Geigenstunden genommen. Sie kennen ihn nicht zufällig?»

«Den Fiedler? Klar kenn ich Cyril. Am besten, Sie gehen in die Kneipe am Ende der Straße, da drüben.» Ihr Kopf ging nach links. «Da hängen die alle rum, Ashley auch. Ein alter vergammelter Schuppen. Gleich neben dem Süßwarenladen.»

Wiggins versuchte, die Kleine abzuschütteln, die mit ihren klebrigen Fingern seine Hosenbeine umklammert hielt; sein Blick schien zu besagen, daß im Vergleich zu der Crippsschen Küche selbst eine alte, vergammelte Kneipe ein wahrer Palast sei. Er klappte sein Notizbuch zu und steckte seinen Kugelschreiber in die Tasche. «Wenn Sie wollen, geh ich mal rüber, Sir.»

«Wir gehen zusammen; vielen Dank, Mrs. Cripps.»

«Wenn Sie Ashley sehen, sagen Sie ihm, er wird hier gebraucht. Der blöde Kerl hockt den ganzen Tag nur in dieser Kneipe rum. Is zu nichts anderm zu gebrauchen, das kann ich Ihnen gleich sagen. Nach einem Abbot kann er nicht mehr geradeaus blicken.»

«Mach ich. Vielen Dank, daß Sie mir Ihre Zeit geopfert haben. Und erzählen Sie bitte niemand von der Sache, Mrs. Cripps.»

«White Ellie nenn' sie mich.» Sie legte einen Finger an die Lippen. «Meine Lippen sind versiegelt», flüsterte sie.

«Haben Sie die Pfanne gesehen, Sir?» fragte Wiggins auf dem Weg zur Kneipe. «In dem Fett waren ein paar kleine Pfotenabdrücke.» Wiggins erschauerte.

11

Das Schild des «Anodyne Necklace» knarrte im Regen, der in Böen auf die heruntergekommene Straße prasselte. Der schorfige Anstrich war einmal grün gewesen, inzwischen waren jedoch die Details des Bildes verblichen und die Farbe abgeblättert, so daß Jury gerade noch den Umriß eines Perlenhalsbandes erkennen konnte, dem der Gasthof wohl seinen Namen verdankte. Es war ein unauffälliges, schmales Gebäude von einem stumpfen Bordeauxrot, das in der Dämmerung wie getrocknetes Blut aussah. Die Scheiben, deren untere Hälften aus Milchglas bestanden, schimmerten gelblich und ließen die Schatten drinnen nur undeutlich erkennen. Die Kneipe teilte sich das spitz zulaufende Ende der Straße mit einem winzigen Süßwarenladen, in dem es, abgesehen von dem flackernden Licht eines Fernsehers, völlig dunkel war, und einem verstaubt aussehenden Kiosk zu seiner Rechten. Im «Anodyne Necklace» mußten früher einmal die Reisekutschen Station gemacht haben, obwohl man sich kaum vorstellen konnte, wie eine Kutsche mit vier Pferden durch den halbverfallenen Torbogen gekommen war. Der Name des Gasthofs, auf den Stein des Torbogens gemalt, war kaum noch zu entziffern.

«Ich glaube, das bedeutet ‹Heilmittel›», antwortete Jury auf Wiggins' gemurmelte Frage, was es denn mit dem Namen auf sich habe. Niemand schien dringender eines gebrauchen zu können als Wiggins. Er stand mit eingezogenen Schultern da und nieste in sein Taschentuch.

Der gelbe Schimmer der Fenster rührte nicht von elektrischen Deckenlampen, sondern von den Gasleuchten an der Wand her. Es gab noch weitere Überbleibsel viktorianischer Eleganz: den Wandschirm am einen Ende der Bar, die so lang war wie der ganze Raum; den alten Spiegelrahmen, der dringend einen neuen Silberbelag benötigt hätte. Ansonsten gab es einen mit Sägemehl bestreuten Boden, runde Tischchen aus Kiefernholz und harte Bänke an den Wänden. Eine völlig absurd aussehende Girlande mit elektrischen Weihnachtskerzen hing zur Erinnerung an das Fest oder in Erwartung des Festes herum. Frauen mittleren Alters saßen zu zweit oder dritt vor ihren Biergläsern und verfolgten so wachsam wie Gefängniswärterinnen, was ihre Männer machten; offenbar nicht gerade viel. Die meisten klammerten sich an ihre Gläser wie an nicht eingelöste Versprechen. Die Aktivitäten verteilten sich auf das Dartspiel im rückwärtigen Teil und einen Tisch, an dem eine Gruppe von fünf oder sechs Personen saß, der anscheinend ein beleibter Mann mit einem Zwicker vorstand; sie schienen sehr vertieft in ein Spiel zu sein.

«Machst du 'nen Ausflug in die Slums, Süßer?»

Das Mädchen, das Jury angesprochen hatte, trug über einer flammend roten, tief ausgeschnittenen Bluse ein Samtband um den Hals, und unter den schwarzgetuschten und mit blauem Lidschatten geschmückten Augen hatte sie sich einen Schönheitsfleck aufgemalt. Jury konnte sich nicht vorstellen, was für Kundschaft sie hier aufzutreiben hoffte. Wahrscheinlich lebte sie sowohl auf wie auch von der Straße.

Der Mann hinter der Bar, der sich gerade umdrehte, um den weichen Schaum von einem Glas Stout zu streifen, schien sie bestens zu kennen. «Geh nach Hause, Shirl, und mach dein Schönheitsschläfchen. Du hast's nötig, Mädchen. Was soll's denn sein, Kumpel?»

«Eine Auskunft», sagte Jury und beobachtete Shirls Abgang, die den Wink entgegengenommen hatte, ohne mit der Wimper zu zucken.

Der Wirt warf einen gelangweilten Blick auf Jurys Ausweis. «Ist wohl wieder wegen Ash, was?» Er nickte in die Richtung der Männer an dem Tisch. «Da drüben.»

«Nein, nicht wegen Ash. Wegen Cora Binns. Wie heißen Sie, bitte?»

«Harry Biggins.» Erstaunt zog er die Augenbrauen leicht in die Höhe, während er zwei Stammgästen, die in den Spiegel hinter der Bar starrten und so taten, als hörten sie nichts, die Biergläser hinschob. «Wegen Cora also? Kam mir immer ganz harmlos vor.»

«Aber jemand anders war nicht harmlos. Sie wurde ermordet. Was wissen Sie über sie?»

«Cora? Das ist doch nicht zu fassen.» Kaum war ihr Name über seine Lippen gekommen, schien er sich an rein gar nichts mehr zu erinnern; er wischte seinen Tresen und bestritt, Cora Binns je näher gekannt zu haben. Auch Wiggins' Fragen ergaben nichts.

Jury zog das Foto von Katie O'Brien aus seiner Tasche. «Und wie steht's mit dieser da?»

Er behauptete noch sturer, er habe nie etwas von einem Mädchen namens O'Brien gehört; von seinem Gesicht ließ sich unmöglich ablesen, ob er log oder nicht. Auch der Überfall in der U-Bahn-Station Wembley Knotts war ihm nicht zu Ohren gekommen, was Jury für äußerst unwahrscheinlich hielt. Er ließ es ihm aber durchgehen. «Sie hatte einen Musiklehrer, der hier ziemlich häufig zu Gast sein soll. Macenery. Bitte erzählen Sie mir nicht, daß Sie auch den noch nie gesehen haben, sonst müßte ich mich wirklich fragen, Mr. Biggins, ob Sie Ihre Kneipe noch lange betreiben – da Sie so gut wie niemanden kennen. Lange könnten Sie sich so nicht über Wasser halten, denke ich.» Jury lächelte.

«Ich hab nie behauptet, daß ich ihn nicht kenne, oder? Er sitzt da drüben an Doc Chamberlens Tisch. Chamberlen ist nicht sein richtiger Name; er benutzt ihn nur fürs Spiel. Cyril ist der mit dem Bart.»

«Was ist das für ein Spiel?»

«Magier und Kriegsherren heißt es. Die ganze Zeit hocken sie darüber. Ziemlich blöd, wenn Sie mich fragen. Aber über Geschmack läßt sich nicht streiten, hab ich recht?» Harry Biggins ließ einen Goldzahn aufblitzen, um Jury zu beweisen, wie kooperativ er sein konnte.

«Vielen Dank. Also, wer hier drin hätte Cora Binns kennen können? Da Sie ihr ja nie begegnet sind.» Jury erwiderte sein Lächeln.

«Versuchen Sie doch mal Ihr Glück bei Maud; sie sitzt da hinten.» Biggins zeigte auf eine Frau mit goldblondem Haar, das wie ein Korb Zitronen auf ihrem Kopf saß. Sie war mit zwei andern Frauen zusammen, und alle drei trugen Mäntel und Schals.

«Sie kümmern sich um Maud, Wiggins; ich nehm mir den Tisch vor.»

Auf dem Weg dorthin fing Jury ein paar Gesprächsfetzen auf. «... spielten Strip Poker mit ihr. Und ham verloren.» Schallendes Gelächter, nur der stattliche Herr mit dem Zwikker war anscheinend zu sehr in das Spiel vertieft. Er warf einen seltsamen, kristallblauen Würfel mit vielen Flächen.

Ein bleicher junger Mann in Jeans stöhnte auf.

«Schaut euch Keith an, er wird schon ganz aufgeregt.»

Keith hätte auf dem Totenbett liegen können, so leidenschaftslos war seine Miene. Der Mann, den Jury für Cripps hielt, hatte ein breites, eingefallenes Gesicht, als wäre ihm ein Auto reingefahren. Er rollte seine Zigarre im Mund und starrte auf einen Bogen Millimeterpapier. Alle hatten solche Bögen vor sich; der ganze Tisch war damit bedeckt. Der Dicke hatte jedoch einen sehr viel größeren und mehrfach gefalteten. Das Spiel schien eher etwas zum Zuschauen zu sein, nach dem Verhalten der Leute zu urteilen, die mit einem Bier in der Hand an den Tisch traten, einen Augenblick lang darauf starrten und dann wieder weggingen.

Einer von ihnen sagte: «Wir sind den Gang entlanggegangen und haben nach einem versteckten Eingang in der nördlichen Mauer gesucht.» Dieser Beitrag kam von dem bärtigen jungen Mann, der Cyril Macenery sein mußte.

«Gut, ihr findet eine Tür», sagte der Dicke.

«Wir horchen vor der Tür», setzte Macenery hinzu.

Der Dicke würfelte wieder. «Ihr hört ein Schnauben und ein Stampfen.»

«Gorgon versucht, das Schloß aufzubrechen», sagte Ash Cripps mit einem selbstgefälligen Lächeln.

«Nein, falsch», erwiderte der Dicke und würfelte weiter.

«Wir treten ein», sagte Macenery.

Die andern schwiegen und blickten Macenery an, der ihnen anscheinend aus der Klemme helfen sollte. Er sagte: «Manticore benutzt einen Schild aus Silber, um die Strahlen der Sonne aufzufangen. Der Schild wird zu einem Flammenwerfer gegen die Hengste –»

«Polizei», sagte Jury und warf seinen Ausweis auf die Blätter, wie ein Spieler, der seinen Einsatz erhöht.

Ihre Reaktion wirkte wie eingeübt. Alle blickten auf Ash Cripps, der die Achseln zuckte, den Bleistift auf den Tisch warf und seinen Mantel von der Stuhllehne ziehen wollte.

«Nicht Sie, Mr. Cripps.» Jury nickte in Macenerys Richtung. «Sie.»

Die Verblüffung auf ihren Gesichtern ließ Cripps' Gesicht aufleuchten wie ein neuer Tag. «Nicht ich?» Er blickte zu Cyril hinüber. «Was hast denn du ausgefressen, Cy?»

«Mit Ihnen würde ich mich gerne später unterhalten, Mr. Cripps. Einstweilen können Sie gehen.» Damit war auch Ash der Tag verdorben. «Ich komme gerade von Ihrer Frau», sagte Jury.

«Vom Elefanten? Hat ein großes Maul, die Alte. Zum Teufel mit der ganzen Blase.» Er leerte sein Glas und verschwand.

«Es dreht sich um Katie, nicht?» fragte Cyril Macenery, als er sich mit Jury an einem Tisch außer Hörweite niederließ.

«Unter anderem.»

«Ich hab Ihrem Kollegen schon alles erzählt, was ich weiß. Wie oft soll ich denn noch dieselben Fragen beantworten?»

«Sooft sie Ihnen gestellt werden, fürchte ich. Der andere war von der Mordkommission, Mr. Macenery. Ich bin von Scotland Yard. Es ist noch etwas passiert.»

«Oh, was denn?» Er machte auf Jury einen äußerst mißtrauischen, zugleich auch sehr jungen und nervösen Eindruck. Wahrscheinlich war er älter, als er aussah, aber die Jeans, der Rollkragenpullover und das intensive Blau seiner Augen ließen ihn wie Ende Zwanzig aussehen, wenn man von den beginnenden Falten im Gesicht absah. Haare und Bart waren sehr sorgfältig und ordentlich geschnitten.

«Wie lange waren Sie Katie O'Briens Lehrer?»

«Ungefähr acht, neun Monate. Zweimal im Monat. Was hat Scotland Yard mit der Sache zu tun?»

Jury gab keine Antwort darauf. «Ich habe gehört, daß Sie ein sehr guter Lehrer sind. Zumindest so gut, daß Katies Mutter, die ja sehr besorgt um ihre Tochter ist, sie nach London fahren ließ, damit sie bei Ihnen Stunden nehmen konnte. War – ist – sie denn so begabt?»

«Ja. Ich hätte es sonst auch gar nicht gemacht. Ich kann das Geld zwar gebrauchen, aber ich würde mir nicht jeden Balg aufhalsen lassen. Sie muß noch zehn, fünfzehn Jahre üben, dann kann sie sich hören lassen.» Er lächelte niedergeschlagen.

«Da, wo sie jetzt ist, kann sie nicht viel üben», sagte Jury und versuchte so, Cyril Macenerys Einstellung zu dem Anschlag auf Katie O'Briens Leben zu ergründen. Er spürte, wie unglücklich dieser Mann war, der mit seinem Glas kleine Kreise auf der zerkratzten Tischplatte beschrieb.

«Da war doch auch noch was mit ihren Kleidern?»

Macenery knallte das Glas auf den Tisch. «Hören Sie, ich

144

weiß nur, daß Katie in Jeans bei mir aufgetaucht ist. Von diesem Inspektor Hound hab ich dann erfahren, daß sie in ihrer Tasche ein Kleid gefunden haben. Daraus ergibt sich natürlich, daß sie sich bei mir umgezogen haben muß. Hat sie aber nicht. Ob Katie ein Kleid anhatte, als sie von zu Hause wegging, weiß ich nicht. Was wollen Sie damit sagen – daß sie nach Wembley Knotts gekommen ist, sich in Schale geworfen hat und sich den Schädel –»

«Wenn jemand Jeans anzieht und etwas Rouge auflegt, wirft er sich ja noch nicht in Schale. Ich glaube, für sie war das einfach eine Gelegenheit, sich nach ihrem eigenen Geschmack zu kleiden. Sie haben nicht gewußt, daß sie in der Underground spielte, um sich etwas Taschengeld zu verdienen?»

Ein kurzes Zögern. «Nein.» Jury blickte ihn an. Es war ein sehr defensives Nein.

«Ich hab es wirklich nicht gewußt. Ich hätte das nie zugelassen. Aber wer weiß, vielleicht hab ich sie auf die Idee gebracht. Ich hab das nämlich auch schon gemacht. Verdiente mir auf diese Weise zwanzig oder dreißig Eier dazu. Ist aber schon lange her.»

«Sie begleiteten sie von Ihrer Wohnung in der Drumm Street zur Station, stimmt das?» Macenery nickte. «Gibt es dort in der Nähe eine Toilette, wo sie sich hätte umziehen können?»

«Es gibt eine öffentliche Toilette in dem kleinen Park gegenüber.»

«Sie hat sich bestimmt auch für *Sie* umgezogen, Mr. Macenery. Vielleicht dachte sie, in Jeans sähe sie erwachsener aus?» Der junge Mann schwieg. «War sie denn in Sie verliebt?»

Er funkelte Jury an. «Verliebt! Sie ist doch erst *sechzehn*, Superintendent.»

Jury lächelte. «Das hat wohl noch niemanden davon abgehalten, sich zu verlieben.» Jury schaute ihn einen Augenblick lang prüfend an, bevor er ihn fragte: «Kennen Sie Cora Binns?»

Das brachte Macenery aus der Fassung. «Cora Binns? Die Blonde, die hier ab und zu aufkreuzt? Ja, ich kenn sie, aber auch nicht besser als Sie. Nicht mein Typ.» Was wohl bedeutete, daß Jury genausowenig sein Typ war.

«Sie wurde ermordet. Aber da können Sie mir wohl kaum weiterhelfen, oder?»

Macenery machte einen schockierten Eindruck. «Oh, mein Gott! Wo? Wann?»

«In Littlebourne. Wo auch Katie herkommt. Beide scheinen Ihnen bekannt gewesen zu sein.»

«Bin ich vielleicht ein Glückspilz!»

«Haben sie einander gekannt?»

«Woher, zum Teufel, soll ich das wissen?» Der alte Ärger kehrte zurück.

«Ich meine, ist Katie auch ab und zu hierhergekommen?» Jury war überzeugt, daß er es abstreiten würde, aber dann schien er sich doch eines Besseren zu besinnen. «Ja, ein-, zweimal.»

«Ein bißchen jung, um in einer Kneipe rumzuhängen, oder?»

Ein tiefer Seufzer entrang sich dem Violinspieler. «Großer Gott, wir haben ihr keine Drinks spendiert, Mann; sie wollte nur bei dem Spiel zuschauen.»

«Hat sie auch mitgespielt?»

«Nein, glauben Sie mir, sie war nur ganz kurz hier.»

«Hat sie mit jemandem gesprochen, ich meine, außer mit Ihnen?»

«Nein. Und ich kann mir auch nicht vorstellen, daß sie Cora Binns hier kennengelernt hat; soviel ich mich erinnere, waren die beiden nie zur selben Zeit hier.»

Jury blickte zu dem Tisch hinüber, von dem die andern Spieler, anscheinend bei ihrer Partie gestört, nach und nach aufgestanden waren. Nur der Dicke, Chamberlen, saß noch auf seinem Platz. «Ein seltsames Spiel!»

«Die Magier? Ein Zeitvertreib. Wir sind eine Art Club.

Treffen uns ein paarmal in der Woche. Manchmal ist es ganz spannend.» Macenery schaute auf seine Uhr. «Hören Sie, in fünf Minuten habe ich eine Stunde. Sind Sie fertig mit mir?»

«Wo waren Sie am Donnerstag abend?»

«Hier.» Er war mit seinem Stuhl zurückgerutscht, um aufzustehen, schien aber nicht recht zu wissen, was er tun sollte. «Warum?»

Jury nickte. «Sie können gehen. Ich werde später noch einmal mit Ihnen reden.» Als Macenery aufstand, fragte Jury: «Haben Sie Katie schon besucht?»

Er blickte überallhin, nur nicht auf Jury. «Nein. Zu was auch? Ich weiß, daß sie im Koma liegt.» Er sah äußerst unglücklich aus. «Ich meine, sie würde mich doch nicht hören, wenn ich mit ihr spreche. Und was sollte ich auch sagen?»

«Irgendwas würde Ihnen schon einfallen.» Er beobachtete, wie Cyril Macenery zur Tür ging, und sah Wiggins vom Tisch von Maud und ihren beiden Begleiterinnen auf sich zukommen. Auch wenn er nicht wußte, welcher Art Katie O'Briens Gefühle gewesen waren, die von Macenery kannte er nun ganz gut.

DR. CHAMBERLEN SASS AN DEM TISCH wie ein dicker Götze; er hatte die Hände über dem Bauch gefaltet, und der Zwicker baumelte ihm an einem dünnen, schwarzen Band von der Weste. «Ich nenne mich nur so», erwiderte er auf Jurys Frage. «Aus Gewohnheit. Nur so zum Spaß. Sie verstehen.» Zu Wiggins, der seinen Block hervorgezogen hatte, sagte Chamberlen: «Ich bin ein unbeschriebenes Blatt, Sergeant. Mein richtiger Name ist für Sie völlig uninteressant.»

«Trotzdem, nur so zum Spaß», sagte Jury lächelnd.

Chamberlen seufzte. «Na schön, Aaron Chambers, Catchcoach Street neunundvierzig. Vielleicht haben Sie schon einmal von dem berühmten Dr. Chamberlen gehört? Außer den Stammgästen des ‹Anodyne Necklace› kennen ihn nur wenige. Dr. Chamberlen schwor darauf, daß ein einfaches Knochencollier – so eines wie auf dem Schild über dem Eingang –, daß ein solches Halsband einfach alles heilen könne, vom Zahnweh kleiner Kinder und der Gicht bis –» Er zuckte die Achseln. «Weiß der Himmel, wie viele er davon verkauft hat, jedes in einer luftdicht verschlossenen Packung. Luftdicht, damit die Energie nicht entweichen konnte. Man kriegte sie bei einer alten Frau in dem Laden da drüben. Den Laden gibt es noch, die Frau ist natürlich schon lange tot. Viele hielten es für einen Schwindel. Was meinen Sie, Superintendent?» Eine rein rhetorische Frage. Chamberlen fuchtelte mit der Hand, und die Asche seiner Zigarre wurde über die Papiere geweht. «Von unserm Spiel haben Sie wahrscheinlich auch noch nichts gehört? Magier und Kriegsherren. Es gibt da einen Schatz. Und wir sind schon seit Wochen auf der Suche nach diesem Schatz. Das Ganze existiert natürlich nur auf dem Papier. Ich hab die Kette zum Schatz gemacht – das ‹Heilende Halsband›. Das kann ich, weil ich ein Meister bin. Und ich hab ihm magische Kräfte verliehen, die so außergewöhnlich sind, meine Herren, daß ich Sie beide vor meinen Augen verschwinden lassen könnte.» Er spitzte vergnügt die Lippen und schnipste mit den Fingern.

«Leider würden wir aber vor Ihren Augen genauso schnell wieder Gestalt annehmen, Dr. Chamberlen.»

Chamberlen zuckte mit den Schultern. «Sie verstehen, für mich ist das Heilende Halsband weit mehr als nur ein Mittel gegen Zahnfleischentzündung. Es ist etwas nicht Greifbares, noch nicht Erschaffenes. Ich allein entscheide, welche Eigenschaften es haben wird. Dr. Chamberlen, der richtige Dr. Chamberlen» – bescheiden preßte er die Hände gegen seine Weste – «hatte viele Konkurrenten. Einmal gab es da diesen Besenbinder aus Long Acre, dann einen gewissen Mr. Oxspring vom Hand and Shears, der um 1720 Halsketten aus Päonienholz herstellte, soviel ich mich erinnere. Ja, an Konkurrenten fehlte es ihm nicht, aber ich schmeichle mir, daß nur mein Collier echte Kräfte besitzt.» Er hielt das Millimeterpapier hoch. Als Jury die Hand danach ausstreckte, zog Dr. Chamberlen den Bogen schnell wieder zurück. «Sie werden es doch nicht verraten, nicht wahr? Den Plan darf eigentlich nur der Meister sehen.»

«Eher würde ich mir die Zunge abbeißen», sagte Jury und schnappte sich den Plan. Es war eine Skizze mit mehreren Ansichten eines riesigen Schlosses. Einige Räume waren vergrößert dargestellt – vor allem das Verlies; aber auch die Türme, der Burggraben und die Brücken waren in allen Einzelheiten wiedergegeben.

«Wir spielen dieses Spiel seit zwei Monaten», sagte Chamberlen. «Mit dem Halsband ist man gegen beinahe alles gefeit – gegen Krankheiten, Schicksalsschläge, Manticores Silberschild, Unholde, Diebe und selbst gegen die Kriegsherren.»

Jury studierte immer noch den Plan. «Nur leider nicht gegen Mord.»

«HAB IHM NUR GESAGT, daß Sie zurückkommen», kicherte White Ellie. «Sonst nichts. Geschieht ihm recht, wenn er **ins** Schwitzen kommt. Der Rumtreiber.»

«Halt's Maul, Elefant, und gib mir meine Fluppen.»

Sie nahm ein Päckchen Zigaretten vom Herd und warf es auf den ketchupbekleckerten Tisch, auf dem noch die leeren Schüsseln der Kinder herumstanden. Bis auf das kleine Mädchen, das sich inzwischen seiner Hose entledigt hatte und mit dem Finger im Mund zu Wiggins hochstarrte, war die Horde wieder auf der Straße. Als sie ihre ketchupverschmierte Hand nach Wiggins' Hosenbein ausstreckte, versetzte er ihr mit seinem Kugelschreiber einen kräftigen Klaps. Daraufhin fing die Kleine an zu brüllen, ließ aber nicht locker. Ihre Eltern waren offensichtlich nicht darauf erpicht, einen Polizisten wegen Kindesmißhandlung anzuzeigen.

«Was wollen Sie?» fragte Ash Cripps. «Hören Sie, wenn's wegen dieser Sache ist, die ich hinter der Kneipe gemacht haben soll – das ist erstunken und erlogen.» Er richtete seine Zigarette wie eine winzige Pistole auf Jury.

«Nicht deswegen, Ash», sagte Jury.

«Dann wegen der Screeborough-Bande?» Er blickte wütend zu seiner Frau hinüber, die sich über eine brutzelnde Pfanne beugte. «Ich hab's dir gesagt, Elefant, das gibt nur Ärger, und du pennst da auch noch. Hören Sie –» Er wandte sich wieder Jury zu. «Ich hab mit dieser Bande nichts zu tun. Seit letztem Juli auch kein Bruch. Ich hab meine Zeit abgesessen, also kommen Sie mir nicht damit –»

«Es hat auch nichts mit einem Bruch zu tun, Ash –»

Verwirrt blinzelte Ash zu ihm hoch. Die Weiber waren's nicht, ein Bruch war es auch nicht, was war es dann? White Ellie breitete ein Küchentuch über einen Stuhlsitz und sagte zu Jury: «Hier, setzen Sie sich doch. Wolln Sie auch was von dem Gebratenen?»

Sergeant Wiggins machte ein entsetztes Gesicht. Offensichtlich befürchtete er, daß Jury annehmen könnte.

«Nein, vielen Dank.» Er wandte sich wieder Ash zu. «Es ist wegen Cora Binns. Ich hab es bereits Ihrer Frau erzählt, Cora wurde ermordet.»

«Cora? Die kleine Blonde mit den dicken –» Er hielt die Hände vor die Brust. «Der Teufel soll sie alle holen.» Er wirkte eher erstaunt als betroffen. Da für ihn offensichtlich alles mit Sex zu tun hatte, fügte er hinzu: «Hat sich jemand an ihr vergangen?»

«Nein. Wir wollen nur etwas über ihre Freunde und Bekannten erfahren, ihre männlichen Bekanntschaften, genauer gesagt. Gibt es da einen, mit dem sie sich gestritten hat? Wissen Sie was?»

«Ich weiß nur, daß sie's auf Dick abgesehen hatte», sagte White Ellie und ließ die fettige Masse auf einen Teller plumpsen.

«Auf Dick? Auf welchen Dick?» fragte ihr Mann.

«Du kennst doch Dick. Er hat mal hier übernachtet; wir waren schon im Bett, da ist er plötzlich aufgetaucht und hat mir 'n Mordsschrecken eingejagt. Erinnerst du dich nicht?»

Ash kniff die Augen zusammen. «Ach, *der* Dick. Freund von Trev. Ein schlauer Fuchs war das, dieser Trev. Der beste Meister, den wir je hatten. Aber sagen Sie das mal nicht dem Doc.» Er klemmte sich die Serviette unters Kinn und nahm das Bratwursthack in Angriff. «Könnte auch sein, daß Trev und Cora mal was miteinander hatten.»

White Ellie schnaubte und wischte einen Teller mit ihrem Ärmel ab, bevor sie ein Kotelett, etwas von dem Bratwursthack und ein paar Kartoffeln daraufhäufte. «Auf Trevor waren alle scharf. Daß das auch passieren mußte. Aber so isses nu mal, das Leben», philosophierte sie.

Jury ließ den Blick zwischen ihnen hin- und herwandern. «Trevor?»

«Ja. Trevor Tree. Ein prima Kerl.»

Sergeant Wiggins, noch immer damit beschäftigt, sein Bein von der Vierjährigen zu befreien, hielt überrascht inne und sah Jury an.

Jury nickte und sagte dann zu Ash Cripps: «Wie gut haben Sie Trevor Tree gekannt?»

Ash zeigte mit dem Daumen über die Schulter. «Trevor hat da drüben in der Drumm Street gewohnt, wo auch Cyril wohnt. Cleverer Bursche, hat für 'ne viertel Million Schmuck geklaut. Und dann wird die arme Sau von einem Auto überfahren.» Bedauernd schüttelte Ash den Kopf. «Der Sünde Lohn.»

«Sie haben nicht zufällig was von dem Lohn abgekriegt, Ash?»

Er hörte auf, die Luft durch die Zähne zu saugen, und sah so schockiert drein, als hätte er sein Leben in einem Kloster verbracht. «Also darauf wollen Sie hinaus? Sie denken, ich hänge da mit drin. Das isses also?»

White Ellie zischte verächtlich und rieb mit einem Stück Brot den Teller aus, den sie gerade im Stehen leergegessen hatte. «Ashley ist viel zu blöd, um bei so was mitzumachen.»

«Haben die andern im ‹Anodyne Necklace› Trevor gekannt?»

«Nicht alle. Aber ein paar schon. Keith vielleicht. Und Doc Chamberlen natürlich. Ich weiß nich, ob die beiden sich vertragen ham. Ich meine, bei dem Spiel. Der Doc war bestimmt eifersüchtig auf Trev. Trev war nämlich ein richtiger Künstler. Sie sollten mal die Pläne sehen, die der gemacht hat. Ausgefeilt bis ins letzte. Na ja, Doc Chamberlen is auch ganz gut, aber Trev war besser. ’ne Religion is das für den Doc. Manchmal sitzt er stundenlang über seinen Plänen. Es dreht sich um einen Schatz. Im Augenblick suchen wir nach dem ‹Anodyne Necklace›. Das geht so –»

«Ach, halt’s Maul, Ashley. So ’n blödes Spiel interessiert den Super doch nicht. Kannst du mir mal deine Hosen leihen, ich muß zum Waschsalon.»

«Mensch, zu was brauchst du meine Hosen? Ich hab’s satt, dir meine Hosen zu leihen.»

«Ich brauch sie aber. Wenn ich mich hinsetze, sieht man mir sonst die Beine hoch.»

«Dann kneif sie zusammen, deine Beine.»

«Geht nicht. Bin zu dick.»

Jury erhob sich, wofür Sergeant Wiggins ihm unendlich dankbar zu sein schien. Er wurde nämlich inzwischen nicht nur von der Kleinen, sondern auch von dem Hund mit dem Rattenkopf bedrängt.

«Wir sehen uns noch, Ash. Sie bleiben doch in London?»

«Darauf können Sie sich verlassen. Ich wär schon längst abgehauen, wenn ich's gekonnt hätte.»

Als sie aus dem Haus gingen, drängte sich der Hund zwischen ihren Beinen durch und wartete am Ende des Wegs auf sie.

Wiggins warf ihm einen bösen Blick zu und sagte: «Was meinen Sie, Sir? Ist doch komisch, daß dieser Tree in der Gegend hier gewohnt hat, nicht?»

«Ja. Lassen wir das Auto stehen, Wiggins, und gehen wir zu Fuß. Ich möchte mir die Underground-Station anschauen, in der Katie überfallen wurde, und dann zur Drumm Street gehen.»

Als Jury das Trottoir entlangging, hörte er zu seinem Erstaunen, wie sein Sergeant, der seine Ausdrucksweise sonst so sauber hielt wie seine Nebenhöhlen, den Hund anzischte:

«Verpiß dich, Toto, wir sind hier nicht in Kansas.» Und um dem noch Nachdruck zu verleihen, versetzte er ihm einen Fußtritt.

DER EINGANG ZUR UNDERGROUND-STATION Wembley Knotts wurde von den Geschäften links und rechts beinahe völlig blockiert. Jury und Wiggins zeigten der gelangweilten Schwarzen hinter dem Schalter ihre Ausweise; sie nickte, ohne überhaupt hinzuschauen, und winkte sie durch.

Außer ein paar Verkäuferinnen und ein paar Hausfrauen, die vom Einkaufsbummel zurückkehrten, war an einem Samstagabend um halb sieben in der Station kaum jemand zu sehen. Da die Rolltreppen abgeschaltet waren, mußten Jury und Wiggins zu Fuß die Treppen zu den Tunneln hinuntersteigen, von denen zwei wie eine Wünschelrute nach links und rechts abbogen. In der Ferne war ein Zug zu hören.

Sie folgten der Kurve der graubraun gekachelten Wände. Zwei Punks bogen um die Ecke und gingen an ihnen vorbei. Der Junge hatte einen Tomahawk-Haarschnitt, das Mädchen einen orangerot gefärbten Haarschopf. Sie schoben sich eher den Gang entlang, als daß sie gingen, und streiften Wiggins und Jury mit einem verächtlichen Blick.

«Sie scheinen die Polizei irgendwie zu riechen. Ich habe das Gefühl, meine Dienstmarke am Revers zu tragen.»

An der Stelle, an der Carstairs' Skizze zufolge Katie überfallen worden war, blieben sie stehen. Der Zug, der die beiden Punks ausgespuckt hatte, beschleunigte seine Geschwindigkeit und rumpelte aus dem Tunnel.

Man konnte die Stelle vom Bahnsteig aus nicht sehen, obwohl man nur die paar Stufen bis zum ersten Treppenabsatz hochzugehen brauchte. Jury betrachtete das Plakat für das Musical *Evita*; es hatte sich im Lauf der Zeit teilweise von der Wand gelöst. Eine Ecke bewegte sich in dem Luftzug, der durch den Zug entstanden war. Evita befand sich zwischen einem Sonnenuntergang, vor dem ein Glas Gin Tonic stand, und einer Reklame für Hustensaft.

«Taugt überhaupt nichts», bemerkte Wiggins in bezug auf den Hustensaft. «Ich bin neulich nachts vor Husten bald umgekommen, und das Zeug hat kein bißchen geholfen.»

Jury gab keinen Kommentar dazu ab; er drehte sich um und blickte den Gang entlang bis zur Kurve: Kein Mensch weit und breit. Auch auf der Treppe war niemand; der Bahnsteig lag nicht in seinem Blickfeld. An einem für jeden zugänglichen Ort wie diesem war es überraschend einfach, jemanden zu überfallen.

«Sie denken, es war ein und derselbe, nicht wahr? Aber warum hat er nicht versucht, sie so wie diese Binns um die Ecke zu bringen? Warum hat er sie nicht in den Wald von Horndean geschleppt oder an einen andern, weniger öffentlichen Ort? Ist doch ziemlich riskant, hier jemanden zu überfallen?»

Jury schüttelte den Kopf. «Keine Ahnung. Anscheinend hatte er einfach nicht die Zeit, mit ihr irgendwo hinzugehen. War wohl eine Kurzschlußhandlung.» Jury starrte abwesend auf das *Evita*-Plakat, auf das darübergeschmierte Hammer-und-Sichel-Zeichen. «Ich geh mal in das Krankenhaus in der Fulham Road und besuch sie.»

Unter ihnen, auf einem tiefer liegenden Bahnsteig, war das dumpfe Rumpeln eines Zugs zu hören, und etwas weniger weit entfernt quietschten die Bremsen eines Zugs, der gerade in Wembley Knotts eingefahren war. Wieder wurde Staub aufgewirbelt, und die Abfälle, die sich im Lauf der Woche angesammelt hatten, trieben an den gekachelten Wänden entlang.

«Man könnte genausogut in einem Kohlebergwerk arbeiten», meinte Wiggins hustend.

«Hmm. Gut, daß wir einer so gesunden Tätigkeit nachgehen. Immer an der frischen Luft.»

Wiggins nickte ganz ernsthaft.

«Wenn sie nur reden könnte», sagte Jury und blickte zu Evita hoch.

«Man könnte meinen», bemerkte Wiggins, «die Gören hätten nichts Besseres zu tun, als die Plakate zu verschmieren. Sieht ja toll aus, was?»

Im Scheinwerferlicht funkelten Evitas Collier, Ringe, Armbänder und Haare; ja selbst die Mikrofone um sie herum.

In diesem Augenblick fiel Jury die Bemerkung von Ernestine Craigie wieder ein, an die er sich zu erinnern versucht hatte, als er das Haus verließ. Auf Evita traf das zu: *Geschmückt wie ein Pfingstochse.*

‹Ich Trottel›, verfluchte sich Jury, ‹warum ist mir das nicht gleich aufgefallen?› «Wiggins, gehen Sie bitte zu dieser Jobvermittlung namens ‹Smart Girls› und treiben Sie den Manager auf. Fragen Sie ihn, was es mit diesem Job für Cora Binns auf sich hatte, und rufen Sie mich im Krankenhaus an.»

«Glauben Sie, da ist noch jemand? Es ist schon nach sechs.

Wenn ich den Manager zu Hause aufspüren muß, kann das etwas länger dauern.»

«Ist in Ordnung. Warum nehmen Sie nicht den Wagen? Ich kann genausogut mit der Bahn fahren. Sogar schneller, von hier nach South Kensington muß ich nicht mal umsteigen.» Sie standen nun auf dem Bahnsteig im Bauch des Tunnels; Jury hörte, wie der Zug näher kam. Über die Geleise führte eine Brücke zu einem Ausgang auf eine andere Straße. Das Drahtgeflecht war kaputt und notdürftig durch ein paar Planken ersetzt worden. Der Zug lief ein, Wiggins salutierte andeutungsweise und entfernte sich.

Jury nahm zwischen zwei *Times*-Lesern Platz. Er mochte die Anonymität der Untergrundbahn; sie half ihm, sich zu konzentrieren. Seine Blicke streiften die Reklametafeln über den Köpfen der Fahrgäste auf der gegenüberliegenden Bank. Neben einem Plan des Streckennetzes war ein Schild angebracht, das vor Taschendieben warnte. Es zeigte ein jeansbedecktes Hinterteil – der Schwung der Hüften verriet, daß das Opfer eine Frau war. Eine Hand zog ein Portemonnaie aus der Gesäßtasche. Ein Detail gefiel ihm besonders: Die Fingernägel dieser Hand waren lackiert.

Als der Zug durch den dunklen Tunnel rumpelte, dachte er: Wie nett, selbst unter den Taschendieben herrscht nun Gleichberechtigung.

12

Das Royal Marsden Hospital verschmolz mit seiner Umgebung, als wären Krankheit und Tod nichts als gewöhnliche Bedürfnisse, die befriedigt werden mußten. Auf der gegenüberliegenden Straßenseite befanden sich die üblichen Geschäfte, Waschsalons, Kneipen, Boutiquen, Restaurants.

Die Schwester, die Jury schließlich zu Katie O'Briens Zimmer führte, war außergewöhnlich hübsch, und daran änderte auch die Uniform nichts – das gestreifte Kleid, die schwarzen Strümpfe, das weiße Häubchen und die gestärkte Schürze, die höchstens eingedellt werden, nicht aber knittern konnte. Sie stieß die Tür zu dem Zimmer auf und sagte mit einer Stimme, die ebenfalls frisch gestärkt zu sein schien: «Nicht zu lange, Superintendent.» Mit knisternder Uniform entfernte sie sich.

Auf diesen Anblick war er nicht gefaßt gewesen – eine Haut wie Porzellan und dichtes, schwarzes Haar, das so lange und sorgfältig gebürstet worden war, daß es wie gemalt auf dem Kissen lag. Die zarten, schlanken Hände waren gefaltet und ruhten auf dem über die Brust hochgezogenen Laken. Auf der einen Seite ihres Betts stand ein Sauerstoffzelt, das ihn an eine Glasglocke erinnerte, gegen die im Herbst welkes Laub, im Frühjahr Blütenblätter und im Winter Schnee geweht werden würden. Auf ihrem Gesicht lag der Abglanz eines Lächelns.

«Hallo, Katie», sagte Jury.

Neben dem Nachttischchen lehnte der schwarze Geigenkasten an der Wand. Seltsam, daß ihre Mutter ihn nicht mitgenommen hatte. Er fragte sich, wie lange sie in diesen zugigen

Tunnels – Victoria, Wembley, Knotts, Piccadilly – hatte stehen müssen, bis sie genügend Geld verdient hatte, um sich diese Jeans und den Hund kaufen zu können. Sicher Monate.

Er ging zum Fenster und sah auf die allmählich dunkel werdende Fulham Road hinab. In der Nähe lag eine Kneipe, deren Fenster geheimnisvoll dunkelrot schimmerten. Direkt gegenüber befand sich ein Gemüseladen; die gestreiften Markisen waren schon für die Nacht hochgezogen. Und neben dem Gemüsehändler ein Waschsalon. Erinnerte er sich wirklich noch an diese Straße, wie sie in den Kriegsjahren ausgesehen hatte, als er ein kleiner Junge gewesen war, oder bildete er sich das nur ein?

‹Dort, wo der Lebensmittelladen ist›, sagte er mehr zu sich selbst und der Fensterscheibe als zu Katie, ‹gab es früher Süßigkeiten. Es war Krieg, und ich konnte meistens nur durchs Fenster gucken. Das war lange vor deiner Zeit. Ich erinnere mich, daß eine unserer Nachbarinnen in ihrem Keller lauter Konservendosen gestapelt hatte – mit Suppen, goldgelbem Sirup und Tee. Es war wie ein Laden bei ihr, sogar Süßigkeiten gab es. Ich hab sie immer besucht, und sie hat mir die ganzen Sachen gezeigt – all die gefüllten Regale…›

Vor dem Waschsalon schaukelte ein kleines Mädchen ihren Puppenwagen. Wahrscheinlich wartete es auf seine Mutter. Es nahm die Puppe aus dem Wagen und hielt sie in die Luft. Jury konnte die Umrisse der Frauen erkennen, die im Waschsalon saßen und zuschauten, wie ihre Wäsche herumgewirbelt wurde. Doch dann wurde ihm die Sicht durch ein Laken oder eine Decke versperrt, die eine Frau wie einen Vorhang gegen die Scheibe hielt.

Jury sah sich damals als kleiner Junge in seinem Zimmer stehen und das Gesicht gegen die Scheibe pressen. Die Verdunklungsvorhänge hätten eigentlich vorgezogen sein müssen, da aber kein Licht in seinem Zimmer brannte, hielt er es für sicher, wenn er hinausschaute. Außer einem großen, blassen Mond war nichts zu sehen; kein Geräusch, kein Warnsignal war zu hören, bis sich dann plötzlich Wände und Fenster in nichts auflösten. Er erinnerte sich, daß er durch die Luft gewirbelt worden war, als hätte er versucht, zur Decke hochzuspringen. Unbegreiflicherweise war er mit ein paar Schrammen davongekommen. Seine Mutter jedoch nicht.

Eine Frau kam aus der Wäscherei, schnappte sich den Kinderwagen und schob ihn an den mit einer Plane bedeckten Gemüsekisten vorbei. Saubere Wäsche, Lebensmittel: das Leben ging weiter in der Fulham Road. In dem burgunderroten Licht, das aus der Kneipe «Saracen's Head» fiel, schien ein junger Mann ungeduldig auf jemanden zu warten. Er hatte eine Gitarre bei sich und blickte die Straße hinauf und hinunter.

Nicht einmal die Luft bewegte sich über Katie O'Briens Bett. Wie eine aus Marmor gehauene Skulptur lag sie da. Auf dem Nachttischchen stand der Kassettenrecorder, den ihre Mutter ihr mitgebracht hatte. Er fragte sich, ob die Schwestern sich überhaupt die Mühe machten, etwas für sie zu spielen. Jury drückte auf die Taste, und die scheppernden Töne einer alten Aufnahme von «Rosen aus der Picardie» erfüllten das Zimmer.

Dunkelheit senkte sich auf die Fulham Road. Das kleine Mädchen und ihr Puppenwagen waren verschwunden.

«Auf Wiedersehen, Katie.» Er ging aus dem Zimmer.

Verärgert sagte die hübsche Schwester zu Jury: «Ein Anruf für Sie, Superintendent.» Sie fand es wohl unerhört, daß die Polizei nicht nur das Krankenhaus unsicher machte, sondern dann auch noch aus der gefährlichen Außenwelt jenseits der Krankenhausmauern Anrufe empfing.

«Sie ist in King's Cross, Sir», sagte Wiggins, der anrief, um Jury die erfreuliche Mitteilung zu machen, daß er die Jobvermittlung «Smart Girls» ausfindig gemacht hatte. «Und Sie würden nie drauf kommen, was ich noch herausgefunden habe.» Wiggins legte eine Pause ein, als wolle er Jury etwas Zeit zum Überlegen geben. «Miss Teague – das ist die Frau, der dieser Laden gehört – schaute in ihren Unterlagen nach den Jobs, die sie Cora Binns schon vermittelt hat. Und bei dem letzten war der Auftraggeber anscheinend nicht Lady Kennington, sondern Mainwaring.»

«Mainwaring?»

«Ja, richtig. Außerdem stellte sich heraus, daß Cora Binns schon einmal für ihn gearbeitet hatte.»

«Wollte er denn ausdrücklich Cora Binns haben?»

«Das wußte sie nicht. Eins der Mädchen hat den Anruf entgegengenommen. Sie hat sich jedoch krank schreiben lassen. Miss Teague glaubt aber nicht, daß ihr was fehlt. Ihrer Meinung nach ist sie mit einem Mann unterwegs. Bunny Sweet heißt sie.»

«Versuchen Sie, sie zu finden. Die Mordkommission soll Ihnen helfen. Aber wir sagen Miss Teague besser nicht, wo wir sie finden. Bunny Sweet – wer so heißt, ist bestimmt kein unbeschriebenes Blatt.»

13

«CORA BINNS?»

Freddie Mainwaring schien nicht zu verstehen, warum
Scotland Yard ihm diese Frage stellte.

«Die Frau, die im Wald von Horndean gefunden wurde,
Mr. Mainwaring.»

«Hieß sie so? Nein, ich kenne – ich habe nie eine Cora
Binns gekannt. Das habe ich auch Carstairs gesagt.»

«Inspektor Carstairs wußte nicht, wie sie hieß, als er mit
Ihnen sprach. Vor ein paar Monaten haben Sie Cora Binns als
Stenotypistin engagiert.» Mainwaring sagte nichts, anschei-
nend wartete er darauf, daß Jury weiterredete. «Sie haben die
Jobvermittlung ‹Smart Girls› angerufen und für Stonington
eine Stenotypistin angefordert.»

«Und Sie meinen...?» Als kein Zweifel mehr möglich war,
daß Jury genau das meinte, sagte er: «Ich glaube, ich brauche
erst mal einen Drink.»

Als Mainwaring die Whiskykaraffe entstöpselte, fragte
Jury: «Sie haben sie nicht erkannt auf dem Foto, das Ihnen
Carstairs gezeigt hat?»

Freddie drückte den Stöpsel wieder in die Karaffe – nicht
gerade sanft für ein so elegantes Kristallgefäß – und starrte
Jury an. «Nein, natürlich nicht, sonst hätte ich das doch gesagt, oder?» Daß genau das die Frage war, auf diesen Gedanken schien er nicht zu kommen. «Heiliger Strohsack! Ich
habe sie wohl nur einmal dagehabt, und das liegt schon ein
paar Monate zurück. Sie sehen doch alle gleich aus, oder? Sie
war unbedeutend für mich.»

Stenotypistinnen verdienten anscheinend keine Beachtung. «Für irgend jemanden war sie offenbar wichtig.»

Mainwaring bekam einen roten Kopf und ließ sich in das üppige Brokatsofa sinken. Er wohnte in einem sehr alten, renovierten Haus am Ende der Hauptstraße. «Na schön. Ich hab also diese Agentur angerufen –»

«Die Jobvermittlung ‹Smart Girls› –»

«Blödsinniger Name. Ich rief an und arrangierte die Sache. Aus Gefälligkeit für Lady Kennington. Ich war in Stonington gewesen, um ein paar Dinge mit ihr zu besprechen, und sie meinte, sie könnte jemanden gebrauchen, der ihr den Papierkram ordnen hilft, den ihr Mann hinterlassen hat. Ich weiß nicht, um was es sich handelt. Um Rechnungen wahrscheinlich. Ich nehme an, Sie haben von dem Collier gehört, das ihm gestohlen wurde. Das und ein paar andere Stücke aus seiner Kollektion. Lady Kennington wäre eine reiche Frau, wenn sie es hätte. Das Collier ist noch immer nicht gefunden, oder?»

«Lady Kennington hat Geldsorgen, will sie deshalb verkaufen?»

«Das nehme ich an.»

«Auf wieviel Uhr hatten Sie Cora Binns bestellt?»

«Hören Sie, ich hab mit dieser Binns überhaupt nicht gesprochen. Ich sprach mit irgendeiner Frau von der Agentur. Moment mal: Sie fragte mich noch, wen ich vorher gehabt hätte, und ich sagte, ich könne mich nicht mehr erinnern.» Er entspannte sich, sichtlich mit sich zufrieden. «Hören Sie, Superintendent, rufen Sie doch die Agentur an und sprechen Sie mit der Person, die damals am Apparat war. Dann wird sich hoffentlich herausstellen, daß es sich um einen bloßen Zufall handelt.»

«Haben wir schon gemacht. Das Mädchen hat Urlaub.»

Frustriert sagte Mainwaring: «Und was zum Teufel hat diese Binns veranlaßt, durch den Wald von Horndean zu gehen?»

«Wie haben Sie denn der Dame von der Agentur den Weg beschrieben?»

«Ich hab gesagt, sie soll den Zug nach Hertfield nehmen; die fünf Pfund für das Taxi sollen sie ihr vorstrecken, Lady Kennington wird dafür aufkommen.»

«Cora Binns hat aber kein Taxi genommen. Sie nahm den Bus von Hertfield nach Horndean und ist dann in Littlebourne ausgestiegen.»

«Schön, aber davon weiß ich nichts. Wie sollte ich auch?» Sein Gesicht war puterrot.

«Ihre Frau ist wohl nicht zu Hause, Mr. Mainwaring?» fragte Jury, plötzlich das Thema wechselnd.

Das irritierte Mainwaring noch mehr. Die Hand mit dem Glas blieb in der Luft hängen. «Nein, ist sie nicht. Sie ist zu ihrer Mutter gefahren.» Die Beziehung zwischen Mutter und Tochter war dem Ehemann offensichtlich ein Dorn im Auge.

«Diese anonymen Briefe – können Sie sich dazu äußern?» Nun beinahe lächelnd, sagte er: «Wie ich Ihrem Sergeant schon erklärte, nein. Ist ja Quatsch, das Ganze.»

«Sie scheinen sich da ziemlich sicher zu sein. Warum? Ich meine, was Sie selbst betrifft, können Sie das ja sein, aber wie sieht es zum Beispiel mit Dr. Riddley oder Ramona Wey aus?»

Mainwaring gefiel diese Verquickung nicht, das war nicht zu übersehen. «Einfach absurd.»

«Können Sie sich für die beiden verbürgen?»

«Gewiß, zumindest was –»

Für was er sich auch immer verbürgen wollte, es ging unter im melodischen Läuten des Glockenzugs an der Tür, dessen hohe, silberne Töne den dunklen Korridor erfüllten. Nervös blickte Mainwaring zur Tür. «Entschuldigen Sie mich bitte.»

Die Stimme einer Frau ließ sich im Korridor vernehmen; zuerst klang sie ganz normal, dann jedoch fing sie an zu flüstern.

DIE HAND, DIE RAMONA WEY Jury hinstreckte, war so weiß und kühl wie Marmor. Sie trug ein kurzes, schwarzes Samtcape über einem weißen Wollkleid und mehrere Schnüre Jettperlen um den Hals. Jury nahm an, daß die weiße Haut und der schwarze Helm des Haares zu solchen Zusammenstellungen verführten. Offensichtlich war sie eine Frau, die dramatische Effekte liebte; im Augenblick probierte sie deren Wirkung auf Jury aus, ohne jedoch zu bemerken, daß sie keinen Erfolg damit hatte. Abgesehen vielleicht davon, daß er sich an Katie O'Brien erinnert fühlte, die wie Schneewittchen in ihrem Glassarg lag: Wenn er Ramona Wey ansah, dachte er automatisch an die Königin mit dem vergifteten Apfel.

Die Gegenwart eines Mannes von Scotland Yard schien sie nicht daran zu hindern, sich wie zu Hause zu fühlen. Sie wußte, wo der Schrank mit den Flaschen und wo die Zigaretten waren, und sie wartete nicht ab, bis sie ihr angeboten wurden. Jury schloß daraus, daß sie Besitzrechte demonstrieren wollte. Mit ihrer Zigarette und einem Glas Whisky ließ sie sich in einen bequemen Sessel neben dem Feuer sinken.

«Schön, daß Sie noch vorbeigekommen sind, Miss Wey», sagte Jury. Mainwaring schien davon weniger begeistert zu sein. Ihm war offensichtlich klar, wie diese Selbstverständlichkeit, mit der sie sich in seinem Haus bewegte, interpretiert werden würde. «Wie ich höre, haben Sie einen Antiquitätenladen in Hertfield.»

«Ja. ‹Die Schatztruhe›. Ich handle ausschließlich mit altem Schmuck und Halbedelsteinen. Sie sind wohl wegen diesem Mord gekommen?»

«Sie haben die Frau nicht gekannt?»

«Natürlich nicht. Ich habe dem Inspektor aus Hertfield schon alles erzählt, was ich weiß – das heißt, so gut wie nichts. Ich nehme an, es war jemand auf der Durchreise, eine Fremde, die sich etwas umsehen wollte.»

«Ein komischer Ort, um sich umzusehen, dieser Wald.» Jury wartete, aber Ramona Wey zuckte nur vage die Achseln.

«Sie hieß Cora Binns.»

«Ach ja?» Ihre Stimme klang tonlos und gelangweilt.

Eine solche Gleichgültigkeit gegenüber einem Mord, der praktisch vor ihrer Haustür stattgefunden hatte, konnte nur gespielt sein.

«Sie gehören auch zu den Leuten, die einen anonymen Brief bekommen haben?»

«Ja. Aber die sind ja nicht ernst zu nehmen.»

«Sie sollen sowohl mit Dr. Riddley wie auch mit Mr. Mainwaring ein Verhältnis haben.»

Sie lachte. «Derjenige, der das geschrieben hat, ist offensichtlich nicht auf dem laufenden.»

Mainwaring schien zu ahnen, daß sie gleich mit einer Enthüllung aufwarten würde. «Ramona –» Er versuchte, sie daran zu hindern, jedoch ohne Erfolg.

«Sei doch nicht albern, Freddie. Der Superintendent braucht sich ja nur mit Stella in Verbindung zu setzen.»

Düster wandte sich Mainwaring wieder dem Feuer zu.

Sie bedachte Jury mit einem Blick, dem er entnahm, daß sie darauf brannte, ihm ihre Geschichte zu erzählen, ob er nun danach fragte oder nicht. «Freddie und Stella wollen sich scheiden lassen. Deshalb ist sie auch zu ihrer Mutter gefahren. Wir haben vor zu heiraten.»

«Deswegen brauchst du doch nicht so blaß zu werden, Liebling», sagte Ramona zu Mainwaring. «Es wäre sowieso bald publik geworden. Außerdem verschafft uns das ein Alibi, nicht?» Kokett lächelte sie Jury an. «Ich meine, diese ‹Wo-waren-Sie-in-der-Mordnacht›-Frage, mit der uns der Inspektor zugesetzt hat. Nun, wir waren ganz einfach zusammen. Anscheinend dachte er, dieser Mord und die anonymen Briefe hätten was miteinander zu tun. Denken Sie das auch?»

«Indirekt schon. Seit wann leben Sie in Littlebourne, Miss Wey?»

Sie dachte nach. «Oh, seit ungefähr anderthalb Jahren. Ich hatte Glück: Meine Tante ist gestorben und hat mir ein bißchen Geld hinterlassen. Und weil ich mich schon immer für alten Schmuck interessiert habe, kaufte ich diesen kleinen Laden. Ich bin nicht schlecht im Geschäft, wenn ich das sagen darf.»

«Und Lord Kennington gehörte zu Ihren Kunden?» Es schien sie zu überraschen, daß er darauf zu sprechen kam. Bevor sie ihm antwortete, hielt sie Mainwaring ihr Glas hin, um sich einen weiteren Drink eingießen zu lassen. «Ja. Er hatte eine tolle Schmucksammlung. Er kaufte im Lauf der Monate immer wieder etwas – keine besonders wertvollen Sachen; so etwas wie dieses Smaragdcollier, das ihm gestohlen wurde, führe ich nicht. Ich nehme an, Sie haben gehört, daß sein Sekretär damit abgehauen ist?» Jury nickte. «Trevor Tree.» Sie sah weg.

Mainwaring gab ihr das Glas zurück und sagte: «Ich wußte gar nicht, daß du ihn gekannt hast, Ramona.»

«Na ja, habe ich auch nicht, nicht gut zumindest. Er kam ein-, zweimal in meinen Laden, um für Kennington einzukaufen. Ich würde sagen, daß er ganz gut aussah, wenn auch etwas gewöhnlich.»

Jury bezweifelte, daß dieses «gewöhnliche» Aussehen Ramona, von der man durchaus dasselbe sagen konnte, daran gehindert hatte, sich mit Trevor Tree einzulassen. «Und haben Sie ihn gekannt, Mr. Mainwaring?»

«Nein. Nein, ich nicht. Er ist ein paarmal in Littlebourne gewesen, wie ich hinterher erfahren habe – im ‹Blue Boy›, wo er sich anscheinend mit einigen Stammgästen angefreundet hat. Mit Derek Bodenheim, genauer gesagt, der da auch häufiger auftaucht. Aber ich glaube nicht, daß seine Familie Tree gekannt hat. Aber warum interessiert Sie denn das jetzt?»

«Dieser Smaragd war doch ziemlich wertvoll?» Sie nickte. «Warum? Weil er so groß war?»

«Nein, so groß war er gar nicht. Es war die Qualität des Steins. Er hatte vielleicht sechs oder sieben Karat. Ein ägyptischer Stein, und völlig makellos. Kein Defekt, nicht die geringste Unregelmäßigkeit. Von einem sanften, intensiven Grün, leicht blaustichig. Und er war graviert. Sehr alt und wirklich erlesen. Mindestens eine viertel Million Pfund wert.»

Jury blickte sie an. «Sie scheinen sich den Stein ja sehr genau angeschaut zu haben.»

Sie erwiderte seinen Blick und entgegnete kühl: «Fällt doch in mein Fach, oder nicht?»

«Und was hat Lord Kennington bei Ihnen gekauft?»

Sie überlegte kurz. «Mehrere Broschen. Trauerschmuck. Ein paar Ringe, über die Monate verteilt. Ein Lapislazuliarmband und ein Halsband. Und andere Kleinigkeiten. Ich kann mich nicht mehr an alles erinnern. Aber was hat das mit der andern Geschichte zu tun?» Sie lächelte ihn an; ihre purpurrot geschminkten Lippen schimmerten im Schein des Feuers dunkel. «Sollten Sie uns nicht fragen: ‹Wo waren Sie in der Mordnacht?›»

Jury lächelte: «Das haben Sie doch bereits gesagt.» Er blickte von einem zum andern. «Sie waren zusammen. Aber wo waren Sie am Dienstag nachmittag vor vierzehn Tagen?»

Mainwaring und Ramona starrten ihn verblüfft an. «Was zum Teufel ist denn da passiert?» fragte sie.

14

Jury Blickte auf seine Hand, die er Melrose Plant eben
zum Gruß gegeben hatte, und fragte: «Warum würden Sie
jemandem die Finger abhacken, Mr. Plant?»

Im «Bold Blue Boy» schlug es gerade halb zehn, als Melrose Plant die Serviette ausbreitete und erwiderte: «Sie sind
noch keine fünf Minuten hier und haben weder nach der Spei-
sekarte noch nach Tante Agatha gefragt, aber schon sprechen
Sie von abgehackten Fingern. Ich muß sagen, Sie verlieren
keine Zeit, selbst wenn Sie zwei Stunden zu spät zum Abendessen kommen. Mrs. O'Brien ist die Freundlichkeit in Person, obwohl sie auch ihre Sorgen hat – sie hat jedenfalls die
Küche offengehalten, während Molly, unsere Serviererin,
sich nur ungern bereit zeigte, auf Sie zu warten. Bis ich ihr
dann etwas in die Hand drückte. Ich habe mir erlaubt, schon
einmal zu bestellen. Sie nehmen mir das hoffentlich nicht
übel. Es gibt Steaks und Pommes frites, Seebarbe und Pommes frites, Scholle und Pommes frites. Eine verwirrende Spei-
sekarte, aber Molly half mir bei der Wahl, indem sie mich
wissen ließ, daß Seebarbe aus und Scholle verdorben seien.
Ich entschied mich also für das Steak. Wie geht's Ihnen, Superintendent? Ich gratuliere Ihnen zu der längst überfälligen
Beförderung.»

Jury lächelte. «Tut mir leid, daß ich so spät komme. Und
noch mehr bedaure ich, daß es mit dem Wochenende in Northants nicht geklappt hat. Mein Boss hat irgendwie Wind davon gekriegt, daß ich ein paar Tage Ferien machen wollte, und
sofort alle andern Namen auf dem Dienstplan gestrichen.»

«Wie geht es denn Ihrem Boss Racer? Beschissen, hoffe ich.»

«Vielleicht wird er uns bald verlassen. Die Unzufriedenheit in der Chefetage scheint zu wachsen.»

«Kann mir nicht vorstellen, warum. Da kommt Molly ja mit dem Wein!» Melrose reckte den Hals nach einer stämmigen, jungen Frau mit einem dicken Zopf und einem Tablett, die eben aus der Küche kam.

Molly stellte schwungvoll eine Flasche Wein auf den Tisch.

«Das Etikett brauchen wir uns nicht anzuschauen», sagte Melrose und füllte ihre Gläser. «Sollen wir uns wieder den abgehackten Fingern zuwenden? Agatha wird untröstlich sein, so etwas verpaßt zu haben. Ich hab ihr natürlich nicht erzählt, daß ich hierherfahre. Wenn sie es erfährt, wird sie heiße Tränen über ihren Cremetörtchen vergießen. Erinnert mich an das Walroß, das über seinen Austern weinte, bevor es sie verschlang... Aber zu Ihrer Frage: Warum ich eine Hand abhacken würde? Zuerst wüßte ich gerne, um welche Hand handelt es sich?»

«Um die linke.»

«Ich dachte zuerst an Leichenstarre – daß sie vielleicht etwas in der Hand hielt und er die Finger nicht aufkriegte. Aber ich bin wieder davon abgekommen, weil es doch ziemlich lange dauert, bis die Leichenstarre eintritt. Also scheidet das aus –»

«Im Gegenteil, es gibt so etwas wie eine kataleptische Starre: Schlagartiges Erstarren der Muskulatur nach Eintritt des Todes. Ist nicht gerade häufig, aber bei einem gewaltsamen Tod, bei heftiger Erregung, tritt manchmal im Augenblick des Todes ein solcher Spasmus ein. Es soll vor allem im Krieg vorgekommen sein. Ich erinnere mich an ein paar Beispiele: Männer mit ihren Gewehren im Anschlag. Oder die sogenannte ‹Teegesellschaft› – Soldaten in einem Graben, die von einer Bombenexplosion überrascht worden waren und bei ihrer letzten Tätigkeit erstarrten. Einer hatte eine Feldfla-

sche an die Lippen gesetzt. Wenn jedoch die richtige Leichenstarre eingesetzt hat, läßt sich so etwas nicht mehr feststellen.»

«Sie denken also, sie hielt etwas in der Hand? Etwas Belastendes?»

Jury schüttelte den Kopf. «Nein, ich denke, daß sie etwas
Belastendes anhatte. Oder zumindest etwas, was nicht bei ihr
gefunden werden sollte.»

Melroses nächste Frage wurde durch Mollys Erscheinen
unterbrochen. Sie beugte sich zu ihnen hinunter; ihren durch
die Arbeit abgehärteten Händen schienen die heißen Teller,
die sie trug, überhaupt nichts auszumachen.

«Die Steaks.» Sie stellte die Teller auf den Tisch und warf
ihren langen Zopf über die Schulter. «Wir machen Schluß.
Was wolln Sie zum Nachtisch?»

Melrose entfaltete die Serviette auf seinem Schoß. «Souffle
Grand Marnier, bitte.»

Gelassen meinte Molly: «Wir haben nur Brotpudding.»

«Nicht für mich, danke.»

Jury verzichtete ebenfalls auf den Nachtisch.

«Wie Sie wollen», sagte sie mit einem Achselzucken, das zu
besagen schien, daß nur ein Schwachkopf diesen Pudding ab-
lehnen würde.

Als Molly wieder gegangen war, sagte Jury: «Fassen wir
mal zusammen: Als Vorspeise – wie Molly sagen würde –
hatten wir diese anonymen Briefe. Und zum Nachtisch den
Mord an Cora Binns. Was mich jedoch interessiert, ist das
Hauptgericht: Katie O'Brien und ein gewisser Trevor Tree.
Sie erinnern sich wahrscheinlich nicht mehr an die Geschichte. Sie machte keine Schlagzeilen, es war aber ein
schlauer kleiner Trick, dem dieser Lord Kennington aufge-
sessen ist. Da Sie sich schon einen ganzen halben Tag hier
rumtreiben, haben Sie wahrscheinlich von seinem Landsitz
Stonington gehört –»

«Hab ich», sagte Melrose. «Es sieht so aus, als würde ich

ihn erwerben.» Melrose strahlte. «Ich mußte meine Anwesenheit schließlich irgendwie rechtfertigen.»

«Gute Idee. Jedenfalls hat dieser Tree sich mit Schmuck im Wert von einer viertel Million aus dem Staub gemacht. Das kostbarste Beutestück war ein Collier. Aber anscheinend hat der Hausherr immer wieder etwas vermißt in den paar Monaten, die Tree bei ihm war. Nichts sehr Wertvolles, nur Trödel. Offenbar machte Tree einen so vertrauenswürdigen Eindruck, daß er nie verdächtigt wurde. Kennington dachte, er habe die Dinge selbst verlegt. Ich vermute, Tree hat das gemacht, um zu testen, wie weit ihm sein Arbeitgeber vertraute.»

Melrose schüttelte den Kopf. «Mir bleibt auch nur blindes Vertrauen übrig. Immer wieder entdecke ich an Agatha Schmuckstücke meiner Mutter. Heute morgen trug sie einen Mondsteinring am Finger. Weiß der Himmel, wie sie das macht.»

«Und dann ging mir endlich ein Licht auf.»

«Ein Licht, das Agathas Finger angeknipst hat?»

«Nein. Cora Binns' Finger. Ernestine Craigie, die die Leiche gefunden hat, meinte, die Tote sei geschmückt gewesen ‹wie ein Pfingstochse›! Cora Binns trug eine Halskette, Armbänder, bombastische Ohrringe. Aber keine Ringe. Zumindest nicht an der Rechten. Der Ring oder auch die Ringe, die sie getragen haben könnte, stammten vielleicht aus Kenningtons Kollektion. Es waren bestimmt keine sehr wertvollen Sachen, sondern einfach alter Schmuck, der sich nicht leicht identifizieren ließ.»

«Aber wieso die Frau umbringen, wenn die Polizei sich gar nicht für die Sache interessierte?»

«Die Polizei vielleicht nicht, aber Lady Kennington! Cora wollte sich bei ihr vorstellen, und jemand, dem sie auf dem Weg nach Stonington begegnet ist, hat den Ring oder die Ringe erkannt. Und hat sich gefragt, wieviel Cora Binns wußte.»

«Aber was hatte die Frau in dem Wald verloren?»

«Die Chefin der Agentur hat ihr fünf Pfund gegeben, damit sie sich ein Taxi nach Stonington nehmen konnte. Aber sie hat das Geld eingesteckt und ist statt dessen mit dem Bus gefahren. In Littlebourne ist sie dann ausgestiegen, anscheinend dachte sie, Stonington sei von dort aus zu Fuß erreichbar. Es sind aber beinahe vier Kilometer. Der Weg durch den Wald ist bedeutend kürzer.»

«Und woher hätte sie das wissen sollen?»

«Jemand, den sie nach dem Weg fragte, muß es ihr gesagt haben.»

Melrose, der mit dem zähen Steak kämpfte, legte schließlich Messer und Gabel zur Seite. «Und dieser Jemand ist ihr dann gefolgt, da er, wenn ich recht verstehe, die Ringe gesehen hatte und wußte... Aber würde das nicht auch bedeuten, daß diese Person von Anfang an in die Sache verwickelt war?»

Jury nickte. «Das Collier ist nie wieder aufgetaucht. Tree hat es irgendwie verschwinden lassen und jemandem – seinem Komplizen vielleicht – das Versteck verraten. Ich tappe da völlig im dunkeln. Trees Autounfall liegt schon ein ganzes Jahr zurück.»

«Aber was hat das mit der kleinen O'Brien zu tun?»

«Katie wurde in der Underground-Station Wembley Knotts überfallen. Sowohl Trevor Tree als auch Cora Binns wohnten in diesem Teil des East End. Beide verkehrten in einer bestimmten Kneipe, dem ‹Anodyne Necklace›. Auch Katie ist ein paarmal mit ihrem Musiklehrer dort gewesen. All diese Leute, die sich unter demselben Dach einfanden, wenn auch zu unterschiedlichen Zeiten – das kann kein Zufall sein. Irgend jemand ist hinter dem Smaragd her, und er ist ungeheuer scharf darauf – kein Wunder, wenn man bedenkt, um welche Summe es da geht.»

Melrose schob seinen Teller von sich. «Ich kann nur hoffen, daß Sie das alles aufgeklärt haben, bevor man mich

zwingt, meine Gummistiefel anzuziehen, um nach diesem
fürchterlichen Tüpfelsumpfhuhn Ausschau zu halten.»

«Oh, ich sehe, Sie haben Miss Craigies Bekanntschaft gemacht.»

«Ja. Ich habe das Gefühl, diesen Vogel in- und auswendig
zu kennen. Ich bin überzeugt, ich würde ihn bei einer Gegen-
überstellung sofort wiedererkennen. Obwohl ich mich, offen
gestanden, etwas unbehaglich fühlen würde, wenn ich wie Ernestine mit diesem Superfeldstecher um den Hals im Dorf
herumliefe. Jemand könnte auf den Gedanken kommen, sie
damit zu strangulieren. Und noch etwas. Wenn Sie vermuten,
die kleine O'Brien wurde zusammengeschlagen, weil sie
etwas wußte – es gibt hier eine Göre, die mit ihr befreundet
war und die meiner Meinung nach mit etwas hinterm Berg
hält...»

DIE BETREFFENDE GÖRE trat durch den puppenstubenähn-
lichen Durchgang zur Bar, ohne Jury und Plant auch nur
eines Blickes zu würdigen, obwohl sie sich direkt in ihrem
Blickfeld befanden. Schnell verschwand sie hinter dem Tresen, worauf einiges in Bewegung geriet – Gläser klirrten, Papier raschelte, bis sie mit einer Schachtel Buntstifte und einem
Malbuch in der Hand wieder auftauchte. Diese beiden Gegenstände schienen ihre Aufmerksamkeit völlig gefangenzu-
nehmen.

«Was, um diese Zeit treibst du dich noch in öffentlichen
Lokalen herum? Es ist beinahe zehn. Solltest du nicht schon
längst zu Hause bei deiner Mutter sein?»

Geistesabwesend blickte Emily Louise zu Melrose auf und
sagte: «Ach, Sie sind's.» Dann konzentrierte sie sich wieder
auf ihre Buntstifte.

«So 'ne Überraschung, was? Ich hab dich gefragt, ob du nicht schon längst zu Hause sein solltest. Deine Mutter macht sich bestimmt Sorgen.»

Ihre Lippen formten stumm die Namen der Farben: *Blau, Gelb, Rot*. «Mum is im Kino in Hertfield.»

«Deswegen brauchst du hier nicht Nachtwächter zu spielen. Aber da du schon mal da bist, setz dich doch zu uns. Superintendent Jury würde sich gern mit dir unterhalten.»

Sie hob die gerunzelten Brauen von der Schachtel mit den Buntstiften und ließ den Blick auf Jurys Gesicht ruhen. «Wer?» Sie blinzelte, als versuchte sie, etwas an einem fernen Horizont zu erkennen.

«Dieser Herr, der mir gegenübersitzt.»

Ohne von dem tollen Herrn, dessen Bekanntschaft sie machen sollte, Notiz zu nehmen, kletterte Emily Louise unwillig auf den Stuhl neben ihm, schlug ihr Malbuch auf und nahm einen Buntstift aus der Schachtel.

Melrose konnte es sich nicht verkneifen, ihr über die Schulter zu schauen. Es war wieder eines dieser gräßlichen Bilder, ein Bauernhof diesmal. Mit einem orangefarbenen Buntstift machte sie sich daran, eine Ente auszumalen. Er versuchte, seinen Ärger zu unterdrücken.

«Nett, dich kennenzulernen», sagte Jury und streckte die Hand aus. Ihre kühle, kleine Hand lag wie ein Blütenblatt in der seinen. «Ich habe gehört, du bist eine Freundin von Katie O'Brien.»

Sie hatte sich auf die Entenmutter gestürzt und nickte nur.

«Katie soll eine ziemlich gute Reiterin gewesen sein.»

«Ja, ganz gut.» Sie hatte die Ente orangefarben ausgemalt und machte sich mit einem blauen Farbstift an die Schwimmhäute. Plant starrte darauf.

«Schön, wenn man Freunde hat», sagte Jury. «Es ist nur schlimm, wenn ihnen was passiert.»

Emily nickte und fuhr die Umrisse der Entchen blau nach, passend zu den Schwimmhäuten der Mutter.

Jury fuhr fort: «Manchmal erzählen sie uns auch ihre Geheimnisse... Ich erinnere mich, als ich ein kleiner Junge war, hatte ich einen ganz tollen Freund, Jimmy Poole hieß er. Wir waren immer zusammen. Jimmy Poole und ich tauschten auch Geheimnisse aus, manchmal stachen wir uns sogar mit einer Nadel in die Finger, um bei unserm Blut zu schwören, daß –»

«Kein Blut, bitte.»

«Schon gut.» Jury zündete sich eine Zigarette an und warf das Streichholz in den Aschenbecher. «Jimmy Poole und ich rauchten Zigaretten im Wald und taten auch sonst alles mögliche, was wir nicht hätten tun sollen. Eine Menge verbotener Dinge –»

«Was zum Beispiel?» fragte sie, ohne von ihrem Buch aufzublicken. Sie hatte jedoch aufgehört zu malen.

«Oh, was man so tut. Wir sind geschwommen, wo es zu tief war. Und wir waren unterwegs, wenn es schon dunkel war. Die Kopfkissen stopften wir unter die Decke, damit es so aussah, als würden wir darunter schlafen, dann kletterten wir aus dem Fenster. Jimmy Poole war wirklich auf Zack, wenn es sich darum drehte, Verstecke zu finden, wo niemand uns aufstöbern konnte. Er führte die Leute in die Irre. Es gab da eine Höhle, in der wir alles mögliche versteckten, Dinge, die unsere Mütter nicht finden sollten. Ich weiß noch, einmal hab ich beim Zeitungshändler ein Comicheft geklaut.» Er beobachtete, wie Emily Louise und Melrose ihn überrascht musterten. «Tja, so was hab ich auch gemacht. Ehrlichkeit hab ich erst später gelernt. Jimmy Poole mußte schwören, nichts zu verraten.» Jury warf Emily einen Blick zu. «Er hat nichts gesagt, es ist also auch nie rausgekommen.» Er bemerkte, daß Emily mit großer Hingabe die Entchen nachfuhr. «In der Höhle hatten wir Ruhe vor unsern Alten.»

«Konntet ihr sie nicht leiden?» Emily hatte ihren Buntstift aus der Hand gelegt und starrte mit einem tiefen Stirnrunzeln auf das Buch.

«Na ja, manchmal ja, manchmal nein. Wir dachten uns die tollsten Geschichten aus, um zu erklären, wo wir gewesen waren und was wir gemacht hatten. Wenn wir völlig verdreckt oder mit kaputten Jacken nach Hause kamen, mußten wir ihnen ja irgendwas erzählen.»

«Wer hat sich das dann ausgedacht, Sie oder Jimmy Poole?»

Jury überlegte. «Jimmy Poole. Er war schlauer.»

«Warum ist er dann nicht bei Scotland Yard?»

Sie sah ihn an. Ein harter, fordernder Blick. «Ich hätte zu gerne eine Limonade.»

«Mr. Plant holt dir bestimmt eine.»

Melrose, der sich schlafend gestellt hatte, öffnete ein Auge und sagte: «Ich möchte aber keine Fortsetzung verpassen.» Seufzend erhob er sich.

«Erzählen Sie weiter», sagte Emily Louise und knuffte ihn in den Arm.

«Na ja. Jimmy Poole hat mir eine Menge seltsamer Dinge erzählt, und ich mußte schwören, nie jemandem was zu sagen. Aber dann ist diese Sache passiert.» Emily Louise preßte sich die ineinander verschränkten Hände gegen den Kopf, als wolle sie sich unter den Tisch drücken. «Eine Frau aus dem Dorf hatte einen... na ja, einen Unfall.»

Emily rutschte auf ihrem Stuhl herum. «War es schlimm?»

«Ziemlich schlimm. Sie ist die Treppe runtergefallen. Das heißt, *vielleicht* ist sie gefallen. Es gab Leute, die dachten, sie wurde *gestoßen*. Wir konnten aber keinen festnageln.» Jury studierte das glühende Ende seiner Zigarette.

«Ist denn die Polizei nicht gekommen?» Emily blickte Jury mit gerunzelter Stirn an, anscheinend völlig fassungslos, daß Englands berühmte Gesetzeshüter so pflichtvergessen sein konnten.

«Nein, nicht Scotland Yard.»

Emily schüttelte enttäuscht den Kopf, weil Jurys Dorfbewohner nicht so umsichtig gewesen waren, Scotland Yard zu holen.

«Sie hätten es vielleicht getan», sagte Jury, «wenn Jimmy Poole was gesagt hätte.»

Daraufhin breitete sich tiefes Schweigen aus, das nur von dem Klirren der Gläser unterbrochen wurde, die Melrose vor sie hinstellte. Eine Limonade und zwei Brandys. Emily nahm einen Schluck aus ihrem und sagte: «Aber er hat nichts gesagt?»

«Nein, aber ich.»

«Sie! Es war doch ein Geheimnis.»

«Ich weiß. Du kannst mir glauben – ich hab mir's hin und her überlegt. Es war nur so – Jimmy Poole war krank, und ich konnte ihn nicht fragen, ob es auch in Ordnung war.»

«Was hatte er denn?»

«Mumps. Sein Hals war so dick, daß er nicht reden konnte.»

«Ist er gestorben?»

«Nein. Aber solange wir nicht darüber reden konnten, konnte ich ihn auch nicht fragen, ob ich das Geheimnis verraten durfte. Ich mußte selbst eine Entscheidung treffen, und so was ist immer schwer. Ich meine, *selbst* was zu entscheiden. Und weißt du, was mich schließlich dazu gebracht hat?»

Emily schüttelte den Kopf unter den verschränkten Händen und starrte Jury gebannt an.

«Ich hatte Angst, noch jemand könnte die Treppe runtergeschubst werden. Oder daß die, die schon mal runtergestoßen worden war, noch einmal gestoßen würde.»

«Ist sie nicht gestorben?»

Jury schüttelte den Kopf. «Nein.»

«Gut. Wem haben Sie es denn erzählt?»

«Dem Pfarrer. Der schien mir der Richtige zu sein.»

«Warum nicht dem Wachtmeister? Gab's denn keinen in Ihrem Dorf?»

«Doch. Ich hatte aber Angst vor der Polizei.»

«Ich nicht!» posaunte sie heraus.

«Nein, du nicht. Ich weiß.»

Sie ließ den blauen Buntstift vor- und zurückrollen. «War Jimmy Poole böse auf Sie?»

«Nein. Er war froh. Er meinte, er hätte es auch gesagt, er konnte nur nicht.»

«Weil er Mumps hatte.» Jury nickte. Emily Louise blies ihre Backen auf und stupste mit dem Finger dagegen. Alle drei schwiegen – Melroses Augen hatten sich zu Schlitzen verengt, Jury starrte aus dem Fenster, Emily pumpte Luft in ihre Backen und ließ sie wieder entweichen. Schließlich sagte sie: «Hat Ihnen Jimmy Poole mal was gegeben?»

Jury dachte einen Augenblick nach, drückte seine Zigarette aus und sagte: «Ja, hat er.»

Nach einer kurzen Pause fragte sie: «Und hat er Ihnen gesagt, Sie dürften es niemandem zeigen?»

«Ja.»

«War das, bevor er krank wurde?»

«Ja.»

«Was war es?»

«Eine Blechdose.»

«Was war drin?»

«Geld. Ein paar Briefe. Schmuck. Und eine seltsame Botschaft.»

«Was für eine Botschaft?»

Jury schüttelte den Kopf. «Ich bin nie daraus schlau geworden.»

Emilys Augen erschienen über der Tischkante und fixierten Jury. Dann sprang sie unvermittelt auf, schnappte sich ihre Buntstifte und das Malbuch und sagte: «Ich muß jetzt gehen.» Als wären ihr plötzlich zehn verschiedene Verabredungen eingefallen.

Als sie verschwunden war, sagte Melrose: «Das war absolut faszinierend.»

Jury unterbrach ihn. «Behalten Sie sie bitte im Auge. Ich glaube, Sie haben recht. Sie scheint etwas zu wissen.»

«Aber *mir* wird sie's bestimmt nicht verraten!» Als Jury nichts darauf antwortete, fuhr er fort: «Sie soll die Kinder in einem Pferdewagen herumkutschieren. Morgen findet hier nämlich ein Fest statt, wußten Sie das schon?»

Jury schüttelte den Kopf. «Als nächstes muß ich mit dieser Lady Kennington sprechen. Aber zuerst werde ich ein Schläfchen halten, mein Gott, bin ich müde!»

«Jimmy Poole hat Sie wohl geschafft.»

Jury lächelte und gähnte, während er das Fenster aufdrückte und dabei mit den braunumrandeten Kletterrosen ins Gehege kam.

«Ich erinnere mich vage», sagte Plant, «daß Sie mir erzählt haben, Sie seien in London geboren und aufgewachsen. Dieses Dorf hat es wohl nie gegeben, oder? Genausowenig wie Jimmy Poole?»

Jury dachte an die bläulichen, kalten Lichter, die in der Fulham Street angegangen waren, an das Mädchen mit der Puppe, die Frau mit dem Kinderwagen, an den Jungen, der mit seiner Gitarre vor der Kneipe stand. Die verschwommenen Umrisse von Rosenblättern drifteten in der Dunkelheit vorbei.

«Einen Jimmy Poole gibt es immer.» Er leerte sein Brandyglas und wünschte Melrose gute Nacht.

15

MELROSE SOG DEN SCHWEREN DUFT der Rosen ein, die
Sylvia Bodenheims Schere entgangen waren, als er auf der anderen Seite der Ligusterhecke einen gellenden Schrei hörte.
Da die Ställe sich dahinter befanden, zwängte er sich einfach
durch die Hecke, sehr zum Ärger des Gärtners, der den Hals
verrenkte, um zu sehen, was dieser Fremde seiner kunstvoll
geschnittenen Hecke antat.

Melrose wußte nicht genau, was ihn beim ersten Sonnenstrahl geweckt hatte; da es ihm aber nicht gelungen war, wieder
einzuschlafen – vielleicht teilte er Jurys Unbehagen, Emilys
Sicherheit betreffend –, hatte er sich angezogen, gemächlich
ein paar Tassen Tee getrunken und sich dann auf den Weg nach
Rookswood gemacht. Er wußte, daß er sie dort antreffen
würde, da sie die Pferde für das Fest herrichten mußte.

Es war auch eindeutig ihre Stimme, die da nun brüllte:
«Gib's her, gib's her!» Und das ziemlich unangenehme Lachen, das darauf folgte, war eindeutig das eines Mannes.

Als Melrose um die Stallecke bog, sah er den weißen Pull-
overärmel von Derek Bodenheim, der ein Buch hochhielt.
Weder Derek noch Emily konnten Melrose sehen, da er seit-
lich neben der Stalltür stand. Sie waren auch viel zu sehr in ihr
Fangspiel vertieft – obwohl es den Anschein hatte, als wäre es
für Emily kein Spiel.

Derek wandte Melrose den Rücken zu, als dieser auf ihn
zuging, seinen silberbeschlagenen Stock erhob und ihn geradewegs auf Dereks Armbeuge heruntersausen ließ. «Also
wirklich, alter Junge, sie hat Sie höflich darum gebeten.»

«Was zum Teufel –?» stieß Derek hervor, rieb sich den Arm und starrte Melrose wütend an.

Emily hatte sich schnell ihr Buch geschnappt. Ihr Gesicht war ganz rot vor Anstrengung.

«Dumme Gans», sagte Derek zu ihr. Dann konzentrierte sich sein Ärger auf Melrose. «Was fuchteln Sie denn auf fremder Leute Grund und Boden mit Ihrem Stock herum? Was haben Sie hier überhaupt verloren?»

Melrose ging darauf nicht ein. Er fragte sich, was für ein Kerl das war, der sich einen Spaß daraus machte, eine Zehnjährige zu ärgern. «Sie gehn jetzt brav nach Hause!»

«*Ich* soll gehen! Wer glauben Sie denn, wer Sie sind?» Und zu Emily gewandt: «Warte nur, ich werd deiner Mutter sagen, daß du solchen Schweinkram liest.»

«Hau ab! Das ist kein Schweinkram. Außerdem hab ich's gar nicht gelesen.»

Wütend ging Derek über den Hof und ließ den Kies unter seinen Füßen knirschen.

Emily blickte von dem silberbeschlagenen Spazierstock auf Melrose. «Haben Sie schon mal jemanden umgebracht?» fragte sie hoffnungsvoll.

«Nur damals in der Fremdenlegion. Was zum Teufel war eigentlich hier los?»

Das Buch fest unter den Arm geklemmt, suchte sie nach ihrer Heugabel. «Er ist unausstehlich.» Dann schleppte sie Gabel und Buch zum Stall, in dem ein prächtiger Falbe stand, der anscheinend vor den Wagen gespannt werden sollte.

Melrose setzte sich auf einen Ballen Heu und zündete sich eine dünne Zigarre an. «Ist er immer so?» Er fragte sich, was es wohl mit dem Buch auf sich hatte und warum ihr so viel daran lag, es nicht aus der Hand zu geben.

«Ja.» Sie stapfte aus dem Stall zu den Futterbehältern hinüber und verschwand zur Hälfte in einem von ihnen, so daß von ihren Ausführungen über Dereks Unausstehlichkeit nur noch ein schwaches Echo zu hören war. Als sie den Eimer gefüllt hatte und wieder in den Stall kam, sagte sie: «Alle Jungen sind unausstehlich.»

«Oh, da bin ich mir nicht so sicher. Sie können auch ganz nett sein. Schließlich werden aus ihnen einmal Leute wie ich.»

Ihre Augen erschienen über der Stalltür und betrachteten ihn angewidert.

«Hatte Katie O'Brien eigentlich keinen Freund?»

«Warum müssen wir immer über Jungen sprechen? Ist doch bescheuert.» Sie ging wieder zu den Tonnen mit dem Futter zurück. Die Tonne, über die sie sich gerade beugte, war so groß, daß sie sich über den Rand hängen mußte, um an den Hafer am Boden zu kommen.

«Soll ich dir helfen?»

«Nein.» Ihre Beine baumelten in der Luft.

«Für einen jungen Mann von gut zwanzig benimmt sich Derek Bodenheim schon reichlich seltsam.» Sie schleppte den nächsten Eimer in Shandys Stall und gab bei der Erwähnung von Dereks Namen ein paar Würgelaute von sich. «Ob er wohl ganz richtig im Kopf ist?»

«Nein. Katie hat er auch immer geärgert. Sie haßte ihn.»

«Hat er sie auch geneckt?» Melroses Interesse erwachte.

«Ach, das Übliche. Hat sich von hinten an sie rangeschlichen, sie gepackt und versucht, sie zu küssen.» Sie erschauerte, während sie eine Gabel Heu in Shandys Heuraufe warf. «Sie sagte, er habe einen ganz nassen Mund... Ich möchte lieber nicht davon reden.»

Darauf folgte ein längeres Schweigen, nur von dem Scharren der Gabel unterbrochen. Melrose spürte jedoch ihr Interesse, auch wenn sie es nicht zugeben wollte. Er wußte, daß sie mit etwas hinterm Berg hielt; es mußte mit dem Buch zu tun haben. «Laß uns mal so tun, als ob.»

Keine Antwort; außer den Kaugeräuschen des Ponys ließ sich nichts vernehmen.

«Als lebten wir in einem wunderschönen Land – sagen wir in einem Königreich. Rundherum grüne Felder und darüber ein amethystblauer Himmel.» Er stutzte; wie kam er auf den Amethyst? «Und du bist eine wunderschöne Prinzessin.» Er bemerkte, daß das Scharren aufgehört hatte. «Und ich –» Großer Gott, welche Rolle sollte er sich zuteilen? Warum hatte er sich die Geschichte nicht schon im voraus zurechtgelegt? Er wußte, er mußte etwas Abstoßendes verkörpern, damit sie anbiß. «Ich bin ein blöder, häßlicher, dummer Zwerg.»

Eine Samtkappe und ein Paar Augen erschienen über der Stalltür. Hinter ihr kaute das Pony sein Futter, ohne sich von den Prinzessinnen und Zwergen beeindrucken zu lassen.

«Ja, ich bin also ein unausstehlicher Zwerg, der allen möglichen Blödsinn anstellt in diesem Königreich. Ich klaue dem Bäcker die Obsttörtchen und Muffins aus den Regalen. Ich bin so klein – und natürlich auch so häßlich –, daß sie mich meistens gar nicht bemerken.» Er legte eine Pause ein, um nachzudenken und seine Zigarre wieder anzuzünden. «Und du bist diese herrliche Prinzessin, die im Königreich Nirgendwo lebt.» Melrose erwärmte sich allmählich für seine Geschichte und begann in dem kleinen Hof auf und ab zu gehen. «Deine Gewänder sind ungeheuer prunkvoll. Eines ist violett und mit Amethysten übersät.» Melrose warf ihr einen kurzen Blick zu, um zu sehen, ob seine barock-verschlungene Erzählung ihre Aufmerksamkeit erregte. Sie tat es. «Der Zwerg – das bin ich – ist sehr eingebildet. Ich hab einen Bruder, und der ist ein noch schlimmerer Zwerg –» Kam dieses kurze Schnauben von Emily oder dem Pony? «Noch eingebildeter. Obwohl er sich unmöglich benimmt, hält er sich für unwiderstehlich. Dabei ist er nicht größer als ein Tischbein; sein Kopf ist ganz platt, und die Backen treten gewaltig hervor –»

«Vielleicht hat er Mumps.»

Irritiert blieb Melrose stehen. «Zwerge haben nicht dieselben Krankheiten wie Menschen. Sie haben ihre eigenen. Er hat –»

«Was zum Beispiel?»

«Ist nicht wichtig. Er ist jedenfalls nicht krank; er ist einfach nur – unausstehlich.» Sie hatte ihn aus dem Konzept gebracht. Derek mußte irgendwie eingeschleust werden. Ach ja, das Stichwort war Eitelkeit. «Weil er so eingebildet ist und weil sein Vater und seine Mutter ihn immer alles machen lassen… Hab ich schon seine Familie erwähnt? Vater, Mutter, Schwester – sie sind alle gräßlich. Sie behandeln die andern Dorfbewohner – ich meine, ihre Untertanen – wie den letzten Dreck. Eines Tages schleicht sich dieser schreckliche Zwerg in die Ställe des Palastes, wo die Prinzessin in ihrem perlenbesetzten Kleid auf und ab geht und *ein Buch liest*.» Er schaute sie an. Sie starrte zurück. «Er nähert sich der Prinzessin von hinten, packt sie und will sie küssen.» Offensichtlich mißbilligte sie das Vorgehen des Zwerges. Ihre Miene verfinsterte sich. Melrose spann seine Geschichte weiter. «Er will herausfinden, was in dem Buch steht, der Tölpel. Es ist aber ein Staatsgeheimnis, und die Prinzessin will nicht, daß er es erfährt. Sie hält ihn nämlich für einen Spion. Und weißt du, was sie macht?»

Mit ausdrucksloser Miene starrte sie ihn an.

«Sie geht zur königlichen Garde!» Melrose war zufrieden mit sich. Auf diese Weise hatte er auch die Polizei ins Spiel gebracht.

«Taucht Jimmy Poole noch in dieser Geschichte auf?»

«Jimmy Poole? Natürlich nicht. Was zum Teufel hat denn Jimmy Poole damit zu tun?»

Das schmale Gesicht verschwand, und er hörte wieder das Scharren der Gabel.

Was war los mit ihr? Seine Geschichte war doch phantastisch. «Der Zwerg, weißt du –»

«Ich trage keine Gewänder, und ich küsse keine Zwerge.»

«Laß mich doch weitererzählen. Das Ende gefällt dir bestimmt.»

Nur, wie sah es aus – das Ende?

«Ich will es nicht hören. Sie ist blöd, Ihre Geschichte.»

Zum Teufel mit ihr. Das beste war wohl, sie einfach zu fragen. «Was steht denn in dem Buch, das Derek dir wegnehmen wollte? Warum hat er gesagt, es sei Schweinkram?»

Eine kurze Pause. «Weil es über Männer und Frauen ist.»

«Davon handeln 99 Prozent aller Bücher. Aber warum interessiert dich das? Wo du doch keine Zwerge küßt.»

«Ich lese es auch gar nicht. Ich will's dem von Scotland Yard geben.»

Als ob Jurys Name sich ihr nicht für immer und ewig eingeprägt hätte.

«Superintendent Jury hat gesagt, er wolle nach Stonington. Wenn du mit den Pferden fertig bist, können wir ja zusammen zum ‹Blue Boy› zurückgehen. Du mit deinem Buch. Es ist zwar erst neun, aber eine Limonade kriegt man bestimmt schon.» Er wußte nun, wie das Spiel ging, obwohl er erkannte, daß er einen Fehler gemacht hatte. Er mußte das Buch in seinen Besitz bringen, *bevor* sie ihn mit Chips und Limonade erpressen konnte. «Das heißt, am besten, du gibst es mir jetzt sofort, und anschließend gehen wir dann zum ‹Blue Boy›.»

Sie streichelte die Mähne des Falben. Offensichtlich wollte sie Zeit gewinnen. Ein völlig unpassendes blaues Schleifchen, das in der Mähne befestigt war, erregte ihren Zorn; sie riß es ab und warf es auf den Boden. «Wenn er *das* tragen soll, mach ich nicht mit.» Sie blickte in Melroses Richtung, und als sie sein entschlossenes Gesicht sah, sagte sie: «Na gut.» Sie stapfte zu ihm hinüber und warf ihm das Buch in den Schoß.

Es war offensichtlich eine Bürde, die sie nur zu gern loswurde. «Es gehört Katie», sagte sie.

«Ein Buch, das Katie O'Brien gehört? Warum die ganze Geheimnistuerei?»

«Ich weiß nicht. Sie hat gesagt, ich soll es aus ihrem Zimmer holen, falls was passiert.»

«Hat sie denn damit gerechnet?»

Emily zuckte die Achseln und blickte über seine Schulter auf das Buch.

Es war in weißes Millimeterpapier eingebunden; quer über dem Einband stand GEOMETRIE. Er entfernte das Papier und sah, daß es einer der üblichen Liebesromane war, mit dem Titel *Irrgärten der Liebe*. «Wollte sie es vor ihrer Mutter verstecken?»

Emily hielt Melrose offensichtlich für ziemlich begriffsstutzig, denn sie sagte: «Es geht nicht um das *Buch*, sondern um den Einband.» Sie nahm es ihm aus der Hand, glättete das Papier und hielt es hoch. «Hier, sehen Sie?»

Es war ein seltsamer, sehr sorgfältig mit Bleistift und Tinte gezeichneter Plan, unter dem in Druckbuchstaben DER WALD VON HORNDEAN stand. Ein dichter Wald umgab ein Bild in der Mitte, auf dem verschiedene Orte und die zu ihnen führenden Wege und Schleichpfade eingezeichnet waren. Es gab einen Bärenpfad, einen Fußpfad, eine Grotte, die Schleimspur einer riesigen Schnecke. Zum Teil waren sie von einem Festungsgraben und einer «Gelben Steinstraße» umgeben.

Eine kleine Brücke führte zur St.-Pancras-Kirche.

Und mittendurch verlief der Bach des Bluts.

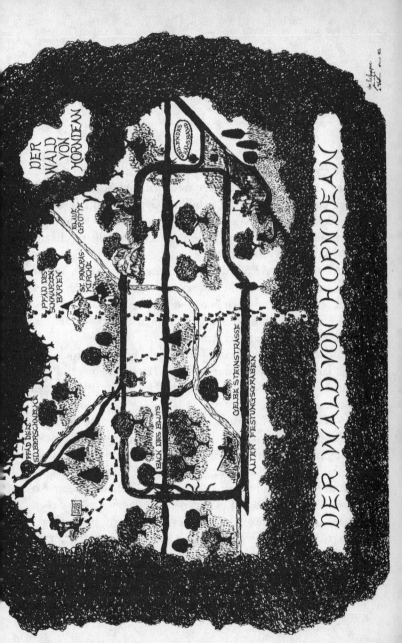

16

DIE FRAU, DIE GERADE aus der Eingangstür von Stonington gelaufen kam, als Jury auf der kreisförmigen Auffahrt anhielt, trug einen in eine Decke gehüllten Gegenstand. Als er über den knirschenden Kies auf sie zuging, rief sie: «Können Sie bitte mit mir zum Tierarzt fahren? Ich kann nicht gleichzeitig fahren und die Katze halten.»

Aus dem einen Ende der Decke spitzte ein schwarzes, dreieckiges Katzengesicht hervor; ein winziges Blutgerinnsel verklebte das Fell zwischen Nase und Maul.

«Natürlich – nur, können wir meinen Wagen nehmen? Sie halten die Katze, und ich fahre.»

Sie schwieg, als er ihr die Tür aufhielt. Er stieß zurück, fuhr den langen Kiesweg hinunter und an einem niedrigen Pförtnerhäuschen vorbei. Als sie auf die Horndean Road kamen, fragte er: «Wohin?»

«Nach links. Richtung Horndean.» Sie wandte den Kopf ab und schaute aus dem Fenster; so wurde jedes Gespräch unmöglich. Ein im Nacken geknotetes Tuch hielt ihr dunkelblondes Haar zusammen. Er wußte, daß Lady Kennington kaum noch Personal hatte – nur einen Gärtner und eine Köchin. Die Frau neben ihm schien weder das eine noch das andere; sie mußte also die Dame des Hauses sein. Jury war verwirrt. Er hatte eine gebieterische ältere Frau erwartet, hager und grauhaarig, vielleicht in einem Kleid aus lavendelfarbener Seide mit einer Kamee. Die Wirklichkeit entsprach überhaupt nicht diesem Bild.

«Was ist mit der Katze los?»

«Ich weiß es nicht. Vielleicht wurde sie angefahren, aber ich bin mir nicht sicher. Ich sah sie vor ungefähr einer Stunde die Auffahrt hochrennen, hatte aber nicht den Eindruck, sie sei verletzt.» Sie sah aus dem Fenster, als sie das sagte.

Er drehte sich nach der Katze um, die ihn mit glasigen Augen an starrte und einen schwachen Laut von sich gab, als teile sie mit Jury das geheime Wissen über das Schicksal von Katzen, die sich in einem solchen Zustand befanden. Die Gedanken der Frau neben ihm waren wahrscheinlich nicht weniger betrüblich.

«Es sind ungefähr noch zwei Kilometer», sagte sie, und ihre Aufmerksamkeit galt den nebelverhangenen Feldern und Hecken, die an ihnen vorbeiflogen. Er konnte nur ein Stück Kopftuch sehen, nicht ihr Gesicht, aber das, was er gesehen hatte, ließ ihn vermuten, daß es ein schönes Gesicht war: blaß, grauäugig, intelligent. Er wäre nie auf den Gedanken gekommen, sie als «unscheinbar» zu bezeichnen, wie Sylvia Bodenheim das getan hatte.

«Die Katze fühlt sich schon ganz kalt an.» Sie hatte ihre Hand unter die Decke gesteckt. «Ich glaube, sie stirbt.» Das hörte sich sehr bedrückt an.

«Das ist nur der Schock. Die Temperatur fällt etwas.» Jury hatte keine Ahnung, wie Katzen bei Schock reagierten; er kannte nur die menschlichen Reaktionen. Er sah nach den Augen der Katze, doch die waren fest geschlossen. «Sie schläft bestimmt nur.» Aber eigentlich sah sie eher tot aus.

Sie antwortete nicht. Selbst die Luft zwischen ihnen schien von Elend erfüllt zu sein. Er hatte das Gefühl, sie und ihre Katze im Stich zu lassen. Es war einfach absurd. Anscheinend gehörte sie zu den Menschen, in deren Gegenwart man sich immer schuldig fühlt, ohne daß sie das überhaupt wollen.

«Ist es Ihre Lieblingskatze?» Eine dumme Frage. Er verfluchte sich, während er eine scharfe Kurve nahm, die aus dem Nichts vor ihm aufgetaucht war.

«Nein. Einfach nur eine zugelaufene alte Katze.»

Jury sah aus dem Augenwinkel nach der Katze, so verstohlen, als könnte sein Blick allein sie schon töten. Der Kopf hing schlaff herunter. Er widerstand der Versuchung, sie anzustupsen, um zu sehen, ob sie noch lebte.

Die Stimme der Frau klang irgendwie herausfordernd, als sie hinzufügte: «Ich mag sie nicht einmal besonders.»

«Natürlich nicht.»

Sie warf ihm einen kurzen Blick zu und schaute dann wieder aus dem Fenster. «Ach, seien Sie still und fahren Sie.»

Er hatte ihr angeboten, sie in die Praxis zu begleiten. Seinem Gefühl nach brauchte sie wenigstens moralischen Halt, sie hatte ihn jedoch gebeten, auf sie zu warten. Und sie hatte es immer noch nicht für nötig befunden, sich vorzustellen oder nach seinem Namen zu fragen.

Er war schließlich aus dem Auto gestiegen und auf dem nassen Hof umhergewandert. Die Tierarztpraxis befand sich in einem winzigen, hellgetünchten Gebäude, das zu einem größeren Bauernhof zu gehören schien. Jury lehnte sich gegen den Zaun und blickte auf die fernen Umrisse der Eschen und Eichen, die den Wald von Horndean auf dieser Seite säumten. Ihm war ganz schlecht bei dem Gedanken an all die Fragen, die er ihr stellen mußte.

Als sie dann wieder auftauchte, betrübter als zuvor, waren vielleicht zwanzig Minuten vergangen; Jury kam es wie eine Ewigkeit vor. «Der Kiefer ist gebrochen, ein ziemlich komplizierter Bruch, und das Becken ist ausgerenkt oder so was Ähnliches. Man wird ja nie schlau aus dem, was die einem erzählen. Eine teure Angelegenheit. Hundert Pfund oder mehr, meinte er und wiederholte ständig, es sei einzig und allein meine Entscheidung.» Sie stand neben ihm am Zaun und starrte in die Ferne, auf die Schafe und Kühe, die vor dem Wald von Horndean grasten. Sie runzelte die Stirn, als wären sie ihr eine Erklärung schuldig, als hätte das gesamte Tierreich sie im Stich gelassen.

«Sie hätten sie wohl auch einschläfern lassen können. Das wollte er doch damit sagen, oder?»

«Er vermittelte mir eher den Eindruck, als wolle *er* die Katze retten.»

«Aber es ist Ihre Katze. Wie heißt sie eigentlich?»

«Tom oder so ähnlich. Es ist im Grunde auch nicht ‹meine› Katze.» Sie sah ihn immer noch nicht an; irgendwie wirkte sie so enttäuscht oder verärgert wie über einen Verwandten, der eines Tages davonläuft und dann ohne Erklärung für sein rücksichtsloses Verhalten wieder auftaucht. «Es ist nicht ‹meine› in dem Sinn, daß ich darüber entscheiden kann, ob sie leben soll oder nicht. Dazu kommt, daß ich sie nicht einmal besonders mag. Das macht die Sache nur noch schlimmer. Sie verstehen…» Sie blickte ihm nun direkt in die Augen, als wäre es von größter Wichtigkeit, daß er sie in diesem Punkt verstünde. «Man kann doch Dinge, die man nicht mag, nicht einfach aus dem Weg räumen lassen.» Ihr Ton war belehrend, als gehörte Jury zu den Leuten, die über Leichen gingen.

Sie saßen nun wieder im Auto und fuhren durch die Wasserlachen auf dem Feldweg, daß der Schlamm links und rechts hochspritzte. Er wandte sich ihr zu, sah aber wieder nur das Kopftuch, unter dem ein paar helle Löckchen hervorlugten, während sie hartnäckig aus dem Fenster starrte. Sie schien mit den Hecken und Feldern kommunizieren zu wollen, und ihre Stimme war so verhangen wie die Landschaft, als sie wiederholte: «Ich mag diese Katze nicht einmal.»

Jury äußerte sich nicht dazu.

STONINGTONS GRAUE, QUADRATISCHE FASSADE erinnerte Jury an ein Gefängnis. Die große, eintönige Fläche wurde nur von einer monotonen Reihe länglicher, in Blei gefaßter Fenster unterbrochen, die den Eindruck vergitterter Luken erweckten. Strenges, düsteres Mittelalter. Die breite Treppe war von leeren, urnenförmigen Gefäßen flankiert. Links und rechts von der Auffahrt standen ein paar vernachlässigte Bäume, keine Blumenbeete, keine gepflegten Rasenflächen, nichts, was die Monotonie unterbrochen hätte. Und kein Lebenszeichen, weder von Mensch noch Tier. Direkt gegenüber auf der andern Straßenseite begann der Wald von Horndean, eine dunkle, schweigende, undurchdringliche Masse.

Auf der Rückfahrt hatten sie sich dann schließlich vorgestellt; seine Position schien sie jedoch nicht besonders zu beeindrucken. Im Haus angelangt, hängte sie ihren Mantel über einen Kleiderständer aus Messing, nachdem sie sorgfältig die Wassertropfen abgeschüttelt hatte. Es hatte endlich aufgehört zu nieseln. In der riesigen Eingangshalle des Hauses war es eiskalt; sie gemahnte Jury mit ihren stuckverzierten Wänden und den kleinen Nischen für die Statuen an ein Kloster.

«Ich hätte ein Feuer machen sollen», sagte sie und blickte auf die kalte Feuerstelle. «Aber in den übrigen Räumen ist es nicht so schlimm.» Ihre Stimme klang entschuldigend, als sei sie persönlich verantwortlich für die Kälte, als müsse sie ihren Besucher davor schützen. Sie führte Jury in einen sehr viel kleineren Raum, in dem es jedoch kaum wärmer war. Der Kamin sah genauso unbenutzt aus wie der in der Eingangshalle. Außer den vom Boden bis zur Decke reichenden Bücherregalen und viel kaltem Leder enthielt der Raum nichts, kein einziges Möbelstück, das gemütlich wirkte. Durch die Scheiben drangen ein paar schwache, kränkliche Sonnenstrahlen, die den Winter anzukündigen schienen. Die Fenster gingen auf eine Art Klosterhof oder Atrium hinaus, das eingeschlossen war von den Mauern des Gebäudes. Jury war überrascht; das Gefängnis verwandelte sich für ihn in eine Abtei; nicht einmal die Säulengänge fehlten. Es hätte ihn nicht gewundert, ins Gebet versunkene Mönche oder Nonnen auf und ab wandeln zu sehen. In der Mitte des Hofs befanden sich ein großes, trockenes Becken und die Statue einer verhüllten Frau mit gesenktem Haupt. Vielleicht kein großes Kunstwerk, aber doch sehr wirkungsvoll in dieser Umgebung.

«Wenn es Ihnen recht ist, gehen wir in einen andern Raum», sagte Lady Kennington. «Ich fand diesen hier schon immer gräßlich.»

Der andere Raum war noch kleiner; durch eine Flügeltür sah er wieder die Statue, jedoch aus einem andern Blickwinkel. Das Kaminfeuer brannte. Aber abgesehen von ein paar Kisten und einem chintzbezogenem Sessel, auf dem ein Umschlagtuch lag, war der Raum leer. Neben dem Sessel stand eine Teetasse auf dem Boden.

«Ich saß hier, als ich die Katze sah.» Sie zeigte auf das Fenster auf der andern Seite.

Jury blickte auf die dunklen Stellen auf der Wand, wo einmal Bilder gehangen haben mußten.

«Die Leute von Sotheby waren da und haben das ganze Mobiliar abgeholt, bis auf diesen Sessel hier, den wollten sie nicht haben. Sie sind sicher wegen der Frau gekommen, die im Wald gefunden wurde?» Jury nickte, sie blickte ihn stumm an und wandte sich dann ab, als versuche sie die Antwort auf eine Preisfrage zu finden. Sie nahm ihr Kopftuch ab und fuhr sich mit der Hand wie mit einem Kamm durch das Haar. «Ich glaube, sie wollte sich hier vorstellen.»

«Und als sie nicht auftauchte, haben Sie sich da nicht gewundert?»

«Doch, natürlich. Aber dann dachte ich mir, daß auf diese Leute eben kein Verlaß ist. Am Freitag habe ich schließlich die Jobvermittlung angerufen. Die Frau, die für den Auftrag zuständig war, war überrascht, aber na ja... für sie war sie eben auch ein Mädchen, auf das kein Verlaß ist. Sie hat sich tausendmal entschuldigt und wollte mir eine andere vorbeischicken. Ich sagte, das sei nicht nötig, so dringend sei die Sache nicht. Ich würde mich wieder bei ihr melden…» Sie verstummte und schüttelte den Kopf, als könne sie das alles nicht begreifen.

«Wann haben Sie von dem Mord gehört?»

«Eigentlich erst heute morgen. Gestern abend war ich nicht zu Hause. Ich war in Hertfield im Kino, und als ich zurückkam, fand ich einen Zettel von Annie vor – das ist meine Köchin. Ich solle sofort die Polizei in Hertfield anrufen. Deshalb habe ich auch ein Polizeiauto erwartet; Sie müssen es recht seltsam finden, daß man sich so wegen einer Katze aufregt, wenn gerade ein Mord passiert ist.» Sie ging zu der Flügeltür hinüber, und ihr weiter, grauer Pullover schimmerte im schwachen Licht der Sonne metallisch. «Ich habe Sie wirklich nicht mit der Polizei in Verbindung gebracht. Tut mir leid.»

«Sie brauchen sich nicht zu entschuldigen. Ich finde das auch gar nicht so seltsam, ich meine, das mit der Katze.» Jury hatte das Gefühl, als liege die Fahrt zum Tierarzt Jahre und nicht erst fünfzehn Minuten zurück. «Mr. Mainwaring sagt, er habe das Mädchen hierherbestellt.»

«Ja, Freddie wollte mir damit einen Gefallen tun. Er sagte, er kenne die Agentur und habe einen guten Eindruck von ihr. Hören Sie, wollen Sie nicht Platz nehmen?» Sie zeigte in die Richtung der einzigen Sitzgelegenheit.

«Nicht nötig. Setzen *Sie* sich doch.» Sie schüttelte den Kopf und schob den Ärmel ihres Pullovers zurück. «Wäre es denn nicht einfacher gewesen, jemanden aus dem Dorf damit zu beauftragen?»

«Ja, sicher. Ich hab nur niemanden gefunden. Und Freddie sagte, diese Agentur sei auch nicht sehr teuer.»

Sie schien sich gut mit Freddie zu verstehen. «Hatten Sie den Eindruck, Mr. Mainwaring läge diese Sache irgendwie besonders am Herzen?»

«‹Am Herzen –?› Ich weiß nicht, wie Sie das meinen.» Es wurde ihr jedoch schnell klar, wie es gemeint war. «Wollen

Sie damit sagen, daß Freddie Mainwaring das Mädchen irgend-woher kannte?»

«Das wäre ja möglich.»

Sie blickte ihn an, während sie sich die Sache durch den Kopf gehen ließ. Ihre grauen Augen wurden in dem abnehmenden Licht immer dunkler. «Sie scheinen nicht auszuschließen, daß er etwas mit ihrem Tod zu tun hat?»

«Zumindest gibt es da eine seltsame Zufälligkeit.»

Lächelnd schüttelte sie den Kopf. «Ich glaube nicht, daß er darin verwickelt ist. Freddie ist viel zu schlau, um sich eine Frau auf diese Weise vom Hals zu schaffen. Ich bin sicher, er bekäme auch so, was er will.»

«Denken Sie an Ramona Wey?» Sie legte den Kopf zurück, ohne sich dazu zu äußern. «Ihr verstorbener Gatte hatte ge-schäftlich mit ihr zu tun, nicht?» Sie nickte. «Es ging um alten Schmuck.» Sie nickte wieder; irgendwie hatte er das unange-nehme Gefühl, sie könne seine Gedanken lesen. «Lady Ken-nington, ich wäre Ihnen sehr dankbar, wenn Sie mir etwas über den Diebstahl dieses Smaragdcolliers erzählen könnten.»

Das schien sie zu überraschen. «Was hat denn das mit dieser Sache zu tun?»

«Wie Sie wissen, wurde Trevor Tree, kurz nachdem die Poli-zei ihn wieder auf freien Fuß gesetzt hatte, von einem Auto überfahren. Das Collier ist nie wieder aufgetaucht. Es muß aber irgendwo sein.»

Sie griff sich an die Kehle, wie im Reflex auf die Erwähnung des Colliers. «Ja, das muß es wohl. John ließ sich zu allem möglichen hinreißen, wenn es um Schmuck ging. Er war rich-tig besessen davon. Er hat eine Hypothek nach der andern aufgenommen, um seiner Leidenschaft frönen zu können. Eigentlich sollte man annehmen, er wäre so schlau gewesen, das Collier versichern zu lassen. Aber er meinte, Versicherun-gen für Schmuck seien unzahlbar. Ist das nicht absurd? Ich glaube, John – mein Mann – war so etwas wie ein Spieler. Selbstzerstörerisch.»

«Und Sie müssen nun verkaufen, um seine Schulden zu begleichen. Trotzdem sind Sie nicht verbittert –»

Sie sah so verständnislos drein, als wüßte sie nicht, was das Wort bedeutet. «Ich hätte sowieso verkauft. Ich hätte das schon längst tun sollen.» Sie wandte den Blick ab. «Mir lag nie viel an Schmuck.»

Eine Meisterin des Understatements, dachte er; sie sprach von dem Smaragd, als käme er aus dem Warenhaus. «Es soll aber ein ziemlich seltenes Exemplar sein, ägyptisch.»

«Ja. John interessierte sich besonders für ägyptische Sachen. In den Stein ist eine Krähe eingraviert und darunter eine Krabbe oder etwas Ähnliches. Sie sollten einen schützen vor ‹Unannehmlichkeiten, Alpträumen und Dummheit›.» Ein Lächeln huschte über ihr Gesicht. «Sie haben es aber nicht getan. Ich bin immer noch nicht schlauer geworden. Und meine Träume –» sie verschränkte die Hände hinter dem Kopf und sah weg – «sind noch genauso schlimm.»

«Wurde der Kasten, in dem Lord Kennington seinen Schmuck aufbewahrte, ebenfalls verkauft?»

«Nein. Er ist nebenan.» Er folgte ihr zu der Tür auf der andern Seite.

Die Ausmaße sowie die gähnende Leere des Raums, in den sie ihn führte, versetzten Jury einen Schock. Auch hier war kein einziges Möbelstück vorhanden. Es mußte einst das Speisezimmer gewesen sein. Am Ende führte eine ganze Phalanx von Flügeltüren auf den Hof hinaus und gestattete dem Besucher, die Trauernde aus verschiedenen Blickwinkeln zu betrachten. Sie waren inzwischen in einem andern Flügel des Gebäudes angelangt, demjenigen mit dem Säulengang. Er hatte das Gefühl, durch dicke, runde Stäbe auf die Statue zu blicken. Bis auf die schweren, grünen Vorhänge an den Fenstern und den Schaukasten mit dem Glasdeckel, der in eine Ecke neben den marmornen Kamin geschoben worden war, war der Raum leer. Der seltsame Rundgang – mit der Statue als einzigem Orientierungspunkt – hatte Jury durcheinandergebracht. Er beugte sich über den Schaukasten und fragte: «Fanden Sie Trevor Tree sympathisch?» Er blickte zu ihr auf.

«Ich hatte nichts gegen ihn. Allerdings war ich selten mit ihm zusammen. Wir standen uns nicht sehr nahe.» Er glaubte einen Anflug von Ärger herauszuhören. Vielleicht antwortete sie aber auch nur mit leisem Humor auf seine unausgesprochene Frage.

«Was ist in jener Nacht passiert, Lady Kennington?»

Wieder dieses flüchtige Lächeln. «Ich möchte lieber nicht so genannt werden. Jenny Kennington genügt. John hat auch nur den Familiennamen geführt. Er fand das praktischer. In mancher Hinsicht war er wirklich sehr vernünftig. Ich glaube, ich habe mich als Lady nicht gerade bewährt.»

Jury sah sie an. «Ich könnte mir vorstellen, daß Sie Ihre Rolle recht gut gespielt haben. Erzählen Sie, was in der Nacht passiert ist, als das Collier gestohlen wurde.»

Sie erzählte ihm dieselbe Geschichte, die er schon von Carstairs gehört hatte. «Als wir entdeckten, daß Trevor verschwunden war, wußten wir natürlich Bescheid. Wir hätten es gar nicht so schnell bemerkt, wenn unsere Köchin nicht so früh aufgestanden wäre.»

«Ich verstehe. Es sind doch noch ein paar andere Schmuckstücke verschwunden in der Zeit, in der Trevor Tree bei Ihnen gearbeitet hat – offenbar hat er auch die mitgehen lassen. Würden Sie sie wiedererkennen?»

«O ja. Da war einmal diese Kamee. Ziemlich ungewöhnlich und sehr hübsch. Und dann dieser kleine Brillant mit dem ‹europäischen Schliff›, wie man das nennt. Nicht wirklich wertvoll. Und ein goldener Ring, gewunden wie eine Schlange. Der gefiel mir.» Sie warf ihm einen kurzen Blick zu. «Sie haben diese Sachen doch nicht etwa gefunden?»

Jury schüttelte den Kopf. «Nein, aber Cora Binns hat möglicherweise Trevor Tree gekannt. Und es ist durchaus möglich, daß sie einen Ring aus Lord Kenningtons Kollektion getragen hat – vielleicht den, den Sie gerade beschrieben haben. Vielleicht hat er diese Sachen nur gestohlen, um zu sehen, wie weit er gehen konnte. Wie haben Sie ihn eingeschätzt?»

«Als sehr gerissen. Aber das geht ja schon daraus hervor, wie er das Ganze geplant hat.»

«Wo ist Ihr Mann auf ihn gestoßen?»

«Bei Sotheby's. Oder vielleicht auch bei Christie's. John stand mit beiden Häusern in Verbindung. Deshalb wußte Trevor wohl auch von dem Smaragd. John suchte einen Sekretär, und dieser Tree wurde ihm als sehr zuverlässig empfohlen. Er war entweder bei Sotheby's oder Christie's angestellt. Natürlich kannte er sich sehr gut aus. John hat ihm sein volles Vertrauen geschenkt.» Sie zuckte die Achseln. «Vielleicht geht auch das auf das Konto seiner Spielernatur. Warum hätte er ihm auch sonst vertraut? Ich hielt Trevor Tree für einen viel zu gerissenen Burschen, ehrlich gesagt.»

Die Sonne war wieder herausgekommen und warf breite Streifen auf das blanke Parkett, als fielen ihre Strahlen auf eine Wasserfläche. Obwohl Jury recht weit von ihr entfernt stand – er bei dem Schaukasten und sie am Fenster –, fiel ihm das leuchtende Silbergrau ihrer Augen auf. Sie zog die langen Ärmel ihres Pullovers herunter; die Metallfäden ließen die grob gestrickten Maschen wie die Glieder eines Kettenhemds schimmern. «Mir ist schrecklich kalt», sagte sie. «Ich hätte gerne eine Tasse Tee. Und Sie?»

«Ich hätte auch nichts dagegen», sagte er.

«Dann mache ich schnell einen.» Sie überquerte das eichene Parkett und verschwand durch die Tür am andern Ende. Sie fiel hinter ihr ins Schloß.

Kaum war sie aus dem Raum gegangen, vermißte er sie auch schon.

17

«Warum malst du denn diesen Hund lila an?»

«Weil mir lila gefällt.» Emily Louise schaute nicht einmal von ihrem Malbuch auf.

Abgesehen von Melrose und Emily war der «Bold Blue Boy» völlig leer, nicht gerade verwunderlich um neun Uhr morgens.

Melrose besah sich die verrückten Farben der Bauernhofszene, dann den Plan und erinnerte sich an Miss Craigies fürchterlichen Lichtbildervortrag. Da war irgend etwas. Er hatte das Gefühl, irgendwo in den Tiefen seines Unterbewußtseins des Rätsels Lösung parat zu haben.

«Kennst du die Craigies?»

«Ja. Ernestine ist die mit den Vögeln – wirklich langweilig. Sie stapft mit ihrem Feldstecher im Wald herum und beobachtet sie.» Emily befeuchtete mit der Zunge ihren Buntstift, um eine Schar Gänse auszumalen. Rosa.

«Nimm die Stifte nicht in den Mund. Du kriegst sonst eine Buntstiftvergiftung.» Melrose blickte auf den Plan, der ausgebreitet vor ihm lag. All diese kreuz und quer verlaufenden Linien. Allmächtiger, würde er Ernestine um eine Wiederholung ihres Vortrags über die Flugrouten des Tüpfelsumpfhuhns bitten müssen? War er bei seiner Jagd nach Beweisstücken nicht bereits bis an die Grenze des Zumutbaren gegangen? Sein Blick wanderte zu Emilys Malbuch hinüber. Er platzte heraus: «Deine Gänse sind ja rosa!»

«Ja. Sind sie nicht hübsch?» flötete sie. Sie warf den Buntstift auf den Tisch und hielt ihr Kunstwerk hoch. Ein Bauernhof mit Tieren in allen Regenbogenfarben. Mit Ausnahme des Pferds, stellte Melrose fest; das Pferd war braun, ganz wie es sich für ein Pferd gehörte. Das irritierte ihn besonders. «Alle andern Viecher sind in den unsinnigsten Farben angemalt, nur das Pferd ist braun.»

«Klar ist es braun. Pferde *sind* braun; manche Pferde. Das hier soll jedenfalls Shandy sein.»

Er weigerte sich, darauf einzugehen. «Kann ich eine Seite aus diesem Buch haben?»

Sie hielt beim Kolorieren einer Kuh inne, die sie anscheinend vergessen hatte. Ein leuchtendes Zitronengelb war die Farbe ihrer Wahl. Mißtrauisch blickte sie zu Melrose auf. «Na schön…» Sie blätterte ihr Buch durch, bis sie auf eine Seite mit dem Bild eines aschenputtelähnlichen jungen Mädchens stieß, dessen winziger Fuß von einem jungen Mann mit einem Pagenkopf in einen gläsernen Schuh gesteckt wurde. «Da. Das können Sie ausmalen. Gefällt mir sowieso nicht.»

«Ausmalen? Du lieber Himmel, ich will nichts ausmalen. Ich brauche nur die Rückseite, um etwas aufzuzeichnen.»

«Sie meinen, ich soll das Blatt rausreißen?» Skandal!

«Ich kauf dir ein neues Buch.»

Sie sah von dem Prinzen mit dem Schuh in der Hand zu Melrose hoch. «Ist schon gut. Er sieht auch zu blöd aus.»

Sorgfältig falzte sie die Seite, fuhr an dem Kniff entlang und riß sie aus dem Buch.

«Danke», sagte Melrose kühl. Er nahm einen roten Farbstift und zog damit eine Gerade auf der Rückseite des Blattes. Mit einem blauen Farbstift zog er eine zweite Linie, die sich mit der roten schnitt.

Emily zeigte sich interessiert. «Was machen Sie da?»

«Die Flugrouten des Tüpfelsumpfhuhns aufzeichnen.»

Sie vergaß ihre zitronengelbe Kuh, nahm das Kinn zwischen die Hände und beobachtete, wie Melrose die rote Linie mit einer steil nach oben verlaufenden grünen Linie halbierte. Einen Augenblick später war das ganze Blatt mit Linien bedeckt, die in alle Richtungen verliefen. «Das ist es nicht», sagte er.

«Sieht blöd aus.»

«Streitet euch nicht, Kinder», ließ sich Jurys Stimme hinter ihnen vernehmen. «Er soll sich sein eigenes Malbuch kaufen», fuhr Jury fort, der neben Emily Platz nahm und sofort in den Genuß ihrer ungeteilten Aufmerksamkeit kam. «Was ist denn das?» Jury schob das von Melrose buntlinierte Blatt über den Tisch. «Wohl von Jackson Pollock inspiriert.»

Emily hielt ihm ihren Bauernhof unter die Nase. «Ist das nicht hübsch?»

«Sehr hübsch. Ich hatte auch mal einen lila Hund.»

Erstaunen breitete sich auf Emilys Gesicht aus. «Tatsächlich?»

«Er ist natürlich nicht lila auf die Welt gekommen. Aber in der Gasse, in der er immer herumstöberte, hatte mal jemand ein paar Farbdosen abgestellt. Mein Hund steckte immer überall seine Schnauze rein und hat sich von oben bis unten bekleckert. In einer Dose war etwas grüne Farbe; als sie umkippte, hat er von der auch was abgekriegt. Aber nur an ein paar Haarspitzen.»

«Das muß ein toller Hund gewesen sein. Ist er daran gestorben?»

«Nein. Aber die Farbe ist nicht mehr rausgegangen.»

«War er auch noch lila und grün, als er starb?»

«Ja. Zwar etwas verblaßt, aber immer noch ziemlich bunt.»

Sie hatte einen grünen Farbstift hervorgekramt und strichelte damit auf dem lila Hund herum.

Melrose schob Katie O'Briens Plan zu Jury hinüber, frustriert, weil die Antwort ihm nicht einfach in die Augen stach wie die Lichtreflexe auf den Flügeln einer Möwe. Schon wieder diese vogelkundlichen Metaphern!

Verständnislos starrte Jury darauf: «Woher haben Sie denn das?»

Emily erzählte ihm von Katie.

«Falls was passiert, hat sie gesagt?»

Emily nickte und machte sich daran, die Buntstifte und das Buch zusammenzupacken. «Ich muß um halb elf auf dem Fest sein.» Offensichtlich wollte sie mit der Sache nichts mehr zu tun haben, nachdem sie Scotland Yard ihr Geheimnis anvertraut hatte.

Jury hielt sie jedoch am Handgelenk fest. «Ist das wirklich *alles*, was sie zu dir gesagt hat?» Emily nickte. «Hast du das nicht merkwürdig gefunden?» Wieder nickte sie, und ihre Stirn legte sich in tiefe Falten, während sie Melrose einen Blick zuwarf, als wäre er an allem schuld. Jury bohrte: «Hat sie vielleicht auch mal London oder ihren Musiklehrer erwähnt? Oder ein Spiel, das Magier und Kriegsherren heißt?»

«Ja, aber ein anderes Mal.»

«Und was hat sie bei diesem anderen Mal gesagt?» fragte Jury geduldig, ohne ihr Handgelenk loszulassen.

«Sie sagte, es sei ein Spiel, das sie in London gesehen hätte. Es soll sehr viel Spaß gemacht haben.»

«Und sonst hat sie nichts weiter erzählt? Von einer Kneipe in London, wo es gespielt wurde?»

Emily schüttelte heftig den Kopf. Der Ausdruck auf dem kleinen Gesicht war mitleiderregend und Jurys Meinung nach genauso einstudiert wie das Stirnrunzeln. «Bitte, lassen Sie mich los. Ich muß mich um die Pferde kümmern.»

Jury lockerte seinen Griff. «Gut. Vielen Dank, Emily.»

Als sie Jurys Lächeln sah, schien sie es plötzlich nicht mehr so eilig zu haben. Sie zögerte, ging dann schließlich doch auf die niedrige Türöffnung zu und huschte an Peter Gere vorbei, der sich gerade unter dem Balken durchduckte.

«Was hat es denn mit diesem Spiel auf sich?» fragte Melrose.

Jury breitete den Plan vor ihm aus. «Das ist ein Plan, wie sie ihn für ihr Spiel benutzen – hallo, Peter.»

Ächzend nahm Peter Platz. «Dachte mir doch, ich hätte Sie

reinkommen sehen. Die Bodenheims machen mich ganz ver-
rückt mit ihrem Fest. Sie finden anscheinend, es ist meine
Schuld, daß das Karussell nicht funktioniert. Hallo, guten
Tag», sagte er, als Jury ihm Melrose Plant vorstellte.

«Schauen Sie sich das mal an, Peter.» Jury zeigte ihm den
Plan. Gere studierte ihn, legte die Stirn in Falten, drehte und
wendete ihn und meinte schließlich: «Was wollen Sie damit?»

«Es könnte uns einmal im Fall Katie O'Briens weiterhelfen. Und dann vielleicht auch in dieser Sache mit dem Collier,
das Lord Kennington vor einem Jahr gestohlen wurde.»

Ungläubig starrte ihn Peter an. «Wie denn das?»

«Sie haben doch gesagt, daß Sie Trevor Tree und Derek
Bodenheim ein paarmal bei einem Spiel gesehen haben, das
Magier und Kriegsherren hieß.» Peter nickte. «Erinnert Sie
das nicht an die Pläne, die sie dabei benutzen?»

«Ja, kann schon sein. Wo haben Sie ihn denn gefunden?»

«Nicht ich, sondern Katie O'Brien hat ihn gefunden. Ob in
London oder in Littlebourne, weiß ich nicht. Erzählen Sie
ihm die Geschichte, Mr. Plant.» Melrose berichtete Peter
Gere von seinen morgendlichen Aktivitäten.

«Sie glauben doch nicht im Ernst, daß Tree diesen Smaragd
irgendwo im Wald von Horndean versteckt hat?»

«Ich weiß es nicht. Aber es scheint doch mehr als nur ein
Zufall zu sein – Katie O'Brien, Cora Binns, Trevor Tree, das
‹Heilende Halsband› –»

«Was hat es denn mit diesem ‹Heilenden Halsband› für
eine Bewandtnis?»

«Eine Kneipe im East End, in der Tree Stammgast war. Die
Kneipe, in der sie auch dieses Spiel spielen.»

Gere versuchte seine Pfeife anzuzünden und zog die Wangen ein, warf aber nach ein paar vergeblichen Versuchen die
Streichhölzer auf den Tisch und ließ die Pfeife mit dem Kopf
voran in seine Tasche gleiten. «Vielleicht hat er es wirklich da
versteckt. Es sieht tatsächlich so aus, als hätte jemand versucht, den Wald von Horndean zu zeichnen. Da ist der Bach

und dort die Kirche…» Er zeigte mit dem Finger darauf. «Es ist mir aber immer noch ein Rätsel, wie er diesen Smaragd überhaupt verschwinden lassen konnte. Er hatte gar nicht die Zeit, sich aus dem Haus zu stehlen und ihn irgendwo zu verstecken. Und bei sich hatte er ihn auch nicht. Ich hab den Kerl gründlich durchsucht. Das da könnte Spoke Rock sein.» Er zeigte wieder auf die Karte, auf die Höhle des Schwarzen Bären.

«Es muß noch einen gegeben haben, einen Komplizen oder zumindest jemanden, der wußte, daß Tree diesen Smaragd hatte.»

Daß Jury einen der Dorfbewohner verdächtigte, schien Peter Geres Mißfallen zu erregen. «Das ist doch Blödsinn. Obwohl ich Derek Bodenheim schon einiges zutraue…»

«Ich halte das keineswegs für Blödsinn, Peter. Katie liegt im Krankenhaus, und Cora Binns ist tot.»

18

DER FRIEDHOF SAH RICHTIG HEITER AUS. Auf dem Feld nebenan hatten sich ein paar Luftballons vom Haken losgerissen und wurden vom Wind über die alten Gräber getrieben. Ein Herr mit einem weißen Stehkragen, den Melrose für Pfarrer Finsbury hielt, hatte die Arme auf dem Rücken verschränkt und blickte sich zufrieden um. Sylvia Bodenheim, die schon etwas früher gekommen war, um sich mit Emily herumzustreiten, stritt sich inzwischen mit einem jungen Mann, einem Arbeiter in Hemdsärmeln, der die Wurfbuden aufbauen half.

Das Fest sollte um zwölf Uhr mittags beginnen, und Melrose beobachtete, wie zu seiner Linken die Schaulustigen ihre fünfzig Pence Eintritt bei Sir Miles entrichteten, der sie daraufhin durch das Tor trieb und ihnen die nötigen Verhaltensmaßregeln mit auf den Weg gab. Vor allem wollte er verhindern, daß sie vom öffentlichen Weg abwichen und auf Rookswood herumstreunten. Aus der Entfernung konnte Melrose zwar nicht verstehen, was Sir Miles zu den Leuten sagte, denen er den Spaß verderben wollte, bevor sie überhaupt welchen hatten; er schloß es nur aus den Bewegungen, die Bodenheim senior mit seinem Stock ausführte. Die Leute zahlten jedoch und durften den durch seine Gegenwart geheiligten Boden betreten.

Inzwischen ließen sich auch die begeisterten Schreie der Kinder vernehmen, die wieder einmal, wie Melrose annahm, viel zu zahlreich vertreten waren; alles Kinder, die sich auf dem schmalen Stück Land drängen würden, das Emily für

Pferd und Wagen am Rand des Waldes von Horndean abgesteckt hatte. Melrose war gekommen, um Emily Louise seine (unerwünschte, wie sie ihm gleich zu verstehen gab) Hilfe anzubieten; sie war gerade dabei, Pferd und Wagen für die Ausfahrten fertig zu machen. (Obwohl der Wagen geschlossen war, sprach Sylvia Bodenheim immer von ‹ihrem Phaeton›.) Ein paar Minuten hatte die Auseinandersetzung zwischen Emily Louise und Sylvia Bodenheim gedauert; es ging um eine Schleife, die aus der goldenen Mähne der Stute verschwunden war. Emily bestritt, jemals eine solche Schleife gesehen zu haben. Nachdem Sylvia über die Wiese den Rückzug angetreten hatte, machten sich Emily und Melrose wieder am Wagen zu schaffen, und Emily wies ihn bei jeder Gelegenheit darauf hin, daß er die Schleifen und Girlanden völlig falsch anbringe. Der Wagen war aus edlem, wenn auch an einen Sarg erinnerndem Ebenholz; die hohen Türen hatten einen goldenen Rand und waren außerdem noch mit goldenen Bändern geschmückt. Alles in allem ein spektakulärer Anblick, eines Königs würdig – sei es als Hochzeitskutsche oder als Leichenwagen. Das goldene Band paßte zu dem Fell des Pferds, eines außergewöhnlich eleganten Tiers, das der stolze Besitzer Emilys treusorgenden Händen anvertraut hatte.

Auch deswegen war es zum Streit gekommen: Emily hatte darauf bestanden, daß das Pferd seine Ruhepausen brauche. Sie würde die Kinder nicht länger als zwanzig Minuten herumkutschieren; danach müßten Pferd und Wagen bei den Eschen am Waldrand abgestellt werden, damit das Pferd Gelegenheit zum Grasen hätte. Die Bodenheims meinten jedoch, das sei Unsinn: Die Ausfahrten seien eine der Hauptattraktionen des Festes; mit ihnen ließe sich am meisten verdienen. Wäre das Pferd aber nur zwei Drittel der Zeit im Einsatz, so bedeute das beträchtlich schmälere Einnahmen zugunsten des Kirchenfonds.

An Emily Louises christliches Gewissen zu appellieren war

jedoch ebenso wirkungsvoll wie ein Aufruf an die Toten, sich zu erheben und sich einmal an den Wurfbuden zu versuchen. Natürlich setzte sie sich durch – wie immer, soweit Melrose das beurteilen konnte (er fragte sich, wie ihre Mutter das aushielt). Keine Pause, keine Ausfahrten, hatte sie immer nur wiederholt. Sie hatte die Bodenheims in der Hand und wußte das auch, denn der Besitzer des Pferds ließ niemand anderen an das Tier.

Sie hatte eine hübsche, schattige Stelle für Pferd und Wagen ausgesucht und aus Holzscheiten und Brettern eine Art Barrikade errichtet, an der sie ein Schild anbrachte: ZUTRITT VERBOTEN. Melrose, der den Wagen fertig dekoriert hatte, schenkte ihren Worten keine weitere Beachtung – sie unterhielt sich sowieso nicht mit ihm, sondern mit dem Pferd und über so langweilige Dinge wie Gerste und Bremsen.

Er schaute zum Wald von Horndean hinüber und dachte an Ernestine Craigie und ihren Feldstecher. Es gab wohl kein Fleckchen Wald, das Ernestine nicht vertraut war – bestimmt kannte sie jedes Blatt, jede Feder, jeden Sumpf und jeden Kiesel in dem Bach, in dem die Leiche von Cora Binns mit dem Gesicht nach unten aufgefunden worden war. Der Bach interessierte ihn besonders: Wie lang war er, und in welche Richtung floß er? Der Bach des Bluts? Er runzelte die Stirn.

Vor allem störte ihn die Tatsache, daß der Plan, den Jury nach London mitgenommen hatte, auch nicht die einfachsten Schlüsse zuließ: Selbst bei erfundenen Lageplänen verborgener Schätze bestand zwischen den Einzelheiten ein gewisser logischer Zusammenhang. Den gab es sogar zwischen dem Zwerg und der Prinzessin…

…die gerade düsteren Blickes die Schlange erwartungsfreudiger Knirpse musterte, die sich für die erste Ausfahrt angestellt hatten. Sie verkündete, mehr als drei könne sie pro Fuhre nicht mitnehmen (obwohl Platz für sechs vorhanden war), weil das Pferd nicht überanstrengt werden dürfe. Worauf die Kinder in der Schlange lange Gesichter machten und tiefe Seufzer von sich gaben. Inzwischen hatte sich ein gutes Dutzend angestellt, und Emily sammelte die Karten ein, als fahre sie mit ihnen zu einem Begräbnis. Die drei, die zugelassen wurden, bekamen auch gleich einen Rüffel, weil der Wagen zu schaukeln anfing, als sie auf ihre Sitze kletterten.

Melrose beobachtete, wie Emily sich auf den Kutschbock schwang, sich mißgelaunt nach dem Wagen umschaute und dann mit der Zunge schnalzte, um die Fuhre in Bewegung zu setzen.

Es würde eine kurze Fahrt werden, davon war er überzeugt.

Melrose lehnte sich an den nächstbesten Baum und blickte zum Wald hinüber, auf die kupferfarbenen Äste der Bäume, durch die die Sonne ihre flachen Strahlen sandte. Er zog die Kopie von Ernestine Craigies Plan aus der Tasche, eine ziemlich primitive Zeichnung, auf der eigentlich nur die Orte eingezeichnet waren, von denen aus das Tüpfelsumpfhuhn möglicherweise seine nächste Attacke auf die Königlichen Vogelfreunde starten würde. Er entdeckte Coomb Bog, dann einen besonders großen Felsbrocken mit einem unleserlichen Namen, eine Gruppe Eschen und eine Stelle mit Lorbeerbüschen. Der Bach war natürlich auch eingezeichnet. Und, ziemlich weit oben auf dem Plan, eine Höhle. Die Höhle des Schwarzen Bären? Er studierte die Spuren, die der Bär hinterlassen hatte. Warum führten sie über den Festungsgraben, am Versteck mit dem Goldschatz und der Grotte vorbei? Für einen Bären ein ziemlich beschwerlicher Weg!

Katies Plan war einfach unsinnig. Der Festungsgraben schützte nichts, kein Schloß, keine Burg. Nur der Bach, die Grotte und die Spuren des Bären befanden sich in der Einfriedung. Und die Kirche von St. Pancras. Melrose schaute sich nach ihr um und sah sie auf ihrem kleinen Hügel thronen, alles überblickend.

Während er so dastand und an Cora Binns dachte, be-

merkte er, wie in der Ferne ein dunkler Anzug in einer Baum-
gruppe verschwand. Einer von Carstairs' Männern. Inzwischen durchsuchten sie den Wald nicht nur nach Mordspu-
ren, sondern gingen auch den Hinweisen nach, die ihnen der
Plan lieferte (oder vielmehr nicht lieferte, wie Melrose befürchtete). Wenn der Wald von Horndean der Schauplatz
eines Mordes war und zugleich das Versteck für einen Smaragd von unschätzbarem Wert, lag es allerdings ziemlich
nahe, zwischen beidem eine Verbindung herzustellen. Cora
Binns war vielleicht ermordet worden, weil sie hinter demselben Schatz her war wie der Mörder. Aber ihr Motiv, nach
Littlebourne zu kommen, schien diese These zu entkräften:
Sie war hergeschickt worden, um sich um eine Stelle zu bewerben, und es war kaum anzunehmen, daß sie in der Bären-
höhle über jenes Collier gestolpert war und daß man ihr zum
Dank dafür die Finger abgehackt hatte...

Noch eine andere Gestalt bewegte sich zwischen den Bäumen. Er erkannte Peter Gere, der sich mit einem Taschentuch
das Gesicht abwischte. Als er näher kam, sah Melrose, wie
Gere den Kopf schüttelte, als wolle er sagen, *kein Glück*.

War ja auch nicht zu erwarten, dachte Melrose... Aber
warum kam ihm Katie O'Briens Plan nur so bekannt vor, wo
er doch wahrhaftig noch nie mit Gummistiefeln und einem
Feldstecher bewaffnet da draußen im Wald herumgestapft
war!

Als Peter in Hörweite kam, bekräftigte er seine Gesten mit
Worten: «Nichts, wir hatten kein Glück. Allmächtiger,
denkt er denn –» gemeint war Jury –, «daß wir jedes Fleckchen Erde umgraben, in jedes Loch schauen und in jede gottverdammte Höhle kriechen können? Er glaubt wohl, dieses
Collier baumelt an einem Ast!»

«Er weiß es eben nicht. Sie an seiner Stelle würden es doch
wohl auch so versuchen?»

Widerstrebend stimmte Peter zu. «Na ja, so 'n alter Knochen von Dorfpolizist wie ich – meine Aufgabe besteht sonst

vor allem darin, Augustas Katzen von irgendwelchen Bäumen herunterzuholen und Miss Naseweis nach Hause zu bringen.» Peter sandte einen dünnen Strahl Tabaksaft in die Richtung des Adlerfarns. «Ich weiß auch nicht. Vielleicht paßt es mir nur nicht, daß Scotland Yard in meinem Revier herumschnüffelt.»

Sie mußten zur Seite springen, da der Phaeton mit Karacho zurückkam. Unter lautstarken Protesten fuhr Emily hinter die selbsterrichtete Barrikade, während die kleinen, zornigen Gesichter der drei Insassen aus dem Wagen auftauchten – eines war ganz rot und verheult – und eine weitere Runde verlangten. Emily zog ein Gesicht, als würde sie Melrose und Peter am liebsten unter den Rädern ihres Gefährts zermalmen; unverkennbar, daß sie es bereits satt hatte.

«Zweimal», schrie der Kleine mit dem roten Gesicht, «zweimal hättest du rumfahren müssen, wir haben aber nur eine Runde gedreht.» Die andern beiden stimmten in das Geheul ein und nickten zustimmend. Die Mütter waren herbeigeschlendert und sahen fast so unglücklich drein wie ihre Kleinen, wahrscheinlich nur, weil sie sie so schnell wieder zurückbekommen hatten. Sie würden sie wieder einsammeln und zur nächsten Attraktion schleppen müssen.

Emily war vom Kutschbock geklettert und riß die Wagentür auf. Als die Kinder immer noch herumstänkerten und nicht aussteigen wollten, packte sie eine kleine Dicke am Rock und zerrte sie vom Trittbrett. «Du hast im Wagen geschaukelt», sagte sie. Melrose wartete mit Peter Gere auf das Ende ihrer Strafpredigt, während sie die restlichen Insassen unsanft aus dem Wagen beförderte. Daß sie nach dem Pferd gespuckt hatten, schien sie ihnen am meisten zu verübeln.

Inzwischen mischten sich auch die Mütter ein; sie waren aber eher zaghaft und zogen sich gleich wieder zurück, als sie die mächtige Zornfalte auf der Stirn der Kutscherin bemerkten. Anscheinend wagte es keine, sich mit Emily Louise Perk anzulegen. Die drei heulenden Kinder wurden weggeführt.

Die nächsten drei erschienen. Stumm zockelten sie im Gänsemarsch auf die Kutsche zu.

«Zwei Runden, wenn ihr artig seid», verhieß ihnen die Fahrerin. Drei eingeschüchterte kleine Gesichter blickten sie an und nickten engelhaft, bevor sie ganz brav und sittsam in den Wagen kletterten. Er setzte sich in Bewegung.

«Ein richtiger kleiner Drache, was?» sagte Peter Gere und nahm sich eine Zigarette aus dem goldenen Etui, das ihm Melrose hinhielt.

«Sie würde selbst dem Schwarzen Bären eine Abreibung verpassen. Haben Sie diesen Tree eigentlich gekannt, Mr. Gere?»

«Nicht gut, eigentlich nur in Ausübung meines Berufs, wenn man so will. Ein durchtriebener Hund, zumindest hatte ich diesen Eindruck. Und aalglatt. Aber das mußte er wohl auch sein, sonst hätte das bei den Kenningtons nicht so geklappt. Lord Kennington war nämlich nicht gerade auf den Kopf gefallen, soviel ich mitgekriegt habe. Armer Kerl.» Gere seufzte. «Ich hab mich ganz schön blamiert bei dieser Sache, stimmt's?»

«Es war nicht Ihre Schuld.»

«Ich habe Tree mit seiner Beute entwischen lassen. Und jetzt das.» Er nickte in die Richtung des Waldes.

«Sie sind doch wohl etwas zu hart gegen sich.» Melrose empfand beinahe Mitleid mit dem Polizisten. Er hielt Gere weder für besonders schlau noch für besonders dumm, aber der Mann schien mehr Skrupel zu haben, als gut für ihn war. Vielleicht wollte er aber auch nur sein «Revier» schützen, wie er es bezeichnet hatte.

«Ich war dabei, Mann, als es passierte. Wie konnte Tree dieses Collier bloß so schnell verschwinden lassen? Das geht mir immer noch im Kopf rum.» Gere trat mit seinem Stiefel eine Kippe aus. «Ich hab ihn ein paarmal in Littlebourne gesehen, im ‹Blue Boy›, zusammen mit Derek Bodenheim; sie spielten dieses verfluchte Spiel. Ich hab mich oft gefragt... Na ja, ist nicht so wichtig.» Melrose nahm an, daß er sich über Dereks Rolle Gedanken gemacht hatte. «Trevor Tree war schon eine Type. Er erinnerte mich an diese Zocker in alten amerikanischen Filmen, die sich mit dem Gesicht zur Tür setzen, damit sie keine Kugel in den Rücken kriegen.»

Sie standen noch zehn Minuten lang herum, unterhielten sich und starrten in den Wald. Melrose fand, daß der Wald von Horndean genau das richtige Symbol für die ganze Sache war – zu dicht, um Einsicht oder Durchblick zuzulassen. Carstairs' Männer tauchten nur flüchtig daraus auf, Silhouetten zeichneten sich vor der Sonne ab, die durch das Laub der Bäume funkelnde Goldstücke auf einen Teppich von Nadeln fallen ließ. Die Farben waren gedämpft, und die Gestalten verschmolzen mit ihnen. «Ich glaube nicht, daß sie was finden –»

Melrose wurde wieder von dem heranrollenden Wagen unterbrochen; diesmal ging die Ankunft jedoch sehr viel lautloser vonstatten, da die drei Passagiere sich offenbar mustergültig an die Anordnungen der Kutscherin gehalten hatten. Ohne zu murren, gingen sie zu ihren Müttern zurück.

Emily Louise hüpfte von ihrem Sitz, warf einen prüfenden Blick in den Wagen und brüllte der Schlange von wartenden Kindern zu, das Pferd müsse sich nun ausruhen und die nächste Fuhre gehe erst in zwanzig Minuten ab. Trauer senkte sich über die Wartenden, Emily spannte das Pferd aus und band es an einem Baum fest. Sie ließ ein paar Münzen in ihrer Tasche klimpern und sagte zu Melrose: «Teepause.» Emily hatte mit Mr. Finsbury ausgehandelt, daß sie ein Viertel ihrer Einnahmen behalten dürfe. Sie hatte die abgerissenen Karten abgeliefert, und er hatte ihr ihren Anteil ausbezahlt. Die Bodenheims waren fassungslos gewesen.

«Zurück an die Arbeit», sagte Peter Gere und ging waldeinwärts. Aus der andern Richtung näherte sich, wie Moses das Wasser teilend, Miles Bodenheim. Kein Wunder, daß Peter so abrupt aufgebrochen war.

«Rücksichtslose, dummdreiste Leute dieses Jahr», sagte

Miles, auf jede Vorbemerkung verzichtend, als er auf Melrose zusegelte. «Wie ich sehe, ist diese schreckliche Winterbourner Bande auch da.» Er blickte über die Menge. «Na, alter Junge, wie finden Sie unser Fest? Nicht schlecht, was wir dieses Jahr wieder auf die Beine gestellt haben. Und solange sie nicht in Rookswood einfallen, würde ich es durchaus als Erfolg bezeichnen. Der alte Finsbury steht mal wieder mit dem Hut in der Hand herum – wenn wir uns auf ihn verlassen würden, gäb's nie ein neues Kirchenfenster. Ist immer dasselbe. Jedes Jahr. Wir rackern uns ab, und Gott wird dafür gedankt. Julia ist übrigens im Teezelt, falls Sie das interessiert.» Er zwinkerte überdeutlich.

Melroses Interesse erwachte jedoch erst, als er Polly Praed etwas ins Zelt schleppen sah, was allem Anschein nach ein von Servietten gekrönter Stapel Teller war. «Wenn man bedenkt, was im Wald von Horndean passiert ist, Sir Miles, ist es doch einigermaßen verwunderlich, daß die Leute sich von seiner Nähe überhaupt nicht stören lassen.»

Verständnislos blickte ihn Miles an; selbst Mord schien für ihn seinen festen Platz zu haben und hatte – wie die Winterbournes – gefälligst aus dem Spiel zu bleiben, solange man nicht ausdrücklich das Gegenteil wünschte. «Ach, na ja, wird auch bald aufgeklärt sein. Da drüben ist Derek. Macht seine Sache am Wurfstand einfach großartig. Cleverer Junge.»

Melrose fragte sich, wieviel Cleverness es wohl erforderte, eine Reihe von Flaschen aufzustellen, damit die Leute Ringe darüber werfen konnten.

«...Und Sylvia hat schon für mindestens fünfzig Pfund Trödel verkauft.» Er zeigte auf eine Gruppe von Frauen, die wie aufgescheuchte Hühner durcheinanderkreischten. Wahrscheinlich hatte Sylvia wieder einmal die Preise heraufgesetzt.

Während sie durch die zusammenströmende Menge gingen, ließ Sir Miles sein Stöckchen auf eines der Kinder heruntersausen, das es gewagt hatte, mit seinen Patschen, an denen noch die Zuckerwatte klebte, Sir Miles' Knickerbocker zu berühren. Mit seinen karierten Kniestrümpfen und seinem karierten Barett sah er richtig flott aus, aber die Wirkung dieser Aubrey-Beardsley-Aufmachung wurde durch das verkrustete Eigelb auf seinem Kaschmirpullover etwas beeinträchtigt. «Wohin soll's denn gehen?» fragte er Melrose, als wären sie einander gerade auf einem Bahnsteig begegnet.

«Ich dachte an den Teepavillon.»

Wieder zwinkerte Sir Miles. «Dachte ich mir doch, alter Junge, dachte ich mir doch.»

«Ich hatte eben eine wundervolle Idee», sagte Polly Praed, und ihre violetten Augen glitzerten, als sie Melrose seine Tasse Tee hinschob, «wie man Derek Bodenheim aus dem Weg räumen könnte.»

«Setzen Sie sich doch zu mir und erzählen Sie.»

Sie schüttelte den Kopf. «Danke, aber ich muß hier bedienen. Hören Sie gut zu: Derek, der Blödmann, ist doch fürs Ringewerfen zuständig. Jeder bringt eine Flasche mit irgend etwas drin, aber mit was, weiß keiner. Auf der Flasche steht nur der Name von dem, der sie gestiftet hat. Der Mörder versieht seine Flasche ganz einfach mit einem falschen Namen – entschuldigen Sie...» Polly ging zum andern Ende des Tischs, um ein paar Kinder zu bedienen beziehungsweise daran zu hindern, daß sie sich selbst bedienten. Als sie sie sich vom Hals geschafft hatte, kam sie wieder zu Melrose zurück und spann ihre Geschichte weiter. «...mit einem falschen Namen, und in dieser Flasche ist Strychnin. Derek wirft, sein Ring landet auch prompt auf ihr, und schon ist das Ding gelaufen. Können Sie sich vorstellen –»

«Moment mal, woher wollen Sie wissen, daß er mit dem Ring gerade diese Flasche trifft?»

«...wie er sich auf dem Boden krümmt? Strychnin tut einem so fürchterliche Dinge an – entschuldigen Sie.» Strahlend schenkte sie drei Tassen Tee ein, die von drei Damen mit mißbilligender Miene in Empfang genommen wurden.

«Ein sehr reizvolles Verfahren», meinte Melrose, der die einladende Handbewegung der an einem Nachbartisch sitzenden Julia Bodenheim zu ignorieren versuchte und sich auf seinen Tee konzentrierte.

«Reizvoll? Ich stelle es mir besonders qualvoll vor. Das Bild gefällt mir: Die in Reih und Glied aufgestellten Flaschen, jede in einer andern Farbe. Und dieses anscheinend so harmlose Kirchenfest. Niemand denkt auch nur im entferntesten daran, daß – entschuldigen Sie.» Polly entfernte sich wieder, und Melrose konnte Julias Finger nicht länger ignorieren, die sich in der Luft bewegten, als übten sie Tonleitern.

Als er an ihren Tisch kam, sagte sie: «Nehmen Sie Platz, Lord Ardry.»

«Melrose Plant, das genügt. Ich führe keinen Titel.»

Sie setzte ein verschwörerisches Lächeln auf, als wäre dieses *Melrose Plant* genauso falsch wie der Name des Mörders auf Pollys Flasche. «Natürlich. Finden Sie es nicht sterbenslangweilig hier?»

«Sie meinen das Fest? Ich habe solche Feste schon immer äußerst interessant gefunden. Eine wunderbare Gelegenheit, die menschliche Natur zu studieren.»

Julia seufzte. «Sie mußten sie bestimmt nicht jedes Jahr über sich ergehen lassen. Ich begreife nicht, warum Mummy sich mit diesem verdammten Quatsch abgibt; Derek und mich bringt das in eine äußerst unangenehme Lage...» Sie schwatzte weiter, während Melrose sich fragte, was an ihrer Lage so unangenehm war; offensichtlich saß sie nur herum, trank Tee und rauchte Balkan Sobranies. Er ließ seine Gedanken schweifen, und Katies Plan fiel ihm wieder ein. Woher hatte sie ihn nur? Durch die zurückgeschlagene Zeltplane sah er, daß der Wagen sich wieder in Bewegung gesetzt hatte und aus dem dunklen Schatten am andern Ende des Friedhofs herausrollte. Emily würde bestimmt einmal mit ihren Stiefeln begraben werden. Sie zog sie offenbar nie aus.

Melrose konnte gerade noch zehn weitere Minuten von Julias Lebensgeschichte ertragen, in der das Spannendste ein Sturz war, bei dem sie sich den Kiefer gebrochen hatte und infolgedessen eine Zeitlang nicht reden konnte. Dann sagte er, nun wolle er sich die Zukunft voraussagen lassen. Er mußte irgendwie wegkommen.

«Von der guten, alten Augusta? Wozu denn das?»

«Um zu erfahren, ob eine rätselhafte Unbekannte in mein Leben tritt.» Er mühte sich, ein geheimnisvolles Lächeln aufzusetzen. Sie war entzückt. Als er sich erhob, fragte er sie unvermittelt: «Sagen Sie, Miss Bodenheim – kannten Sie Lord Kenningtons Sekretär sehr gut?»

«Trev –?» Sie sprach nur die erste Silbe seines Namens aus, und er glaubte gesehen zu haben, wie ein Schatten über ihr Gesicht flog. «Nein, natürlich nicht. Wir hatten kaum etwas mit den Kenningtons zu tun und schon gar nichts mit ihrem Sekretär.»

Melrose überlegte. «Aber Ihr Bruder hat ihn doch recht gut gekannt, nicht wahr?»

Sie zog die Brauen hoch. «Was, um Himmels willen, kümmert Sie das? Wer hat Ihnen denn von dieser Sache erzählt?»

«Oh… da ich mich mit dem Gedanken trage, das Gut zu erwerben, höre ich eben so einiges. Na ja… Sie verstehen schon.»

Sie verstand wohl kaum, aber die leichte Röte verschwand aus ihrem Gesicht, als sie die Haltung wiedererlangte – oder vielmehr die Bodenheimsche Arroganz, die als Haltung ausgegeben wurde. Sie sagte: «Ich hoffe nur, daß Sie etwas geselliger sein werden als jene Dame da.»

Melrose teilte diese Hoffnung ganz und gar nicht.

Madame Zostra, die mit einer Kristallkugel, einem mit
Steinen besetzten Turban und einem haarsträubenden
Akzent ihr Gewerbe ausübte, hatte kaum etwas mit jener
Augusta Craigie gemeinsam, die ihrer Schwester wie ein
Schoßhund folgte. Vielleicht erlaubte ihr das Kostüm, eine
skrupellose Seite ihres Wesens zu enthüllen, denn sie hatte
nicht die mindesten Bedenken, Melroses Hoffnungen für die
Zukunft in Grund und Boden zu stampfen. Er hatte immer
gedacht, Wahrsagerinnen seien dazu da, Hoffnungen zu wek-
ken, Mut schöpfen zu lassen, die Ratsuchenden mit verführe-
rischen Fremden, Geld und exotischen Zielen wie mit
Herbstlaub zu überschütten. Aber nachdem er Madame
Zostra seinen Obolus entrichtet hatte, bestand Melroses Zukunft nur noch aus zerstörten Träumen. Er würde kein Vermögen machen, sondern eines verlieren, und zwar höchstwahrscheinlich an eine gefährliche (aber nicht verführerische)
fremde Person, die sich wie ein toter Baumstamm quer über
seinen Weg legen würde. Von herabwehendem Herbstlaub
keine Spur.

Als Melrose aus dem Zelt trat, wunderte er sich nicht mehr
über ihren Mangel an Kundschaft. Es mußte sich herumge-
sprochen haben, daß man mit dem Betreten ihres Zeltes alle
Hoffnungen fahrenlassen konnte. Wenn der Erfolg des Festes
von Madame Zostras Begabung abhing, würde das Kirchenfenster warten müssen, bis selbst in der Hölle Eiseskälte
herrschte – an dem Ort, wo sich alle ihre Kunden wiederbe-
gegnen würden, wenn man ihr Glauben schenkte.

Sylvia Bodenheim, die mit einer hageren Frau um den Preis
eines schäbig aussehenden, aber selbstgestrickten Wollschals
feilschte, war offensichtlich ganz in ihrem Element. Da sie
nicht nur für den An- und Verkaufstisch, sondern auch für
den Tisch mit dem Trödel zuständig war, flatterte sie wie ein
riesiger Aasgeier zwischen beiden hin und her, und das bereitete ihr anscheinend großes Vergnügen.

Der Verkauf von Backwaren oblag Miss Pettigrew, der Besitzerin des «Magic Muffin». Stocksteif stand sie hinter ihrem Tisch, die Arme rechts und links von ihren Produkten aufgestützt. Sie sahen aus, als wären sie alle aus demselben Teig. Der Geruch von Muffins lag in der Luft – eine seltsame Kreuzung aus Karotten und Zimtgeruch.

Das kleine Karussell mit vier Pferden, zwei Schweinen, einem Lamm und einer Gans drehte sich langsam zu einer undefinierbaren Melodie, und die Knirpse, die auf den Tieren mit der abblätternden Farbe saßen, versuchten, sie mit imaginären Peitschen anzutreiben. Nach Emilys Phaeton (der sich, wie Melrose feststellte, am äußeren Rand des Geländes entlangbewegte) hatte das Karussell den größten Zulauf. Melrose beobachtete, wie der Falbe, auf den gerade ein Sonnenstrahl fiel, mit dem Wagen im Schlepptau herumtrottete. Zwei kleine Köpfe tauchten daraus auf; offensichtlich wollten die beiden ihren Spielkameraden auf dem Karussell etwas zurufen. Als aber die Kutscherin, die Peitsche in der Hand, sich nach ihnen umwandte, zogen sie sich schnell wieder zurück.

DEREK BODENHEIM LAS GERADE die kleinen Plastikringe auf, als Melrose an seinen Stand geschlendert kam. Melrose übersah seine mürrische Miene und sagte strahlend: «Ich will's mal versuchen. Wieviel?»

«Drei für fünfundzwanzig.»

Er gab ihm das Geld und bekam drei Ringe. Alle drei Würfe gingen jedoch daneben, und er ließ sich drei weitere Ringe geben. Erst nachdem Melrose seine zwölfte Flasche verfehlt hatte, wich Dereks mürrischer Blick der vertrauten Überheblichkeit.

«Anscheinend hab ich kein Talent dafür», sagte Melrose bescheiden. In Wirklichkeit war er ausgezeichnet im Dart- und Hufeisenwerfen – in allem, was ein gutes Augenmaß erforderte. Aber auf diese Weise war es ihm gelungen, Derek etwas gesprächiger zu stimmen.

«Es ist eigentlich ganz einfach, man braucht nur etwas Koordinationsvermögen», bemerkte Derek mit großem Feingefühl. «Mainwaring hat drei hintereinander geschafft.»

Melrose drückte sein Erstaunen über Mainwarings Heldentat aus und fragte: «Was ist in den Flaschen?»

«Wein, Whisky, Haarwasser –»

Und Strychnin, dachte Melrose und grinste. «Ich bin bei allen Spielen, die Geschicklichkeit erfordern, eine vollkommene Niete. Schach ist was anderes. Das ist schon eher mein Spiel.» Melrose erinnerte sich, daß er als Zehnjähriger zum letztenmal Schach gespielt hatte. «Ein Spiel, das Konzentration erfordert… und etwas Phantasie.» Er blickte zum Nebenstand hinüber und sah Emily ihre kaum erworbenen Pennies verspielen. Auf der andern Seite des Friedhofs graste das Pferd. Eine ihrer Ruhepausen. «Jemand hat mir von einem Spiel erzählt, das zur Zeit sehr populär sein soll, ‹Magier und Kriegsherren› heißt es. Haben Sie das schon mal gespielt?»

Dereks Gesichtsausdruck veränderte sich nicht, als er erwiderte: «Ja, in Cambridge. Macht Spaß. Ist aber ziemlich kompliziert. Man braucht viel Phantasie dazu; man spielt es und entwickelt beim Spielen sein Konzept.»

«Hier gibt's bestimmt keinen, mit dem Sie das spielen können? Ich würde es ganz gern lernen.» Er hoffte, er würde recht behalten mit der Annahme, daß Derek sich kaum anbieten würde, ihm das neue Spiel beizubringen.

Er behielt recht. «Der letzte, mit dem ich es hier gespielt habe, war der Sekretär von Kennington. Der Typ, der mit einer viertel Million Schmuck abgehauen ist. Davon haben Sie bestimmt schon gehört?» Melrose nickte. «Tree war wirklich gut darin. Wir haben gewöhnlich im ‹Blue Boy› gespielt. Die Sache war natürlich von Anfang an so geplant.»

«Wie meinen Sie das?»

«Ich meine, daß er sich nur wegen des Colliers um den Job beworben hat. Es würde mich nicht wundern, wenn sie auch mit von der Partie war.»

«Welche ‹sie›?»

«Die hochwohlgeborene, gottverdammte Lady Kennington. Tree war ja auch ein ganz gutaussehender Bursche. Ich hätte ihm zwar nicht über den Weg getraut; er war einfach viel zu gerissen. Irgendwie brachte er es immer fertig, daß ich für seine Drinks bezahlen mußte.»

Gerissen in der Tat, dachte Melrose. Er zählte den jüngsten Sproß der Bodenheims zu der Sorte von Kneipengängern, die ständig andere anpumpen.

«Er war Magiermeister.» Auf Melroses fragenden Blick hin erklärte Derek: «Das ist derjenige, der bestimmt, was gemacht wird, der die Spielregeln festlegt.»

«Nach allem, was ich gehört habe, muß er einen Partner gehabt haben. Jemanden aus dem Dorf.»

Derek war vielleicht nicht ganz so dumm, wie sein ausdrucksloser Blick und seine schlaffen Züge vermuten ließen. «Sie brauchen mich nicht so anzuschauen, mein Guter.»

«Hab ich das?»

Verärgert stellte Derek dieselbe Frage wie Julia: «Was zum Teufel interessiert Sie das? Haben Sie davon gehört, als Sie sich Stonington anschauten, oder was? Denken Sie, es liegt ein Fluch auf dem Haus? Diese Frau soll ja auf dem Weg dorthin gewesen sein. Armes Luder. Nicht gerade angenehm, so zu enden, mit der Nase im Dreck.»

Melrose liess sich noch ein paar Minuten in der Menge dahintreiben. Der Geruch von Popcorn vermischte sich mit dem eklig süßen Geruch von Zuckerwatte; sogar die Luft kam Melrose rosa und klebrig vor. Er stellte fest, daß das Teezelt noch voller geworden war und daß Miss Pettigrew immer noch ihre Kuchen bewachte: nichts Neues in der Backwarenabteilung. Die Stimmen der Kinder wurden – ähnlich wie die Sonne – immer greller und unangenehmer. Um ihnen zu entgehen, beschloß Melrose, zur St.-Pancras-Kirche hinaufzugehen und sich das Fenster anzuschauen, das den Anlaß für dieses ganze Treiben abgab.

Als er, dort angekommen, sich von dem kleinen Hügel aus umsah, entdeckte er in der Ferne die Frau in Schwarz-Weiß; sie stand am Tor zum Festgelände und unterhielt sich mit Peter Gere, während sie in ihrer Tasche nach Kleingeld suchte. Peter hatte anscheinend Miles Bodenheims Platz eingenommen. Das Kleid, das sie trug, war sehr auffallend: schwarz-weiße Zebrastreifen, die diagonal von den kurzen, seidenen Ärmeln bis zum Rocksaum verliefen. Die durchscheinende Blässe ihrer Haut wurde von dem rabenschwarzen Haar noch unterstrichen. Hoheitsvoll schritt sie durch das Tor und durch die Menge, und ihre Art, sich zu bewegen, paßte zu diesem Anlaß ebensowenig wie ihr Kleid zu dem kühlen Septembernachmittag. An verschiedenen Tischen nahm sie Dinge in die Hand und legte sie wieder zurück. Melrose fragte sich, wer sie wohl war. Er bemerkte, daß sie längere Zeit mit Derek Bodenheim plauderte, wobei dieser seine gelangweilte Miene ablegte und einen sehr aufmerksamen Eindruck machte – für ihn höchst ungewöhnlich. Am An- und Verkaufstisch wurde sie von Sylvia Bodenheim ostentativ geschnitten; dann sagte die Frau in Schwarz-Weiß etwas zu Miles, was ihn nicht gerade zu beglücken schien. Schließlich sah er, wie sie sich bei Freddie Mainwaring unterhakte, der peinlich berührt den Kopf abwandte. Melrose hatte den Eindruck, daß ihre Gegenwart den meisten Anwesenden nicht gerade lieb war.

Er betrat die kleine Kirche, in der die Luft angenehm kühl war und frei von Gerüchen nach Limonade, Eis und Zuckerwatte. Und es herrschte angenehme Stille. Er sah sich in dem schlichten Raum um. Kein Wunder, daß Pfarrer Finsbury sich auf ein farbiges Glasfenster freute. Das Fenster war ziemlich klein, aber sehr hübsch, wenn wie jetzt die Sonne darauffiel.

Auf Katies Plan bildete die Kirche eine Art Fixstern, der auf den Bach des Bluts ausgerichtet war, wenn man etwas Phantasie aufbrachte. Melrose stand an dem nach Osten gehenden Fenster und ließ den Blick schweifen. Ein Polizist stocherte in dem ziemlich weit entfernten Bach mit einem Stock herum.

Melrose hielt sich noch ein paar Minuten in der Kirche auf, starrte aus dem Fenster und wanderte ein wenig umher; obwohl er eigentlich nicht damit rechnete, etwas zu finden, schaute er sich doch nach möglichen Verstecken um. Als es vier Uhr schlug, fuhr er zusammen.

Im selben Augenblick hörte er auch die Schreie.

Ihre Kinder hinter sich herzerrend, strömten die Leute zusammen, und einen Augenblick lang nahm er an, sie würden sich um Dereks Stand versammeln. Pollys Strychninwein hatte sich so in seinem Kopf festgesetzt, daß er eine ganze Minute brauchte, um festzustellen, daß sie sich in Wirklichkeit auf den Wagen zubewegten, der an dem schattigen Waldrand stand. Als er hinsah, glaubte er Emily Louise vom Kutschbock fallen zu sehen.

Aber Emily Perk war zu sehr daran gewöhnt, fest im Sattel zu sitzen – sie plumpste nicht einfach so herunter. Sie war nicht gefallen, sondern gesprungen.

Das Geschrei kam von den Kindern im Innern des Wagens. Melrose hatte sich einen Weg durch die Menge gebahnt und sah zwei kreidebleiche Gesichter aus dem Wagen auftauchen; ein Kind brüllte wie am Spieß und versuchte mit kraftlosen Händen die Tür zu öffnen. Emily Louise, wie immer Herr der Lage, riß sie auf, und eine ganze Schar von Kindern schien herauszupurzeln, obwohl sich nur die drei offiziell zugelassenen Passagiere im Wagen befanden. Mit Armen und Beinen rudernd, zeigten sie auf den Wagen und flüchteten sich heulend und am ganzen Leib zitternd in die Arme ihrer Mütter.

Alles deutete darauf hin, daß sich in dem Wagen etwas befinden mußte, etwas nicht Geheures.

Den weiteren Verlauf der Ereignisse konnte er nicht aus nächster Nähe verfolgen, denn er war an den Rand der Menge gedrängt worden und mußte den Leuten über die Schultern schauen. Peter Gere, dem es gelungen war, sich einen Weg zu bahnen, versuchte, die Leute zurückzudrängen. Melrose konnte einen kurzen Blick in das Innere des Wagens werfen, als Gere die Menschen zur Seite schob: Aus dem Teppich, der aufgerollt auf dem Boden des schwarzen Phaetons lag, baumelte ein Arm, weiß und (so nahm er an) kalt wie Marmor. Er sah die Hand mit den rotlackierten Fingernägeln und den Saum eines schwarz-weiß gestreiften Ärmels.

Welch kurze Bekanntschaft.

19

Das Fest war verdorben. Angst, Panik und Entsetzen führten dazu, daß Büsche zertrampelt, Grabsteine umgeworfen und Tische umgekippt wurden, daß Hunde davonstoben und Kinder zu brüllen anfingen, weil ihre Eltern sie fortzerrten, sobald die Polizei aus Hertfield eintraf.

An Polizisten bestand glücklicherweise kein Mangel. Ganze Scharen von Medizinern und Tatortsachverständigen schienen aus dem Wald zu strömen. Nathan Riddley war als erster erschienen und hatte Ramona Wey für mausetot erklärt. Abgesehen von dem dünnen Rinnsal, das an ihrem Arm heruntergelaufen war und sich zu einem schmalen, dunklen Band verkrustet hatte, war kaum Blut zu sehen.

Melrose konnte in der allgemeinen Verwirrung gerade noch in Erfahrung bringen, daß die Mordwaffe ein kleiner, silberner Gegenstand gewesen war, mit dem man um die Jahrhundertwende Löcher in Stickleinen stanzte.

Anscheinend hatte er sich auf Sylvias Tisch befunden. Sylvia hatte ihn nämlich selbst gestiftet, und sie bedauerte ihre Freigebigkeit inzwischen. Der silberne Lochstecher hatte ihr das Fest verdorben.

Melrose staunte über die Kaltblütigkeit des Mörders, der die Frau einfach erstochen hatte, ohne sich um den Wald voller Polizisten zu kümmern. Der Wagen hatte es ihm ermöglicht, sein Vorhaben unbemerkt durchzuführen – die Tür zu öffnen, die Leiche hineinzuschieben und mit dem Teppich zu bedecken. Das Ganze war während einer der Ruhepausen geschehen.

«Verdammt kaltblütig», sagte Riddley zu Carstairs, der rasch aus Hertfield an den Tatort gekommen war. «Kaum zu fassen, die Unverschämtheit dieses Kerls.»

«Oder seine Verzweiflung», hörte Melrose Carstairs antworten.

Zufrieden beobachtete Melrose, wie das Bodenheimsche Domizil von der Polizei in Beschlag genommen wurde und sich bald als zu klein erwies. Bezirksinspektor Carstairs hatte Rookswood zum Vernehmungsort erklärt, und Miles Bodenheim, der versuchte, die Leute wie eine Herde Schafe auf den öffentlichen Weg zu treiben, war außer sich.

«Einfach unerhört, das», sagte er zu Melrose, als er mit ihm in der Eingangshalle von Rookswood stand. Anscheinend dachte er, der Mord sei nur begangen worden, um ihm das Fest zu verderben. «Sylvia hat eine fürchterliche Migräne, und Julia ist mit den Nerven am Ende. Daß so etwas in unserm Dorf passieren kann – und auch noch *zweimal*, wohlgemerkt –» (als hätte Melrose den ersten Mord vergessen). «Und jetzt trampeln da einfach Polizisten in unserm Salon herum, und diese ganzen *Leute*… Ah! Da kommen die beiden Craigies, ich muß sofort mit ihnen sprechen… Ernestine! Augusta!» Er segelte davon.

Die meisten Besucher des Kirchenfestes waren nur kurz von der Polizei befragt und dann wieder entlassen worden. Eine Handvoll blieb im Salon von Rookswood zurück – die Craigies, Mainwaring, die Bodenheims, Polly Praed und natürlich die Kinder, die den gräßlichen Fund gemacht hatten, sowie ihre Mütter, von denen sich eine lautstark beklagte. «Unerhört ist das», erklärte sie jedem, der es hören wollte; sie war ganz der Meinung von Sir Miles. «Unerhört, sage ich. Neun Jahre ist sie erst, unsere kleine Betty, und wird von der Polizei vernommen!» Klein Bettys Mutter hievte eine riesige Tasche auf ihren Schoß und sah so feindselig drein wie die Vorfahren der Bodenheims, deren Porträts die Wände zierten. Klein Betty war ein mondgesichtiges Kind mit kleinen, braunen Knopfaugen, dem es anscheinend großen Spaß machte, den klebrigen Blutfleck auf seinem Schuh zu betrachten.

Ohne Rücksicht auf ihre Migräne hatte man Sylvia aus dem Bett geholt und zur Befragung in den Salon zitiert. Unter ihren Augen waren dunkle Ringe, ihr Gesicht wurde immer grünlicher, und sie zerknüllte nervös ihr Taschentuch. Schuld an ihrer Verfassung war wohl, wie Melrose befand, weniger der Gegenstand, der von ihrem Trödeltisch entwendet worden war, oder die Tragödie, die sich im Anschluß daran abgespielt hatte, als die Tragödie, die sich da in ihrem Salon abspielte, in der nun schlichte Dorfbewohner und, schlimmer noch, völlig fremde Leute eingefallen waren.

Der Salon war ein mit rubinrotem Samt, cremefarbenem Brokat und viel Gold ausgestatteter Raum, der aus einer Zeitschrift für Innenarchitektur zu stammen schien. Auch die Gemälde fehlten nicht: Porträts Bodenheimscher Ahnen und Ansichten des Versailler Parks, die einen so scheußlich wie die andern. Die Polizei hatte den Raum gewählt, weil sich an ihn Sir Miles' gemütliches kleines Studierzimmer anschloß, in dem Inspektor Carstairs die Zeugen vernehmen konnte. Ein Polizist bewachte die Tür. Das Kleinod von Rookswood war so zu einer Art Wartesaal degradiert.

Melrose bemerkte, wie Sylvia eines der schmuddligen Kinder aus dem Wagen zurechtwies. Es hatte anscheinend den mit Brokatstoff verkleideten Klingelzug als Spielzeug betrachtet. Seine Mutter schnappte sich die Kleine mit einem «Komm her, Schätzchen» und einem giftigen Blick auf Sylvia.

Das Schätzchen tat so, als vergrabe es das Gesicht im Schoß seiner Mutter, in Wirklichkeit streckte es jedoch Melrose oder Emily Louise die Zunge heraus. Diese erwiderte die Geste, und das ging so lange, bis die Mami ihrem Schätzchen eine so kräftige Ohrfeige versetzte, daß es beinahe auf das kleine brokatbezogene Sofa flog.

Die übrigen Bodenheims trugen empörte und gelangweilte Mienen zur Schau; die beiden Craigies saßen stocksteif an der Wand, Miss Pettigrew zog die Brauen zusammen, als knete sie im Geist den Teig für ihre Muffins. Einige der Dorfbewohner wie Mrs. Pennystevens, die hinter den anderen Buden gestanden hatten, waren vernommen und entlassen worden.

Die Tür ging auf, und Freddie Mainwaring kam aus dem Studierzimmer getaumelt – aschgrau, von den grauen Hosen bis zum bleichen Gesicht. Als nächster wurde Derek in das Zimmer gerufen. Es war, als würde man zum Schuldirektor zitiert.

Unbestrittener Star des Ganzen, wenngleich sie so ungnädig reagierte wie immer, wenn Anspruch auf ihre kostbare Zeit und Person erhoben wurde, war Emily Louise Perk. Schließlich war es *ihr* Wagen gewesen, *ihr* goldbraunes Pferd, das am Waldrand gegrast hatte, und also auch *ihre* Leiche. Sie hatte ihren kleinen Auftritt gehabt, als sie von Kriminalinspektor Carstairs vernommen wurde – und wenn Melrose mit einem Mitleid hatte, dann mit Carstairs. Er fragte sich, was der arme Kerl mit seinem anbiedernden ‹Na, kleines Fräulein› wohl aus Emily Louise herausgeholt hatte. Seiner Meinung nach hatte Emily auch erst etwas bemerkt, als die Kinder zu brüllen anfingen. Da ihre Mutter (man hatte vergebens versucht, sie zu erreichen) wieder einmal nicht zur Stelle war, hatte sie sich auf den vergoldeten Stuhl neben Melrose fallen lassen; da saß sie und wartete, die Arme über der Brust verschränkt und die Kappe bis über die Augen gezogen.

«Deine Mutter sollte mal nach dir schauen. Wo ist sie denn?»

«Im Kino wahrscheinlich.»

«Warum war sie denn nicht auf dem Fest? Sonst waren doch alle aus dem Dorf da?»

«Sie mag keine Feste und ist nun mal nicht hier. Wo steckt

denn dieser Mann von Scotland Yard? *Er* muß das doch in die Hand nehmen.»

Melrose gefiel diese Formulierung. «Er ist in London. Aber er ist bestimmt benachrichtigt worden. Was ist eigentlich passiert?»

«Woher soll ich das wissen? Ich hörte nur, wie diese ekligen Winterbournes plötzlich anfingen zu brüllen, und hab sofort kehrtgemacht.»

Er wollte ihr gerade eine weitere Frage stellen, als er sah, wie der Polizist ihm auffordernd zunickte.

Daß Melrose nach Littlebourne gekommen war, um ein Haus zu erwerben, schien Inspektor Carstairs ganz und gar nicht zu befriedigen, da Melrose nicht die geringste Eile bekundet hatte, sich eines der Angebote anzuschauen. Da Mainwaring aber den Besuch Plants in seinem Maklerbüro bestätigt hatte, akzeptierte er die Erklärung mit so viel gutem Willen, wie er aufbringen konnte. Und das war nicht viel. «Sie sagten, Sie hätten die Tote auf dem Fest beobachtet?»

Diese Frage hatte er schon ein dutzendmal gehört, in allen möglichen Formulierungen. «Sie war da noch nicht tot, Inspektor.»

«Keine Scherze, bitte, Mr. Plant. Wir ermitteln hier in einem Mordfall.»

Genauso drücken sie sich in Büchern aus, dachte Melrose, und seufzte innerlich: Die Wände troffen von Blut, und die Leichen stapelten sich auf dem Boden, worauf unweigerlich jemand den Schauplatz betrat und sagte: «Wir ermitteln hier in einem Mordfall.»

«Entschuldigung. Aber Sie scheinen anzunehmen, ich hätte diese Frau aus bestimmten Gründen beobachtet.»

«Und haben Sie das?» zischte Carstairs.

«Nein. Ich hatte sie noch nie gesehen und fand sie sehr auffällig.»

«Inwiefern?»

«Oh, ich weiß nicht... schwarz-weiß gekleidet und unheilschwanger.»

«Wieso unheilschwanger?»

«Das war, wie gesagt, nur der Eindruck, den ich hatte. Sie bewegte sich inmitten der Leute, schien aber nicht dazuzugehören. Als würde sie das Fest überhaupt nicht interessieren.»

«Und Sie sahen sie an dem Tisch mit dem Trödel?»

«Ja.»

«Wie sie sich mit Mrs. Bodenheim unterhielt?»

«Unterhalten ist vielleicht nicht die richtige Bezeichnung.» Die gute alte Sylvia, die im falschen Augenblick im Besitz eines silbernen Lochstechers gewesen war, tat ihm beinahe leid.

Carstairs musterte ihn lange und gründlich und sagte dann: «Ich danke Ihnen, Mr. Plant. Für den Augenblick genügt das.»

Melrose erhob sich und wagte eine Frage: «Ist, äh, Superintendent Jury über diese jüngsten Entwicklungen informiert?»

Carstairs' Miene war in der Tat sehr finster, und Melrose war überrascht, daß er überhaupt antwortete: «Wir versuchen, ihn ausfindig zu machen.» Daraufhin wandte er sich wieder seinen Papieren zu.

Sie versuchen es? fragte sich Melrose, als er den Blick über den Brokat und das Gold schweifen ließ: Der Raum war leer bis auf ein paar Polizisten, die in einer Ecke zusammenstanden und rauchten, und eine dünne Frau mit Haaren wie Zuckerwatte, die stocksteif auf ihrem Stuhl saß. Sie versuchen es – konnte ein Superintendent von Scotland Yard sich einfach verflüchtigen?

Verdammt, dachte er und ließ sich Stock und Mantel geben. Wenn die Polizei von Hertfordshire nicht in der Lage war, Jury ausfindig zu machen, so würde eben er das übernehmen.

20

Durch einen Spalt schlüpfen wäre eine angemessene Beschreibung dafür gewesen, wie es einem vorkam, sich auf der Sperrmüllhalde des Crippsschen Wohnzimmers wiederzufinden, wo Jury gerade so weit entfernt von Gold und Brokat war, wie es nur ging, wenn man nicht gerade in einer anderen Galaxie gelandet war.

Vor diesem Besuch hatte er gleich nach seiner Ankunft in London zwei weitere erledigt. Und einer davon hatte ihn vor Chief Superintendent Racers Schreibtisch geführt.

Bei Scotland Yard fragte man sich nicht, ob der Chief Superintendent schlechter Laune war, sondern nur, ob seine Laune schlechter als sonst war. Racer mochte sich vielleicht Gott widersetzen, dem Willen seines obersten Vorgesetzten aber mußte er sich beugen, und der war, wie alle andern, gespannt, wann Racer endgültig abtreten würde.

Jury war der einzige, der so etwas wie Geduld aufbrachte und ihm zuhörte, jedoch weniger aus Menschenliebe als aus Neugier: Er fragte sich, wie oft Racer noch obenauf schwimmen würde, bevor die Strudel ihn endgültig in die Tiefe zögen. Racer schien anzunehmen, daß sein Rücktritt den Untergang des britischen Empires zur Folge haben würde, war aber auch davon überzeugt, daß es sich mit Hilfe seiner Geniestreiche wieder aus der Asche erheben würde. Die letzten fünf Minuten hatte er darauf verwandt, einen seiner früheren Fälle in sämtlichen Verästelungen zu beschreiben; einen Fall, der nicht das geringste mit dem vorliegenden zu tun hatte.

Das sagte Jury ihm auch. «Ich sehe nicht, inwiefern das hier von Bedeutung ist, Sir.»

Racer, der sich erhoben hatte, um das Revers seines Savile-Row-Jacketts zu glätten, setzte sich wieder. Betrübt schüttelte er den Kopf.

«Kennen Sie den Unterschied zwischen Ihnen und Sherlock Holmes, Jury?» Racer schnappte sich den Plan, den Jury ihm zur Inspektion vorgelegt hatte.

Jury tat so, als denke er über diese Frage nach, bevor er antwortete: «Ja, doch, es gibt da einige Unterschiede.»

Racer schüttelte den Kopf. Selbst wenn Jury einer Meinung mit ihm war, ging er davon aus, daß Jury ihm widersprach. Eine Niete bleibt eine Niete, schien der Blick zu besagen, den er Jury zuwarf. «Die Fähigkeit zur Synthese!» Racer griff in die Luft. «Sie verlieren sich in einem Wust von Details, Jury. Das war schon immer so.»

«Dabei haben Sie mir immer vorgeworfen, ich würde mich über zu viele Details hinwegsetzen.»

«Das auch», sagte Racer, ohne zu zögern. Hätte Moses eines der zehn Gebote zurückgenommen, wenn Gott der Herr mit einem elften angekommen wäre, das die ersten zehn in Frage gestellt hätte? Er blickte von dem Plan auf. «Sie lassen also die Polizei von Hertfordshire jeden Stein und jeden Zweig in diesem gottverlassenen Wald umdrehen, da vielleicht das Collier darunter zum Vorschein kommen könnte.» Racer schob Cyril, den Kater, von seinem Schreibtisch. Er war eines Tages in den Korridoren von Scotland Yard gesichtet worden; niemand wußte, wie er hereingekommen war, aber offenbar war er in der Absicht gekommen, etwas zu melden. Jury war überzeugt, daß der Kater seine Gründe hatte, sich Chief Superintendent Racer anzuschließen – vielleicht gefiel es ihm, daß Racer ihn nicht ausstehen konnte. Er setzte sich mit Vorliebe auf Racers Schreibtisch, den Schwanz dekorativ um die Pfoten gelegt, als wäre er Teil einer Schreibtischgarnitur.

Diese Stellung nahm er auch auf der Erde wieder ein, aber er lauerte auf eine günstige Gelegenheit, den alten Platz zurückzuerobern.

«Dieses Collier», sagte Jury, «ist *eine* Sache. Sie suchen außerdem nach Hinweisen, die uns im Fall Cora Binns weiterhelfen sollen. Was hätte ich denn Ihrer Meinung nach tun sollen, Sir?»

Anscheinend hatte Racer auf dieses Stichwort nur gewartet. «Was Sie meiner Meinung nach hätten tun sollen?» Er lächelte andeutungsweise und erhob sich von seinem Schreibtisch, um im Zimmer auf und ab zu gehen. «Ich fasse zusammen: Folgendes liegt vor – erstens ein Packen anonymer Briefe; zweitens ein Mädchen, dem in einer Underground-Station der Schädel eingeschlagen wurde; drittens eine weitere Frau, deren Leiche in einem Wald etwas außerhalb dieses Kaffs gefunden wurde; viertens ein Collier, das ein Vermögen wert ist und das vor einem Jahr von irgendeinem Amateurdieb geklaut wurde.»

«Ich würde Trevor Tree nicht gerade als Amateur bezeichnen.»

Racer überging diesen Einwand. «Und fünftens dieser verdammte Wisch, ein Plan, der für irgendein blödsinniges Spiel benutzt wird. Wir haben es also mit völlig disparaten Elementen zu tun.» Racer war hinter Jurys Stuhl getreten. Cyril zuckte mit den Ohren, als wollte er Jury warnen.

«Völlig disparate Elemente», wiederholte er, zufrieden mit seiner Formulierung. «Und Sie haben einfach alles aneinandergereiht, Jury, und zweifeln überhaupt nicht daran, daß es auch zusammengehört, stimmt's? Aber…»

Wollte Racer das Ganze wieder von vorne aufrollen? Anscheinend.

«…wenn es nun nicht zusammengehört? Wäre es nicht auch möglich, daß der Fall O'Brien überhaupt nichts mit dem Rest zu tun hat?»

«Es besteht aber ein Zusammenhang. Und das Mädchen ist

ein Glied in der Kette.» Jury wiederholte gelangweilt dieses Glaubensbekenntnis. Racer in seinem Büro aufzusuchen war wie in einen Beichtstuhl zu treten, hinter dessen Gitter ein verrückter Priester hockt. Jury beobachtete Cyril, der seinen nächsten Angriff auf den Schreibtisch vorbereitete. Er schlich gerade um die Kante, und während Racer sich über die disparaten Elemente ausließ, landete er mit allen vieren auf der Schreibtischplatte und begann sich zu putzen.

«Und was sagen die Mediziner?» Racer war wieder an seinen Schreibtisch getreten und hielt den Plan hoch.

«Gar nichts, bis jetzt. Der Bericht steht noch aus.»

Racer schubste Cyril wieder vom Tisch und schaltete die Gegensprechanlage ein. Er fragte Fiona Clingmore, ob der Bericht über den Fall Littlebourne eingetroffen sei. «Dann setzen Sie sich mal gefälligst in Bewegung, Mädchen.»

Fiona trat ein, ohne sich im geringsten zu beeilen. Sie ließ eine Kaugummiblase platzen, während sie ihrem Chef die Unterlagen hinschob und Jury mit einem Tausend-Watt-Lächeln bedachte. Sie trug ein langärmeliges, hochgeschlossenes schwarzes Kleid, das über dem Busen spannte. Zusammengehalten wurde es von unzähligen kleinen schwarzen Knöpfen mit den dazugehörigen kleinen Schlaufen. Es gab aber auch ein paar Lücken; zwei oder drei Knöpfe hatten sich aus den Schlaufen befreit und enthüllten etwas schwarze Spitze. Jury sah zu, wie Racers Blick über die Knopfreihe wanderte. Dann schob er die Unterlagen zu Jury hinüber. «Nichts, was wir nicht schon wußten. Und wenn Sie beide sich genügend schöne Augen gemacht haben, dann hauen Sie ab. Und nehmen Sie dieses mottenzerfressene Tier mit! Ich habe zu tun!»

Alle drei waren glücklich, sich entfernen zu dürfen. Nur Cyril würde nicht davon abzubringen sein, sich wieder zurückzuschleichen.

Zwanzig Minuten später war Jury im Krankenhaus, wo die unwirsche, hübsche Krankenschwester in ihrem Stationszim-

233

mer Berichte verfaßte. Sie nickte Jury ungnädig zu. Als er nach Sergeant Wiggins fragte, erwiderte sie: «Ich glaube, er ist unten in der Kantine. Er wollte, daß ich ihm eine Tasse Tee bringe, aber schließlich hab ich noch anderes zu tun, als Besuchern Tee zu servieren.»

«Tut mir leid, wenn wir Sie bei Ihrer Arbeit gestört haben. Niemand verlangt von Ihnen, daß Sie Sergeant Wiggins mit Tee versorgen. Und Sie brauchen auch nicht zu seinen Wehwehchen Stellung zu nehmen.» Es war vorauszusehen, daß Wiggins seine Chance nützte, wenn ihm einmal ein ganzes Krankenhaus zur Verfügung stand.

Ihre Mundwinkel zuckten; sie versuchte, sich ein Lächeln zu verkneifen. Aber der gestärkte Busen hob sich etwas. Frauen in gestärkten Uniformen hatten Jury noch nie eingeschüchtert; beim Waschen ging das Zeug sowieso wieder raus. Sie preßte ihre Schreibunterlage gegen die Brust, als wolle sie alles unter Kontrolle behalten, und sagte: «Ist schon gut. Es macht mich nur etwas nervös, wenn hier dauernd Polizei ein und aus geht. Als ob gleich etwas Schreckliches passieren würde.»

«Nicht gerade schmeichelhaft für mich.» Er lächelte und tippte gegen die Unterlage. «Steht da was über Katie O'Brien?»

Sie nickte, blätterte die Seiten durch und zeigte ihm den Krankenbericht. «Alles beim alten. Sie hoffen wohl immer noch, es könnte sich etwas ändern.» Sie schien traurig zu sein.

«Ach, wissen Sie, wir Polizisten sind einfach unverbesserliche Optimisten. Hat sie Besuch bekommen?»

«Von ihrer Mutter heute morgen. Und von ihrem Musiklehrer.»

Von Macenery? Jury war überrascht. Er hatte sich also doch dazu aufgerafft. «Wann?»

«Ich glaube, er ist noch da.» Sie nickte in die Richtung des Korridors hinter ihr.

In Katies Zimmer war jedoch niemand, obwohl es eindeutige Hinweise darauf gab, daß Sergeant Wiggins sich dort aufgehalten hatte – eine Flasche Nasentropfen und eine Schachtel Hustenbonbons.

Jury ging zum Fenster. Die Kneipe auf der gegenüberliegenden Straßenseite war geschlossen. Ein Windstoß bewegte den Bogenrand der gestreiften Markise über dem Gemüseladen. Eine fröstelnde Frau mit Schal zog einen Einkaufswagen über die Straße. Obwohl es Sonntag war, brannte im Waschsalon Licht, und er sah jemanden in einer Zeitschrift blättern.

Er wandte sich vom Fenster ab und blickte auf die regungslose Gestalt von Katie O'Brien. Der Gedanke an das beschädigte Gehirn in diesem makellosen Körper erschütterte ihn aufs neue. Sie lag noch immer mit gefalteten Händen und ausgestreckten Beinen da – eine Skulptur, wie man sie auf mittelalterlichen Gräbern sieht. Es fehlte nur der kleine Hund zu ihren Füßen.

Jury drückte die Taste des Kassettenrecorders, und die scheppernde Stimme der Music-Hall-Sängerin erfüllte den Raum mit «Rosen aus der Picardie».

Sie saßen zusammen in der Kantine, Sergeant Wiggins und Cyril Macenery. Jury drückte auf den Knopf der Kaffeemaschine, und eine trübe Brühe schoß heraus, mit der er zu ihrem Tisch hinüberging.

Wiggins fing sofort an, sich zu entschuldigen. Manchmal hatte Jury den Eindruck, das Gewissen des Sergeants zu sein. «Mein Kopf! Ich dachte, er würde gleich platzen, glauben Sie mir, Sir. Ich hätte mir eine Thermosflasche Tee mitbringen sollen. Die Schwester kann mich anscheinend nicht ausstehen.»

«Uns», verbesserte ihn Jury. «Sie kann die Polizei nicht ausstehen. Nehmen Sie es nicht persönlich. Hallo, Mr. Macenery, schön, daß Sie gekommen sind.»

Macenery sah aus seinen blauen Augen kurz auf und

wandte sich schnell wieder ab. «Da läßt sich wohl nicht viel machen, was?» Alle drei blickten auf ihre mit Tee oder Kaffee gefüllten Plastikbecher.

«Ihre Mutter war heute morgen da», sagte Wiggins. «Sie hat mit ihr gesprochen. Manchmal hilft das, sagt die Schwester. Sie hat ihr erzählt, was sich im Dorf so tut. Daß heute das Kirchenfest stattfindet. Und von ihren Klassenkameraden, daß die Schule bald wieder anfängt...» Wiggins verstummte. Obwohl er eher dazu neigte, über körperliche Leiden als über seelische Nöte zu sprechen, fügte er noch hinzu: «Deprimierend, was?»

Sie sahen einander bei ihrem stockenden Gespräch nicht an, es war, als würden sie zu einem unsichtbaren Vierten am andern Ende des Tisches sprechen, der ihnen Antworten geben konnte, auf die sie selbst nicht kamen.

Schließlich erhob sich Macenery. «Ich denke, ich gehe noch mal kurz zu ihr hinauf.»

Jury zögerte. «Okay.»

Als Macenery den Raum verließ, machte auch Wiggins Anstalten aufzustehen. «Möchten Sie, daß ich –?»

Jury legte ihm die Hand auf den Arm und drückte ihn auf seinen Stuhl. «Nein.» Jury dachte an das, was Riddley gesagt hatte. Irreversibel. Ein Gedanke, der ihm das Blut in den Adern erstarren ließ: Katie O'Brien würde niemals wieder aus dem Koma erwachen, oder wenn, dann mit einem dermaßen geschädigten Gehirn, daß der Tod einem Wiedererwachen vorzuziehen wäre. «Warten Sie einen Augenblick. Ich wollte Ihnen noch von meiner Unterredung mit unserm Chef berichten. Racer scheint der Meinung zu sein, daß ich mich in Littlebourne verzettle, daß ich mich in London verzettle, daß ich mich überall verzettle. Das hat man davon, wenn man ihm Bericht erstattet.»

Wiggins lächelte trübe. «Immer noch besser, Sie tun's, als wenn ich es tue.»

«Ja. Er ist jedenfalls der Meinung, wir sollten die Sache in

236

ein, zwei Tagen erledigt haben, sonst müßte er einen andern auf den Fall ansetzen.» Jury grinste.

Wiggins, dem als Kind wohl der Mund zu häufig mit Seifenlauge ausgespült worden war und der dementsprechend sparsam mit Flüchen umging, hielt sich diesmal nicht zurück.

«Er hat sämtliche ‹disparaten Elemente›, wie er es nannte, wie Dominosteine aneinandergereiht und fragt sich, warum ich nicht einen umstoße – alle anderen fielen dann von selbst in sich zusammen. Probieren wir das doch mal!» Jury baute den Salz- und Pfefferstreuer, zwei leere Plastikbecher und einen Serviettenhalter vor sich auf. «Nummer eins: die Briefe – als solche völlig uninteressant. Sie bewirkten nur, daß die Leute nicht mehr an Katie O'Brien dachten: Kaum einer, der nicht erstaunt reagierte, wenn ich auf sie zu sprechen kam. Natürlich gab es inzwischen auch diesen Mordfall, aber Katies Mutter hatte ganz recht, als sie sagte, die Briefe hätten die Leute alles übrige vergessen lassen. Die Aufmerksamkeit der Polizei von Hertfield war auf etwas anderes gelenkt. Dominostein Nummer zwei ist –» Jury stieß einen Becher um – «der Mord an Cora Binns. Ich vermute, sie ist dem Mörder begegnet, und er hat einen oder mehrere der Ringe an ihrer Hand gesehen, die ihn an den Smaragd der Kenningtons erinnerten. An etwas, dem er schon seit über einem Jahr auf der Spur war und das er oder sie bald zu finden glaubte.»

«Aber kommt es Ihnen nicht seltsam vor, daß die Person, der Cora Binns zufällig begegnet ist, auch prompt zu ihrem Mörder wurde? Irgendwie zu unglückselig, dieser Zufall. Und ist es nicht kurios, daß sie in Littlebourne keiner gesehen hat?»

Jury dachte einen Augenblick lang nach. «Nein, das finde ich nicht.» Wiggins zog die Augenbrauen hoch, aber Jury fuhr einfach fort: «Wer auch immer versucht hat, Katie umzubringen und Cora Binns dann tatsächlich umbrachte – er muß befürchtet haben, die Polizei würde wieder herumzuschnüffeln beginnen. Was, wenn zum Beispiel dieser Plan in ihre Hände gelangte? Katie hatte ihn offensichtlich irgendwo gefunden. Wollte sie damit zur Polizei gehen? Wissen wir nicht. Das wäre also Domino Nummer drei. Nummer vier –» Jury stieß den andern Becher um – «ist die verstümmelte Hand. Ich kann mir das nur durch kataleptische Totenstarre erklären. Vielleicht hätte er die Finger auch brechen können, da aber Ernestine Craigies kleines Beil gerade zur Hand war –» Jury zuckte die Achseln.

«Miss Craigie hat offenbar mehr mit der ganzen Sache zu tun, als gut für sie ist.»

«Haben Sie sie zu ihrer Hauptverdächtigen erkoren?»

«Jedenfalls ein zähes altes Huhn. Entschuldigung, das Wortspiel war nicht beabsichtigt.» Wiggins kippte den Pfefferstreuer um. «Wunderbar, Sir, Sie haben es geschafft. Alle Dominosteine sind gekippt, bis auf den Serviettenhalter. Der Mörder – stimmt's?»

Jury blickte darauf. «Stimmt.» Er wollte ihm schon einen Stups geben, ließ ihn dann aber doch stehen. «Es gibt einen, der sämtliche Voraussetzungen erfüllt.»

Erstaunt blickte Wiggins ihn an. «Sie meinen, Sie *wissen* es? Warum, um Himmels willen –»

«Ich glaube, es zu wissen.» Jury erhob sich schwerfällig.

«Sie scheinen aber nicht allzu glücklich darüber zu sein.»

Nein, das war er nicht, ganz und gar nicht. «Ich hab keinerlei Beweise, Wiggins. Nichts, rein gar nichts, und auch wenig Hoffnung, ihn zu schnappen, außer auf frischer Tat. Was höchstwahrscheinlich bedeutet, daß wir zugleich in den Besitz des Colliers gelangen.» Er zog den Plan aus der Tasche, faltete ihn in der Mitte und lehnte ihn gegen den Serviettenhalter. «Trevor Trees Kumpel, Komplize oder was auch immer muß wissen, wo dieses Collier ist. Und er wird jeden umlegen, der ihm in die Quere kommt. Ich hoffe nur, keiner tut das.»

Als sie aufstanden, fegte Wiggins etwas von dem verschütteten Salz auf seinen Handteller und warf es sich über die Schulter. «Man kann nie wissen, Sir.»

Sie waren ungefähr in der Mitte des langen, kühlen Korridors angelangt, als die unwirsche Krankenschwester mit knisternder Uniform auf sie zugestürzt kam, ihre Schreibunterlage an sich gepreßt. Jury wußte sofort, warum: Es war wegen der Musik.

Während Jury nicht viel für Musik übrig hatte – obwohl nun auch er stehenblieb und lauschte –, war Wiggins ein Musiknarr. Die Musik war seine große Leidenschaft – eine der wenigen, die er hatte. «Mein Gott, das ist ja wunderbar…»

Die Patienten schienen das auch zu finden. Sie standen in den Türrahmen, saßen in Rollstühlen, stützten sich auf ihre Stöcke. Cyril Macenery spielte auf der Geige – Katies Lieblingslied «Rosen aus der Picardie». Was Jury immer für einen sentimentalen alten Schlager gehalten hatte, klang nun wie Sphärenmusik.

Die Krankenschwester schien auch weniger wütend als besorgt zu sein. «Wirklich, ich weiß nicht, was die Oberschwester dazu sagen wird.» Sie schüttelte den Kopf; ihr weißes Häubchen ging auf und ab. «Keine Ahnung, wie sie darauf reagiert. Er hat wohl einfach ihre Geige genommen und angefangen zu spielen…»

Sie hätte natürlich einschreiten können, nur – sie hatte es nicht getan. Wahrscheinlich war sie von den wundervollen Klängen, die den sterilen, weißen Korridor erfüllten, genauso verzaubert wie alle andern. Jurys Vermutung, daß sich hinter dem gestärkten Äußeren noch etwas anderes verbarg, war also doch nicht so falsch gewesen. Er zückte seinen Kugelschreiber und kritzelte etwas auf seinen Block, dann riß er die Seite ab und gab sie ihr. «Ich weiß, das hier ist *Ihr* Revier. Aber vielleicht nützt es Ihnen, wenn Sie die Kriminalpolizei hinter sich haben. Sagen Sie Ihrer Oberschwester – falls sie vorbeikommt –, daß der zuständige Kommissar es für eine gute Idee hielt. Und daß niemand sich beschwert hat.»

Jury blickte den Korridor entlang. Einige Frauen schienen den Text des Lieds mit den Lippen zu formen oder in Gedanken zu tanzen. Die Krankenschwester nahm Jurys Zettel entgegen. Entschuldigend meinte sie: «Ich muß ihm leider bald sagen, daß er aufhören soll.»

«Ja, ich verstehe. Sergeant Wiggins wird dafür sorgen.»

«Aber erst», sagte die Krankenschwester und blickte Jury mit Sternenaugen an, «wenn das Lied zu Ende ist.» Sie lächelte.

Als Scotland Yard im Krankenhaus anrief, war Jury bereits ins East End gefahren.

Ash Cripps, der in seinem verschossenen Morgenmantel und mit einer Zigarre im Mund – aus einer Kiste, die Jury in weiser Voraussicht mitgebracht hatte – im Wohnzimmer auf und ab ging, hielt in der einen Hand den Plan, den Jury ihm gegeben hatte, und in der andern eine Flasche White Shield. Wenn er einen Schluck daraus nahm, störte ihn der Bodensatz offenbar kaum. Er stellte die Flasche auf den Sims des vorgetäuschten Kamins, in dem bei kühlerem Wetter künstliche Kohlen glühten. Papier und ein Aluminiumaschenbecher voller Zigarrenstumpen fielen herunter. Er schob sie mit dem Fuß in die winzige Feuerstelle.

Ein Teil der Crippsschen Nachkommenschaft saß in der Küche und aß Kartoffelbrei; ein anderer war auf der Straße und focht, bewaffnet mit Besenstielen und den Deckeln von Abfalleimern, eine erbitterte Schlacht aus.

Ash ließ sich jedoch bei seiner Tätigkeit nicht stören. Er trug seinen Morgenmantel wie eine Staatsrobe; die Kordel schleifte auf dem Teppich mit dem Pfingstrosenmuster. Sie warteten auf die Rückkehr White Ellies, die in seinen Hosen zur Wäscherei gegangen war.

«Hmm, stimmt, Trevor hätte sich so was ausdenken können.» Er kratzte sich am Kopf. «Es ergibt nur keinen Sinn.»

«Ist das denn sonst anders? Ich dachte, das Spiel bestehe darin, die Spieler auf eine falsche Fährte zu locken.»

«Ja, schon, nur … Schauen Sie.» Ash wühlte in den Schubladen eines alten Schreibtisches; gelegentlich hielt er inne, um die kleinen Schreihälse durch die Küchentür hindurch anzubrüllen. Schließlich warf er die Tür zu, was den Lärm jedoch kaum dämpfte.

Er gab Jury einen Plan. «Den da hat Trevor vor ungefähr zwei Jahren gemacht. Ein Phantasiedorf, in dem ein Schatz versteckt ist. In der Schmiede, wie sich dann herausstellte.» Es war die sehr ausgefeilte Skizze eines Dorfs, mit allerlei Geschäften, einer Kirche, einem Gasthof, Bauernhäusern und Scheunen. Die Bäume sahen aus wie Wattebäusche. Es gab auch einen Teich und einen See. Das Ganze glich einer Luftaufnahme und war sehr sauber und klar gezeichnet. «Er dachte sich Abenteuer aus, für die wir Monate brauchten.»

Die beiden Pläne sahen sich sehr ähnlich, vor allem, was den Zeichenstil anging.

«Ich hab auch andere von ihm gesehen, den mit dem Collier zum Beispiel. Da spielte die Geschichte in einer Stadt. Trevor hatte alles haargenau aufgezeichnet, die Kneipe glich unserer hier aufs Haar – sogar die Tische, Stühle und so weiter. Er hat auch einen Plan mit 'ner Schloßruine gemacht. Der war wirklich gut. Ratten und Ruinen waren Trevors Spezialität.» Er klopfte auf Jurys Plan. «Deshalb kommt mir der hier irgendwie komisch vor – er hat mit nichts 'ne Ähnlichkeit. Ist aber auch nicht frei erfunden…»

Jury beließ es im Augenblick dabei. «Und Frauen, Ash? Wie sah es da bei Trevor aus?»

Ash fing an zu lachen, und sein Morgenmantel fiel auseinander. Umständlich hüllte er sich wieder darin ein und verknotete die Kordel. «Trevor hat's mit allem getrieben, was zwei Beine hatte. Elefant behauptet, er hätte sich auch mal an sie rangemacht, aber wahrscheinlich reißt sie nur das Maul auf. Irgendwo hört's ja mal auf.»

«Ich habe Fotos von ihm gesehen. Er sah recht gut aus.»

«Ah, doch, kann man schon sagen. Mit *dem* Aussehen und *dem* Verstand hätt er's zu was bringen können. Ein Jammer.»

«War Cora Binns eines seiner Mädchen?»

«Na ja, Cora scharwenzelte schon um ihn herum. Wo Trevor war, da gab's immer 'ne Menge Weiber. Aber Cora war nicht sein Typ. Ich meine, Cora war eine, die auf lebenslänglich aus war. Bescheuert.» Als sollte der Beweis geliefert werden, welchen Trost die Ehe für die Seele bedeutet, hörte man aus der Küche ein ohrenbetäubendes Klirren von Geschirr und das Scheppern eines brutal aufgestoßenen Fensters.

Das Gesicht von White Ellie erschien. Sie überschrie den Lärm der Mülleimerdeckel: «Warum paßt du nicht auf das verfluchte Kroppzeug auf. Sammy und Sookey laufen splitternackt herum, und Friendly hat wieder auf Mrs. Lilybanks Rosen gepißt!» Dann sah sie Jury, und ihre Brauen zogen sich noch unheilvoller zusammen. «Du hast's also wieder gemacht!»

Das Fenster wurde wieder zugestoßen, und die Scheiben schepperten noch gefährlicher. Ash verdrehte die Augen, als White Ellie, die ihrem Namen wirklich alle Ehre machte, einen Kinderwagen vor sich herschiebend ins Wohnzimmer gestapft kam. Auf dem Baby lag ein Berg Wäsche, und Jury war wieder einmal versucht nachzuschauen, ob das Baby noch atmete.

«Nichts hab ich gemacht. Der Super und ich müssen zur Kneipe rüber, um was zu besprechen, wenn du mir also meine Hosen geben könntest –»

White Ellies Garderobe bestand aus verschiedenen Schichten: Über einem Baumwollkleid trug sie einen blauen Pullover, der wiederum über Ashs Hosen hing.

Als sie sie ausziehen wollte, sagte er jedoch: «Nein, warte, ich zieh die neuen an.»

«Kommt nicht in Frage, die sind für die Kirche.»

Er verschwand im Dunkel des hinteren Zimmers und sagte stur: «Mann, heut sind die neuen Buxen dran.»

Fred Astaire hätte das auch nicht besser hingekriegt, dachte Jury, als sie fünf Minuten später zum «Anodyne Necklace» schlenderten.

Sie schienen alle noch auf denselben Plätzen zu sitzen wie vor vierundzwanzig Stunden, als Jury sie verlassen hatte, im trüben, gelben Licht der Gaslampen gefangen wie Fliegen in Bernstein. Die Frauen – alle mit Schals – hockten auf den Bänken, während die Männer um die Tische herum saßen oder am Tresen lehnten.

«Na, wenn das mal nicht Ash ist», sagte einer namens Nollie. «Herausgeputzt wie zu 'ner Hochzeit. Was ist denn der Anlaß?»

«Da is gar kein Anlaß. Ich helf nur der Polizei 'n bißchen aus. Ihr wißt schon.»

Jury breitete den Plan auf dem Tisch aus. «Kommt das jemandem bekannt vor?»

Keith runzelte die Stirn, schüttelte den Kopf und gab den Plan Chamberlen. Der studierte ihn gründlich, nachdem er seinen Zwicker wie ein Juwelier seine Lupe angehaucht und blankgerieben hatte. Schließlich sagte er: «Prima gemacht, wirklich sehr gut.»

«Was sollen denn die blöden Bärenstapfen?» fragte Nollie, als er den Plan in der Hand hielt. «Und wo ist dieser Wald von Horndean?» Er blickte zu Jury auf.

«Ich dachte, ich könnte das von *euch* erfahren.»

Nollie drehte sich mißtrauisch nach Ash um. «Ist das eine Falle, Ash?» Er schlüpfte in seinen Mantel.

«Nein, is es nicht. Was ich zu sagen habe, könnt ich auch vor meiner alten Mutter sagen.»

Keith höhnte: «Die is wohl stocktaub, die alte Schlampe, was?»

Daß seine alte Mutter beleidigt wurde, konnte Ash nicht dulden. Er begann, seine Jacke auszuziehen. Jury klopfte ihm auf die Schulter und drückte ihn auf seinen Stuhl. Dr. Chamberlen seufzte nur und schüttelte den Kopf. Harry Biggins stellte einen Teller mit Aal in Aspik vor ihn hin, und er stopfte sich eine riesige weiße Serviette in den Kragen.

Jury fragte Chamberlen: «Könnte Trevor Tree das gemacht haben?»

Während er Zitronensaft über den Aal träufelte, angelte sich Chamberlen mit einem dicken Zeigefinger den Plan und begutachtete ihn noch einmal. Jury gefiel die Art und Weise, wie er eine Situation studierte, bevor er sich dazu äußerte. «Ja, doch, das könnte durchaus sein. Trevor dachte sich immer ganz schlaue Sachen aus. Sehr einfallsreich, dieser Trevor.»

«Was heißt das?» Jury beobachtete, wie der glitschige Aal in Dr. Chamberlens Mund verschwand.

«All diese Einzelheiten, die einen in die Irre führen sollen. Aber was soll das, Superintendent? Suchen Sie auch nach dem Heilenden Halsband?» Chamberlen sah aus wie ein Uhu. Die Gläser seiner Brille funkelten.

«Nein, nach was Konkreterem, nach dem Smaragd, den Trevor Tree vor ungefähr einem Jahr den Kenningtons gestohlen hat. Ist ein Vermögen wert. Und ich weiß, daß Trevor hier Stammgast war.»

Chamberlen nickte. «Tree war Magiermeister. Wie ich.» Er hielt einen großen Bogen Millimeterpapier hoch. «Von dem Smaragdcollier hab ich gehört. Wurde nie gefunden, was?» Chamberlen wischte sich die Finger ab. «Ein gerissener Bursche, dieser Trevor.»

«Ein Gauner.» Jury sah Jenny Kennington vor sich, wie sie verloren in einem leeren Raum stand. «Lady Kennington muß deswegen ihr Haus verkaufen.» Chamberlen fuhr sich mit dem Finger über die Wange, als wollte er sich eine Träne wegwischen.

«O Gott, o Gott, die feine Lady. Steht die Ärmste jetzt im Schnee und hat die armen Kleinen am Rockzipfel?»

«Keine Kleinen am Rockzipfel. Sie ist zwar adlig, aber deswegen hat sie genauso ein Recht auf ihr Eigentum wie wir auch.»

Dr. Chamberlen hielt seinen leeren Teller hoch. «Nollie, sei so nett und bring mir noch eine Portion Aal. Die hoch-

244

moralischen Reden des Superintendent machen mich richtig hungrig.» Gehorsam nahm Nollie den Teller entgegen.

«Sie wissen also nichts über Trevor Tree, was uns weiterhelfen könnte? Er ist ja nicht mehr am Leben. Sie würden also keinen Kumpel verpfeifen. Und es ist ziemlich klar, daß *er* einen Kumpel hatte.»

«Aber ich war das nicht, falls Sie das meinen.» Säuberlich wischte er sich den Mund mit dem Zipfel seiner Serviette ab.

«Ich nehme an, Sie waren auch letzten Donnerstag hier?»

Chamberlen nickte. «Dafür gibt es Zeugen, Superintendent, Zeugen.»

Jury blickte in die Runde. Feierliches Kopfnicken.

«Und alle übrigen sind auch hiergewesen, und jeder kann das Alibi des andern bestätigen?»

Feierliches Kopfnicken.

«Und keiner hat die geringste Ahnung, warum Cora Binns ermordet wurde?»

Wieder feierliches Kopfnicken.

21

A ls M elrose schliesslich in die Gegend von Wembley
Knotts kam, hatte er zwei gebührenpflichtige polizeiliche
Verwarnungen bekommen, eine auf der A 10 und eine in
Chigwell, wo er auf der Suche nach dem richtigen Weg ein
Rotlicht überfahren hatte. Eine alte Frau, die er auf dem Fuß-
gängerübergang beinahe gestreift hätte, gab einen Schwall
von Kraftausdrücken von sich, während Melrose an seinen
Hut tippte und weiterfuhr.

Der Anblick eines Silver Shadow, der die Catchcoach Street
entlangglitt, rief bei den wenigen Passanten, die noch unterwegs waren, unterschiedliche Reaktionen hervor. Die Frauen
meinten, Prinzessin Di sei gekommen, um eine Hilfsaktion
für die Armen des East End zu starten; die Männer – zumindest die beiden, die aus dem «Three Tuns» heraustaumelten –
nahmen an, diese Halluzination hätte etwas mit den zehn Flaschen Abbot zu tun, die sie auf eine Wette hin zusammen
geleert hatten. Um das, was sie für eine Halluzination hielten,
zu verscheuchen, kehrten sie schnurstracks in die Kneipe zurück, um sich mit ein paar weiteren Gläsern wieder klare Sicht
zu verschaffen.

Melrose hatte zweimal angehalten und gefragt, welche der
Bruchbuden am Ende der Straße denn das «Anodyne Necklace» sei, und jedesmal nur staunend aufgerissene Münder zu
Gesicht bekommen. Er fragte sich gerade, wo er seinen Wagen abstellen sollte, als er Jurys Dienstwagen entdeckte. Es
gelang ihm, den Rolls in eine Lücke zwischen dem Ford und

einem völlig verrosteten Mini ohne Windschutzscheibe zu bugsieren.

Als er ausstieg, sah er, daß Jurys Auto vor einem Haus parkte, das seinen beiden Nachbarn beinahe aufs Haar glich, nur daß es noch heruntergekommener aussah. Nur die abblätternde Farbe ließ erahnen, daß es einmal ganz einladend ausgesehen haben mußte. Hinter dem vorhanglosen Fenster bewegte sich eine dunkle Gestalt wie ein Fisch in einem Aquarium. Das dreckigste Rudel Kinder, das ihm je zu Gesicht gekommen war – fünf, nein sechs, da in ihrer Mitte auch noch der Kopf eines Babys auftauchte –, hatte sich über einen alten Kinderwagen hergemacht, aber sofort wieder davon abgelassen, als der Silver Shadow auftauchte, um zu beobachten, wie er in die Lücke einparkte, ein sehr kompliziertes Manöver. Melrose vergewisserte sich, ob die Tür abgeschlossen war.

«Könnt ihr mir bitte sagen, wo das ‹Anodyne Necklace› ist?» Ein schielendes Kind wollte antworten, bekam aber von einem der Großen sofort einen Stoß in die Magengrube. Er sagte: «Klar, könn wer schon, was isses Ihnen wert?» Er blickte zu Melrose hoch, und sein Mondgesicht nahm den frechsten Ausdruck an, der ihm zu Gebote stand; seine Wimpern waren so hell, daß die Augen lidlos wirkten.

Melrose warf ihm eine Fünfzig-Pence-Münze zu, nach der er schnappte wie ein Frosch nach einer Fliege. Der Junge zeigte auf die Häuser am Ende der Straße: «Dahinten.»

Am spitz zulaufenden Ende der Straße schienen ein paar Geschäfte zu sein sein; dazwischen stand ein schmales Gebäude mit einer unauffälligen Fassade, von der auch ein Schild hing. Melrose wandte sich nach dem Haus hinter ihm um.

«Wohnt ihr da?»

«Schon möglich», sagte der mondgesichtige Junge.

«Und habt ihr den Herrn gesehen, dem dieses Auto gehört?» Melrose zeigte mit seinem Spazierstock auf den Ford.

Er wurde mit einem weiteren schlauen Lächeln belohnt: «Schon möglich.»

«Mama is zu Haus!» piepste das einzige Mädchen unter ihnen, das geräuschvoll am Finger gelutscht hatte und nun einen Tritt ans Schienbein bekam, weil es Melrose diese Information hatte zukommen lassen. Die anderen vier, die Melroses Auto zuerst nur aus respektvoller Ferne betrachtet hatten, rutschten inzwischen wie eine Schar Schnecken darauf herum.

Es gelang ihm, das Kleinste mit seinem Spazierstock zu angeln und auf den Bürgersteig zu befördern. Dann ließ er alle sechs der Reihe nach antreten und gab jedem ein Geldstück. «Vielleicht liegt noch mehr drin. Wenn ihr aber mein Auto trotzdem nicht in Ruhe laßt», fügte er mit einem gewinnenden Lächeln hinzu, «dann muß ich euch die kleinen Ärmchen und Beinchen brechen.»

Diese Drohung schien sie eher zu belustigen als einzuschüchtern. Der Mondgesichtige, der auf den Namen «Sookey» hörte, öffnete den Mund zu einer Erwiderung, aber da hatte Melrose schon seinen Spazierstock gegen das von ihnen gebildete Mäuerchen vorschnellen lassen, so daß sie umpurzelten wie Dominosteine, wobei sie nicht aufhörten zu kichern. Dann sprangen sie die Straße hinunter zu den Läden; Sookey versuchte, den Kleineren ihr Geldstück abzunehmen, was ihm mehrere Tritte in die Leistengegend eintrug.

Melrose begab sich zum Haus Nummer vierundzwanzig.

Die Frau, die auf sein Klopfen hin geöffnet hatte und nun den Türrahmen ausfüllte, war die dickste Frau, die Melrose je gesehen hatte. Ihr voluminöses Hauskleid bauschte sich über den von Hosen bedeckten Beinen. Eine interessante Zusammenstellung, dachte er. Sie hatte sich jedoch offensichtlich einige Mühe mit ihrer Aufmachung gegeben: Das Haar war nach hinten gekämmt und wurde von einem grünglänzenden Band zusammengehalten; Lippenstiftrot sickerte in die Linien um ihren Mund.

Sie musterte ihn eingehend. «Wenn Sie wegen Friendly

kommen – das ist leider ein hoffnungsloser Fall. Ich hab gar nicht gewußt, daß die Leute vom Sozialamt auch sonntags unterwegs sind. Der Junge schlägt seinem blöden Pa nach.» Sie schob sich an Melrose vorbei und steuerte auf den Kinderwagen zu. Er war bedeckt mit Wäsche, die sauber oder auch schmutzig sein konnte. Darunter schien ein Baby zu schlafen. Als sie damit zurückkam, sagte sie: «Ashs Alter war noch schlimmer, das können Sie mir glauben. Was hätt ich denn machen sollen – er lag da draußen auf dem Treppenabsatz und gab so komische Geräusche von sich. Wären Sie da rausgegangen?» Sie funkelte Melrose an. «Woher hätt ich wissen sollen, daß er am Abkratzen war?»

«Ja, woher auch?» Melrose warf einen Blick in den Raum, der wohl einmal als Wohnzimmer gedient hatte, und hoffte, daß dies nicht der letzte Ort gewesen war, den Jury lebend gesehen hatte.

Mit seiner Antwort offenbar sehr zufrieden, zog sie ein Bündel Wäsche – nein, es war das Baby – aus dem Wagen, schüttelte es und legte es wieder hinein. «Die ganzen Stufen is er runtergefallen. Und ich sollte in dem gottverdammten Haus bleiben?» Sie sah genau so herausfordernd drein wie Sookey. Der Kleine war offensichtlich seiner Mutter nachgeschlagen. «Na, kommen Sie!»

Fasziniert folgte ihr Melrose. Ein bissig aussehender Hund mit schmalem Kopf und krummen Beinen blickte zu ihm auf, als er sich in der Küche umschaute. Ein Löffel steckte in einer Schüssel, deren Inhalt ein Eigenleben zu führen schien; er warf Blasen, brach auf, bildete Risse. Sie nahm sich diese explosive Masse vor und schien jetzt erst zu bemerken, daß sich ein Fremder in ihrer Küche befand. Sie fragte: «Wer sind Sie eigentlich? Sie kommen einfach so reinspaziert.»

Melrose verneigte sich leicht. «Melrose Plant, Gnädigste, ein Freund von Superintendent Jury; ich sah sein Auto vor dem Haus und dachte, er sei vielleicht hier.»

«Sie sind also gar nicht vom Jugendamt?» Sie schien überrascht. «Na schön. Ich heiße Cripps. Und Sie sind ein Freund vom Super?» Als ob Jury zur Familie gehörte, dachte Melrose. «Er ist mit Ashley in die Kneipe rübergegangen. Gerade eben. Ich geh auch gleich, wenn die Kinder ihr Essen gekriegt haben. Setzen Sie sich doch.»

Mitgehangen, mitgefangen, dachte Melrose und fegte die Brotkrumen von seinem Stuhl. «Die Sache ist sehr dringend, Mrs. Cripps.»

«White Ellie. Fünf Minuten, dann gehen wir zusammen.» Ihr Ton schien zu besagen, daß er dieses Angebot unmöglich ausschlagen könne.

Melrose fragte sich, was wohl in der Schüssel war, immerhin wollte sie eine ganze Mahlzeit damit bestreiten. Sie zog eine Pfanne auf den Herdring, wischte sie mit einem Handtuch aus, zündete das Gas an und ließ aus einem Glas Fett hineintropfen. Melrose glaubte etwas hinter dem Spülstein hervorhuschen zu sehen, einen Schatten, der sich in die dunklen Ecken flüchtete. Er blickte schnell weg und öffnete sein Zigarettenetui. «Nehmen Sie eine?»

«Vielen Dank», sagte White Ellie, nahm sich eine Zigarette und zündete sie an der Gasflamme an. Dicke Klumpen Teig tropften von ihrem Löffel, die Pfannkuchen zischten in der Pfanne. «Wolln Sie einen?» Melrose lehnte dankend ab. «Wo die Kinder bloß wieder stecken!»

Noch bevor er ihr sagen konnte, sie hätten den Laden an der Ecke gestürmt, um sein Geld auszugeben, kündigten sie mit viel Gejohle, Gejauchze und Getrampel ihre Rückkehr an; mit verschmierten Gesichtern fielen sie in die Küche ein und ließen sich und ihre Bonbonpapierchen auf die Hocker und Stühle fallen, die um den Tisch herum standen. Eines fehlte, wie Melrose bemerkte. Auch White Ellie fiel das auf, als sie die Teller austeilte. «Wo ist Friendly?»

Sookey, der es anscheinend darauf abgesehen hatte, den Besucher zu vergraulen, Bonbons hin, Bonbons her, verkündete: «Friendly hat gesagt, er will an die Radkappen pinkeln.»

Sie kicherten – eine Bande von Verrätern.

Melrose erhob sich lächelnd und drückte dabei auf einen Knopf an seinem Spazierstock, worauf eine dünne Klinge aus dem Schaft hervorschnellte. «Ich an deiner Stelle würde mal ganz schnell zu Friendly rüberrennen und ihm ausrichten, daß der Herr hier drinnen ihm dringend rät, sich ein anderes Betätigungsfeld zu suchen.»

Sie ließen Gabeln, Löffel und Ketchupflasche fallen. Sookey wurde noch blasser, als er schon von Natur aus war. «Verdammt!» flüsterte er, rutschte von seinem Stuhl und flitzte wie ein Pfeil aus der Tür.

Nur White Ellie zeigte sich völlig ungerührt. Sie ließ ihre Zigarette auf den Boden fallen, zertrat sie wie einen Käfer und inspizierte die Klinge. «Sapperlot. So was könnte ich auch gebrauchen. Sind Sie soweit? Ich zieh mir noch schnell die Hosen aus, dann gehn wir zum ‹Necklace› rüber.»

Während er wartete, betrachtete Melrose die Tapete.

Er sagte sich, daß er zu lange mit seiner Tante Agatha gelebt hatte, um sich noch von irgendwelchen Unregelmäßigkeiten im Ablauf des Weltgeschehens erschüttern zu lassen. Noch ein, zwei Jahrtausende, und dieser Mikrokosmos würde keine Geheimnisse mehr für ihn bergen.

HÄTTE JURY TAGEBUCH GEFÜHRT, hätte er als erstes White Ellie beschrieben, wie sie am Arm von Melrose Plant im trüben Licht des «Anodyne Necklace» auftauchte.

Er hatte gerade den Hörer aufgelegt, als sie hereinkamen und sich dann trennten: White Ellie ging zu den Frauen auf den Bänken (und warf einen Bierkrug um, als sie sich zwischen den Tischen durchquetschte), Plant zu Jury an die Bar.

«Darf ich Sie zu einem Drink einladen, Superintendent?»

Er nickte in die Richtung des Telefons. «Ich nehme an, Sie haben von dem Mord an Ramona Wey gehört?»

Jury nickte. «Wiggins war dran. Sie haben im Krankenhaus angerufen. Was ist passiert?»

Melrose erzählte Jury von dem kleinen Bummel, den Ramona unternommen hatte. «Sie schien sich nicht gerade allgemeiner Beliebtheit zu erfreuen, soweit ich das feststellen konnte.» Plant legte eine Pfundnote auf den Tresen und winkte Harry Biggins heran. «Ich habe mich gefragt, welche Rolle sie wohl spielte. Wenn Ramona Wey Lord Kennington Schmuck verkauft hat, wäre es dann nicht möglich, daß *sie* den Ring, den Cora Binns trug, wiedererkannte? Vorausgesetzt natürlich, daß sie ihr überhaupt in Littlebourne begegnet ist.» Harry Biggins kam zu ihnen, und Melrose bat ihn, Mrs. Cripps reichlich mit dem, was für ihr Wohlbefinden notwendig sei, zu versorgen. Erstaunt stellte er fest, daß der Wirt seine Bestellung einer Flasche Old Peculier mit der größten Selbstverständlichkeit entgegennahm.

«Ramona Wey und Cora Binns, das erinnert mich an etwas. Bestellen Sie mir ein Bier, ich telefoniere mal rasch.»

«Gut. Ich sehe solange bei dem Spiel zu. Ist das da drüben der Tisch?»

Jury lächelte. «Ein äußerst kompliziertes Spiel, Mr. Plant. Der Dicke heißt Dr. Chamberlen. Zumindest nennt er sich so. Er ist der Meister, er bestimmt, was läuft. Ich glaube nicht, daß Sie viel aus ihm rauskriegen – weder aus ihm noch aus den anderen.»

«Wir werden sehen. Können Sie mir mal Ihre Kopie von Emilys Plan leihen, Superintendent?»

«Sicher.»

Melrose bestellte Jurys Bier und ging mit Handschuhen, Spazierstock und seinem Glas Old Peculier zum Spieltisch hinüber.

All diese Dinge legte er auf der großen, runden Tischplatte ab. Die Männer blickten mit gespielter Überraschung zu ihm auf; Melrose war jedoch sicher, daß sie ihn die ganze Zeit über beobachtet hatten.

Nur Dr. Chamberlen war entweder zu klug oder zu eitel, um Erstaunen zu heucheln.

«Wer von den Herren ist der Meister?» fragte Melrose.

Dr. Chamberlen hielt seinen dicken rosa Zeigefinger hoch und fragte ironisch: «Und mit wem habe ich die Ehre, Sir?» Der Blick, der Melroses Kaschmirmantel streifte, ließ keinen Zweifel daran, daß dies an einem Ort wie dem «Anodyne Necklace» eine recht fragwürdige Ehre war.

Melrose zog aus der Innentasche seines Mantels ein Etui mit Visitenkarten, die er für solche Notfälle bei sich hatte. Er schob ihm seine Karte hin.

Dr. Chamberlen setzte seinen Zwicker auf, beugte sich darüber und las; dann lehnte er sich wieder zurück, wahrte aber nur mit sichtlicher Mühe seine gleichgültige Haltung.

Den übrigen war es alles andere als gleichgültig. «Ein Earl! Verdammt, ein Earl im ‹Necklace›?» sagte Ash Cripps. «Und woher kennen Sie Elefant?»

Melrose brauchte einen Augenblick, bis er begriff, daß damit Mrs. Cripps gemeint war. «Sie war so freundlich, mich hierherzubegleiten.»

«Und Superintendent Jury», sagte Dr. Chamberlen, «scheint ein Freund von Ihnen zu sein.»

«Richtig. Aber ich bin kein als Aristokrat verkleideter Polizist, falls Sie das annehmen.»

Chamberlen schnappte sich einen Würfel und ließ ihn in der Hand hin- und herkullern. «Was führt Sie dann zu uns?»

«Das Spiel», erwiderte Plant lächelnd. Sie sahen einander an, und Melrose stocherte mit seinem Spazierstock in den verstreuten Blättern Millimeterpapier herum. «Ich bin selbst Meister, dreizehnter Grad.»

Daraufhin drehten sich alle Köpfe nach Chamberlen um, der keinen sonderlich erfreuten Eindruck machte. «Teufel!» sagte Keith, «der höchste ist doch fünfzehn, stimmt's, Doc?»

Melrose beglückwünschte sich, nicht der Versuchung nachgegeben und zwanzig gesagt zu haben.

«Sehr interessant», sagte Chamberlen, scheinbar ganz auf den Teller Aal in Aspik konzentriert, den Biggins vor ihn hingestellt hatte. Er stopfte sich die Serviette in den Kragen. «Aber wenn ich meine Frage wiederholen darf: Was hat das mit uns zu tun?»

«Mich interessiert das hier», sagte Melrose und legte den Plan auf den Tisch.

«Sie meinen den Plan, für den sich auch Superintendent Jury interessiert?» Chamberlen preßte ein Stück Zitrone über seinem Aal aus und streute Pfeffer darüber. «Mich interessiert er überhaupt nicht.»

Melrose nahm ein paar Scheine aus seiner Brieftasche und breitete sie wie einen Fächer auf dem Tisch aus. «Fünfhundert Pfund. Kann ich jetzt mitspielen?»

Allen außer Chamberlen, der den Mund voller Aal hatte, fiel vor Staunen der Kiefer herunter.

Ein kurzes Zögern, ein schneller Blick auf das Geld, dann sagte Chamberlen: «Wir spielen nicht um Geld.»

Ein Mann von Prinzipien, dachte Melrose, aber er wußte, wie schnell sich solche Prinzipien ändern konnten. «Mein Vorschlag lautet: Wenn Sie es schaffen, vor mir herauszufinden, was dieser Plan bedeutet, gehören die fünfhundert Pfund Ihnen. Ich meine damit natürlich Sie alle.»

«Kein guter Handel für Sie, was? Wir sind nämlich im Augenblick etwas knapp bei Kasse. Keiner von uns kann fünfhundert Pfund einsetzen.»

Melrose zuckte die Achseln. «Macht nichts. Wenn ich gewinne, lassen Sie mich eben immer mitspielen, wenn ich in London bin.» Melrose nahm an, daß Chamberlen mehr daran lag, ihn aus dem Spiel herauszuhalten als das Geld zu kassieren.

«Ich komm da nicht ganz mit: Wenn Sie ein Freund des Superintendent sind, warum hat er sich dann nicht gleich an Sie gewandt?»

«Oh, das hat er.» Melrose nahm den Plan in die Hand. «Aber ich bin nicht dahintergekommen.»

Das gefiel Dr. Chamberlen offensichtlich. «Unter einer Bedingung.»

«Und die wäre?»

«Dieser Ort –» Chamberlen stieß mit dem Finger gegen den Plan – «ist wahrscheinlich frei erfunden, und Sie können nicht von mir erwarten, daß ich Trevor Trees Gedanken lese. Deshalb sollte die Wette so aussehen, daß nur der Code entschlüsselt werden muß.»

Was für ein Code, zum Teufel, fragte sich Melrose. «Schön, ich bin einverstanden.»

In der darauffolgenden Viertelstunde bekam Melrose, der mit dem Bleistift in der Hand vor einem Bogen Millimeterpapier saß und nicht wußte, was er damit anfangen sollte, den verrücktesten oder sinnlosesten Wortwechsel zu hören, den er in seinem Leben vernommen hatte. Gelegentlich machte er sich ein paar Notizen, da die anderen wie wild drauflofskritzelten. Auch die übrigen Gäste schien das Geld auf dem Tisch magisch anzuziehen.

«...und holt sich zwölf Goldstücke aus der Höhle des Schwarzen Bären.»

An diesem Punkt war Jury hinter ihn getreten. Melrose las den Zettel, den er ihm hinschob: *Ramona Wey arbeitete für die Jobvermittlung «Smart Girls».*

Als Keith und Nollie in der Höhle des Schwarzen Bären festsaßen und nicht mehr weiterwußten, legte Chamberlen den Bleistift auf den Tisch und blickte zu Melrose hinüber. «Inzwischen muß Ihnen der Code ja klargeworden sein.» Sein vergnügtes Grinsen bewies Melrose, daß Chamberlen gewonnen hatte oder zumindest fest davon überzeugt war. Als Melrose nichts darauf erwiderte, erklärte er, offensichtlich sehr zufrieden mit sich selbst: «Der Schlüssel ist das, was immer wiederkehrt – gewöhnlich sind das Namen, Orte,

Zahlen. Aber so elementare Dinge brauche ich Ihnen wohl nicht zu erklären, wo Sie selbst Meister sind. Als Schlüssel kommen hier offensichtlich nur die Farben in Frage.»

«Vielleicht können Sie das doch noch etwas erläutern», sagte Melrose und legte seinen Spazierstock auf die Pfundnoten, nach denen sich bereits eine Hand ausstreckte.

Dr. Chamberlen faltete die Hände über dem Bauch: «Der Bach des Bluts ist offensichtlich rot. Dazu braucht man nicht viel Phantasie. Eindeutig sind auch der Schwarze Bär, die Gelbe Steinstraße und die Blaue Grotte. Bei dem Pfad bin ich mir nicht ganz sicher – braun vielleicht? Der Festungsgraben ist wahrscheinlich grün oder blau oder blaugrün.»

«Und der Königsweg?»

«Lila natürlich.» Chamberlen zuckte die Achseln und blickte von Plant zu Jury. «Glauben Sie mir, meine Herren, wenn ich mehr wüßte, würde ich es Ihnen sagen. Aber das ist der Schlüssel. Da bin ich mir ganz sicher.»

Melrose hob seinen silberbeschlagenen Stock von den Pfundnoten, die Chamberlen flugs einsammelte und erstaunlich großzügig an die Spieler austeilte.

Die Catchcoach Street wurde nicht so häufig von Adligen und Superintendenten besucht, als daß die Gäste des «Anodyne Necklace» sie so einfach ziehen lassen konnten, besonders nachdem Melrose Plant mehrere Runden ausgegeben hatte. Einen solchen Wohltäter ließ man ungern gehen, und White Ellie, die mehr als alle andern von seiner Großzügigkeit profitiert hatte, fühlte sich zu einer Gegenleistung verpflichtet. «Na, wie wär's, wollt ihr beide nicht mit zu uns kommen und ein paar aufgewärmte Pfannkuchen futtern?»

Sie standen unter dem Schild des «Anodyne Neck-lace» und schauten die Catchcoach Street entlang. In dem blauen Licht der Dämmerung waren die Straßenlampen ange-gangen, und die schmalen Häuser warfen lange Schatten auf das Pflaster. Ein Stück weiter tobte eine Horde Kinder herum.

«Farben», sagte Melrose Plant und zündete sich eine dünne Zigarre an. «Was zum Teufel hat das zu bedeuten? Wenn nur Emily mit ihren Buntstiften da wäre... Hat Ihr Telefonanruf etwas erbracht?»

«Ja. Ich erinnerte mich daran, daß Sylvia Bodenheim Ramona Wey als aufgedonnerte kleine Sekretärin aus London beschrieben hatte. In London gibt es zwar jede Menge aufge-donnerter kleiner Sekretärinnen, aber es ist anzunehmen, daß nur wenige für die Jobvermittlung ‹Smart Girls› in King's Cross arbeiten oder gearbeitet haben. Ramona war eine da-von, wie mir die Geschäftsführerin mitgeteilt hat. Sie kün-digte, als eine alte Tante von ihr starb und Ramona nicht mehr zu tippen brauchte – vor gut einem Jahr.»

«Sie hat also Cora Binns gekannt?»

«Bestimmt. Aber ich kann verstehen, wenn sie das unter diesen Umständen nicht zugeben wollte. Obwohl sie es bes-ser getan hätte. Aber ich nehme an, sie hatte sich ihren eigenen kleinen Plan zurechtgelegt, Erpressung wahrscheinlich. Das arme dumme Ding.»

Einen Augenblick lang schwiegen beide. Auch auf der Straße war es still geworden, eine Stille, die nur von den hellen Stimmen der Kinder unterbrochen wurde. Alle übrigen An-wohner mußten in der Kneipe sein.

«Sagten Sie, diese Agentur befinde sich irgendwo in der Nähe von King's Cross?»

Jury nickte. «Warum?»

«Und wo ist die Underground-Station Wembley Knotts?»

«Nicht weit. Nur ein paar Minuten von hier.»

«Was halten Sie davon, wenn wir kurz reinschauen?»

«Na schön. Ich muß nur bald wieder nach Littlebourne.»

«Dauert keine fünf Minuten.» Melrose ließ seine Zigarre in den Rinnstein fallen und blickte zum Schild des «Anodyne Necklace» hoch. «Sägespäne, Gaslicht, Chamberlen und Cripps. Das hier könnte für den Rest seines Lebens von seinem Schick leben.»

Sie waren bei ihren Autos angelangt. Plants Spazierstock hatte offensichtlich die gewünschte Wirkung gehabt: Der Silver Shadow war unversehrt, keine Menschenhand und keine Cripps-Pfote hatten ihn angetastet.

Jury indessen seufzte. Quer über seine Windschutzscheibe war mit Seife das Wort RATE geschmiert, gefolgt von der etwas kleiner geschriebenen Aufforderung, von hier abzuhauen.

Melrose schüttelte den Kopf. «Lernen sie auf der Schule denn keine Orthographie mehr?»

Als Melrose seinen Rolls vorsichtig die Straße entlangchauffierte, sah Jury, wie die Cripps-Kinder ihr Spiel unterbrachen, zu winken anfingen und ihm auf dem gepflasterten Trottoir nachliefen.

Auch Friendly winkte, nur nicht mit der Hand.

DIE SCHWARZE KONTROLLEURIN beugte sich gerade aus ihrer Dienstkabine und legte sich mit einer Familie kleingewachsener Orientalen an. Jury zeigte seinen Ausweis, und sie ließ sie mürrisch passieren. Von den Orientalen verlangte sie noch dreißig Pence.

In der Ferne fuhr ein Zug ab, und der Wind schob sie wie eine Hand im Rücken den Gang entlang. Von dessen anderen Ende her waren, durch die Wölbung der gekachelten Wände verstärkt, die Klänge einer Gitarre und einer Stimme zu vernehmen, die ein melancholisches Lied von Heimweh und Heimkehr sang; es klang so traurig, als hätte der Sänger bereits jede Hoffnung aufgegeben. Jury hatte das seltsame Gefühl, dies alles schon einmal erlebt zu haben. Sie bogen um die Kurve, und Melrose warf ein paar Münzen in den offenen Gitarrenkasten; der Gitarrist nickte und spielte als Zeichen des Dankes ein wenig lauter.

«Hier wurde sie gefunden», sagte Jury und blieb vor dem *Evita*-Plakat stehen, das inzwischen bis zur Mitte eingerissen war. Ein glitzernder Arm war erhoben, der andere hatte sich von der Schulter abgelöst. Verstümmelt und mit einem Schnurrbart verunziert, behauptete Evita noch immer ihren Platz an der Wand, wie sie ihn auch im Leben behauptet hatte.

Neben ihnen hallten Schritte, und zwei Teenager bogen um die Ecke. Sie sahen völlig identisch aus – lange Haare, tiefe Schatten um die Augen, Jeans, Kaugummi.

«Ein so belebter Ort», sagte Melrose, «es muß ziemlich riskant gewesen sein, sie hier zu überfallen.»

«Wahrscheinlich blieb dem Betreffenden gar nichts anderes übrig. Da er in der Nähe von Wembley Knotts und des ‹Anodyne Necklace› nicht gesehen werden wollte.»

Sie gingen die Treppe hinunter und den Bahnsteig entlang. Die gegenüberliegende Wand war mit riesigen Plakaten vollgeklebt. Kristallklarer Gin; ein Rock, der über einem wohlgerundeten, in Strumpfhosen verpackten Po aufflatterte; die flehenden Augen einer alten Frau, die um eine Spende für ein Heim für mittellose Witwen baten; die noch flehenderen Augen eines Spaniels, der (wie der Tierschutzverein bekanntgab) nur noch kurze Zeit zu leben hatte. Die beiden Teenager standen am andern Ende des Bahnsteigs. Ein paar Jungen in Lederjacken und mit altmodischen Entenschwanzfrisuren kamen durch einen der gewölbten Gänge. Sie wechselten abschätzende Blicke mit den Teenagern.

Jury blickte auf die Wand hinter sich, in die Richtung, in die Melroses Spazierstock wies.

In diesem Augenblick hätten ihre Gedanken ein und demselben Gehirn entsprungen sein können. Plant zeigte mit seinem Spazierstock auf einen dunklen Punkt auf dem Plan des Underground-Netzes, der die größte Station Londons markierte. «King's Cross St. Pancras.»

Jede Linie hatte eine andere Farbe, damit sich der Benutzer in diesem Labyrinth zurechtfand. Plants Spazierstock folgte dem dünnen roten Strich, der die Stadt in zwei Hälften teilte. «Der Bach des Blutes, nicht? Die Central Line. Blau die Victoria Line; Schwarz die Northern Line; Grün die District Line – vergleichen wir das doch mal mit Ihrem Plan.»

Jury zog ihn aus der Tasche. Die Kirche von St. Pancras war an der Stelle eingezeichnet, die dem dunklen Punkt auf dem Plan des Underground-Netzes entsprach. «Und hier haben wir das Collier, genau da, wo wir stehen, in der Station Wembley Knotts.»

«Wenn man die Augen schließt, sieht es wie einer von Ernestines Plänen aus.»

Jury fragte sich, wie oft er diesen Plan allein in den letzten zwei Tagen gesehen hatte – die lackierten Fingernägel der Taschendiebin gleich daneben. Immer der gleiche Plan, in jedem Wagen, an jeder Station. Es gab praktisch keinen Tag in seinem Leben, an dem er nicht einen Plan der Londoner Underground gesehen hatte.

«Meinen Sie», meinte Melrose, «Tree hat es irgendwo hier versteckt? In einer Underground-Station?» Er blickte sich um, während ein Zug angedonnert kam, ein paar Fahrgäste ausspuckte und die Teenager samt den Jungen in den Lederjacken verschluckte.

Der Gitarrenspieler ging mit seinem schwarzen Kasten den Bahnsteig auf und ab. Erst jetzt merkte Jury, daß die Musik aufgehört hatte. Der Gitarrenspieler zündete sich eine Zigarette an, lehnte sich gegen eine Wand und wartete.

Jury warf ihm einen Blick zu und sagte zu Melrose Plant: «Wenn Sie wie Tree den Verdacht hätten, daß die Polizei schon auf der Straße oder in Ihrer Wohnung auf Sie wartet, und hier stünde Ihr Komplize –» Der Rest verlor sich in dem Wind, der aufkam, als der Zug beschleunigte und in dem dunklen Tunnel verschwand.

«– dann kämen Sie vielleicht auch auf den Gedanken, dieses Collier in eine Pfundnote zu wickeln und einfach in den Kasten mit den Münzen zu werfen. Allerdings hätte der schon jemandem sehr Vertrauenswürdigen gehören müssen.»

Jury blickte von dem Underground-Plan wieder zu dem unglücklichen Hund hoch, dessen Augen niemandem vertrauten. Täuschte er sich völlig? Es fiel ihm schwer zu glauben, daß Cyril Macenery der Täter gewesen sein sollte. Wichtig war zunächst nur, daß er im Krankenhaus war – allein mit Katie. «Bitte setzen Sie mich am Krankenhaus ab, wenn Sie nach Littlebourne zurückfahren.»

Plant versuchte, mit ihm Schritt zu halten; sie rannten beinahe durch die Gänge. «Fahre ich denn nach Littlebourne zurück?»

«Ja. Um auf Emily Louise Perk aufzupassen. Ihr hat Katie diesen Plan gegeben.»

«Ich würde mich viel sicherer fühlen», sagte Melrose, der hinter Jury die Rolltreppe hochrannte, «wenn Emily Louise Perk auf mich aufpaßte.»

22

Emily Louise sass auf der Polizeiwache von Littlebourne, ihr Malbuch aufgeschlagen vor sich, und wünschte, Superintendent Jury würde zurückkommen. Peter Gere war zwar auch bei der Polizei, aber er war doch nur der Dorfpolizist. Außerdem war er dauernd mit dem Telefon und dieser quietschenden Box beschäftigt, die ihn mit der Polizei von Hertfield verband; es hätte hereinkommen können, wer wollte, ihr eine überziehen und dann wieder verschwinden können, ohne daß Peter etwas bemerkt hätte.

Emily Louise hätte sich eher einen Zahn ziehen lassen, als zuzugeben, daß die Ereignisse von heute nachmittag sie sehr nervös gemacht hatten. Sie hatte das Gefühl, sie brauche den Schutz der Polizei. Aber Peter schien ihr den nicht geben zu wollen. Zweimal schon hatte er sie aufgefordert zu gehen und gesagt, er habe sehr viel zu tun.

Und nun sagte er es wieder. Er legte die Hand über die Sprechmuschel und erklärte: «Emily, ich hab 'ne Menge zu tun; am besten, du gehst jetzt.» Und bevor er die Hand von der Sprechmuschel nahm, um der Stimme am andern Ende der Leitung zu antworten, fügte er automatisch hinzu: «Deine Mutter möchte, daß du nach Hause kommst. – Ja, hier ist Gere…» Er wandte sich wieder ab.

Warum sagten sie ihr das immer? Man hätte meinen können, Gott habe einen Knopf auf der Box gedrückt, und eine gewaltige Stimme habe daraus gesprochen: *Hier spricht deine Mami.* Dabei wußte Peter, daß ihre Mutter in Hertfield war; sie hatte ihm das selbst erzählt. Von ein paar Ausnahmen abgesehen – sie dachte an Polly und Superintendent Jury –, schienen die Erwachsenen nie zuzuhören.

Angewidert betrachtete sie das letzte Bild in ihrem Malbuch. Schneewittchen tätschelte Zwerg Dopeys polierten Schädel und hatte ein Lächeln aufgesetzt, das aussah, als wäre es in Klebstoff getaucht. Emily streckte dem Bild die Zunge heraus, klappte das Buch zu und sah sich im Zimmer um.

An dem Plan, der mit einer Reißzwecke auf Peter Geres Filztafel befestigt war, blieb ihr Blick hängen. Es gab sogar mehrere davon. Da inzwischen jeder Polizist, der hier herumschwirrte, einen hatte, war der Plan sozusagen ein offenes Geheimnis.

Peter Gere hatte ihr den Rücken zugewandt; sie rutschte von ihrem Stuhl herunter, riß eines der Blätter ab und setzte sich wieder auf ihren Platz. Es würde sich prima ausmalen lassen. Sie reihte die Stummel ihrer Buntstifte neben sich auf und machte sich daran, die Grotte blau zu färben. Nach ein paar Minuten prüfte sie das Ergebnis, war aber nicht sehr zufrieden. Da ihre Stifte so stumpf waren, sah alles – die Grotte, der Bach, der Festungsgraben und die Straße – grob vereinfacht aus. Sie nahm das Kinn zwischen die Hände und starrte darauf. An was erinnerte sie das nur? Sie runzelte die Stirn. Als sie Peter den Mantel von der Stuhllehne nehmen sah, griff sie schnell nach dem Blatt, schob es in ihr Malbuch und tat so, als wäre sie eingeschlafen. Er würde ihr den Hals umdrehen, wenn er wüßte, daß sie an seiner Tafel gewesen war! Er hatte ihr streng verboten, sie zu berühren.

«Ich muß nach Hertfield, Emily, und du gehst jetzt schön brav nach Hause.»

Sie gähnte. «Ich muß noch die Pferde füttern.»

«Na schön, dann füttere sie; eigentlich solltest du um diese Zeit nicht mehr unterwegs sein...» Er brummte etwas über ihre Mutter. «Es ist schon nach acht. Was ist denn das?»

Pech. Der Plan war herausgerutscht, als sie das Malbuch vom Tisch genommen hatte.

«Emily! Das ist Beweismaterial, und du schmierst darauf herum.»

Sie versuchte, ihn abzulenken. «Es erinnert mich an was, ich komm nur nicht drauf.» Sie zog die Brauen zusammen. «Farbig sieht's irgendwie ganz anders aus, nicht?»

Peter drehte den Plan hin und her. «Für mich ist das irgendein blödsinniger Plan für Schatzsucher, sonst nichts. An was erinnert er dich denn?»

Emily sah mit zusammengekniffenen Augen zur Decke hoch und verfolgte eine Motte, die über die Deckenlampe flatterte. «Ich komm schon noch drauf.»

Sein Gesicht glich einer Gewitterwolke. «Bei mir läuft das nicht. Ich stopfe dich nicht mit Chips und Süßigkeiten voll.»

Als er sich umdrehte, um das Papier zusammenzuknüllen und in den Papierkorb zu werfen, streckte sie seinem Rücken die Zunge heraus. Der Plan war kein Spiel. Sie würde rauskriegen, was er bedeutete!

Peter schob sie zur Tür hinaus, warf ihr einen bösen Blick zu, stieg in sein Auto und brauste die Hauptstraße hinunter. Als er außer Sichtweite war, schlich Emily sich auf die Wache zurück, holte den Plan aus dem Papierkorb und glättete ihn sorgfältig.

Auf dem Weg nach Rookswood schaute sie noch bei Polly Praed vorbei und war sehr viel zufriedener mit dem Empfang, der ihr dort zuteil wurde. Polly hatte sie sogar einmal nach London in den Zoo mitgenommen und ihr erlaubt, mit der Underground in der ganzen Stadt herumzufahren.

In der Küche von Rookswood wurde sie noch freundlicher empfangen: Gleich mehrere frische Sahnetörtchen wurden ihr aufgedrängt, damit sie ihre Geschichte erzählte.

«Sie sind *wahnsinnig*», sagte Cyril Macenery, während er sich von seinem Stuhl aufrichtete, bis Jury ihn wieder zurückstieß.

Jury hatte den Spießrutenlauf vorbei an der sauren kleinen Krankenschwester, diversen Helfern, einem Wägelchen mit medizinischem Gerät und einer Frau, die sehr wohl fähig schien, ihn zu packen und an den Füßen aus dem Krankenhaus zu schleifen, hinter sich gebracht. Bestimmt die Oberschwester. Doch als er ihr seinen Ausweis unter die Nase hielt, blieb ihr nichts anderes übrig, als ihn mit zusammengekniffenem Mund zu akzeptieren.

Katie lag da wie bei seinem letzten Besuch. Er widerstand der Versuchung, ihr einen Spiegel an den Mund zu halten, bevor er Cyril Macenery aus dem Zimmer führte.

Nun waren sie in einem Raum, der trauernden Hinterbliebenen vorbehalten war. Wiggins, der unter einer Krankenhauslampe saß, hatte sein Notizbuch aufgeschlagen. Er hatte alles mitgeschrieben.

«Hören Sie, ich war hier in diesem Krankenhaus – Sie haben mich gesehen. Ich kann ja wohl kaum in Littlebourne gewesen sein und jemand umgebracht haben.»

«Davon rede ich im Augenblick nicht. Wir sprechen darüber, was mit dem Halsband geschah. Die Polizei wußte, daß Tree es gestohlen hat, aber gefunden haben wir es nicht.»

Macenery wirkte völlig fertig. «Daß Trevor mir so weit vertraut haben soll, um mir Schmuck im Wert von einer viertel Million in den Geigenkasten zu werfen und sich davonzumachen, ist doch lächerlich. Er hat keinem getraut.»

«Aber eben doch. Es war noch jemand anderes an dem Diebstahl beteiligt. Der Jemand, dem er die Underground-Skizze geschickt oder dagelassen hat.»

Wiggins hatte aufgehört zu schreiben und rollte den Stift zwischen den Fingern, klopfte damit auf sein Notizbuch. «Die Sache ist die, Sir, mit Macenery kommt das nicht hin. Tree wurde von der Polizei festgenommen und dann bis zu seinem Autounfall rund um die Uhr überwacht. Er wußte, daß er unter Beobachtung stand. Da er also nicht selbst an das Halsband herankam, schickte er seinem Komplizen den Magierplan. Ziemlich mieser Trick, würde ich sagen – ihn den Komplizen enträtseln zu lassen. Und das können daher nicht Sie gewesen sein», sagte Wiggins zu Macenery. «Nicht, wenn Sie das Halsband schon vorher gehabt hätten. Es sei denn, Sie haben es ihm zurückgegeben, aber das ist nach den gegebenen Umständen unwahrscheinlich.»

Macenerys Erleichterung war mit Händen greifbar. «Da haben Sie verdammt recht, ich kann's gar nicht gewesen sein.»

Jury lächelte. «Dann habe ich wohl schneller geredet als gedacht, was, Wiggins?»

Wiggins saß da unter der Krankenhauslampe, badete in seinem kleinen Glanz und zog das kleine rote Band von einer frischen Schachtel Hustenbonbons ab.

DURCH DIE ANGELEHNTE STALLTÜR fiel ein schmaler, nicht sehr heller Lichtstrahl in Shandys Box, wo Emily gerade absattelte. Sie war zwanzig Minuten lang mit ihrem Pony ausgeritten – bis die Sahnetörtchen in ihrem Bauch zu rumoren anfingen. Dann war sie wieder in den Stall zurückgekehrt.

Als sie die Gurte löste, ging die Stalltür langsam zu, und es gab überhaupt kein Licht mehr.

Nichts war dunkler als der Stall bei Nacht und bei geschlossener Tür. Keine Fenster, keine Ritzen zwischen den Brettern, keine Astlöcher, durch die Licht hätte dringen können. Der Stall war so solide gebaut wie ein Haus. Und sie hatte erst gar nicht das elektrische Licht angeschaltet, weil sie sich in diesem Stall auskannte wie ein Blinder in seinem Zimmer.

In ihrem eigenen Zimmer hatte sie schon ab und zu Angst,

wenn sie allein im Dunkeln lag, aber im Stall war ihr das noch nie passiert, er war immer ein Zufluchtsort für sie gewesen.

Aber jetzt fürchtete sie sich.

Jeder, der einen triftigen Grund hatte, nachts hier aufzutauchen, würde nicht einfach die Tür zufallen lassen, sondern erst das Licht anschalten, und vor allem würde er sich nicht so lautlos hereinschleichen. Die Stille, die nach dem Knall, mit dem die Tür zugefallen war, und dem erschreckten Scharren der Pferde herrschte, war undurchdringlich. Außer dem raschelnden Geräusch der Hufe, dem leisen Wiehern und Schnauben war nichts zu vernehmen.

Emily wollte schon rufen: *Wer ist da?*, aber der Instinkt riet ihr, den Mund zu halten. Regungslos stand sie mit dem Tuch da, mit dem sie das Zaumzeug abgewischt hatte, und lauschte auf die Schritte im Stall. Wenn sie sich nur aus Shandys Box zu den Fässern hinüberschleichen könnte... Katie hatte immer gesagt, sie erinnerten sie an Ali Babas Schatzhöhle. Nein, besser nicht, wer immer sich da herumschlich, er würde bestimmt in den Fässern nach ihr suchen – nach *ihr*? Wer suchte denn schon nach ihr? Die Schritte schienen rasch näher zu kommen, an den Boxen entlang. Emily hörte, wie die Riegel an den Türen vorgeschoben wurden – an der ersten, der zweiten, der dritten.

Jemand verriegelte die Türen, sperrte die Pferde ein. Sperrte *sie* ein. Weiter hinten mußte eine Taschenlampe angeschaltet worden sein, denn auf den Brettern und der Decke war das Spiel von Lichtreflexen zu sehen.

Warum wurde sie eingesperrt?

Sie hörte die Tür am andern Ende quietschen – wahrscheinlich an der Box der alten Nellie – und das Wiehern des Pferdes. Aus Protest gegen den Eindringling. Auch diese Tür wurde zugeschlagen. Und wieder dieses Geräusch eines Riegels, der vorgeschoben wurde.

Sie preßte die Knie gegen die Brust und wagte kaum zu atmen. Dieselbe Abfolge von Geräuschen ließ sich vernehmen: Tür auf, das Scharren von Hufen, Tür zu, ein Riegel, der vorgeschoben wurde. Auch bei Jupiters Box.

Im ganzen gab es sieben Boxen, drei davon waren leer.

Sie wußte nun, was da vor sich ging: Wer immer das war – er hatte es auf sie abgesehen, und um zu verhindern, daß sie sich durch die äußere Stalltür in die pechschwarze Nacht hinausschlich, hatte er die Riegel an den andern Boxen vorgeschoben und inspizierte nun eine nach der andern. Inzwischen war er schon wieder eine näher gekommen.

Sie konnte nicht hinaus. Mit fest geschlossenen Augen dachte sie angestrengt nach. Am liebsten wäre sie einfach reglos sitzen geblieben, in der Hoffnung, daß der dünne Lichtstrahl über sie hinwegginge, daß er sie für einen Sack Futter hielte.

Die vierte Box wurde geöffnet, ausgeleuchtet und verriegelt.

Ganz langsam ging sie in die Hocke, richtete sich dann ganz auf und glitt lautlos zu Shandy hinüber. Sie hielt sich an seiner Mähne fest und schwang sich auf den Rücken des Ponys. Shandy schnaubte ein paarmal, aber das war nichts im Vergleich zu dem Lärm, den die andern Pferde machten, wenn die Tür zu ihrer Box aufging.

Nun blieb ihr nichts mehr übrig, als zu warten, flach auf Shandys Rücken ausgestreckt, die Wange gegen seinen Hals gepreßt. Ihr Verfolger war in der Box nebenan.

Shandy wieherte und scharrte auf dem Boden. Das seltsame nächtliche Zwischenspiel schien ihm ganz und gar nicht zu behagen. Emily umklammerte die Zügel, legte den Kopf so nah wie möglich an sein Ohr und wartete.

Sie hörte, wie der Riegel zurückgeschoben wurde, sah, wie der Lichtstrahl der Taschenlampe über die Flanke des Pferdes glitt und sie um eine Handbreit verfehlte, sah, wie er die Ecke ausleuchtete –

«Los!» flüsterte sie dem Pony ins Ohr.

Shandy schoß aus seiner Box. Als sie an die äußere Stalltür

kamen, die geschlossen, aber nicht verriegelt war, stieß sie mit ihrer Peitsche und das Pony mit dem Kopf dagegen – und draußen waren sie.

Sie hatten da jemanden zurückgelassen, der jetzt mit der Nase im Dreck liegen mußte, sagte sie sich glücklich, als sie den Wind im Gesicht spürte.

In weniger als einer Minute hatte Emily den Hof überquert und die Auffahrt erreicht. In ein paar Sekunden hätte sie auch den Rasen vor dem Haus überqueren können – aber das Haus war wohl nicht der richtige Zufluchtsort, denn derjenige, der im Stall nach ihr gesucht hatte, konnte ja von dort gekommen sein. Sie konnte durch das Tor am Ende der Auffahrt reiten, um zur Hauptstraße zu gelangen...

Zu spät erinnerte sie sich, daß es geschlossen war; man hatte ihr eingebleut, es immer hinter sich zu schließen. Und konnte sie sich denn darauf verlassen, daß diese Person (wer konnte es schon anderes sein als der widerliche Derek mit seinem sabbernden Mund?) sich nicht schon wieder aufgerappelt hatte, um sie sich genau dann zu schnappen, wenn sie sich an dem Tor zu schaffen machte? Mit jedem andern Pferd aus dem Stall hätte sie springen können, aber nicht mit Shandy. Und die Mauer von Rookswood folgte gut einen halben Kilometer der Hertfield Road.

Blieben nur zwei Möglichkeiten – sie konnte an der Mauer entlangreiten, bis sie endete, und das bedeutete, daß sie durch den Wald von Horndean reiten mußte; oder sie konnte quer über die Weide galoppieren und Rookswood hinter sich lassen...

Sie brauchte nicht lange zu überlegen, denn das Geräusch, das sie hinter sich auf dem Kies vernahm, war nicht das Geräusch von Schritten, sondern das Klappern von Hufen.

Blieb ihr also nur der Wald von Horndean. Emily bohrte die Absätze in Shandys Flanken und versetzte ihm einen Klaps mit den Zügeln; umzukehren war jetzt ausgeschlossen.

Als sie an der Mauer entlanggaloppierte, spürte sie den kalten Wind im Gesicht, einen Wind, der nach Regen roch. Sie betete um diesen Regen. Zumindest würde er ein Geräusch machen, das ihre Geräusche überdeckte.

Bevor sie im Wald verschwand, warf sie einen Blick über die Schulter und sah eine dunkle Silhouette auf sich zukommen. Wenn die Silhouette Jupiter, Julias Pferd, war, dann hatte sie keine Chance, das wußte Emily, denn Jupiter war einfach schneller als Shandy, selbst wenn Julia draufsaß, mit deren Reitkünsten es nicht weit her war.

Als sie die vereinzelten Baumgruppen erreicht hatte, die den Wald von Horndean säumten, bog sie in einen alten Reitweg ein und zügelte Shandy. Irgendwo zu ihrer Linken hörte sie das andere Pferd vorbeigaloppieren.

Sie konnte nun nicht mehr geradeaus bis zum Ende der Mauer und der relativ sicheren Landstraße zwischen Horndean und Hertfield reiten, da der andere dort bestimmt schon auf sie wartete. Und wenn er bereits auf dem Weg nach Rookswood zurück war, konnte sie auch nicht umkehren.

Sie konnte sich auf Shandys Rücken stellen und über die Mauer klettern. Aber wenn er Shandy ohne Reiter entdeckte, dann würde er sofort Bescheid wissen und auf der andern Seite der Mauer nach ihr suchen. Und er wäre zu Pferd und sie zu Fuß. Wahrscheinlich hatte er auch eine Taschenlampe bei sich, während sie nur eine Peitsche hatte, aber was ließ sich mit einer Peitsche schon anfangen?

Er konnte die Leute ganz schön in die Irre führen. Diese Worte von Superintendent Jury fielen ihr wieder ein, als sie die Zweige rascheln und knacken hörte – die Geräusche des zurückkehrenden Reiters, der sich jetzt sehr viel mehr Zeit nahm.

In die Irre führen: Es war, als ob Jimmy Poole ihr das noch schnell zuflüstern wollte, bevor er sich mit dieser schrecklichen Krankheit ins Bett legte (an der er beinahe gestorben wäre – sie war überzeugt davon).

Sie dirigierte Shandy schnell und lautlos an ein Stück

Mauer, kletterte auf seinen Rücken, verschaffte sich einen sicheren Stand und kletterte dann die Mauer hoch. Sie nahm das Tuch, mit dem sie das Zaumzeug abrieb, und ließ es auf die Mauer fallen, wo es an dem wilden Wein hängenblieb. Gut. Das sah so aus, als hätte sie es verloren, als sie über die Mauer kletterte. Sie ging ein paar Meter an der Mauer entlang, griff nach dem untersten Ast eines Baumes und schwang sich daran hoch.

Sie brauchte nicht lange zu warten.

Plötzlich gerieten die Zweige und Farne in Bewegung, und der dünne Strahl der Taschenlampe suchte den Platz unter ihr ab und fuhr an den Bäumen hoch.

Der Strahl fiel auf Shandys Hinterbacken. Das andere Pferd blieb stehen, jemand sprang aus dem Sattel, stapfte über die nassen Blätter und blieb dann direkt unter ihr stehen.

Zum erstenmal in ihrem Leben hatte Emily Louise Perks Neugierde nicht gesiegt. Wie festgefroren klebte sie mit angehaltenem Atem an dem Baum, das Gesicht gegen die Rinde gepreßt.

Sie hätte hinunterschauen sollen in den paar Sekunden, in denen dieser schreckliche Mensch das Pferd und die Mauer inspizierte; sie wußte das, aber sie konnte es einfach nicht – sie war zu feige dazu.

Emily Louise hatte in ihrem Leben nur dreimal geweint: einmal, als ihr Vater wegging; einmal, als ihre Katze starb und einmal, als Katie O'Brien ins Krankenhaus mußte.

Das war das vierte Mal, und sie weinte, weil sie wußte, daß Jimmy Poole nicht so feige gewesen wäre.

Der Regen hatte aufgehört. Und das Dunkel, das sie umgab, wurde noch undurchdringlicher. Die Person war weg; sie hatte sich wieder auf ihr Pferd geschwungen (sie war überzeugt, daß es Jupiter war) und war weggeritten. Sie würde irgendwo anders nach ihr suchen.

Sie kletterte von dem Baum auf Shandys Rücken und hätte

ihn gerne dafür belohnt, daß er so ruhig und geduldig gewartet hatte.

Emily ritt auf der Landstraße von Horndean bis zum Ende der Mauer. An diesem Punkt kreuzte sich die Straße mit einer andern, sehr viel schmaleren, die zu dem Dorf St. Lyons führte.

Shandy war müde; er schnaufte heftig und schüttelte die Mähne, als wolle er alles von sich abschütteln. Sie waren jetzt auf der Straße nach St. Lyons, und wenn sie nach rechts blickte, konnte sie jenseits der Hecken und Weiden die Lichter der Häuser an der Hauptstraße von Littlebourne erkennen. Der milchige, rosarote Schein kam aus Mary O'Briens Schlafzimmer, in dem immer Licht brannte. So aus der Ferne und mit all den Bäumen davor blinkten die Lichter wie Sterne. Einen halben Kilometer noch, und sie würde an der Stelle angelangt sein, wo das Sträßchen nach St. Lyons geradeaus weiterging und ein Feldweg mit tiefen Radspuren nach rechts abzweigte; er beschrieb einen Bogen und führte auf die Straße, die schließlich zur Hauptstraße von Littlebourne wurde.

Emily war so erschöpft, daß sie ihr Gesicht in Shandys Mähne vergrub und ihn einfach weitertrotten ließ. In der Ferne hörte sie ein Auto.

Es fuhr vorbei, ein dunkler, nächtlicher Schatten. Auf der Straße nach St. Lyons gab es nur ganz wenig Verkehr.

Sie war wie betäubt vor Angst, als sie bemerkte, daß es in einiger Entfernung hinter ihr anhielt und auf der schmalen Straße zu wenden versuchte, indem es halb in die Hecke zurückstieß.

Nun wußte sie Bescheid. Sie schlug einen leichten Trab an und ging dann in den Galopp über. Shandy war ziemlich schnell, wenn Emily auf ihm saß, aber kein Pferd aus den Ställen der Bodenheims war so schnell wie ein Auto.

Dabei mußte sie schneller sein, wenn sie die Nacht überleben wollte.

Der Wagen stand ein ganzes Stück hinter ihr, aber an den Scheinwerfern ließ sich erkennen, daß es ihm gelungen war zu wenden und daß er gleich auf sie losbrausen würde.

Die Gabelung der Straße lag direkt vor ihr. Wenn sie nach rechts abbog, wäre sie für ein paar Sekunden vor dem Wagen in Sicherheit. Sie ließ Shandy langsamer gehen, zog ihren Tweedmantel aus und steckte die Ärmel durch die Schlaufen des Zaumzeugs. Es war ein ziemlich plumpes Täuschungsmanöver, aber sie erinnerte sich, daß sie ihre Mutter hinters Licht geführt hatte, indem sie Kissen unter die Bettdecke stopfte, damit es so aussah, als läge sie im Bett, obwohl sie schon längst aus dem Fenster geklettert war, um irgendein mitternächtliches Abenteuer zu erleben. Jetzt tat es ihr richtig leid, daß sie in den letzten Jahren kaum auf ihre Mutter gehört hatte, auch wenn sie nicht recht wußte, was ihre Mutter eigentlich zu sagen gehabt hatte.

Sie hörte den Wagen auf der Straße nach St. Lyons näher kommen – gleich würde er die Gabelung erreicht haben. Sie glitt zu Boden, schrie «Los!» und klopfte Shandy auf die Hinterbacke. Shandy fing an zu galoppieren, und der Mantel flatterte auf dem Sattel.

Als der Strahl der Scheinwerfer auf die Beine des Ponys fiel, ließ Emily sich in die Hecke rollen; Tränen liefen ihr übers Gesicht, und sie haßte sich.

Shandy so hereinzulegen!

MR. WILLIAM FRANCIS BEVINS POTTS war offensichtlich so stolz auf seine Position in der technischen Abteilung der Londoner Verkehrsbetriebe, daß er bereitwillig seine Lieblingssendung ausschaltete, um einen Vortrag über die Londoner Verkehrsmittel zu halten. Während er ein Potpourri verwirrender Details über Geschichte und Entwicklung des Wagenparks auftischte, betrachtete Jury die farbenprächtigen Plakate, die die Wände von Mr. Potts' Wohnung in der Edgeware Road bedeckten – elegante Herren aus der eduardianischen Zeit, denen bei ihren Ausflügen mit der Underground ebenso elegante Londoner Bobbies beistanden. Mr. Potts' Wohnung, die kaum Möbel, dafür aber all diese Plakate enthielt, erinnerte Jury auch eher an eine Underground-Station.

Jury ließ ihn noch ein paar Minuten gewähren, da er die Erfahrung gemacht hatte, daß Leute, die von einer Sache besessen waren, ein Ventil dafür brauchten und dann viel schneller und präziser die Fragen beantworteten, die Jury stellen würde, wenn er sie erst hatte reden lassen.

Gelegentlich tauchte in der grauen Masse dieser atemberaubend langweiligen Details eine interessante Tatsache auf, die wie ein exotischer Fisch in einem Fischweiher wirkte. Zum Beispiel hatte Jury nicht gewußt, daß die neueren Dieselloks, die Ende der sechziger Jahre gebaut worden waren, Rolls-Royce-Motoren besaßen. Das würde Plant interessieren.

«...auf der District, der Circle und der Metropolitan Line wird der Bestand für den Oberflächenverkehr eingesetzt; auf der Northern, der Jubilee...»

Als er die Jubilee Line erwähnte, leuchteten seine Augen. So wie er den Bau dieser Linie beschrieb, hätte man meinen können, er wäre dabeigewesen.

Wiggins schien sich prächtig zu unterhalten; seine Liebe zum Detail entsprach der von William F. B. Potts – einer der Gründe, weshalb Jury ihn so unersetzlich fand, vor allem, wenn es darum ging, Protokolle zu schreiben. Als Jury es schließlich an der Zeit fand, den schon fast zehn Minuten währenden Monolog zu unterbrechen, erntete er von Wiggins einen vorwurfsvollen Blick.

«Das ist ja alles höchst interessant, Mr. Potts. Was wir wollen, hat aber eigentlich eher mit den Bahnhöfen als mit dem

Wagenpark zu tun. Wir haben uns an Sie gewandt, weil man uns sagte, daß niemand so gut Bescheid wüßte wie Sie, was die technischen Einzelheiten dort betrifft.»

Mr. Potts nickte emphatisch; anscheinend hatte er seinem Laster genug gefrönt und war nun gewillt, sich mit Dingen von allgemeinerem Interesse zu beschäftigen. Er fuhr sich mit der Hand durch das spärliche graue Haar, preßte die Fingerkuppen gegeneinander und konzentrierte sich auf Jury.

«Wenn Sie etwas verstecken müßten, einen relativ kleinen Gegenstand, für den Sie einen sicheren Ort benötigen, einen Ort, an den Sie später zurückkommen können – welche Stelle käme da in einer Underground-Station in Frage?»

Mr. Potts konnte anscheinend nichts, was mit der Untergrundbahn zu tun hatte, aus der Fassung bringen. Interessiert fragte er: «Wie klein ist der Gegenstand, und wie lange soll er dort bleiben?»

Jury beschrieb mit Daumen und Zeigefinger einen Kreis. «Ungefähr von der Größe einer Münze. Wie lange, ist schwer zu sagen. Einen Tag oder auch unbestimmte Zeit.»

Das war, wie sich von Mr. Potts' Gesicht ablesen ließ, eine ziemlich harte Nuß. «Sie meinen, der Gegenstand soll so versteckt werden, daß niemand ihn entdeckt, weder zufällig noch nach einer gezielten Suche?» Jury nickte. Mr. Potts dachte eine Zeitlang nach, blickte von Jury auf Wiggins, starrte auf die Plakate an der Wand, öffnete ein paarmal den Mund, um etwas zu sagen, verschluckte aber immer wieder die Antwort und meinte dann schließlich: «Es klingt vielleicht seltsam, aber einen solchen Platz scheint es nicht zu geben, abgesehen vielleicht vom Gitter.»

«Dem Gitter?»

Mr. Potts nickte. «Sie haben sie bestimmt auch schon gesehen. Man bemerkt sie nur nicht. Die Gitter der Entlüftungsanlage. Es hängt natürlich von der Station ab – es gibt unterschiedliche. Da könnte man schon was reinstecken, und es würde jahrelang dort liegenbleiben. Viele davon befinden sich in Bodenhöhe. Sie müssen nur mal durch die Tunnel gehen, dann sehen Sie sie. Die Leute schauen nie auf ihre Füße, deswegen fallen sie ihnen nicht auf.»

Jury erhob sich, und Wiggins klappte sein Notizbuch zu. «Mr. Potts, wir sind Ihnen sehr zu Dank verpflichtet. Leider können wir Ihnen nichts Genaueres sagen.»

Das störte Mr. Potts jedoch nicht; wenn er nicht gerade über Wagenparks und Betriebsanlagen sprach, konnte er sich sehr kurz fassen. «Gern geschehen», sagte er nur und begleitete sie zur Tür.

Dort wandte Wiggins sich noch einmal um und fragte: «Ich wüßte gerne noch, Sir, wie sie gereinigt werden. Ich meine die Tunnel. Sie müssen doch auch gereinigt werden?»

William F. B. Potts' Brustkasten schwoll an, nicht aus Eitelkeit oder Stolz, sondern einfach, weil er sich die Lungen vollpumpte. «Ja, natürlich. Es gibt einen besonderen Zug dafür, Sergeant. An beiden Wagen und auch hinter der Führerkabine, in der der Reinigungstechniker sitzt, sind Scheinwerfer angebracht. Der eine Wagen ist mit Filtern ausgerüstet, der andere mit Ansaugpumpen. Der mit den Ansaugpumpen bläst den Staub in den Wagen mit den Filtern. Die Geschwindigkeit läßt sich regulieren. Gebaut wurde dieser Zug in den Siebzigern von den Acton Works...»

«Vielen Dank, Mr. Potts. Wir bleiben in Verbindung», sagte Jury und schob Wiggins zur Treppe.

Die Tür schloß sich hinter ihnen, und Sergeant Wiggins meinte: «Gut, daß ich das endlich erfahren habe. Ich hab mich schon immer gefragt, wie sie das machen.»

Das Gitter befand sich genau gegenüber der Stelle, an der Katie O'Brien überfallen worden war, in Bodenhöhe und unter dem *Evita*-Plakat. Mit Hilfe von zwei Sicherheitsbeamten der Londoner Verkehrsbetriebe fand Jury das Versteck.

Das Collier war in ein dünnes, dunkles Taschentuch gewickelt und durch das Gitter geschoben worden – mehr als ein paar Sekunden konnte das nicht gedauert haben. Dahinter hatte es dann auf einem kleinen Vorsprung gelegen und den Ruß des letzten Jahres aufgefangen. Wenn jemand genau hingeschaut hätte, wäre ihm das kleine Säckchen sofort aufgefallen. Aber wer schaute sich schon das Gitter einer Entlüftungsanlage in einer Underground-Station an?

23

«DICH UMBRINGEN?» rief Melrose Plant dem Häufchen Elend zu, das im «Bold Blue Boy» vor ihm stand. Sie sah aus, als hätte sie sich die ganze Nacht in irgendwelchen Dornenhecken und Sümpfen herumgetrieben, und ihr auch sonst ungekämmtes Haar war struppiger als üblich; ihr Gesicht starrte vor Dreck, und ihre Jeans waren völlig zerfetzt.

Sie nickte und starrte mit gerunzelter Stirn auf den Fußboden.

Melrose hatte die letzte Dreiviertelstunde damit verbracht, sie zu suchen. Peter Gere war nicht auf der Polizeiwache gewesen. Polly Praed hatte Emily angeblich gegen acht gesehen. Die Bodenheims behaupteten, überhaupt nichts über ihren Verbleib zu wissen. Ihre Mutter war nicht zu Hause.

Gegen zehn hatte er sich dann mit einem Glas Bitterbier und einer Zigarre niedergelassen, um zu warten, und wäre beinahe in Ohnmacht gefallen, als ihr schmales, weißes Gesicht im Fensterrahmen auftauchte und sie ihn aufforderte, ihr beim Hereinklettern zu helfen. Sie weigerte sich, durch die Bar oder den angrenzenden Raum zu gehen. Also kroch sie durchs Fenster; Melrose hatte sie unter den Schultern gepackt und hochgezogen.

Melrose erhob sich von seinem Fenstersitz, um durch den oberen Teil des Fensters auf das beleuchtete Stück Straße hinauszuschauen. Er sah ihr Pony, das an einem Laternenpfahl festgebunden war. Es schien ganz friedlich zu grasen. Aber warum hing ihr Mantel in den Schlaufen des Zaumzeugs?

Als er sie danach fragte, sagte sie voller Verachtung: «Damit's so aussah, als säße ich auf Shandy, deswegen. Dann kriegte ich aber Angst, er würde ihn über den Haufen fahren. Ich bin über die Wiese zur Hauptstraße gelaufen, und da war dann auch schon Shandy und trottete ganz gemütlich um die Grünanlage. Wirklich ein schlaues Tier.» *Schlauer als mancher Zweibeiner,* besagte ihr Blick. «Ich möchte zu Mr. Jury.» Ihre Mundwinkel gingen nach unten. Bestimmt bedeutete das, daß sie gleich anfangen würde zu heulen, obwohl er sich Emily Louise eigentlich nicht heulend vorstellen konnte.

«Im Augenblick ist er noch in London. Er wird aber bald zurückkommen. Er hat mir noch gesagt, ich soll auf dich aufpassen.»

Ihr Blick verriet, was sie von dieser Idee hielt.

«Komm schon.» Er zog sie zu dem Ständer mit den Chips, ging hinter den Tresen und holte eine Zitronenlimonade hervor. Vielleicht würde sie ihr Elend vergessen, wenn sie den Mund voll hatte. «Wer hat denn gewußt, daß du dort warst?»

Emily zuckte die Achseln. «Viele. Ich füttere jeden Sonntagabend die Pferde. Da.» Der kolorierte Plan hatte die ganze Zeit über in ihrer Tasche gesteckt, er war ganz feucht und zerknittert und völlig verschmiert.

Er blickte von dem Plan zu ihr. «Wann hast du denn das gemacht?»

Sie erzählte es ihm, während sie den letzten Chip aus ihrem Beutel fischte.

«Hast du das jemandem gezeigt?»

«Polly. Wir haben auch rausgekriegt, was es bedeutet. Das Underground-Netz. Ich versteh nur nicht, wie jemand auf die Idee kam, das so umständlich zu zeichnen. London ist wirklich eine tolle Stadt. Ich komm nur nie hin!» Sie stieß einen dramatischen Seufzer aus und warf Melrose einen anklagenden Blick zu, als wäre *er* verantwortlich für ihr Landpomeranzendasein.

«Hast du mit jemandem darüber gesprochen?»

Emily hatte aus dem leeren, knisternden Beutel einen Ball

geformt, den sie auf ihrer flachen Hand auf und ab hüpfen ließ.

«Hör auf damit und hör zu!»

Sie legte die Stirn in tiefe Falten und rutschte auf ihrem Stuhl herum. «Regen Sie sich mal nicht auf. Ich hab nur mit Mrs. Lark darüber gesprochen.»

Die Köchin der Bodenheims. Wunderbar. Wahrscheinlich hatte sie es sofort der ganzen Familie erzählt.

Er schaute sie an und fragte sich, was er tun sollte. Junge Damen in Bedrängnis fielen nicht in sein Ressort. Er erwartete, daß in solchen Fällen Mütter, Krankenschwestern oder alte Köchinnen zur Stelle waren. Emilys Mutter schien wie üblich nicht erreichbar zu sein. Mary O'Brien hatte er ebenfalls nicht gesehen. Polly Praed? Er schlug Polly vor.

«Nein!» Eine Silbe, die wie eine kleine Explosion klang. «Ich möchte mit niemandem sprechen.» Sie war hinter die Bar gegangen, um nach ihrem Malbuch und den Buntstiften zu schauen. Als sie alles gefunden hatte, setzte sie sich ganz zufrieden auf einen der Hocker; die schrecklichen Stunden, die sie durchlebt hatte, schien sie völlig vergessen zu haben.

«Du sprichst doch mit *mir*.»

«Das ist was anderes.»

Das konnte entweder bedeuten, daß er überhaupt nicht zählte oder daß er nun der erlesenen Gesellschaft angehörte, die bislang aus Superintendent Jury und irgendwelchen Pferden bestanden hatte. «Ich weiß dein Vertrauen zu schätzen.»

Ihr Blick hätte jemanden, der sie nicht kannte, zur Salzsäule erstarren lassen. «Nur weil Sie hier fremd sind und weil Sie nicht reiten – Sie können's also nicht gewesen sein.»

Was bedeutete, daß er sich unter anderen Umständen als der geborene Killer entpuppen könnte.

«Du denkst doch wohl nicht, daß es *Polly* war?» Emily antwortete nicht. «Aber das ist doch –» Er wollte *lächerlich* sagen, aber das Wort blieb ihm im Hals stecken.

«Deswegen wollte ich auch nicht durch die Tür kommen.

Weil ich nicht weiß, wer da alles rumsitzt.» Von der andern Seite der Wand drangen die gutmütig-brummigen, kaum unterscheidbaren Stimmen der Stammgäste zu ihnen herüber wie in Watte gehüllt.

«Na schön, du kannst heute nacht ja auch hier schlafen. Mary O'Brien hat bestimmt ein Nachthemd –»

«Nachthemd! So was trag ich nicht! Ich schlafe in meinen Hosen.» Sie hatte ihr grünes Bambi fertig ausgemalt und schlug die Seite um.

Melrose stand auf. «Ich verständige die Polizei.»

«Ich spreche nur mit dem von Scotland Yard.»

«Mr. Jury ist in London. Ich ruf mal in Hertfield an. Vielleicht ist Peter –»

Sie sah mit stählernem Blick von dem Eichhörnchen auf, das sie gerade blau ausmalte, und sagte: «Nur mit Mr. Jury.»

DRITTER TEIL

MUSIK
UND
ERINNERUNG

24

Um dieselbe Zeit unterhielt sich Jury mit sechs andern Polizeibeamten, darunter auch Wiggins, die am Sonntagabend in die Station Wembley Knotts beordert worden waren.

«Schlimme Sache, das», sagte Kriminalinspektor Graham. «Aber was veranlaßt Sie zu der Annahme, daß dieser Schuft heute nacht noch vorbeikommt?»

«Heute nacht oder morgen in aller Frühe. Wahrscheinlich aber heute nacht, weil da die Pendler noch nicht unterwegs sind. Man kann noch so früh aufstehen, immer scheint es Leute zu geben, die Punkt sechs an ihrem Arbeitsplatz sein müssen oder sonst was vorhaben.»

«Trotzdem», meinte Graham, «wenn dieses Collier wirklich die ganze Zeit über dort gelegen hat –» er zeigte auf die Stelle unter dem *Evita*-Plakat –, «warum sollte er sich dann plötzlich so beeilen?»

«Weil unser Freund weiß, daß ihm nicht viel Zeit bleibt, darum. Es muß ziemlich ungemütlich für ihn geworden sein, nachdem Katie O'Brien den Plan entdeckt hat. Zwei Tote und eine im Koma. Sie glauben doch nicht, daß diese Person so lange wartet, bis *wir* dieses Collier gefunden haben?»

«Dann hat er genau noch eine Stunde und dreiunddreißig Minuten, bis die Station schließt.» Kriminalinspektor Graham verstummte, als er die hallenden Schritte hörte und jemand um die Ecke bog.

Es war Cyril Macenery, der seinen Geigenkasten unterm Arm trug. Er hatte den Blick gesenkt, als suche er nach etwas.

Jury stellte ihn der versammelten Mannschaft vor. «Unser

Straßenmusikant», sagte er. «Wir haben alles räumen lassen – nicht, daß es soviel zu räumen gab –, und die einzigen Anwesenden hier sind Sie –» er ließ den Blick über die Gruppe schweifen – «und Cyril, Katies Lehrer. Alles soll ganz normal aussehen, und besonders unverdächtig ist für unsern Freund, wenn einer hier unten Musik macht. Meiner Meinung nach», fügte Jury grimmig hinzu, «ist das nur ausgleichende Gerechtigkeit.» Er schaute zu Cyril Macenery hinüber, der nichts darauf erwiderte. Er hatte sich nach vielem Hin und Her bereit erklärt, als Straßenmusikant aufzutreten. Als Jury es ihm im Krankenhaus vorgeschlagen hatte, waren seine Antworten zuerst sehr einsilbig ausgefallen.

Sergeant Tyrrwhit, der in Ledermantel, Hawaiihemd und Jeans an der Wand lehnte, sagte: «Zwei von uns haben sich also auf dem Bahnsteig postiert, einer im Tunnel und einer auf der Rolltreppe. Und dann Sie. Sind Sie sicher, daß dieser Kerl das Versteck kennt?»

«Ziemlich sicher», sagte Jury.

«Ziemlich sicher», wiederholte Tyrrwhit und klebte seinen Kaugummi hinter das *Evita*-Plakat. Noch immer hing sie schrecklich unsicher herab, haftete aber dennoch fest.

Jury mochte Tyrrwhit. Er war zwar nur Hilfsdetektiv, aber innerhalb eines Jahres würde er bestimmt zu Grahams Rang aufgestiegen sein. Sein Sarkasmus, dachte Jury, paßt zu seiner Rolle und seiner Aufmachung.

«Ein besseres habe ich nicht», sagte Jury und reichte das Foto herum, das er mitgebracht hatte. «Das ist der Mann, auf den wir warten.»

Nachdem alle das Foto angeschaut hatten, gab Graham es ihm wieder zurück. «Peinlich, peinlich, eher hätte ich meine Großmutter verdächtigt.»

«Seien Sie froh, daß sie es nicht ist. Sonst wären Sie vielleicht mal ohne Finger aufgewacht.»

Sie waren um die Ecke gegangen und hatten sich so aufgestellt, daß man sie von dem Gitter aus nicht sehen konnte. Macenery hatte sich die Violine – es war Katies – unter das Kinn geschoben. Er zupfte an einer Saite, starrte auf die Wand und sagte: «Sie ist tot.»

Sie hatten gerade darüber gesprochen, was Macenery spielen sollte, um den Männern auf dem Bahnsteig zu signalisieren, daß die Person, nach der sie schauten, aufgetaucht war. Jury, der sich schon umgewandt hatte, um den Gang zurückzugehen, glaubte nicht richtig gehört zu haben. «Was?»

«Sie ist tot. Katie. Sie ist gestorben, kurz nachdem Sie gegangen sind.»

Jury schluckte. «Ich kann es nicht glauben.»

Macenery zupfte wieder eine Saite. «Ich auch nicht.»

Er versuchte, sich auf seine Musik zu konzentrieren; Jury starrte einen Augenblick ins Leere und ging dann den Gang entlang.

Jury und Wiggins setzten sich in eine dunkle Ecke am andern Ende des Bahnsteigs.

«Das kann doch nicht wahr sein», sagte Wiggins so bekümmert, wie Jury ihn selten erlebt hatte.

«Leider doch.» Jury zog seine Zigaretten heraus.

Wiggins schwieg eine Weile, dann sagte er: «Haben Sie keine Angst, daß Macenery ausrastet, wenn er ihn sieht?»

«Nein. Daß er hierherkam und diese Sache durchzieht, spricht eindeutig dagegen. Er hat Disziplin, deshalb ist er auch so gut.»

Die beiden Fahrgäste, die aus dem nächsten Zug stiegen, schienen ebenfalls dieser Meinung zu sein. Sie blieben stehen und lauschten, bevor sie den Steg hinaufgingen und durch den Ausgang auf der andern Seite der Station verschwanden.

Und so verbrachten sie die nächste halbe Stunde. Jury rauchte eine Zigarette nach der andern und starrte auf den grauen Betonboden des Bahnsteigs; Graham und Tyrrwhit gingen auf und ab; die andern standen weiter hinten im Gang oder auf der Treppe. Macenery spielte.

«Was spielt er jetzt, Wiggins?»

«Ich hab das immer nur auf dem Klavier gehört», sagte Wiggins düster. «Es heißt *Pavane für eine tote Prinzessin.*»

«Ach», erwiderte Jury nur.

Nach weiteren zehn Minuten, als Jury schon dachte, er habe sich wohl getäuscht und diese Nacht werde doch nichts mehr passieren – hörte er das Piepsen seines Sprechfunkgeräts. Er drückte auf den Knopf und vernahm die ruhige Stimme des Sergeant auf der Treppe; der Betreffende sei gerade gesichtet worden.

Ein paar Minuten später hörten sie die ersten Klänge des Lieds, das Macenery als Zeichen hatte spielen wollen, ein Lieblingslied von Katie: «Don't Cry for Me, Argentina».

Jetzt mußte der Mann nur noch das Collier aus seinem Versteck holen. Jury ließ ihm drei Minuten Zeit, dann gab er Graham und dem andern Kriminalbeamten ein Zeichen. Tyrrwhit hatte sich im Gang postiert und lauschte ostentativ der Musik; dann setzte er sich in Bewegung und folgte dem Verdächtigen in respektvollem Abstand.

Jury hörte Tyrrwhits Befehl: «Nicht rühren, Kumpel!»

Die neben dem Gitter kauernde Gestalt erstarrte und blickte von Tyrrwhit, der mit entsicherter Pistole hinter ihm stand, zu den andern, die sich über ihn beugten und auf ihn herabblickten.

«Hallo, Peter», sagte Jury.

Peter Gere hielt das Taschentuch mit dem Collier in der Hand und sagte: «Verdammt, ich hätt's mir denken können. Als ich dieses verdammte Lied hörte, da hätt's bei mir ticken müssen. Sie hat genau dasselbe Lied gespielt an dem verdammten Nachmittag.»

Jury wußte nicht, wo Cyril Macenery war. Die Musik hatte aufgehört. Er war jedoch froh, daß Macenery das nicht hörte.

Kriminalinspektor Graham belehrte Gere mit eisiger Stimme über seine Rechte. Der Dorfpolizist – einer jener Männer, deren Unbestechlichkeit schon legendär ist. Graham hätte offensichtlich gern weiter an diesen Mythos geglaubt.

Jury fragte: «Warum haben Sie Katie O'Brien getötet, Peter? Dachten Sie, sie hätte den Plan entschlüsselt?»

«Ich hab sie nicht getötet. Nur etwas unsanft angefaßt.»

Jury schwieg.

«Sie hat ihn beim Putzen gefunden. Ich Idiot hatte vergessen, die Schreibtischschublade abzuschließen. Ein neugieriges Ding, diese Kleine. Blödsinnigerweise hab ich viel zu heftig reagiert. Sie sah mich komisch an und ging. Aber sie ist wieder zurückgekommen und hat ihn sich geschnappt, indem sie die Schublade von der andern Seite herausnahm. Jedenfalls durfte sie mich nicht in Wembley Knotts sehen.»

«Und um die Leute von Katies Unfall abzulenken, haben Sie diese Briefe geschrieben?»

«Hat doch prima geklappt, oder? Umgebracht hab ich sie jedenfalls nicht. Sie liegt im Krankenhaus.»

«Sie ist tot.»

Gere erblaßte. Jury wußte, daß er seine Trümpfe ausspielen mußte, solange Gere noch an diesem Brocken kaute. «Und Cora Binns – wußten Sie, daß sie Trevor Trees Freundin war? Oder hat sie den Schmuck der Kenningtons getragen?»

Fast wie ein Blinder starrte ihn Gere an. «Ich wußte nur, *daß* er eine Freundin hatte. Männer wie Trevor Tree haben doch immer irgendwelche Weiber», fügte er hinzu. «Wirklich idiotisch, ihr diese Ringe zu geben. Sie stieg aus dem Bus und fragte nach Stonington. Sie sagte, sie müsse mit Lady Kennington sprechen. Woher, zum Teufel, sollte ich wissen, was sie mit ‹sprechen› meinte. Ich wußte nicht, wieviel sie wußte, wieviel Trevor ihr erzählt hatte. Jedenfalls stand sie mit all dem Schmuck behangen vor mir, den Kenningtons Witwe garantiert wiedererkannt hätte – durch Zureden allein hätte ich die Ringe wohl kaum von ihren Fingern gekriegt.»

Er stieß das hervor, als hätte er nicht genügend Sauerstoff zur Verfügung; dann schien er jedoch zu merken, wieviel er preisgab.

«Und Ramona Wey?»

Gere antwortete nicht.

Jury dachte, vielleicht ließe sich an Geres Eitelkeit appellieren. «War bestimmt nicht einfach, Trevor Trees Vertrauen zu erringen?»

«Daß ich nicht lache – ganz im Gegenteil, würde ich sagen.» Er verstummte wieder.

«Schafft ihn weg», sagte Jury und wandte sich ab.

Mit falscher Herzlichkeit sagte Kriminalinspektor Graham: «Schön, Mr. Gere. Wollen wir die Bahn nehmen?» Jury wußte, daß er sich nur einen Spaß erlaubt hatte, aber der Spaß kam nicht an.

Graham wollte Peter Gere gerade die Handschellen anlegen, als ein Zug hielt und ein paar Fahrgäste ausstiegen – eine unglücklich aussehende Frau mit Haaren bis zur Hüfte und einem weiten Zigeunerrock, an dem ein vier oder fünf Jahre altes Mädchen hing. Spät für die Kleine, dachte Jury; Emily Louise fiel ihm ein. Die Mutter schien die Phalanx von Männern nicht zu bemerken und ging einfach durch sie durch.

Jury hätte nie geglaubt, daß jemand so schnell sein könnte: Peter Gere hatte das kleine Mädchen an sich gerissen und sich rückwärts mit ihr entfernt. Das ungläubige Staunen auf dem Gesicht der Mutter verwandelte sich in Entsetzen.

Automatisch griff Tyrrwhit nach seiner Pistole, erkannte aber, daß sie ihm nichts nützen würde, solange Gere das Kind wie einen Schild vor sich hielt. Stumm verharrte er auf seinem Platz und starrte ihm nach. Keiner war nahe genug, um Gere zu packen, bevor er sich über die Fußgängerbrücke davonmachen konnte. Jury rannte ihm nach und erreichte die Brücke, als die Türen des Zugs zugingen und die Wagen sich in Bewegung setzten. Er brüllte Peter Gere durch den Lärm und den Luftwirbel zu, er solle das Mädchen loslassen, das Ganze sei sinnlos, auf der andern Seite warte schon Polizei auf ihn. Er versuchte, das Mädchen am Rock zu packen.

Verzweifelt blickte Gere in beide Richtungen – zurück zu Jury und nach vorn zum Ausgang; dann stieß er das Mädchen von sich. Jury packte es, als Gere durch das behelfsmäßig reparierte Geländer des Stegs brach, anscheinend in der Hoffnung, auf dem Dach des Zuges zu entkommen.

Geres Hände suchten verzweifelt nach einem Halt, den es nicht mehr gab. Er verpaßte den letzten Wagen um ein paar Zentimeter und fiel auf die Schienen.

Das kleine Mädchen gegen seine Schulter drückend, blickte Jury hinunter und war froh, daß William E. B. Potts nicht erwähnt hatte, wie hoch die Spannung auf der Leitschiene war.

25

Als Jury schliesslich um zwei Uhr morgens zurück-
kehrte, fand er Melrose Plant mit einem französischen Ge-
dichtband auf den Knien in einem der Sessel vor; neben ihm
standen ein überquellender Aschenbecher und eine Flasche
Remy.

«Mainwaring hat eine Nachricht hinterlassen. Er möchte
unbedingt mit Ihnen sprechen, wann immer Sie zurückkommen.»

Erschöpft ließ sich Jury nieder. «Kann ich einen Schluck
davon haben?»

Melrose schob ihm die Flasche hinüber. Dann erzählte er
ihm von Emily Louise.

«O mein Gott», sagte Jury. Er schwieg einen Augenblick.
«Und wie geht es Mary O'Brien?»

«Dr. Riddley hat ihr ein paar Beruhigungstabletten gegeben, und das hat wohl auch was genützt, zumindest konnte er
sie überreden, sich ins Bett zu legen. Ich wollte mich gerade
zurückziehen, als sie mit einem schrecklich leeren Blick im
Nachthemd die Treppe herunterkam. Sie trug eine Öllampe
und wanderte langsam damit im Raum umher; an jedem Fenster blieb sie stehen, hielt sie hoch und schaute hinaus, als
erwarte sie noch einen späten Gast… Richtig unheimlich war
das.» Er zündete sich eine Zigarre an. «Ich glaube, ich weiß
jetzt, was es bedeuten soll, wenn man sagt, jemand sei nur
noch ein Schatten seiner selbst. Wirklich, ich hatte das Gefühl, durch sie hindurchgreifen zu können.» Er schwieg einen
Augenblick und fügte dann hinzu: «An den Tod kann man

sich wohl nicht gewöhnen. Ich bin froh, daß ich Katie nie gesehen habe…» Er warf seinem Freund einen kurzen Blick zu, als befürchtete er, Jury könne ihm von ihr erzählen. Jury sagte nichts, und Melrose fuhr fort: «Als Riddley mir das von Peter Gere erzählte, war ich völlig fassungslos.»

«Und woher wußte es Dr. Riddley?»

«Dieser Musiklehrer von Katie – wie heißt er noch?»

«Cyril Macenery.»

«Er hat Riddley angerufen. Anscheinend brauchte der arme Kerl jemanden, mit dem er sprechen konnte, jemanden, der Katie kannte. Hat ihn wohl ziemlich mitgenommen.»

Jury zog das Collier aus der Tasche und ließ es auf den Tisch fallen; es war noch immer in das Taschentuch gewickkelt. «Wie viele wegen diesem kleinen Häufchen ihr Leben lassen mußten!» Deprimiert zuckte er die Achseln. «Sie können es ruhig in die Hand nehmen, es wird nicht mehr als Beweismaterial benötigt.»

Melrose pfiff durch die Zähne. «Wunderschön. Werden Sie es Lady Kennington zurückgeben?» Jury nickte. Melrose drehte den Stein zwischen Zeigefinger und Daumen hin und her und fuhr mit dem Daumen über die Gravur. «Peter Gere war also Trees Komplize?»

«Ich kam darauf, als ich mir die Durchsuchung der Leute, des Gebäudes und so fort vergegenwärtigte. Es war einfach das Naheliegendste. Peter Gere war natürlich sofort zur Stelle – als erster wird der Dorfpolizist gerufen –, und er setzte sich mit der Polizei in Hertfield in Verbindung. Er durchsuchte auch Trevor Tree, das hat er uns selbst erzählt. Das Collier hat er entweder einfach in der Tasche von Trees Morgenrock gelassen, oder er hat es eingesteckt und Tree später zurückgegeben.»

«Trevor Tree hatte also so viel Vertrauen zu Gere?»

«Warum nicht? Er mußte ja nur warten, bis alles vorbei war, die Polizei wieder in Hertfield und die Kenningtons wieder im Bett. Gere wäre nicht weit damit gekommen, es war also ziemlich unwahrscheinlich, daß er versuchen würde, Tree hereinzulegen. Trevor wollte das Collier nur aus dem Haus schaffen und dann irgendwo sicher verstecken – was er damit vorhatte, werden wir nie erfahren. Er steht also in aller Frühe auf, geht die Auffahrt hinunter, zu Fuß, damit niemand wach wird, fährt nach Hertfield und tut das Schlauste, was er tun kann: Er mischt sich unter die Pendler. Was dann passiert ist, weiß ich nicht. Ich kann es nur vermuten: Im Zug wird er plötzlich ein wenig nervös; er befürchtet, daß sie in Stonington vielleicht doch nicht einfach annehmen würden, er schliefe noch, daß sie vielleicht die Polizei verständigt hätten und er in seiner Wohnung schon von ihr erwartet würde. Er geht also diesen Gang entlang und sieht das Gitter. Bückt sich, als wolle er sich die Schuhe binden, und schiebt es durch.» Jury hielt das Collier hoch. Der Stein funkelte im Licht.

«Und später taucht dann Cora Binns auf; wir dachten ja, sie sei Gere einfach über den Weg gelaufen. Aber das wäre schon ein unglaublicher Zufall gewesen, oder? Sie hat vielmehr nur getan, was jeder in ihrer Lage getan hätte – sie fragte den Dorfpolizisten nach dem Weg. Und er hat ihn ihr nicht nur gezeigt, sondern ist ihr bis in den Wald von Horndean gefolgt. Peter Gere hat die Ringe erkannt, die sie trug, und mußte sich fragen, was sie mit Lady Kennington ‹besprechen› wollte. Carstairs' Leute haben die Ringe übrigens in Geres Abstellkammer gefunden, in einem Karton mit allem möglichen Kram, der für den Basar des Kirchenfestes bestimmt war. Offensichtlich hat er ihn nie abgeliefert. Ich frage mich, warum», fügte Jury mit einem Augenzwinkern hinzu. «Wahrscheinlich hat er angenommen, sie seien dort sicher aufgehoben.»

«Und wie war das mit Ramona Wey?»

Jury schüttelte den Kopf. «Ab da hat er nichts mehr gesagt. Ramona Wey muß Cora Binns gekannt haben. Vielleicht wußte sie, daß ihr Tod irgendwie mit dem Collier zusammenhing. Vielleicht erfahre ich das gleich von Mainwaring.»

Melrose dachte einen Augenblick lang nach. «Was sie wohl

zu Peter Gere gesagt hat, da an dem Tor, als er die Eintrittskarten verkaufte? Ich war so beeindruckt von dem kühlen Empfang, der ihr bereitet wurde – vor allem von den Bodenheims –, daß ich auf Peter Gere überhaupt nicht achtete.»

Jury leerte sein Glas. «Warum auch? Er schien ein so netter, umgänglicher Kerl zu sein, dabei war er völlig am Ende. Aber er hat das wunderbar überspielt. Er versuchte unsere Aufmerksamkeit auf die andern zu lenken. Und die Briefe waren ein schlauer, kleiner Trick: Die Leute sollten an etwas Spannenderes denken als den Überfall auf Katie O'Brien. Irgendwann muß er drauf gekommen sein, wie wertvoll dieses Collier war, und ein Menschenleben mehr oder weniger spielte angesichts von soviel Geld keine Rolle mehr.»

«Aber wie kam er darauf, daß es in dem Gitter versteckt war?»

«Peter hat früher einmal bei den Londoner Verkehrsbetrieben gearbeitet. Er erwähnte das auch in dem Brief, den er erhalten hat, das heißt, den er sich selbst geschickt hat. Deshalb ist er wohl schneller als Sie oder ich darauf gekommen.» Jury goß sich noch etwas ein. «Wo ist Emily jetzt?»

«Bei ihrer Mutter. Sie hat tatsächlich eine. Mrs. Perk kam vorbei und nahm sie mit nach Hause. Entsetzt natürlich, obwohl Emily zu diesem Zeitpunkt schon ein Schläfchen gehalten und sich das Gesicht gewaschen hatte. Sie sah also nicht mehr ganz so wild aus. Mrs. Perk sagte, Emily habe jedem Kindermädchen das Leben zur Hölle gemacht, deshalb habe sie schließlich keines mehr engagiert. Ich glaube, Emily ist meistens unterwegs, wenn ihre Mutter annimmt, sie sei zu Hause.»

Jury rieb sich die Augen. «Ah, ein Schläfchen. Ich werde auch eines halten, wenn ich von Mainwaring zurückkomme. Stonington kommt morgen dran, anschließend fahre ich dann nach London zurück, um den Papierkram zu erledigen. Ich hoffe, Wiggins macht das meiste.»

Plant nahm den Smaragd noch einmal in die Hand, hielt ihn gegen das Licht und rückte seine Brille zurecht. «Wenn ich nicht wüßte, daß Peter Gere der Täter ist, würde ich Ernestine Craigie verhaften lassen.»

«Ach. Warum denn das?»

Das Smaragdcollier pendelte zwischen ihnen hin und her. «Dieser Vogel, der da eingraviert ist, ist offensichtlich ein Tüpfelsumpfhuhn.»

Sie saßen noch zehn Minuten herum, ließen die Flasche kreisen und sprachen über alles, was ihnen so durch den Kopf ging, nur nicht über Katie O'Brien.

«WAS HAT SIE IHNEN ERZÄHLT, Mr. Mainwaring?»

Freddie Mainwaring saß in Bademantel und Hausschuhen vor ihm und sah so verletzlich aus, wie ein Mann aussieht, der mitten in der Nacht aus dem Bett geholt wird. «Daß sie Cora Binns kenne. Ich wußte vorher nicht, daß Ramona für diese Agentur gearbeitet hat. Komisch, ich kann mir das gar nicht vorstellen. Sie war viel zu... mondän für eine Stenotypistin.»

«Und weiter?»

Mainwaring schien eher zu dem Foto seiner Frau in dem Silberrahmen als zu Jury zu sprechen. Vielleicht versuchte er seinen Sündenfall zu rechtfertigen. «Ramona erzählte, sie erinnere sich, daß dieses Mädchen immer von einem gewissen ‹Trev› geredet hätte, ihrem Freund in London, obwohl Ramona es unwahrscheinlich fand, daß Cora einen Mann länger bei der Stange halten konnte. Ramona hat ihn jedenfalls nie mit dem Sekretär der Kenningtons in Verbindung gebracht. Ich glaube übrigens, daß sie ihn besser gekannt hat, als sie zugab.» Das Blut schoß ihm ins Gesicht. Er strich sich das Haar aus der Stirn. «Bis sie dann das Foto der Toten sah.»

«Warum hat sie uns das nicht erzählt?» Jury glaubte zu wissen, warum.

Mainwaring zog eine zerdrückte Packung Zigaretten aus der Tasche seines Bademantels. Er schien in den letzten vierundzwanzig Stunden älter, grauer und trauriger geworden zu sein. «Ramona hat anscheinend angenommen, Cora Binns wollte jemanden erpressen.»

«Ein etwas sonderbarer Schluß. Schließlich ist sie auf Ihren Vorschlag hin hierhergekommen.»

«Ich weiß. Aber Ramona... Ramona war kein Engel, wenn ich ganz ehrlich bin. Es ist zwar nicht gerade nett, so etwas zu sagen, aber –»

«Sie sind erleichtert. Was aber nicht heißt, daß Sie einen Mord begangen hätten, um sich diese Erleichterung zu verschaffen.»

Mainwaring warf ihm einen dankbaren Blick zu. Vielleicht bedeutete dieses späte Geständnis für ihn eine Art Abrechnung. «Ich konnte ihr das einfach nicht ausreden.»

«Hatte sie denn eine Ahnung, wer Trees Verbündeter war? Offensichtlich hat sie ja jemanden aus Littlebourne verdächtigt.»

«Ich glaube nicht, daß sie wirklich etwas wußte. Sie hat nur gelacht und gesagt, sie würde mal einen Versuchsballon starten. Oder mehrere.»

«Sie meinen, einfach so aufs Geratewohl Leute beschuldigen? Kein ungefährliches Spiel.»

Sie schauten einander an, und beide wußten, wie gefährlich dieses Spiel gewesen war.

26

Am folgenden Morgen, kurz vor zehn. Jury war nach Stonington aufgebrochen, und Melrose hatte beschlossen, durch die Grünanlage von Littlebourne zu gehen, um den Brandy der letzten Nacht aus seinem Kopf zu vertreiben. In dem Laden mit der Poststelle gab es einen Kartenständer; vielleicht würde er eine Karte kaufen und mit ein paar unsinnigen Sprüchen darauf an Agatha schicken.

Drinnen entdeckte er, daß Miles Bodenheim schon recht früh in die Niederungen des Dorfes hinabgestiegen war, um auf der Post nach dem Rechten zu sehen. Die Postmeisterin stützte sich auf den Schalter, und ihr ganzes Gewicht ruhte auf ihren Fingerknöcheln. Sie war offensichtlich auf das Schlimmste gefaßt.

«Ich würde annehmen, Mrs. Pennystevens, daß Sie in einem Fall wie diesem, und vor allem in Anbetracht der Tatsache, daß Sie Ihr Amt nur bekleiden, weil wir, die braven Bürger dieses Dorfes» (an dieser Stelle lächelte er spröde) «Sie hier dulden – daß Sie nicht so leichtfertig Ihre Kunden als knausrig bezeichnen würden. Der Brief an den Direktor der Ordnungsbehörde wiegt genausoviel wie dieser hier – es kann gar nicht anders sein, in beiden steht nämlich genau dasselbe. Und wenn Sie für den zweiten Brief zwei Pence mehr verlangen, dann beweist das nur, daß Ihre Waage nicht richtig funktioniert. – Ach, Sie, mein Freund!» Seine Miene hellte sich auf, als er Melrose erblickte. Ein weiteres Opfer! Und schon hatte er ihn am Ärmel gepackt und zwischen den Regalen mit Kuchenpackungen, goldflüssigem Sirup und Wasserbiskuits hindurchgezerrt. «Sie haben es natürlich auch schon gehört! Peter Gere! Wir konnten es einfach nicht fassen, keiner von uns. Sylvia ist am Boden zerstört. Kann man ihr auch nicht verdenken –»

Melrose lächelte milde. «Ich wußte gar nicht, daß sie ihn so schätzte.»

«Schätzte?» Sir Miles wich etwas zurück, und ein paar Brotlaibe fielen um. «Davon kann überhaupt nicht die Rede sein. Es ist nur erschütternd, daß wir all diese Jahre einer solchen Gefahr ausgesetzt waren, daß unser Leben sozusagen an einem Faden hing – genau das waren Sylvias Worte: Unser Leben hing an einem Faden. Aber das steht alles in meinem Brief an den Polizeipräsidenten. Ich hab mich unverzüglich hingesetzt und ihm und dem Direktor der Ordnungsbehörde geschrieben; ich beabsichtige auch, Superintendent Jury das nächste Mal, wenn ich ihn sehe, darauf hinzuweisen, daß wir keine Psychopathen bei der Polizei dulden können!»

«Soviel ich weiß», sagte Melrose und nahm ein paar Pakkungen Kuchen für Emily heraus, «ist das auch keine Einstellungsvoraussetzung.»

Miles warf ihm einen mißtrauischen Blick zu, kapierte offensichtlich nicht, was er damit meinte, und setzte seine Tirade fort. «Das Problem ist, daß nicht gesiebt wird, begreifen Sie? Sie nehmen einfach jeden, und seine Vergangenheit interessiert sie überhaupt nicht. Schauen Sie sich doch nur diesen ewig kränkelnden Burschen an, der den Superintendent begleitet.»

«Sergeant Wiggins ist aber ein sehr tüchtiger Polizist.»

«Ein Windstoß kann ihn umblasen. Hat doch tausend –» er nahm eine Packung Cracker, schaute nach dem Preis und stellte sie wieder zurück – «Wehwehchen. Ich verstehe nicht –» Zum Glück brauchte Melrose Sergeant Wiggins nicht weiter zu verteidigen, denn Miles' Aufmerksamkeit wurde von etwas Neuem gefesselt. «Das sind doch die Craigies», sagte er und reckte den Hals, um aus dem Fenster zu schauen. «Entschuldigen Sie mich bitte, mein Lieber, aber ich muß mit den beiden sprechen. Sie sind bestimmt auch am Boden zerstört…» Und er enteilte. Melrose hörte ihn über die Hauptstraße trompeten: «Ernestine! Augusta!»

Nachdem er seine Postkarte abgeschickt hatte – eine Luftaufnahme von Hertfield, das er als einen ungewöhnlich unauffälligen Ort bezeichnete –, sah er sich unschlüssig um. Alle schienen verschwunden zu sein. Es hatte wieder angefangen zu nieseln; der Himmel war von einem monotonen Grau, und über die Grünanlage fegte der Wind. Littlebourne erinnerte Melrose in diesem Augenblick an eine alte Filmkulisse, so verlassen und trostlos wirkte es.

Als er die Grünanlage überquerte, um sich zum «Magic Muffin» zu begeben, hörte er das Klappern von Pferdehufen hinter sich.

Es war Julia Bodenheim auf Jupiter; sie hatte sich für ein in der Nähe stattfindendes Reitertreffen feingemacht, trug blanke Stiefel und ein blendend weißes Plastron. Zu seiner Erleichterung ritt sie weiter. Sie begnügte sich damit, die Peitsche zu heben, kurz zu lächeln und sich etwas zu recken, um ihr wohlgeformtes Profil darzubieten.

Er sah ihr nach: Drei Tote in ebenso vielen Tagen, und Julia Bodenheim ging auf Fuchsjagd; so demonstrierte sie Melrose einmal wieder den erstaunlichen Hang der Engländer zu Nichtigkeiten.

GANZ LITTLEBOURNE schien sich im «Magic Muffin» versammelt zu haben, wahrscheinlich weil man Muffins und Tee für schicklicher hielt als Ale und Bier. Außerdem war der

«Bold Blue Boy» geschlossen; die Elf-Uhr-Kneipengänger hatten also gar keine andere Wahl.

Polly Praed war glücklicherweise auch darunter. Sie saß an dem Tisch in der Ecke neben einer grauhaarigen alten Frau, die gerade im Begriff war aufzustehen, Melrose jedoch noch eingehend musterte, bevor sie ihm ihren Platz überließ.

«Alle sind einfach... baff. Hätten Sie auf Peter Gere getippt?» Polly lehnte sich zu ihm hinüber, die Brille in den Haaren, die Augen funkelnd, erregt und betroffen zugleich.

Melrose beschloß, aufrichtig zu sein. «Nein. Ich frage mich, Polly –»

Es schien sie überhaupt nicht zu interessieren, was er sich fragte. «Und *Emily*! Mein Gott, der armen Kleinen so zuzusetzen!»

Melrose nickte, obwohl es ihm schwerfiel, in Emily eine arme Kleine zu sehen. «Ja, schrecklich. Ich dachte...»

Was er dachte, interessierte sie jedoch genausowenig. «Ich hatte Peter Gere richtig gern. Er machte einen so... gütigen Eindruck. Und war so bescheiden. Ein Dorfpolizist wie aus dem Bilderbuch.»

«Polly –»

Diesmal wurde er von Miss Pettigrew unterbrochen, die mit einem Tablett an ihren Tisch trat, um die Teetasse und den Teller seiner Vorgängerin abzuräumen. Ihre Wangen waren gerötet, und ihre Frisur hatte sich völlig aufgelöst. Es konnte im Dorf passieren, was wollte, Miss Pettigrew war zur Stelle, um mit Tee und Muffins Erste Hilfe zu leisten.

«Danke, für mich nichts», sagte Melrose, und sie entfernte sich mit ihrem Tablett.

«Jetzt, wo alles vorbei ist, werden Sie wohl auch unser Dorf wieder verlassen?»

Obwohl sie ihm endlich das Stichwort für seine Einladung gegeben hatte, war er alles andere als begeistert von dem Ton, in dem sie das sagte. Keine Spur von Trauer oder auch nur von Bedauern.

«Ja, morgen nach der Beerdigung. Ich dachte, vielleicht könnten Sie mich einmal auf Ardry End besuchen, wenn die Beseitigung der Bodenheims Sie gerade nicht völlig in Anspruch nimmt. Es ist ein hübsches, altes Anwesen und schon seit Jahrhunderten im Besitz der Familie... der Earls von Caverness.»

Sie brach ein Stück von ihrem Muffin ab und bestrich es mit Butter. «Sie müssen eine Menge Geld haben.»

«Ja, jede Menge.»

«Das ist sehr nett von Ihnen, aber ich weiß nicht. Ich gehe eigentlich nie von hier weg. In Gedanken reist es sich am besten, nicht?»

Er versuchte erst gar nicht, darauf einzugehen. «Wir hatten auch einmal einen Kriminalautor in Long Piddleton, aber er ist weggezogen», fügte Melrose hinzu, um anzudeuten, daß es da eine offene Stelle gab.

Sie war jedoch offenbar mit ihren Gedanken noch beim Thema Geld.

«Wieviel ein Polizist wohl verdient?» Sie blickte auf ihren Muffin.

Oh, zum Teufel! dachte Melrose.

Die Stufen von Stonington erschienen Jury so breit wie ein Wassergraben, und auch die graue Fassade wirkte noch abweisender als bei seinem ersten Besuch. Der Himmel war wie Schiefer; es hatte zwar aufgehört zu regnen, aber von den Bäumen tropfte noch das Wasser, und auf den Rändern der leeren Bodenvasen lag Rauhreif.

Da Jury sie nicht einfach überrumpeln wollte, hatte er Carstairs gebeten, Jenny Kennington anzurufen und ihr die Geschichte zu erzählen. Pure Feigheit – so zu tun, als sei er nur ein Überbringer von Neuigkeiten, die im Grunde nichts mit seiner Person zu tun hatten.

Sie mußte ihn vom Fenster aus beobachtet haben, denn sie öffnete ihm die Tür, noch bevor er nach der Klinke griff. Sie trug dasselbe wie am Tag zuvor, einen Rock und diesen silbergrauen Pullover.

«Lady Kennington, ich bin gekommen, um –» Wollte er ihr das Collier auf der Schwelle überreichen?

«Ich weiß, Inspektor Carstairs hat angerufen. Aber kommen Sie doch rein. Ja, gestern abend rief er an, es war schon ziemlich spät.» Sie sah aus, als hätte sie danach nicht gut geschlafen. «Es ist schrecklich. Ich konnte es einfach nicht glauben... Ich kannte Peter Gere zwar kaum, aber...» Wieder führte sie ihn in die kalt und ungemütlich wirkende Bibliothek, und wieder entschuldigte sie sich wegen der Kälte. «Es ist sinnlos, diese Räume heizen zu wollen. Dazu noch der Umzug und was alles damit zusammenhängt.»

Die Stühle und das Ledersofa waren verhüllt. «Das lasse ich hier. Es hat mir sowieso nie gefallen.» Neben den Bücherregalen standen Kisten.

Sie gingen durch den andern, kleineren Raum. Jury verspürte ein leichtes Bedauern, als er den geblümten, chintzbezogenen Sessel nicht mehr vorfand. Es war ihm plötzlich bewußt geworden, wie sehr dieses Bild sich ihm eingeprägt hatte – der Sessel, das Tuch, die Teetasse auf dem Boden. «Wohin ziehen Sie?»

«Das weiß ich noch nicht. Wir haben einmal in Stratford gewohnt – etwas außerhalb von Stratford, im Avontal. Eine Bekannte von mir will ein Haus in der Altstadt verkaufen. Es ist winzig, zwei Zimmer oben, zwei Zimmer unten.» Sie lächelte ein wenig. «Gerade das richtige für mich.»

«Glauben Sie?» fragte Jury. Er sah nicht sie an, sondern durch die Flügeltür nach draußen. In dem baumlosen Hof hatte sich in dem trockenen Springbrunnen unter der Statue rätselhafterweise ein Haufen Laub angesammelt. Dem Tag schien jede Farbe entzogen. Übrig blieb die eintönige Komposition aus weißem Marmor, grauem Stein und dunklen Blättern.

Sie gab ihm keine Antwort; vielleicht hatte sie seine Frage für rhetorisch gehalten. Sie führte ihn durch den Speisesaal. Er war unverändert, denn es gab auch nichts, was sich hätte verändern lassen. «Am besten, wir gehen in die Küche. Dort brennt ein Feuer.» Sie rührte sich jedoch nicht, sondern blickte gedankenverloren aus den hohen Fenstern. Es war geradezu ein Ritual, dieses Verweilen in jedem Raum. Als wolle sie einem Hausgott ihre Verehrung bezeugen, damit ihr seine magischen Kräfte erhalten blieben.

Das Collier, das Jury wie ein kleines, grünes Feuer in seiner Tasche lodern spürte, schien ihr jedenfalls nicht sonderlich wichtig zu sein.

Einen Augenblick darauf sagte sie: «Und Katie O'Brien ist auch tot.»

«Ja», sagte Jury und zog das Collier aus der Tasche. «Das hier gehört Ihnen.»

Nun blieb ihr nichts anderes übrig, als die Hände auszustrecken, die sie ihm hinhielt wie jemand, der aus einer Quelle trinken will. Er legte das Collier hinein. Sie hielt es hoch und gegen das Licht. «Vier Leute mußten deswegen sterben.»

«Stellen Sie sich nicht so an», sagte Jury abrupt. Überrascht sah sie ihn an. «Ich meine, es ist Ihres, es gehört Ihnen. Und wenn Sie es nicht tragen wollen, dann bringen Sie es zu Sotheby's oder sonstwohin und lassen Sie es versteigern. Sie werden so viel Geld dafür bekommen, daß Sie nicht mehr von hier wegziehen müssen, weder nach Stratford-upon-Avon noch sonstwohin.»

Nichts ließ erkennen, ob sie überhaupt zugehört hatte. Als nächstes sagte sie: «Wissen Sie, ich habe immer gefunden, daß aus den Bestattungsriten der Ägypter mehr Hoffnung sprach als aus unseren. Dem Verstorbenen Speisen, Wein und

Schmuck mit ins Grab zu geben, damit er auch im Jenseits keinen Mangel litt.»

«Was wollen Sie denn damit sagen? Etwa, daß auf dem Collier der Fluch der Pharaonen liegt?»

«Nein.» Ihre kühlen Augen musterten ihn. «Ich habe das Gefühl, Sie halten mich für ziemlich undankbar. Aber glauben Sie mir, das stimmt nicht.»

«Ich erwarte von Ihnen gar keine Dankbarkeit. Ich erwarte nur, daß Sie gut für sich sorgen.» Er wandte sich ab, um die trauernde Statue zu betrachten, denn er empfand eine völlig irrationale Wut.

«Oh», sagte sie nur. Sie spielte mit dem Verschluß des Colliers und legte es sich um den Hals. «Hier, sehen Sie, ich glaube nicht, daß irgendein Fluch darauf liegt.»

Jury verkniff sich ein Lächeln; er konnte sich nicht erklären, warum er plötzlich so wütend geworden war. Im Grunde sah sie sehr komisch aus in dem ausgebeulten grauen Pullover und dieser smaragdgrünen Pracht. «Na gut», sagte er, «solange Sie die Sache vernünftig betrachten.»

«Ich bin sehr vernünftig.»

Jury hatte da seine Zweifel. Er wollte ihr gerade einen weiteren kleinen Vortrag halten, aber das Quietschen der Tür, die am andern Ende des Raums aufsprang, bewahrte ihn vor dieser Dummheit; ein wiederauferstandener Tom kam herein. Der schwarze Kater ließ sich in der Mitte des Zimmers nieder und fing an, sich das Gesicht zu putzen, als liege der Wettlauf mit dem Tod schon Jahre zurück.

«Die Katze ist also wieder da?»

«Ja. Nachdem er sie geröntgt hatte, meinte der Tierarzt, es sei doch nicht so schlimm. Aber gekostet hat es trotzdem eine Menge.»

Jury zeigte auf das Collier. «Damit können Sie viele Tierarztrechnungen bezahlen.»

Lächelnd ließ sie es durch die Finger gleiten. «Es ist eigentlich ganz hübsch, nicht? John hat mir erzählt, daß Smaragde vor allem deswegen so geschätzt wurden, weil sie die Farbe der Vegetation haben. Sie wurden mit den Überschwemmungen des Nils und dem Wiedererwachen des Lebens in Verbindung gebracht.»

«Ihre Katze scheint sich jedenfalls prächtig regeneriert zu haben. Vielleicht ist das ein gutes Zeichen.»

Sie blickte auf die Katze, die sie anblinzelte, als brauche sie eine Brille, und dann gähnte. «Ein häßliches altes Vieh, was?»

«Ja. Zu schade, daß Sie sie nicht mögen.» Jury lächelte.

NICHT NUR POLLY PRAED beschäftigte die Frage, wieviel ein Polizist verdiente.

Emily Louise stellte sich genau dieselbe Frage, als sie an jenem Montagnachmittag mit großer Hingabe ihr Pony striegelte. Nur war ihre Neugier gezielter als Pollys: Emily wollte wissen, wieviel ein Superintendent verdiente.

«Soll ich bei Jurys Bank nachfragen?» entgegnete Melrose, der auf einem Heuballen saß.

Sein Sarkasmus kam nicht an. Emily ließ sich weiter über die Preise und Vorzüge verschiedener Pferderassen aus. «Ein richtig gutes Pferd kostet glatt mehrere tausend Pfund. Aber Rennpferde und so interessieren mich gar nicht.»

«Da hat der Superintendent aber Glück, da kann er ja auch noch seinen Wagen abbezahlen.» Melrose wechselte das Thema. «Hat heute nicht die Schule wieder angefangen?» Das wird ihr vielleicht einen Dämpfer versetzen, dachte er mürrisch.

Aus Shandys Box kam ein Geräusch, als würde sich jemand übergeben. «Morgen. Aber meine Mutter sagt, morgen müßte ich auf die Beerdigung. Ich hasse die Schule.»

«Warum?» Aber wer unter fünfundzwanzig ging schon gern zur Schule?

«Weil es einfach blöd ist. Man muß sich extra dafür anziehen und so 'n Quatsch.» Die Samtkappe und ein Augenpaar erschienen über der Tür. «Gehn Sie auch auf Katies Beerdigung?»

«Ja, und du?»

Die Falte zwischen ihren Brauen wurde tiefer. «Meine Mutter sagt, ich muß.»

«Willst du denn nicht?»

«Nein. Es ist zu traurig. Ich will nicht sehen, wie Katie zugeschaufelt wird.»

«Keiner von uns will das.» Ihre Blicke bohrten sich in seine. Offensichtlich hatte sie etwas Tiefgründigeres erwartet. Melrose versuchte, sie von der Beerdigung abzulenken. «Komm, wir reiten zusammen aus!» Der Enthusiasmus, den er in seine Stimme legte, war alles andere als echt.

«Sie? Ausreiten?»

«Du brauchst dich gar nicht so zu haben.» Melrose stand von seinem Heuballen auf und klopfte sich die Hosen ab. «Ich habe in meinem Leben schon auf einigen Pferden gesessen.»

Sie kam aus Shandys Box und musterte ihn so kritisch wie ein Schneider, der für einen Reitanzug Maß nehmen will. «Na schön… Die Bodenheims werden wohl nichts dagegen haben, wenn ich Ihnen die alte Nellie gebe.»

«Die alte Nellie! Ich wage zu behaupten, daß ich es auch mit einem lebhafteren Pferd aufnehmen könnte.»

Fünfzehn Minuten später konnte man Emily Louise Perk auf Shandy und Melrose Plant auf der alten Nellie davonreiten sehen – zwar nicht in einen Sonnenaufgang, aber doch in den feinen Septembernebel, der sich wie ein Schleier auf die Horndean Road senkte.

27

«ICH TRAUTE MEINEN AUGEN NICHT, als ich Sie den Weg hochkommen sah», sagte Mrs. Wasserman, die sich bemühte, mit Jurys langen Beinen Schritt zu halten, während sie zur Station Angel hinübergingen. Sie wohnte im Erdgeschoß eines Hauses in Islington, in dem auch Jury schon seit mehreren Jahren wohnte. «Ist etwas passiert? Wo ist denn Ihr Auto? Es ist doch hoffentlich nicht kaputtgegangen. Wollten Sie nicht ein paar Tage Urlaub machen?»

Jury lächelte. Es klang, als hätte er sein Auto irgendwo verloren und seinen Urlaub vergessen. «Sie wissen doch, wie das ist, Mrs. Wasserman – es kam wieder was dazwischen.»

Sie waren beinahe da. Mrs. Wasserman haßte diese Underground-Station. Sie haßte die verschmierten Plakate und den Aufzug, in dem man sich so eingesperrt fühlte, und die Ausländer, die dort arbeiteten. Manchmal ging sie bis zur Highbury-Islington-Station und fuhr dann mit dem Bus zurück, nur um nicht am Angel einsteigen zu müssen.

Sie gab Jury eine Pfundnote für ihren Fahrschein und erzählte ihm von ihrer letzten Begegnung mit dem Mann, der sie angeblich schon seit Jahren verfolgte. «Ich sah ihn, als ich von der Highbury-Station die Islington High Street entlangging. Dort ist nämlich ein Gemüsehändler, bei dem ich besonders gern einkaufe. Er ist mir nachgegangen. Erinnern Sie sich an den Park? Wir sind auch mal dort gewesen, und Sie fanden, die beiden Bäume an der Ecke sähen wie Tänzer aus, weil ihre Äste so ineinander verschlungen sind.» Nervös klappte sie ihr schwarzes Portemonnaie auf und zu. «Dort stand er, gleich neben den Bäumen. Und solange ich im Laden war, blieb er da auch stehen.» Das Portemonnaie gegen den Busen gepreßt, schwankte sie leicht hin und her.

Während Jury in der kurzen Schlange vor der Fahrkartenausgabe wartete, holte er sein Notizbuch hervor. «Können Sie ihn bitte noch einmal beschreiben?» Es war ein Ritual, das sie jedesmal wiederholten.

«Ich hab ihn schon so oft beschrieben, Mr. Jury», sagte sie mit einem traurigen kleinen Kopfschütteln und einem traurigen kleinen Lächeln. Jury fühlte sich in die Rolle des pflichtvergessenen Neffen gedrängt, auf den sie sich verlassen und der sie bitter enttäuscht hatte; da er aber noch so jung und unschuldig und vielleicht auch ein bißchen einfältig war, mußte man ihm einiges durchgehen lassen. Schließlich hatte er ja auch seinen Urlaub vergessen und sein Auto verloren. «Also gut, er war klein und trug einen braunen Anzug und einen braunen Mantel. Und einen braunen Filzhut. Seine Augen sahen irgendwie verschlagen aus. Ja, verschlagen.»

Jury notierte es sich. Höchstwahrscheinlich gab es einen Mann, auf den diese Beschreibung zutraf – und nicht nur einen, sondern viele. Aber er wußte, daß keiner von ihnen Mrs. Wasserman verfolgte. Ihr Verfolgungswahn hatte sich im Lauf der Jahre verschlimmert. In den nächsten Tagen würde sie ihren Gemüsehändler meiden und den kleinen Park mit den Bäumen, die wie Tänzer aussahen, bis sie vergessen hätte, daß der Mann ihr dort zuletzt begegnet war.

Geräuschvoll kam der neue, aluminiumverkleidete Aufzug zum Stillstand, und ein gelangweilter Pakistani wartete darauf, daß seine Insassen auf die Gasse hinaustraten.

Mrs. Wasserman betrachtete ihren Fahrschein. «Ich muß in King's Cross umsteigen. Schrecklich. Wohin fahren denn Sie, Mr. Jury?»

«Ins East End, nach Wembley Knotts.»

«Keine gute Gegend, seien Sie nur vorsichtig. Aber einem Polizisten braucht man das wohl nicht zu sagen.» Sie trat in den Aufzug. «Ich meine nur, die Underground ist ja so gefährlich geworden. Es passieren die schrecklichsten Dinge.»

«Ich weiß», sagte Jury zu der sich schließenden Aufzugstür.

DIE DUNKELHEIT SENKTE SICH schnell über die Catchcoach Street. Die Fenster des «Anodyne Necklace» warfen schmutziggelbe Halbmonde aufs Pflaster.

Als Jury eintrat, sah er, daß die Frauen noch immer auf den Bänken Wache schoben; ihre Männer lehnten noch immer an der Bar. Shirl, in einem ärmellosen lila Samt, der so alt war, daß sein Flor schon völlig abgewetzt war, unterbrach die Ausübung ihres Gewerbes so lange, um ihm zuzulächeln und -zuwinken. Einige der anderen nickten, darunter auch Harry Biggins. Offenbar war er zu einer festen Einrichtung geworden, ein weiterer Stammkunde der Eckkneipe.

Magier und Kriegsherren – anscheinend dasselbe Spiel, das sie seit Monaten spielten – lief am hinteren Tisch. Mittlerweile hatten sie alle von der grausigen Geschichte in der Wembley-Knotts-Station gehört. Immerhin versuchten sie, eine angemessen getragene Miene aufzusetzen, in der aber immer wieder Schadenfreude aufblitzte.

«Das is 'n Schlag ins Kontor, wie», sagte Keith und lächelte breit. «So 'n blöder Bulle, wie find ich 'n das? Blöder Bulle. Wo ich doch geglaubt hab, daß die Landgreifer immer so verdammt ehrlich sind.»

«Offenbar nicht», sagte Jury und grinste zurück.

«Die sollen bloß aufpassen», sagte Dr. Chamberlen. «Sonst kriegen sie noch den gleichen Ruf wie die Londoner Polizei.» Fast kicherte er.

«Ich wollte nur kurz hereinschauen und mich bei Ihnen für Ihre Mitarbeit bedanken.»

Ihre verständnislosen Gesichter ließen erkennen, daß sie nicht recht wußten, wie sie damit umgehen sollten.

«Haben Sie Cyril Macenery und Ash Cripps gesehen?»

«Hab Cy den ganzen Tag noch nicht vor der Nase gehabt. Aber vor nicht mal 'ner Viertelstunde war so 'n Scheißbulle da und hat Ash gesucht. Hat sich wohl wieder was erlaubt.» Gelächter am ganzen Tisch.

JURY WAR GERADE AUF DEM WEG zur Nummer vierundzwanzig, als er Ash Cripps in Begleitung eines Polizisten auf sich zukommen sah. Die haarigen Beine, die aus dem zugeknöpften Mantel ragten, ließen vermuten, daß er darunter nichts anhatte.

White Ellie stand in der Tür, die Hände auf den behosten Hüften, und ließ eine Rede vom Stapel. Wie immer kam sie gleich zur Sache: «…furchtbar, wie die aus dem Damenklo gerast kam, als sei der Leibhaftige hinter ihr her. Und er splitterfasernackt, glotzte mit seiner blöden Visage über das Geländer…»

«Halt dein verfluchtes Maul, Elefant.»

Jury erkundigte sich bei dem Polizisten: «Was ist passiert, Sergeant?», während White Ellie wüste Schimpfworte von sich gab.

Mit gerunzelter Stirn musterte ihn der Polizeibeamte, bis Jury schließlich seinen Ausweis hervorzog. «Oh, entschuldigen Sie, Sir!» Er nahm Jury beiseite und erklärte: «Also ich fand ihn im Damenklo da drüben in dem kleinen Park bei der Drumm Street. Ein Exhibitionist. Er heißt Ashley Cripps. Ash the Flash nennen sie ihn hier.»

«Das geht in Ordnung, Sergeant –»

«Brenneman, Sir.»

«Ich muß Mr. Cripps ein paar Fragen stellen. Sie können ihn mir überlassen, ich übernehme die Verantwortung für ihn.»

Sergeant Brenneman schien nichts lieber zu tun, aber er fühlte sich verpflichtet, Jury zu warnen: «Die Sache ist – es ist nicht das erste Mal, daß ich ihn deswegen festnehmen muß.»

Auch Jury senkte die Stimme: «Und bestimmt auch nicht das letzte Mal.»

Brenneman entfernte sich pfeifend, und Ashley Cripps schritt so würdevoll wie nur möglich voraus und führte Jury ins Wohnzimmer. «Gib mir meine Buxen, Elefant.»

Die Übergabe erfolgte auf der Stelle, ohne großes Zeremoniell. Dann sagte sie zu Jury: «Kommen Sie doch gleich wieder her, ich hab was in der Pfanne. Wegen dem hat's kein Abendbrot gegeben, die Kleinen haben einen Mordshunger.» Was der Krach bewies: Die Küche war erfüllt von ihrem Geschrei nach mehr Brei mit Speck, vom Geklapper und Geklirr der Bestecke und Gläser. Als sie durchs Wohnzimmer gingen, beugte Jury sich über den Kinderwagen, schob ein paar Wäschestücke beiseite und legte den Kopf des Babys frei. Sein Rosenknospenmund gähnte. Es lebte!

White Ellie verteilte den restlichen Speck, und Sookey versuchte sofort, die Portion des Mädchens auf seinen Teller zu bugsieren, ließ aber schnell wieder davon ab, als sie ihn mit ihrer Gabel ins Ohr zu stechen drohte. Friendly schüttelte die Ketchupflasche, bis der Inhalt herausgeschossen kam.

«Wir ham alles gehört. Schrecklich, schrecklich.» White Ellie ließ frische Speckscheiben in das brutzelnde Öl fallen.

Nachdem er den Gürtel seiner Hose zugezogen und sein Hemd zugeknöpft hatte, meinte Ash: «Ich hab gehört, er is direkt auf den Schienen gelandet. Tja, das war's dann wohl. Gibt nur noch Perverse auf der Welt.» Er schubste Sookey von seinem Stuhl. «Weg da, ihr Blagen. Gib dem Super deinen Stuhl.»

Die Kinder räumten das Feld; Friendly schnappte sich seinen Napf und bedachte Jury mit einem grimmigen Blick.

«Wollen Sie nicht was essen?» fragte Ash.

«Vielen Dank, ich muß zurück zu Scotland Yard.»

«Na schön, vielen Dank auch für das, was Sie da draußen für mich getan haben.» Ash nickte in Richtung der Tür, dem Schauplatz des letzten Debakels.

«Ach, nicht der Rede wert. Eigentlich bin ich gekommen, um mich bei *Ihnen* zu bedanken. Eine Hand wäscht die andere. Tut mir leid, daß ich nicht bleiben kann.»

An der Tür schüttelten sie sich die Hände. «Schaun Sie rein, wenn Sie in der Gegend sind», sagte White Ellie.

Jury versicherte ihnen, das werde er tun, und schaute sich besorgt nach seiner Windschutzscheibe um. Sie war jedoch sauber.

Als er ins Auto stieg, hörte er, wie Ash Cripps den Kindern befahl zu winken. Über den ketchupverschmierten Gesichtern schossen die kleinen Hände in die Höhe.

White Ellie brüllte: «Mit der Hand, Friendly, mit der Hand!»

28

EIN LEUCHTENDROTER LUFTBALLON, ein Überbleibsel des Kirchenfestes, der von der Putzkolonne übersehen worden war, lugte höchst unpassend hinter einem Grabstein hervor; seine Schnur schien irgendwo hängengeblieben zu sein. Dann stieg er höher und höher. Während der Gottesdienst weiterging, verfolgte Jury, wie er von der Brise, die durch die Gräser des Friedhofs fuhr, fortgewirbelt und in den Wald von Horndean getragen wurde.

Er machte sich selten Gedanken über Gerechtigkeit und Ungerechtigkeit, aber heute tat er es. Er fand es einfach empörend, daß dieser Morgen wie eine Perle schimmerte, daß das Laub glänzte und selbst die Luft wie Goldstaub glitzerte. Daß der Himmel von einem so transparenten, milchigen Weiß war und daß dieses rotleuchtende Oval sich wie eine mit Buntstift ausgemalte Sonne davon abhob.

In der St.-Pancras-Kirche waren mehr Leute gewesen als nun am Grab. Überrascht stellte Jury fest, daß selbst Derek dort war und zur Abwechslung eine eher bedrückte als gelangweilte Miene zur Schau trug; die übrige Familie war zu Hause geblieben, und das war auch gut so. Mainwaring war mit einer blonden Frau erschienen, die wohl seine Gattin war. Sie war von einer schlichten Schönheit; ihr Gesicht jedoch war so ausdruckslos, daß sich nicht einmal Trauer damit heucheln ließ.

Auch Emily Louise, die sich bis zur letzten Minute geweigert hatte, ihre Mutter zu begleiten, war da – gut getarnt saß sie etwas weiter hinten im Wald auf ihrem Pony. Sie hatte ihre

Samtkappe abgenommen und hielt sie in der Armbeuge wie ein Angehöriger der königlichen Garde seine Kopfbedeckung.

Jury, Melrose Plant und Wiggins bildeten ein Grüppchen für sich, als wüßten sie nicht recht, ob sie nun dazugehörten oder nicht. Und weiter hinten, ebenfalls für sich und vielleicht noch unsicherer, stand Jenny Kennington. Die Hände hatte sie in den Taschen ihres schwarzen Mantels vergraben; das Haar war von schwarzer Spitze bedeckt.

Die Köpfe senkten sich, während der Pfarrer von St. Pancras die Leiche Katie O'Briens der Erde übergab – Erde zu Erde, Asche zu Asche, Staub zu Staub. Als der Sarg unten angekommen war, trat eine völlig verschleierte Mary O'Brien an das Grab und ließ ein wenig Erde darauffallen. Die übrigen Trauergäste taten dasselbe; sie bückten sich, um eine Handvoll von der schwarzen Erde aufzuheben und auf den Sargdeckel rieseln zu lassen. Es erinnerte Jury auf traurige Weise an ein Kinderspiel.

Er sah, wie Emily ihr Pony wendete und zwischen den Bäumen verschwand. Als die andern sich bereits zerstreut hatten und langsam den Hügel hinuntergingen, stand Jury immer noch an dem Grab. Und er rührte sich auch nicht, als Melrose und Wiggins sich zum Gehen anschickten. Melrose wandte sich nach ihm um, und Jury gab ihm durch ein Kopfnicken zu verstehen, daß er noch etwas bleiben wolle.

Er beobachtete Lady Kennington, die ebenfalls noch nicht gegangen war, sondern in einiger Entfernung auf der andern Seite des Grabs darauf wartete, daß die andern sich zurückzogen. Jury blieb stehen.

Schließlich trat sie an das Grab, nahm eine Handvoll Erde und ließ sie auf den Sarg fallen. Sie führte die Hand an die Stirn, und er dachte zunächst, sie werde sich bekreuzigen. Statt dessen lächelte sie und salutierte andeutungsweise.

Dann ging sie davon.

Martha Grimes

Die Amerikanerin **Martha Grimes** gilt zu Recht als die legitime Thronerbin Agatha Christies. Mit ihrem Superintendant Jury von Scotland Yard belebte sie eine fast ausgestorbene Gattung neu: die typisch britische Mystery Novel, das brillante Rätselspiel um die Frage «Wer war's?».
Martha Grimes lebt, wenn sie nicht gerade in England unterwegs ist, in Maryland/USA.

Inspektor Jury küßt die Muse
Roman
(rororo 12176)
Für Richard Jury endet der Urlaub jäh in dem Shakespeare-Städtchen Stratford-on-Avon. Eine reiche Amerikanerin wurde ermordet.

Inspektor Jury schläft außer Haus
Roman
(rororo 5947)
Der Inspektor darf wieder einmal reisen – in das idyllische Örtchen Log Piddleton. Aber er weiß, daß einer der liebenswerten Dorfbewohner ein Mörder ist.

Inspektor Jury spielt Domino
Roman
(rororo 5948)
Die Karnevalsstimmung im Fischerdörfchen Rackmoor ist feuchtfröhlich, bis eine auffällig kostümierte, schöne Unbekannte ermordet aufgefunden wird.

Inspektor Jury sucht den Kennington-Smaragd *Roman*
(rororo 12161)
Ein kostbares Halsband wird der ahnungslosen Katie zum Verhängnis – und nicht nur ihr...

Inspektor Jury bricht das Eis
Roman
(rororo 12257)
Zwei Frauen werden ermordet - ausgerechnet auf Spinney Abbey, wo Jurys vornehmer Freund im illustren Kreis von Adligen, Künstlern und Kritikern geruhsam Weihnachten feiern will.

Inspektor Jury besucht alte Damen
Roman
(rororo 12601)

Inspektor Jury geht übers Moor
Roman
(rororo 13478)

Im Wunderlich Verlag sind außerdem erschienen:
Inspektor Jury lichtet den Nebel
Roman
224 Seiten. Gebunden

Was am See geschah
Roman
288 Seiten. Gebunden

**«Es ist das reinste Vergnügen, diese Kriminalgeschichten vom klassischen Anfang bis zu ihrem ebenso klassischen Ende zu lesen.»
The New Yorker**

rororo Unterhaltung

Adam Dalgliesh ist Lyriker von Passion, vor allem aber ist er einer der besten Polizisten von Scotland Yard. Und er ist die Erfindung von **P. D. James.** «Im Reich der Krimis regieren die Damen», schrieb die Sunday Times und spielte auf Agatha Christie und Dorothy L.Sayers an, «ihre Königin aber ist P. D. James.»In Wirklichkeit heißt sie Phyllis White, ist 1920 in Oxford geboren, und hat selbst lange Jahre in der Kriminalabteilung des britischen Innenministeriums gearbeitet.

Ein reizender Job für eine Frau

Kriminalroman
(rororo 5298)
Der Sohn eines berühmten Wissenschaftlers in Cambridge hat sich angeblich umgebracht. Aber die ehr-fürchtig bewunderte Idylle der Gelehrsamkeit trügt.

Der schwarze Turm *Kriminal-roman*

(rororo 5371)
Ein Kommissar entkommt mit knapper Not dem Tod und muß im Pflegeheim schon wieder unnatürliche Todesfäl-le aufdecken.

Eine Seele von Mörder

Kriminalroman
(rororo 4306)
Als in einer vornehmen Nervenklinik die bestgehaßte Frau ermordet wird, scheint der Fall klar – aber die Lösung stellt alle Prognosen über den Schuldigen auf den Kopf.

Tod eines Sachverständigen

Kriminalroman
(rororo 4923)
Wie mit einem Seziermesser untersucht P. D. James die Lebensverhältnisse eines verhaßten Kriminologen und zieht den Leser in ein kunst-volles Netz von Spannung und psychologischer Raffine-sse.

Tod im weißen Häubchen

Kriminalroman
(rororo 4698)
In der Schwesternschule soll ein Fall künstlicher Ernährung demonstriert werden. Tats-ächlich ereignet sich ein gräßlicher Tod... Für Kriminalrat Adam Dalgliesh von Scotland Yard wird es einer der bittersten Fälle seiner Laufbahn.

Ein unverhofftes Geständnis

Kriminalroman
(rororo 5509)
«P. D. James versteht es, detektivischen Scharfsinn mit der präzisen Analyse eines Milieus zu verbinden.»
Abendzeitung, München

rororo Unterhaltung

Dorothy Leigh Sayers stammte aus altem englischem Landadel. Ihr Vater war Pfarrer und Schuldirektor. Sie selbst studierte als einer der ersten Frauen überhaupt an der Universität Oxford, wurde zunächst Lehrerin, wechselte dann für zehn Jahre in eine Werbeagentur. Weltberühmt aber wurde sie mit ihren Kriminalromanen und ihrem Helden Lord Peter Wimsey, der elegant und scharfsinnig Verbrechen aufklärt, vor denen die Polizei ratlos kapituliert. Dorothy L. Sayers starb 1957 in Whitham/Essex.

Ärger im Bellona-Club
Kriminalroman
(rororo 5179)

Die Akte Harrison
Kriminalroman
(rororo 5418)

Aufruhr in Oxford
Kriminalroman
(rororo 5271)

Das Bild im Spiegel *und andere überraschende Geschichten*
(rororo 5783)

Diskrete Zeugen
Kriminalroman
(rororo 4783)

Figaros Eingebung *und andere vertrackte Geschichten*
(rororo 5840)

Fünf falsche Fährten
Kriminalroman
(rororo 4614)

Hochzeit kommt vor dem Fall
Kriminalroman
(rororo 5599)

Der Glocken Schlag *Variationen über ein altes Thema in zwei kurzen Sätzen und zwei vollen Zyklen.*
Kriminalroman
(rororo 4547)

Keines natürlichen Todes
Kriminalroman
(rororo 4703)

Der Mann mit den Kupferfingern
Lord Peter-Geschichten und andere
(rororo 5647)

Mord braucht Reklame
Kriminalroman
(rororo 4895)

Starkes Gift *Kriminalroman*
(rororo 4962)

Ein Toter zu wenig
Kriminalroman
(rororo 5496)

Zur fraglichen Stunde
Kriminalroman
(rororo 5077)